当尼采哭泣

WHEN NIETZSCHE WEPT

[美] 欧文·亚隆 著
（Irvin D. Yalom）

侯维之 译

机械工业出版社
CHINA MACHINE PRESS

图书在版编目（CIP）数据

当尼采哭泣／（美）欧文·亚隆（Irvin D. Yalom）著；侯维之译 . —北京：机械工业出版社，2017.1（2025.10重印）

书名原文：When Nietzsche Wept

ISBN 978-7-111-55537-7

I. 当… II. ① 欧… ② 侯… III. 长篇小说－美国－现代 IV. I712.45

中国版本图书馆CIP数据核字（2016）第282760号

北京市版权局著作权合同登记　图字：01-2016-0679号。

Irvin D. Yalom. When Nietzsche Wept.

Copyright © 2003 by Irvin D. Yalom.

Simplified Chinese Translation Copyright © 2017 by China Machine Press.

Simplified Chinese translation rights arranged with Sandra Dijkstra Literary Agency, Inc through Bardon-Chinese Media Agency. This edition is authorized for sale in the Chinese mainland (excluding Hong Kong SAR, Macao SAR and Taiwan).

No part of this book may be reproduced or transmitted in any form or by any means, electronic or mechanical, including photocopying, recording or any information storage and retrieval system, without permission, in writing, from the publisher.

All rights reserved.

本书中文简体字版由Sandra Dijkstra Literary Agency, Inc通过Bardon-Chinese Media Agency授权机械工业出版社在中国大陆地区（不包括香港、澳门特别行政区及台湾地区）独家出版发行。未经出版者书面许可，不得以任何方式抄袭、复制或节录本书中的任何部分。

当尼采哭泣

出版发行：机械工业出版社（北京市西城区百万庄大街22号　邮政编码：100037）

责任编辑：董凤凤

责任校对：董纪丽

印　　刷：三河市宏达印刷有限公司

版　　次：2025年10月第1版第27次印刷

开　　本：147mm×210mm　1/32

印　　张：12.25

书　　号：ISBN 978-7-111-55537-7

定　　价：79.00元

客服电话：（010）88361066　68326294

版权所有·侵权必究
封底无防伪标均为盗版

有些人无法解开他们自身的枷锁,然而却可以救赎他们的朋友。
——《查拉图斯特拉如是说》

你必须准备好沐浴在你自身的烈焰之中:你怎么可能重生呢,如果你不先化为灰烬?
——《查拉图斯特拉如是说》

导读 ◎易之新
当名医遇见超人

有个嘲笑心理学的老笑话,也可以套用在精神分析或哲学上面:"所谓心理学,就是用艰深晦涩的说法,来解释生活中简单的道理。"本书作者精神科医师、心理治疗师、深谙存在主义哲学的欧文·亚隆(Irvin D. Yalom)刚好相反,他极力以简单易懂的方式来说明心理治疗与存在哲学的观念与历程,让人了解原来这些观念和历程都是每个人生命的焦点、生活的重心,是值得关切、追寻的"终身大事"。他传达的方式之一就是写心理治疗小说。

亚隆继承新弗洛伊德学派(neo-freudism)大师哈里·斯塔克·沙利文(Harry Stack Sullivan)的理论,沙利文提出以人际关系为基础的心理治疗理论,亚隆将其发扬光大,成为美国团体心理治疗的当代权威。亚隆的心理治疗背景还融合了存在心理治疗(existential psychotherapy),罗洛·梅(Rollo May)是在美国将存在议题与心理学结合起来的第一人,而存在心理学与人本心理学之间也有密切的关联。亚隆精于人际心理治疗和存在心理治疗，在美国西岸斯坦福大学细心耕耘数十年，早已是美国当代精神医学的大师级人物。除了关于团体心理治疗和存在心理治疗的数本经典教科书以外，他还写了多本心理治疗小说，将他最关心的存在问题和关系议题融入情节动人的小说，其文风向来着重以平易近人的语言阐释佶屈聱牙的专业观念和用语，就如本书，在曲折的情节和行云流水的对话与反思中，自然地深谈许多"存在"和"关系"的问题，确实令人感受到这些主题在真实人生中的分量。本书也一如作者许多其他著作一样，名列小说畅销书榜。

至于书中主角尼采、布雷尔，配角弗洛伊德、路·莎乐美、安娜·欧（贝莎·帕朋罕）等人物在真实生活中的历史背景，作者在后记中均有注记，笔者在此不再赘言。

关于这本小说，从情节来看，是一篇高潮迭起的心理推理小说。作者假托19世纪末的两位大师：存在主义大师尼采和医学大师布雷尔，透过史料和名著中呈现的真实历史、思维观念和人格特质，将两人联结成医生与病人，开启了一段扣人心弦的"谈话疗法"。故事开始于身陷对病人肉欲幻想而无法自拔的名医布雷尔，在善于撩拨男性的路·莎乐美的引诱下，试图治疗根本不愿接受帮助的哲学大师尼采的"绝望"，并以奇特的诱饵劝服尼采接受治疗，却面临自己的"绝望"，于是历经一场不知谁是病人、谁是医生的心理治疗，在治疗可能随时胎死腹中的情形下，经过几许峰回路转，面临高处不胜寒的疑虑，最后两人以出乎意料的方式，得以超越自己的人生困境。

从形式来说，故事在诉说心理治疗（谈话疗法）的源起与形貌，是虚拟的源起加上真实的形貌。在文中，以生动的故事不着痕迹地描述各种心理学派的理念与治疗技巧，包括催眠、行为疗法、完形疗法，等等，当然了，着墨最多的就是书中配角弗洛伊德开创的精神分析，与其后衍生发展的动力心理治疗，以及作者专精的存在心理治疗。从书中的论点来看，作者也是一位不囿于特定心理学派，只要是有效的做法，就雍容接纳的实践者，但仍不脱离人本学者的立场，深深质疑行为学派中"人"的观点。

从内容来说，本书探讨的话题涵盖面很广，你可以看到中年危机、女性意识、婚姻问题、操纵与索求、情绪勒索、自我探索、现实问题等话题，以及歇斯底里症、强迫性思想、偏头痛、焦虑等病征的描述。可是，这些话题都不脱离主轴：存在（existence）的问题，可说是哲学和心理学对存在的探索，亦可说是血肉生活中所需要面对的存在问题，也就是人生的四大终极关怀（ultimate concerns）：死亡、自由（包括意志的选择和因自由而有的责任）、孤独、人生的意义（或无意义）。书中这四个主题不断浮现，或是在各种身体、心理、人际、环境问题的背后现身，或是隐身在梦境、幻想之中，令人于天地间无所逃遁。文中生活优裕却恐惧年华老去、怀疑整个人生的名医布雷尔，如何从控制不住的色欲幻想和婚姻风暴中走出来呢？拥有卓越理性的超人尼采，身陷激烈的情绪与恶性偏头痛，不得自由，他又如何超越而出，继续走先知的道路呢？读者与其把字字珠玑的对话看成真理的陈述，还不如看成缜密的思辨与人性的探索，可以引发人与自我的对话，一探真实而可贵的自己。

从过程而言，本书呈现出治疗师与被治疗者在心理治疗进行时，彼此的关系对治疗的影响以及自我探索与助人探索的心路历程。在治疗关系中，到底是受病人影响，仍感自我怀疑的治疗师，还是充满真理权威的导师，能有较深刻的治疗呢？治疗师和病人必须"真诚"以对，治疗才能有真实的进展吗？博览理论、娴熟技巧，却不肯、不敢面对自我内在的治疗师，能不能帮助病人探索自我呢？书中的治疗过程，一如真实的人生，呈现出"关系"与"情感转移"的问题在心理治疗与自我探索时的关键角色。布雷尔与贝莎·帕朋罕到底是男女关系、父女关系，还是母子关系呢？布雷尔与尼采是在什么关系下，才使尼采能勇于面对自己的残缺呢？对"背叛"深恶痛绝，因此不相信人而感到孤独的尼采，又为什么接纳坦然说出自己背叛尼采过程的布雷尔呢？这些耐人寻味的"关系"与"探索"，只有请读者亲自品尝和咀嚼了。

假托历史名人所呈现的种种问题以及超越的过程，其实反映的是世间的人性与生活，故事虽然精彩，但不难在生活中似曾相识，主角虽然特别，却不是人性的异数。当名医遇见超人，所发生的事情，和你我这些凡夫俗子相遇所发生的事情，其实是大同小异的。

（本文作者为联合诊所神经内科医师，心理治疗和心灵成长相关书籍的译者）

目 录

导　读　当名医遇见超人

1　**第一章**
圣萨尔瓦多的钟声打断了约瑟夫·布雷尔的沉思……

16　**第二章**
四个星期后，在位于贝克街 7 号的办公室内，布雷尔坐在他的书桌前面……

35　**第三章**
从窗边回过身，布雷尔甩甩头，好把路·莎乐美赶出脑海……

59　**第四章**
两星期之后，布雷尔身着白色医师袍，坐在办公室里，读一封路·莎乐美的来信……

67 　第五章

90分钟以来，两位男士交谈着。布雷尔坐在高背皮椅中，飞快地做着笔记……

80 　第六章

"请提出你的问题吧，尼采教授，"布雷尔说，悠闲地坐回他的椅子……

89 　第七章

隔天凌晨3点钟，布雷尔再度感觉他脚下的地面在液化。在试图找到贝莎……

109 　第八章

清晨时光在布雷尔家中是一成不变的。街角的面包师傅在6点钟送来刚出炉的帝王面包卷……

128 　第九章

不过，没有一件事得以解决。尼采闭着眼睛，坐在那儿待了很长时间。然后……

138 　第十章

布雷尔在门关上时并没有动，在贝克太太匆匆忙忙跑进来时，依旧动也不动……

149 　第十一章

那天晚上，布雷尔躺在床上，依然想着王后起手布局以及麦克斯对美丽女子……

169 　第十二章

星期一早上，尼采来到布雷尔的办公室。仔细研读了布雷尔

IX

逐项列举的账单……

179　第十三章
那天以后，当他们搭乘马车前往医疗中心的途中，布雷尔提出了保密的问题……

191　第十四章
尼采的确准备充分。隔天早上，等布雷尔一结束检查，尼采就接管了一切……

211　第十五章
在他们第一次聚会之后，布雷尔只在尼采身上花了几分钟的公务时间，他在……

227　第十六章
作为一位医术卓越的开业医生，布雷尔通常以床边的闲谈来开始他的医院探访……

240　第十七章
劳森医疗中心很少谈起穆勒先生，布雷尔医生在13号房的那位病人……

253　第十八章
对路·莎乐美的造访想得越多，布雷尔就越生气。不是生她的气，而是……

268　第十九章
"我们没有做到任何事情，弗里德里希，我变得更糟了……

288　第二十章
　　　隔天早上布雷尔进入尼采房间的时候，依然穿着他皮毛衬里的大衣……

314　第二十一章
　　　放走鸽子，几乎就像告别家庭一样困难。在他打开铁丝网的门……

345　第二十二章
　　　麦克斯是对的，是停下来的时间了。即使如此，星期一早上走进13号房宣布自己……

376　后记

第一章

圣萨尔瓦多的钟声打断了约瑟夫·布雷尔（Josef Breuer）的沉思。他从背心口袋里拉出他那块沉甸甸的金表，9点了。他再次阅读前一天收到的镶银边的小卡片。

1882年10月21日
布雷尔医生：

我有紧急的事情必须见你，这关系着德国哲学的未来。明天早上9点请在索伦多咖啡馆与我碰面。

路·莎乐美

一封鲁莽的短笺！多年来从未有人如此轻率地致函给他。他没听说过路·莎乐美（Lou Salome）这个人，信封上也没有地址。他没有办法告诉这个人9点钟并不方便，也无法告诉她布雷尔太太可不喜欢一个人用早餐，还有，布雷尔医生正在度假以及他对"紧急的事情"一点兴趣也没有——真是的，布雷尔医生到威尼斯来，就是想要远离紧急的事情。

不过他还是来了，来到了索伦多咖啡馆，准9点，搜寻着他周围的脸孔，想要知道哪一个可能是那个莽撞的路·莎乐美。

"加咖啡吗，先生？"

布雷尔对服务生点了点头，他是个十三四岁的小伙子，黑油油的头发往后梳拢。胡思乱想了多久？他再次看看他的表，又挥霍了生命中另一个10分钟。而且，浪费在什么事情上呢？他一如既往地把心思萦绕在贝莎身上，美丽的贝莎是他过去两年来的病人。他回想起她揶揄的声音："布雷尔医生，你为什么那样怕我呢？"当他告诉她说，他不能再担任她的医生之时，他就一直记得她的那句话："我会等你。你永远是我生命中唯一的男人。"

他责怪着自己："看在上帝的份儿上，停止吧！不要再想了！睁开你的双眼！看看四周！让世界进来吧！"

布雷尔拿起杯子，咖啡香和威尼斯10月的冷空气一道扑鼻而来。他四下张望。索伦多咖啡馆其余的桌子坐满了用早餐的男男女女，大多是观光客，上了年纪的居多。其中一些人一手拿报纸，一手端咖啡。在桌子的后方，许多蓝灰色的鸽子，或者在空中盘旋，或者向地面俯冲下来。在大运河平静的水面上摇曳生姿的，是沿着河岸排列的雄伟宫殿的倒影，航行过的平底轻舟带起了涟漪，偶尔扰乱了这壮丽的水影。其他的轻舟还在沉睡着，系在歪七扭八竖在运河里的柱子上，像是由某只巨大的手随意插下的矛一般。

"是啊，没错——看看你自己，你这个傻瓜！"布雷尔对自己说，"人们从世界各地来看威尼斯——在被这片美景祝福之前，他们拒绝死去。"

然而，生命中有多少部分已经被我错过了，布雷尔怀疑着，仅仅是因为疏于一看究竟？或是由于视而不见？昨天，他独自绕穆拉诺岛散步，花了一个小时绕了一圈之后，什么都没看到，记不得一点东西。没有任何映像从他的视网膜传送到他的大脑皮质。对贝莎的思虑全然盘踞了他的心神：她那令人陶醉的微笑、她那令人爱慕的眼眸、她的肉体所带来的温暖又放松的感触。还有，当他为她检查或按摩治疗时，她那急促的呼吸。这些场景有它们的力量，有它们本身的生命力，无论何时，只要稍不提防，它们就侵入他的心灵，并且占据他的思想。难道这就是我的终极宿命吗？布雷尔怀疑着。是否命中注定了，我这个人将只是一座舞台，永远上演着对贝莎的记忆呢？

某人从毗邻的桌子起身。金属椅挤碰砖墙的刺耳摩擦声唤醒了他，他又一次寻找着路·莎乐美。

她来啦！那个沿着卡朋堤道走下来的女人，进到咖啡馆里。只有裹在毛皮大衣里、高挑娉婷的她，才有可能写下那封短笺，那个漂亮女子现在急切地穿过交错拥挤的桌椅，大步地朝他而来。在她走近的时候，布雷尔发现她很年轻，或许比贝莎还年轻，可能是个女学生。但是那种超凡脱俗的风采，真是令人印象深刻啊！这绝对会为她引来一群仰慕者。

路·莎乐美毫不迟疑地继续朝他走来。她怎么能如此确定就是他呢？他连忙用左手捋一捋怒生的略红胡须，以免早餐的面包屑依然沾在那里。右手拉拉黑色外套的一侧，免得它在颈边拱起来。就近在几米外时，她停下来，大胆地直视着他的双眼。

布雷尔的心突然停止了跳动。现在，观看不再需要集中注意力，视网膜与大脑皮质完美地合作着，路·莎乐美的意象自自然然地流进了他的心中。这是一个罕见的美丽女子：有力的额头、精雕细琢的坚强下颌、蓝色的明亮眼睛、饱满丰润的双唇，还有随意梳理的淡金色头发，慵懒地拢在一个圆发髻里，衬托出她的耳朵以及修长、优雅的脖颈。他兴味盎然地欣赏着这个女人，还注意到有几缕发丝挣脱了发髻的束缚，肆无忌惮地向各方延伸。

再跨三步，她来到他的桌旁。"布雷尔医生，我是路·莎乐美。可以吗？"她用手指了指座椅。她坐下得如此迅速，以致布雷尔根本来不及向她致上适当的礼节——来不及起身、鞠躬、吻手，更来不及为她拉出座椅。

"服务生！服务生！"布雷尔清脆地弹着他的指头，"为小姐来杯咖啡——拿铁咖啡好吗？"他瞥了一下莎乐美小姐。她点点头，无视早晨的酷寒，她脱下毛皮外套。

"好的，一杯拿铁。"

布雷尔与他的客人沉默地坐了一会儿。然后，路·莎乐美直视着他的眼睛，开口说道："我有一个陷入绝望的朋友，我怕他会在短时间里自我了断。果真如此，我将会陷入莫大的痛苦，还会是重大的个人惨剧，因为我负有部分的责任。虽然我可以忍受并且克服这些痛苦。然而，"她朝他凑过来，放轻了语调对他说，"万一他真的死了，这将不只是我个人的损失而已，他的死亡会有严重后果——对你、对欧洲文化、对我们所有人。相信我。"

布雷尔想说："小姐，你说得稍嫌夸张了罢！"但他说不出口。她的话语中不见一般年轻女子会有的幼稚夸张，她所表达的是件理当严肃以待的事。让布雷尔难以抗拒的是，她那诚挚恳切的态度以及她那从容不迫的说服力。

"这位男士是谁，你的朋友？我听说过他的名字吗？"

"还没！但再过一阵子，你我都将对他耳熟能详。他的名字是弗里德里希·尼采（Friedrich Nietzsche）。或许，这封理查德·瓦格纳（Richard Wagner）寄给尼采教授的信，可以让你对他有一点认识。"她从自己的手提袋里抽出一封信来，把它摊开递给布雷尔。"我得向你声明，尼采既不知道我在此地，也不知道我持有这封信。"

第一章

莎乐美的最后一句话让布雷尔为之踌躇。我该读这样一封信吗？这位尼采教授并不知道她让我看了这封信，甚至也不知道她拥有了这封信！她怎么把这信拿到手的？借来的吗？偷来的吗？

对自己相当多的个人特质，布雷尔十分引以为傲，他忠实、慷慨，在医术上，他的精妙诊断向来为人所称道：在维也纳，他是许多伟大科学家、艺术家与哲学家的个人医生，像勃拉姆斯（Brahms）、布鲁克（Brucke）与布伦塔诺（Brentano）都是他的病人。才不过40岁的年纪，他在欧洲已是闻名遐迩，杰出人士从西欧各地跋山涉水来求诊。然而，除此之外，最重要的是，他以他的正直自豪——在他一生中，他从未有过不诚实的行为，一次也没有。不过，真有什么需要多做解释的话，只有他对贝莎的肉欲渴望，那种思慕的感觉本来应该是对他太太（玛蒂尔德）而不该放在贝莎身上的。

他在伸手接过路·莎乐美手上的信时，有过一阵迟疑，但只是瞬间而已。在对她水晶般的蓝色眼睛投以一瞥之后，他打开信。信上的日期是1882年1月10日，开头写着："我的朋友，弗里德里希"，有几个段落被圈了起来。

您已给了全世界一件无与伦比的作品。您的书流露着一种自信的特质，展现着完美的极致原创性。内人与我再也找不出其他方式，得以让我们碰触到生命中最炽烈的愿望！那种愿望，不在我们想象之中，全然在我们的意料之外，当它突然在我们面前展开时，我们的心神与灵魂皆为之臣服，完全地被它所盘踞！内人与我都读了您的书两遍——第一遍，白天各自分头阅读，然后，在傍晚时分高声朗诵。您的书，我们只有一本，因此我俩简直就是在争着读这唯一的一本书，并且，还惋惜着此书的第二册尚未问世。

但是您病倒了！是否有什么事让您感到气馁呢？如果是的话，

我非常乐意为您去烦解忧！我能为您做些什么吗？我该从哪着手呢？对您，我有无止尽的赞美，然而，这赞美又是多么微不足道啊。

即使这赞美无法让您满意，恳请您，稍稍开心地接受它吧。

最由衷的问候
理查德·瓦格纳

理查德·瓦格纳！即便是布雷尔这样一个见过世面的维也纳人，这个名字仍旧让他心神荡漾。一封信，如此内容的一封信，大师亲笔写就的这封信！不过，他很快就恢复了冷静。

"这信非常有趣，我亲爱的小姐，但请明确地告诉我，到底我能为你效劳什么？"

路·莎乐美倾身向前，把她戴着手套的手轻轻放在布雷尔的手上。"尼采生病了，病得很重。他需要你的帮助。"

"哪一类疾病呢？他有哪些症状？"前一刻还因她手的轻触而心神慌乱的布雷尔，现在庆幸自己已回到他所熟悉而自信的领域内了。

"头痛。先是头痛的折磨，持续发作的呕吐以及失明之虞——他的视力日益恶化；肠胃的问题——有时候他多日食不下咽；失眠——没有药物能让他入睡，所以他服用剂量高到危险程度的吗啡；还有晕眩——有时，在陆地上他还觉得自己一直在晕船。"

对布雷尔来说，像这样长篇大论的症状，既不稀奇也不具吸引力，通常来说，他一天要看上25~30个病人，来威尼斯正是为了疏解这种枯燥单调的生活，然而路·莎乐美郑重其事的态度，让他感到有必要仔细倾听。

"亲爱的小姐，我给你的答案当然是肯定的，我可以接受你的朋友成为我的病人。我不会拒绝他成为我的病人，毕竟，我是医生。然而，容我提一个问题。你与你的朋友为何不直截了当地去找我呢，为什么不干脆写封信到维也纳来预约呢？"说话的同时，布雷尔四下张望，想把服务生找来付账，同时他还想着，他这么快就回到旅馆，玛蒂尔德不知会有多高兴哩。

但是，这位大胆的女子可不会如此轻易就被打发。"布雷尔医生，几分钟就好，拜托。我绝对没有夸大尼采病情的严重性，我也没有夸大他绝望的程度。"

"我没有怀疑你。不过容我再问一次，莎乐美小姐，为什么尼采先生不到我在维也纳的诊所呢？或者是找意大利本地的医生？他住在哪里？需要我推荐一位在他居住城市的医生吗？再说，为什么一定要找我呢？还有，你怎么知道我人在威尼斯？难道说，因为我崇拜伟大的瓦格纳跟他的歌剧，所以一定得找我吗？"

路·莎乐美很沉着，当布雷尔连珠炮式地向她提问时，她微微笑着，当布雷尔的炮火持续不停时，路·莎乐美的笑容变得很淘气。

"你的微笑里好像藏着什么秘密似的。我猜你是位喜欢享受秘密的年轻小姐吧！"

"布雷尔医生，你马上就提出这么多的问题。多了不起啊，我们才交谈了几分钟而已，但你已提出了这么多让人为难的问题。毫无疑问，这是我们延续谈话的好预兆。让我再多给你一些我们的病人的信息。"

我们的病人！布雷尔再次讶异于她的放肆，与此同时，路·莎乐美没有停顿，她继续说了下去："尼采已经在德国、瑞士与意大利遍访名医。没有一位医师能够找出他的病根或有办法减轻他的痛苦。尼采告诉我，在过去的24个月，他已经拜访过欧洲最好的24位医师。他放弃了他的家园，离开了他的朋友，辞去了大学的教授职位。他变成游走四方的浪人，为的只是寻找他能忍受的气候，寻求能暂时摆脱痛苦一两天。"

年轻女士暂停了谈话,当她举起杯子啜饮的同时,她的眼睛盯着布雷尔。

"小姐,在我的职业生涯里,我常遇见病人拥有不寻常或令人苦恼的病症。容我据实以告,我的治疗不是在创造奇迹。以你所说的症状(失明、头痛、晕眩、胃炎、虚弱、失眠),那么多优秀的医生都无能为力了,我不过是多月以来,排名第 25 的优秀医师罢了。"

布雷尔靠回到他的椅子上,拿出雪茄来点燃。他吐出一口刺鼻的淡蓝烟圈,待烟雾散尽,他才继续说下去:"无论如何,我建议到我的办公室检查尼采教授。不过,要针对他的症状,找出病因及对症下药的治疗方法,很可能已超出了 1882 年医学能力的范围。你的朋友可能早生了一代。"

"早生了!"她大笑着,"多有见地的评语啊,布雷尔医生。我经常听到尼采说出同一句话啊!现在,我很确定,你就是那位能治他病的医生。"

虽说布雷尔早就准备好要随时离开,在他脑中反复出现玛蒂尔德的画面——梳妆整齐的玛蒂尔德,在他们旅馆房间里不耐烦地来回踱着方步。但是,听到路·莎乐美说的话,布雷尔的兴趣马上来了。"怎么说呢?"

"他常称自己为'死后的哲学家'——一个当代世界还没有准备好要接受的哲学家。事实上,他计划中的新书,就是要以这个主题起头:一位名为查拉图斯特拉的先知,以智慧珠玑,决心要启蒙大众。但是,他说的话没有人懂。他们还没有准备好来面对他,而这位先知,当了解到他出现得太早之后,又遁回到他遗世独立的居所。"

"小姐,你的话勾起了我的好奇心——我对哲学有种热情。但今天时间有限,而且,关于你的朋友何以不到维也纳找我的这个问题,我还没有得到直接的答案。"

"布雷尔医生,"路·莎乐美直视着他的双眼,"请原谅我说话不明确。或许我实在没有必要说话拐弯抹角,我时常享受着沉浸在伟大心灵思想的风采之中,或许,这是为了我自身发展所需要的榜样;或许,我根本就喜欢去搜集这些榜样。不管怎么说,我清楚知道的是,能与一位像您这样有深度、有广度的男士谈话,的确是我的荣幸。"

布雷尔感觉得到自己的面红耳赤。他再也抵挡不住她注视的眼眸,因此在她继续说话时,将目光转到别处。

"我只想说,我之所以拐弯抹角,或许只是为了延长我们在此共聚的时间而已。"

"再来点咖啡吗,小姐?"布雷尔招呼了服务生。"再吃点这种滑稽的早餐面包卷。你曾经想过烘焙这件事在德国与意大利的差异吗?容我向您叙述,我个人针对面包与民族性格的一致性所研究出来的理论。"

于是布雷尔不急着回到玛蒂尔德的身边了。然而,当他与路·莎乐美悠闲地共进早餐时,他想到自己的处境是多么具有讽刺意义啊。真是奇怪,他到威尼斯来,是为了平复一位美丽女子对他生活所造成的损害,但现在,他却与另一个更美丽的女子面对面地用餐谈话!他还发现,多日以来,这是他的思绪第一次从对贝莎的着魔中释放出来。

或许,他想着,我还有救。也许我可以利用这个女人,把贝莎从我心灵的舞台上挤出去。就像药理学上的替代疗法一样,我是不是发现了一种在心理学上的相等物呢?就像发现了拔地麻这样温和的药物,可以代替像吗啡这样危险的药物。同样,或许路·莎乐美之于贝莎亦是如此,这倒是个不错的进展!与贝莎相比,眼前的这个女人,毕竟更为精致、更加善解人意。而贝莎是个——该怎么说呢？贝莎是个不成熟、尚未发展完全的女人，是个笨拙、扭曲地困在一具女人身体里的小孩子。

然而布雷尔知道，贝莎吸引他的，正是她那种幼稚的天真。这两个女人都让他激动：对她们的思绪，为他的生殖器带来一股温暖的悸动。而且这两个女人都让他害怕：她们各自以不同的方式，让他感到危险。这个路·莎乐美让他怕，是因为她的力量——她可能对他做出什么事情来的力量；贝莎让他怕，是由于她的柔顺——他可能会对她做出什么事情来。当他想到他曾在贝莎身上所冒的危险时，他不禁不寒而栗了，他差点就触犯了医疗伦理的基本原则，那种可能的后果，将殃及他自身、他的家庭、他的整个人生，所有这一切都会走向毁灭。

与此同时，陪他共进早餐的年轻同伴和他相谈甚欢，并且，他为她如此着迷，以至于后来，是她而不是他，将话题转回到她朋友的病情上——具体地说，是路·莎乐美将话题引回到布雷尔关于医疗奇迹的评论上。

"布雷尔医生，我的年龄是21岁，我已经完全放弃了对奇迹的希望。对于这24位杰出医生的失败，我想，这只能意味着当代医学知识的极限。但请别误解我！我不认为你能治好尼采，我没有这种错误的念头。治好尼采，不是我找你的原因。"

布雷尔放下咖啡杯，抹着短髭，并拿起了餐巾。"请原谅我，小姐，现在我是彻头彻尾地迷惑了。你一开头说的不正是你需要我的帮助，因为你的朋友病得非常重吗？"

"不是的，布雷尔医生，我是说，我有一个朋友身处绝望之境，他处于自我了断的严重危险之中。我所求助于你的，是请你去治疗尼采教授的绝望，而不是他的躯壳。"

"但是，小姐，如果你的朋友的绝望是因身体病痛而来，而我又无法提供给他治病的医疗方法,那又怎么办呢?我无法照料一个病态的心灵。"

路·莎乐美微微颔首,布雷尔将此视为她认可他说的话,就像她认可了医生对绝望的麦克白所下的诊断。布雷尔继续说道:"莎乐美小姐,绝望无法医疗,医生不检查灵魂。我能做的不多,我可以推荐奥地利或意大利不错的疗养中心。或者,我建议你安排他与神父,或其他宗教的辅导人员谈一谈,或者让他与某位家庭成员,或者与一位好友谈谈。"

"布雷尔医生,我知道你可以做得更多。我有个消息,舍弟(耶拿)是一个医学院学生,他今年早期在你位于维也纳的医疗中心实习。"

耶拿·莎乐美!布雷尔试图唤起对这个名字的记忆,但医学院的学生实在太多了。

"透过他,我得知了你对瓦格纳的热爱与崇拜,我也知道了你会在这个星期来威尼斯的亚马非旅馆度假。当然,也是他让我知道,该如何认出你来。不过,最重要的是,耶拿让我知道,你是一位真正在医治绝望的医生。今年夏天他参加了一场非正式的研讨会,其间,你描述了你对一位年轻女性的诊疗,她的名字是安娜·欧。这名陷入绝望的女子,你以一种'谈话治疗'的新技术来处理她的症状,那是基于人的理性所进行的治疗,也是对纠结精神错乱的解答。耶拿说,你是欧洲唯一可以提供真正的心理治疗的医生。"

安娜·欧!布雷尔被这个名字吓了一跳,因此,当他把杯子举到唇边时溅出了些咖啡来。他用餐巾把手擦干,但愿莎乐美小姐没有注意到这场小小的意外。安娜·欧!安娜·欧!真是难以置信!任何所到之处,他都遇到安娜·欧——他为贝莎·帕朋罕(Bertha Pappenheim)所取的秘密代号。思虑周到的布雷尔,与学生讨论时从来不用病人的真实姓名。他的替代方法是把病人姓名的开头字母往前挪一位,以此来制造一个假名:所以贝莎·帕朋罕的 B. P. 就成为 A. O. 或安娜·欧。

"耶拿被你感动得不得了,布雷尔医生。当他描述你的教学讨论会以及你对安娜·欧的治疗时,他说他很荣幸能够站在天才的启迪之光当中。嗯,耶拿并不是个容易被打动的家伙。我以往从来没有听他说过这样的话。我当时就下定决心,有朝一日,我应该与你碰面,去认识你,或许跟着你做研究。但是,当尼采的状况在过去两个月里恶化之后,这个'有朝一日',就变得极为紧迫了。"

布雷尔环顾四望。许多顾客已经用完餐点并离开了,但是他还坐在这里,完全远离了贝莎,跟一位绝妙女子,谈论着她带进他生活中的另一个人。一阵颤抖、一阵寒意穿透他全身。难道这世上找不到一处能彻底逃离贝莎的避难所吗?

"小姐,"布雷尔清了清他的嗓子,强迫自己继续下去,"令弟所谈论的那个病例,不过是我应用一种高度实验技巧的单一案例而已。没有任何理由能证明,这种特殊技巧会对你的朋友有所帮助。事实上,我可以找出各种理由去相信,这个技巧其实帮不上忙。"

"为什么会这样呢,布雷尔医生?"

"今天的时间有限,我无法向你提供一个详尽完整的答案。目前我只能说,安娜·欧与你的朋友有极为不同的疾病形态。令弟或许向你提过,她饱受歇斯底里症的折磨,并为某些行动能力受到抑制的症状所困。我所采用的方法,是有系统地将症状除去,同时借用催眠术的帮助,唤起已被病人遗忘但却是症状根源的精神创伤。一旦那个特别的根源见了天日,症状就得以克服了。"

"布雷尔医生,假设我们将绝望当作一种症状。你不能用同一种方式来处理它吗?"

第一章

"绝望不是一种医学上的症状,小姐,它既模糊又不明确。安娜·欧的每个症状都牵涉她身体的个别部分,每个症状都是经由大脑内某条神经通路的电流激发所导致。照你目前为止的叙述来看,你朋友的绝望完全是观念造成的,这种情况还没有治疗的方法。"

路·莎乐美第一次露出了犹豫。"但是,布雷尔医生,"再次,她把她的手放在他手上,"在你治疗安娜·欧之前,医学界没有针对歇斯底里症的心理治疗法。据我了解,医生们仅仅利用温泉疗法,或是那种可怕的电击疗法。我确信,你,也许只有你,有可能为尼采设计出这样一种新式的治疗法。"

突然,布雷尔注意到时间。他必须回到玛蒂尔德身边去。"小姐,我会在我能力所及的范围内帮助你的朋友。请收下这张名片,我将会在维也纳见你的朋友。"

她瞄了一眼就把名片收进手提包里。

"布雷尔医生,恐怕事情没有这么简单。该怎么说呢?尼采不是一个肯合作的病人。事实上,他并不知道我与你会晤。他是一个极度注重隐私的人,而且是一个高傲的男人。他永远无法认识到他需要帮助。"

"但你说他公然谈到自杀。"

"是的,每次谈话、每封信里,他都会提到自杀,但他并不寻求帮助。如果他知道了我们的谈话,他将永远不会原谅我,而且我确定他会拒绝找你医治。就算我能以某种理由说服他就医于你,他也会把诊疗需求局限在他身体上的小病痛。他永远不会,就算再过1000年也不会把自己放在一个需要别人缓解他绝望的位置上。软弱与力量的问题,他表达过强烈的见解。"

布雷尔开始感觉到挫折与无奈。"所以,小姐,这件戏剧化的事件已经变得更复杂了。你想要我跟某位叫尼采的教授会面,那位你认为是当代最伟大的哲学家之一的尼采教授,你要我去说服他,生命是值得追求的,或者说,至少他的生命是值得去追求的,不但如此,我还得在我们的哲学家不知情的情况下来完成这个任务。"

路·莎乐美点点头,深深地吐出一口气,然后靠回到她的椅子上。

"这怎么可能呢?"他继续说下去。"仅仅是完成那第一个目标,治愈绝望,这件事本身就已超出医学的范围。而第二个条件,病人要在不知情的状况下接受治疗,简直就是把我们医学这一行,变成了处理虚构的幻想。还有哪些限制你尚未提到过吗?是否尼采教授只会说梵文,还是说,他拒绝离开他潜心修习的陋室呢?"

布雷尔越说越得意,但在注意到路·莎乐美出神的表情之后,很快地控制住自己。"说真格的,莎乐美小姐,在这些条件限制之下,我如何能帮得上忙?"

"现在你懂了,布雷尔医生!现在你终于知道我为何来找的是你,而不是一个无足轻重的人!"

圣萨尔瓦多的钟声敲响。10点钟了,玛蒂尔德现在应该着急了。噢,但是为了她……布雷尔再次向服务生招手。他们在等账单时,路·莎乐美提出了一个不寻常的邀请。

"布雷尔医生,我明天能有幸与你共进早餐吗?如同我之前提过的,我对尼采教授的绝望负有某种个人责任,还有非常多我必须让你知道的事情。"

"我得抱歉地说,明天是不可能的。小姐,并非每天都有美丽女士邀请我共进早餐,但是我无法自由地接受。毕竟我与夫人同游此地,我无法再像今天一样,留下她一人。"

"那么让我建议另一个方案。我答应舍弟,这个月我会去看他。事实上在不久之前,我还计划与尼采教授一同去看他。当我在维也纳时，容我向你提供更多的资讯。同时，我会尝试说服尼采教授，为了他日渐恶化的健康着想，向你咨询专业医学意见。"

他们一同走出咖啡馆。在服务生清理桌子的时候，只有少数顾客还流连未去。当布雷尔准备离开之时，路·莎乐美强挽住他的手臂，开始与他并肩同行。

"布雷尔医生，这一个小时实在太短了。我实在蛮贪心的，我还想多与你谈谈，我能陪你一同走回你的旅馆吗？"

这段话的大胆与男性化令布雷尔震惊，然而，这段话从她的双唇吐出，是如此得体又不矫饰，这种自然，就像是人们本当如此说话与生活一般。如果一位女士喜欢一位男士的陪伴，她为什么不能挽住他的臂膀，要求与他同行呢？有哪个他所认识的女人，会说出这些话来呢？这是一个与众不同的女子。这个女人是自由的！

"我从来不会如此后悔于婉拒一个邀请，"布雷尔说，把她的手臂挟得靠近他一些，"不过是我回去的时候了，而且我得独自走回去。我可爱但焦虑的太太会在窗边守候，而我有责任去顾虑到她的感受。"

"当然，但是，"她把自己的手臂抽出来，面对他，双手交叉胸前，像个强有力的男子姿态，"对我来说，'责任'二字是既沉重又难以忍受的，我已经把我的责任削减到唯一的一项——让我的自由不朽。婚姻以及随之而来的占有与嫉妒，只会奴役灵魂。它们永远无法支配我。布雷尔医生，我希望，男人与女人因意志薄弱而桎梏彼此的时代，有一天真会到来。"她以相当于她抵达时的那种自信，转过身去。"再会了。下次——在维也纳见。"

第二章

四个星期后，在位于贝克街7号的办公室内，布雷尔坐在他的书桌前面。时间是下午4点钟，而他正焦急地等候路·莎乐美小姐的到来。

对他来说，在他的工作时间内会有这样一段空档，相当不寻常。然而，想要见到路·莎乐美的渴望，让他迅速打发了之前的三位病人。全部都是无关痛痒的小病，他没花什么精神就解决了。

头两位患者都是60多岁的男士，两位皆为相同的病症所苦：严重的气喘。多年来，布雷尔一直治疗着他们的慢性肺气肿。这种病在寒冷、潮湿的天气下，会成为益发严重的支气管炎，如果继续发展下去，会导致剧烈的肺部并发症。布雷尔为这两位病人的咳嗽，开了以下处方：吗啡（复方吐根散，一天三次，每次五粒），还有低剂量的祛痰药品（吐根）、汽态吸入剂与芥子膏。虽然有些医生嘲笑芥子膏，但布雷尔相信它的药效，并常将它纳入药方，尤其是今年，大约有半数维也纳人被呼吸疾病击倒的时候。这座城市已有三个星期得不到阳光的造访，有的只是无情刺骨的绵绵细雨。

第三个病人，皇太子鲁道夫家中的仆人，是个精神不安定的麻脸年轻人，喉咙不舒服，害羞到布雷尔必须专横地命令他宽衣，以便做进一步的检查。诊断结果是扁桃腺炎。尽管擅长以剪刀及镊子迅速切除扁桃腺，但布雷尔还是判定这些扁桃腺没有成熟到可以摘除的时候。因此，他开了一帖凉贴纱布、一份氯酸钾漱口药水以及蒸馏水喷雾吸入剂。由于这已经是这位病人在这个冬天第三次的喉咙不适，布雷尔还建议他每天洗冷水澡，来强化皮肤的抵抗力。

在等待的时间，他拿起了三天前收到的莎乐美的来信。鲁莽依旧，一如先前的短笺，她声称她会在今天下午4点钟抵达他的办公室。布雷尔的鼻翼扩张着："她告诉我她要抵达的时间，她已下了诏书。她授予我的荣誉是——"

不过他很快就控制住自己："别太认真了。见她又怎样呢？莎乐美怎么会知道，星期三碰巧就是见她的最佳时间呢？在忙碌的生活中，见她会带来什么意义呢？"

"她对我来说……"布雷尔思考着这样的声调：正是相同的志得意满与狂妄自大，让他厌恶他的医学同僚，像是比尔儒斯以及较年长的施尼茨勒，还有他许多声名显赫的病人，像是勃拉姆斯与维特根斯坦（Wittgenstein）。在他所亲近的熟人当中，其中大部分同时是他的病人，他最喜欢的特质是像安东·布鲁克纳（Anton Bruckner）的朴实内敛。也许安东永远无法成为勃拉姆斯那样的作曲家，但是他至少不会自吹自擂。

至于熟人们的下一代，那群桀骜不驯的年轻人，布雷尔乐于有他们的陪伴——年轻的雨果·沃尔夫（Hugo Wolf）、古斯塔夫·马勒（Gustav Mahler）、泰迪·赫泽尔（Teddie Herzl）以及最少见的医学院学生亚瑟·施尼茨勒（Arthur Schnitzler）。他认同他们，当其他长辈不在场时，他会在热门课堂上说些辛辣的话语来取悦他们。譬如，上周在贝尔综合医院，他发表声明说："是的是的，维也纳人有虔诚的宗教信仰——他们的上帝名为'礼仪'。"这话逗乐了那群簇拥在他身边的年轻人。

布雷尔以科学家的精神，在仅仅几分钟之内，轻易地切换到另一种精神状态——从傲慢到谦逊。多么有趣的现象！布雷尔心想，有可能复制这个现象吗？

当下，布雷尔在想象中进行了一项实验。首先，他试着将自己沉浸到一切他所痛恨的、维也纳人那种浮夸的人格面貌。借由自我膨胀并无声地咕哝着"她好大的胆子！"斜睨着眼并蹙紧前额，反击那些以自我为中心的人。借此，他重新体验到自己的生气与愤怒。然后，呼气、放松，他放弃所有这些想法，再重新进入自己之中，进入一种可以自我解嘲的心理状态，可以嘲笑自己的荒唐与局促不安。

他注意到这些心理状态，每一种都有其自身的情绪色彩：志得意满的那种有着鲜明的棱角——那种恶意暴躁，跟傲慢孤独比起来，其实是不相上下。相反，另一种心理状态却让人感觉到融洽、柔和以及受到肯定。

布雷尔想到，这些是明确的、可被区别的情绪，它们同时也是有所节制的情绪。然而，那些更为强烈的情绪又如何呢？酝酿它们的心理状态又如何呢？是否有控制这些强烈情绪的方法？难道这不会导引出一种有效的心理学疗法吗？

他搜索着自己的经验，他最不稳定的心理状态，都与女人有关。有的时候，他感觉到坚强又安心——像现在，就是这样的时候，自己正安坐在诊疗室的堡垒中。这种时候，他会看到女人的真实面貌：她们面对着日常生活中无尽的急迫问题，她们是奋斗着的、有野心的生物。他还会看到她们胸部的真实面貌：成串的乳房细胞，漂浮在脂肪的池塘内。他知道她们月经的渗出量与痛经的问题,他还知道她们的坐骨神经痛以及各式各样不正常的突起——膀胱与子宫脱垂、隆起的蓝色痔疮与静脉曲张。

当然,布雷尔还有其他时候——销魂的时候。当他被女人给掳获时,当她们变得比自己的生命还重要时。当她们和自己靠得很近时,他被巨大的渴望所征服,他只想要跟她们亲热,这种心理状态非但势不可挡,还负载有颠覆人生的可能。在他对贝莎的诊疗中,这种心理状态差点让他赔尽了一切。

攸关一切的只是观点而已——转换心理结构的观点。如果他可以教导病人在意志上做到这点,他可能真的会成为莎乐美小姐所寻找的对象,即医治绝望的医生。

他的沉思被外面办公室大门的开关声打断。布雷尔稍微等了一下,以免显得过分急切,之后,他步入候诊室来问候路·莎乐美。她全身湿漉漉的,维也纳的纷飞细雨变成倾盆滂沱。在他帮她脱下湿答答的大衣之前,她自己已把它褪下,并递给他的护士兼前台人员贝克太太。

布雷尔招呼莎乐美小姐进入他的办公室,看着她迈向一个厚重的黑皮弹簧座椅之后,他在她隔壁的椅子上坐了下来。他忍不住评论道:"依我看,你比较喜欢自己料理事情。难道这样不会剥夺了男人为你服务的乐趣吗?"

"你我都知道,某些男人所提供的服务,对女性的健康不见得有好处!"

"你未来的先生会需要再教育。早年养成的习惯,可不是如此容易就被去除的。"

"结婚?不了,我可不要!我告诉过你。噢,或许一种兼职的婚姻可以,那或许适合我,但是不能有太多的束缚。"

看着这位大胆又美丽的访客，布雷尔看得出兼职婚姻这个想法的吸引力。布雷尔很难提醒自己说，她只有自己一半的年纪。她穿了一件简单的黑色长洋装，纽扣一直高高扣到脖子，围在肩膀上的，是一个有着狐狸般小巧的脸与脚的软皮毛。奇怪，布雷尔想着，在冷冽的威尼斯，她把皮毛大衣抛在一边，但是在这暖气过强的办公室里，她却紧抓着它不放。不追究这些了，现在是谈正事的时候。

"嗯，小姐，"他说，"让我们开始处理你朋友的疾病这件事。"

"是绝望，而不是疾病。我有几个建议，可以与你分享吗？"

她的傲慢无礼难道没有止境吗？他气愤地怀疑着。她说话的口气，仿佛她是我的同事。她把自己当成一个医疗中心的负责人，我是一个有着 30 年经验的医生，而她不过是一个没有见过世面的女学生。

冷静下来，约瑟夫！他告诫着自己。她还很年轻，她并不崇拜维也纳的上帝——礼仪。除此之外，她比我更清楚这位尼采教授。她极有智慧，而且可能有某些重要的事情要说。天知道我对治疗绝望一点概念也没有，我连我自己的绝望都治不好。

他镇定地回答说："好的，小姐，请说。"

"我今天早上见过舍弟耶拿，我向他提到你利用催眠术来帮助安娜·欧，借以唤起她每一个症状的原始心理。我记得你在威尼斯告诉我说，这种对症状起源的发现，能够因为某种原因，让症状消失不见。让我感到好奇的是这个'某种原因'是如何做到的。找一个我们都比较空闲的时候，我希望你可以告诉我它明确的机制以及这种去除症状的机制在知识上的源起。"

布雷尔摇了摇头。"那并不是一种经验上的观察。就算我们花上所有时间来谈论，只怕我也没有办法提供你所想要的那种精确性。不过你的建议是——"

"我的第一个建议,是不要在尼采身上尝试这种催眠方法。这在他身上是不会成功的!他的心志、他的智慧是一种奇迹——这个世界的奇观之一,你会自己亲眼看到。但他实在是,让我借用他最喜欢的句子,人性的,太人性的,他也有自己人性的盲点。"

路·莎乐美现在脱下了她的毛皮大衣,缓慢地起身,走过办公室把它放在布雷尔的沙发上。她浏览了一下挂在墙上镶框的证书,调整其中稍微有点倾斜的一个,然后再次坐下,双腿交叠。

"尼采对权力的话题极其敏感。任何让他感到可能把他的权力拱手让人的程序,他都拒绝参与。他醉心于前苏格拉底时期的希腊哲学,尤其是阿哥尼斯观念——关于一个人只能透过竞争来启发天赋的信念。对于任何放弃竞争并声称自己是个利他主义者的人,他会彻底地怀疑他们的动机。他的观念启蒙于叔本华(Schopenhauer)。他相信没有人会有帮助他人的欲望,帮助他人仅仅是为了支配他人,并借此来增加他们自身的权力。有少数几次,当他感到把他的权力让渡给他人时,他感到不知所措,并且以震怒收场。这事在理查德·瓦格纳的身上发生过。我相信同样的事,现在发生在我身上了。"

"发生在你身上?这话是什么意思?你真的在某种程度上,对尼采教授深沉的绝望负有责任吗?"

"他认为我有。这就是为何我的第二个建议是不要让你跟我产生关联。你看起来不明所以,为了让你了解,我必须告诉你,我跟尼采关系上的一切事情。我会巨细靡遗并一五一十地回答你所有的问题,这并不容易。我把自己置于你的掌握之中,但是,我说的话必须是我们之间的秘密。"

"当然,这点你大可放心,小姐。"他回答说,既因她的坦率而惊讶,亦因与如此开放的人交谈而感到气象一新。

"呃,那么……我第一次碰到尼采大约是在八个月以前,在4月。"

贝克太太敲敲门并端了咖啡进来。布雷尔坐在路·莎乐美的旁边,而不是他惯常在书桌后面的位置。如果贝克太太曾对此感到任何诧异的话,在神情上她并没有透露出半点异样。她一言不发地放下一个托盘,上面摆有瓷器、汤匙与装满咖啡的闪亮银壶,然后迅速离去。布雷尔在路·莎乐美继续说明的时候倒了咖啡。

"我在去年因为健康状况而离开俄罗斯,呼吸方面的疾病,现在已经大为改善了。我先是住在苏黎世,跟随比德曼(Biederman)研习神学,同时与诗人戈特弗里德·金克尔(Gottfried Kinkel)一同工作——我想我不曾向你提过,我是一个胸怀大志的诗人。当我与我的母亲在今年上半年搬到罗马的时候,金克尔为我提供了一封给玛威达·迈森堡(Malwida von Meysenburg)的推荐信。你知道她吧?她撰写了一个唯心论者的回忆录。"

布雷尔点点头。他很熟悉玛威达·迈森堡的作品,她对女性权利、激进的政治改革以及因材施教的主张。他对其近期反唯物论的论述不太敢苟同,他认为那套理论是伪科学主张。

路·莎乐美继续着:"所以我去了玛威达的文艺沙龙,并且在那里遇见了一位迷人又才华横溢的哲学家保罗·雷(Paul Ree),我跟他变得相当熟稔。雷多年前听过尼采在巴塞尔的课,两人从此开始了亲近的友谊。我可以看出雷对尼采的景仰超过对所有其他人的景仰。雷很快就有了这样一种念头,如果他跟我是朋友,那么尼采跟我一定也可以成为朋友。保罗·雷,但是,医生,"她脸上的红潮仅仅一闪而过,不过已足以让布雷尔注意到,而他反映在脸上的神色,已足够让她察觉到他的关注,"让我称他为保罗吧,因为那是我称呼他的方式,今天我们没有注重社交细节的时间。我与保罗非常亲近,不过我永远不会把自己作为他或任何人在婚姻上的祭品!"

"不过,"她无奈地继续说下去,"我已经花了足够的时间,去解释我脸上不由自主的短暂脸红吧。我们是不是唯一会感到困窘的动物呢?"

词穷之余,布雷尔只能设法点了点头。有片刻,在医疗设备的环绕之下,他感到自己比他们上一次谈话时更有力量。但现在暴露在她的魅力之下,他感到自己的力量正悄悄消失。她对她自己面红耳赤的解说很了不起:在他一生中,他从未听过任何人,更别说是这样一个女子,能如此坦率地谈到男女交往之事,而她只有21岁而已!

"保罗深信尼采跟我会发展出持久的友谊,"路·莎乐美说下去,"他认为尼采与我完美得适合彼此。他要我成为尼采的学生、门徒以及生存的依据。他想要尼采作我的老师、我天长地久的宗师。"

他们的谈话被轻微的叩门声打断。布雷尔起身开门,贝克太太大声地耳语说,有一位新的病人刚刚进门。布雷尔再度坐下并向路·莎乐美保证他们有充裕的时间,因为,未曾预约的病人总会有久等的心理准备,同时催促她继续说下去。

"嗯,"她继续说着,"保罗安排了在圣彼得大教堂会面,对我们这不敬的三位一体来说——这是我们稍后替我们自己所取的名字,不过尼采常常把它称为'毕达哥拉斯式的关系'——圣彼得大教堂是最难以想象的会面地点。"

布雷尔发现自己盯着的是他访客的胸部,而不是她的脸。他怀疑着,我这样做有多久了?她注意到了吗?有其他女人注意到我这样做吗?他想象自己抓起扫帚,把所有跟性有关的念头一扫而空。他将注意力更为集中在她的双眼与她的话语上。

"我立刻就被尼采所吸引。他在外表上不是一个让人印象深刻的男人——中等高度，拥有温和的声音与不露情感的双眼，与其说他的眼睛是看着外界，不如说是往内看，仿佛他在保护着什么内在的宝藏一般。我当时并不知道他已经失明到 3/4 的程度。然而，他有某种格外引人注目的东西。他对我说的第一句话是'我们各是从怎样的星辰朝彼此坠落而到达此处来的？'"

"然后我们三个开始谈天说地。那是多让人惊讶的谈话啊！有一刻，保罗对尼采与我之间的友谊或师生之谊的愿望，似乎获得了充分的实现。在知性上，我们是完美的契合。我们融入彼此的心智当中——他说我们有孪生兄妹的大脑。哦，他大声朗读他最新著作中的珠玑之言，他为我的诗定律，他告诉我，他准备在接下来的 10 年当中为这个世界提供些什么——他坚信，他的健康所容许的时间，绝不超过 10 年。"

"很快地，保罗、尼采与我决定，我们应该住在一起，三人行。我们着手计划在维也纳或巴黎，一起度过冬天。"

三人行！布雷尔清清喉咙，在他的椅子上不安地挪动着。他看到她朝着他的狼狈浅笑。难道她是如此明察秋毫吗？这个女人会成为怎样的一位诊断专家啊！她曾经考虑过以医学为业吗？她可能成为我的学生吗？我的门徒？我的同事？在诊疗室里、在实验室里、在我身旁工作？这个幻想非常有力量，有真正的力量。但是，她的言语马上让布雷尔摆脱了这个幻想。

"是的，我知道这个世界不会赞同两个男人与一个女人住在一起，纯洁地。"她在"纯洁"上优美地加重了语调——强到足以让事情为之矫正，然而又柔和到足以规避了非难。"不过，我们是自由思想的观念论者，不认同社会所强加的限制。我们相信，我们有创造出我们本身道德系统的能力。"

由于布雷尔没有做出反应，他的访客第一次流露出不确定要如何进行下去的神色。

"我应该继续吗？我们有时间吗？我冒犯到你了吗？"

"请继续，亲爱的小姐。首先，就时间而言，我已经把这段时间留给你。"他伸手从书桌拿起他的行事历，指着 1882 年 11 月 22 日星期三这一天，潦草写就的大大 L. S. 。"你可以看出我在这个下午没有安排其他事情。其次，你并没有冒犯我。相反，我钦佩你的直爽、你的直截了当。真希望所有的朋友都能如此真诚地谈话！生活将会更丰富与更真实！"

不多做任何解释就接受了他的恭维，路·莎乐美为自己倒了更多咖啡，并继续讲她的故事。"首先，我应该表明我与尼采的关系虽然亲密，但是很短暂。我们只碰了四次面，而且几乎总是在我的母亲、保罗的母亲或者是尼采妹妹的监督之下。事实上，尼采跟我极少独自散步或交谈。"

"我们这不敬的三位一体，在知性上的蜜月期同样很短暂。裂痕出现了，然后是浪漫与色欲的感觉。或许它们打从一开始就出现了，或许我应该为疏于辨认出它们而负责。"她边说边颤抖着，仿佛想要摆脱这个责任一般。

"接近我们第一次会面的终了时，尼采逐渐对我的纯洁三人行的计划感到不安，认为这个世界还不能接受它，并且要求我把我们的计划保密。他尤其在意他的家庭：无论在任何情况下，他的母亲或妹妹都绝对不能知道我们的事。如此保守！我既惊讶又失望，并且怀疑我是否被他果敢的言辞、自由思想的宣言所误导。"

"之后不久，尼采达到一个甚至更强硬的立场——他那种在居住上的安排，将对我会有社交上的危险，或许甚至是毁灭性的影响。他说，为了保护我起见，他已经决定要提议结婚，并且要求保罗传达他求婚的意图。你可以想象这把保罗逼到了什么位置吗？但是出自对朋友的忠诚，或者说忠实，但有点冷漠的忠诚，保罗转告了我尼采的求婚。"

"这让你大感惊讶吗？"布雷尔问道。

"非常惊讶！特别是在我们只碰过一次面时！它同时搅乱了我的思绪。尼采是一个很好的人，并且有种高贵、强大、非凡的风采。我不否认，布雷尔医生，我被他强烈地吸引着，但不是那种罗曼蒂克的吸引。或许他感受到我对他的着迷，因此不相信我对婚姻与浪漫恋情的声明是真的。"

一阵突兀的狂风在窗子上弄出来的吱嘎声，把布雷尔的注意力分散了一会儿。他突然感到脖子与肩膀的僵硬，他已经如此专注地倾听了好几分钟而没有移动过。病人偶尔会跟他谈到私人的问题，但是从未像今天这样。以往的病人从来不是面对面的，从来不是如此勇于面对现实。贝莎曾经揭露了许多，不过总是在一种"恍惚"的心理状态下。路·莎乐美"清醒"得很，并且即使是在描述久远的事件，仍会创造出相当亲密的刹那，那会让布雷尔感觉他们就像是恋人般地交谈着。不难理解，尼采何以仅在一次会面后，就向她求婚。

"然后呢，小姐？"

"然后我决定在我们下一次碰面时要坦白以告。但事实证明，这是没有必要的。尼采迅速理解到，他对婚姻的看法就如我一般排斥。两星期后在奥尔塔，当我再次见到他时，他对我说的第一句话，就是要我千万别把他的求婚放在心上。然后，他恳求我加入他对完美关系的追求——那种热情的、纯洁的、知性的与精神上的完美关系的追求。"

"我们三个重修旧好。尼采对我们的三人行是如此兴致勃勃，有一天下午在卢塞恩，他坚持我们要为此合影——我们不敬的三位一体唯一的一张相片。"

在她递给布雷尔的照片当中,两个男人在一辆两轮马车前并列;她则屈膝坐在里面,挥舞着一支小皮鞭。"在前面那个有着短髭的男人,凝视着上方的那个——那是尼采,"她有点兴奋地说,"另一个是保罗。"

布雷尔仔细端详着这张相片。这两个男人让他感到不安,这两位可怜又受到束缚的杰出人物啊,被这位美丽的年轻女子与她小巧的皮鞭所主宰。

"你觉得我的马匹怎么样,布雷尔医生?"

目前为止,这是她第一次偏离正题,而此时,布雷尔突然想起她才不过是一个21岁的女孩。他感到不舒服,他不喜欢在这个美丽的生物上看到一点瑕疵。他的内心深处同情着那两个受到奴役的男人——他的兄弟们,他肯定自己会是他们其中之一。

他的访客一定意识到自己的失言,布雷尔察觉到她急忙地继续她的叙述。

"我们又见了两次面,在妥腾堡,大概三个月以前,先是和尼采的妹妹,然后是保罗的母亲。但是尼采持续写信给我。这儿是封回信,对我先前告诉他我是如何被他的书《曙光》所打动,这是他的回应。"

布雷尔飞快读了她递交的这封短信。

我亲爱的路:

我也是,我也有我的黎明时刻,这些时刻不是虚构的图画!以前我认为不可能的事,现在对我来说有了可能,为我终极的快乐与苦痛找到一个朋友,如今是可能的了,就像是灿烂金黄色的可能性,在我未来生命的地平线上升起。每当想到我亲爱的路,她无惧、丰富的灵魂时,我就为之悸动。

F. N.

布雷尔保持缄默。他现在对尼采的神往,感到愈发的强烈。曙光!去发现金黄色的可能性,去爱一个丰富、无惧的灵魂!布雷尔觉得,每个人都需要一生至少一次的追求。

"在同一段期间内,"莎乐美继续着,"保罗开始写来情感同样炽烈的信件。除了尽我所能的努力斡旋之外,我们三位一体之间的紧张,开始上升到令人惊慌的地步。保罗与尼采之间的情谊迅速崩解。在给我的信件中,他俩开始诋毁对方。"

"这是当然的啊,"布雷尔插嘴说,"难道这在你的意料之外吗?两位热情的男子与同一位女子有着亲密的关系?"

"或许我太过天真了。我以为我们三个可以共享一种心灵生活,我们可以一起做些严肃的哲学工作。"

显然为布雷尔的问题所困扰,她站起来,略为伸展一下四肢,漫步走向窗边,在途中停下来端详着他桌子上的某些物品——一套文艺复兴时期的青铜研钵与捣锤、一幅迷你埃及丧葬图、一个内耳半规管的精巧木制模型。

"或许我太顽固了,"她说,看着窗外,"不过我依然很难相信我们的三人行是不可能的!它也许可以成功,只要尼采可憎的妹妹没在一边作梗。尼采邀请我与他和伊丽莎白在妥腾堡共度夏日,那是图林根的一个小村庄。她先跟我在拜罗伊特会合,我们在那里碰到了瓦格纳,并且出席了一场《帕西法尔》的演出。然后我们一起旅行去妥腾堡。"

"你为何说她可憎呢,小姐?"

"伊丽莎白是一个爱挑拨离间、心胸狭窄、不诚实又反犹太人的傻瓜。当我失言告诉她保罗是犹太人的时候，她费尽心机让瓦格纳的整个圈子得知这一点，以确定保罗永远不可能在拜罗伊特受到欢迎。"

布雷尔放下他的咖啡杯。虽然路·莎乐美起先哄骗他进入了爱情、艺术与哲学，那些甜蜜又无害的领域，但她现在的字眼惊醒他回到现实当中，回到反犹太主义存在着的丑恶世界。这天早上，他才读到了《新自由报》中的一篇报道，说的是兄弟会的年轻人混进大学、闯入课堂、叫嚣着"犹太人滚蛋！"并且强迫所有犹太人离开讲堂——任何反抗的人，都会被他们拳打脚踢。

"我也是犹太人，我认为我有必要知道，尼采教授是否支持他妹妹的反犹太观点？"

"我知道你是犹太人，耶拿告诉过我。重要的是，你得知道，尼采只关心真理，他痛恨带有偏见的谎言——一切的偏见，他憎恨他妹妹的反犹太主义。伯纳德·福斯特（Bernard Forster），一个激进的反犹太分子，经常拜访他妹妹，尼采对此不仅惊讶，而且厌恶。他的妹妹，伊丽莎白……"

现在她说话的速度加快，音调提高了八度。布雷尔看得出来她知道自己正在岔离正题，但是她无法阻止自己。

"布雷尔医生，伊丽莎白极为讨厌。她叫我娼妇，她对尼采说谎，她跟尼采说我向每个人炫耀那张照片，还说我对旁人说尼采有多喜爱我的皮鞭的滋味。她始终在说谎！她是个危险的女人。记得我说的这句话，终有一天，她会对尼采造成极大的伤害！"

她在说这些话的时候紧紧握住一把椅子的椅背，然后，她坐了下来，较为镇定地继续说下去，"就如你能想象的，在妥腾堡与尼采及他的妹妹共度的那三个星期很复杂，我与他独处的时刻是高尚的。我们有美好的散步时光，深谈一切话题。有时候，他可以一天说上

10个小时！我怀疑以往是否曾经有过，两个人之间出现这样一种哲学上的开放。我们谈论善与恶的相对性，谈论为了过道德的生活，而将自己从一般道德规范中解放出来的必要性，谈论一种自由思想家的宗教。尼采说的没错，我们有孪生子的头脑——我们可以只说半句话、半个句子、仅仅比个手势，就对彼此传达了如此多的信息。然而这种快乐被毁掉了！因为我们一直都在他恶魔般妹妹的监视之下——我可以看出来她一直在注意听着，不停地在误解与图谋着什么。"

"告诉我，伊丽莎白为什么会中伤你？"

"因为她在为她的一生抗争。她是气量狭小、精神贫乏的女人，她无法承受把她的兄弟输给另一个女人，她了解尼采现在是而且永远都是她生命重要性的唯一来源。"

她瞄一下她的表，再瞥一眼紧闭的大门。

"我有点担心时间，所以我会加快速度。上个月，不顾伊丽莎白的反对，保罗、尼采与我在莱比锡跟保罗的母亲待了三个星期，我们再次拥有相当严肃的哲学讨论，特别是关于宗教信仰的发展。我们在两个星期前分手，当时尼采依然相信，整个春天，我们三个会一起住在巴黎。但我知道，那是永远不会实现的了。他妹妹已经成功地毒化了他的心灵，要他与我对立，最近他寄来的信中，充满了绝望、怨恨，对保罗和我的怨恨。"

"而现在，今天，莎乐美小姐，情势的发展如何？"

"所有的事情都恶化了，保罗与尼采已经成为敌人。保罗每次读到尼采写给我的信就越加愤怒，当他听到我对尼采有任何温柔的情感时，也会一样愤怒。"

"保罗看你的信？"

"是的，为何不呢？我们的友谊很深，我想我永远会与他非常亲近。我们彼此之间没有秘密,我们甚至阅读彼此的日记。保罗曾经恳求我与尼采绝交,我最终勉为其难地同意了,并且写信给尼采,表示我将永远珍惜我们的友谊,但是,我们的三人行是永远不可能的。我告诉他,太多的痛苦、太多毁灭性的影响来自他的妹妹、他的母亲以及他跟保罗间的争吵。"

"而他的反应是?"

"疯狂!令人恐惧的疯狂!他尽写些疯狂的信,有时候是侮辱或威胁,有时候是深沉的绝望。噢,看看上个星期我收到的这些段落。"

她拿出两封信来,这些信从外表上就显露出焦躁的气息:不协调的潦草书写,许多句子被删除,或在底下画了好几道线。布雷尔斜瞄着她圈起来的段落,但是无法辨识出几个字来,就把它们递还给她。

"我忘了,"她说,"我忘了他的字迹有多难阅读。让我解读写给保罗跟我两个人的这封:'不要让我暴怒的自大狂,或受到伤害的虚荣心太过打扰你们——如果那一天,我刚好因为一时的冲动而了结了我自己的生命,在那个了结里,不会有任何值得担忧的事情。我对你们还真的是心存幻想啊……我对现况所做出的这些合理观点,是在绝望中产生的,在我服用了巨大剂量的鸦片之后——'"

她突然停下来,"这应该足以让你对他的绝望有点概念了。目前我在保罗家位于巴伐利亚的房子已经待了好几个星期,我所有的邮件都寄到那儿去。为了避免我痛苦,保罗毁掉了尼采大部分的来信,但这封单单寄给我的,逃过了一劫,'如果我现在把你从我心中驱逐,这对你的整个存在来说,是种极为严苛的否定……你造成了损耗,你带来了伤害——不只是对我,还伤害到所有爱我的人,这把剑就悬在你的头上。'"

她抬头看着布雷尔:"医生,现在,你可以了解我为何如此强烈地建议,不要让你自己跟我扯上任何关系了吗?"

布雷尔深吸了一口雪茄。虽然他被路·莎乐美引起了好奇心,并且对她所摊开的戏剧性事件感到着迷,但他却深感为难。同意涉入是明智之举吗?真是一团糟啊!何等原始有力的关系:那不敬的三位一体、尼采与保罗破裂的友谊、尼采与妹妹之间的强力联结,还有尼采妹妹与路·莎乐美之间的互相憎恨。我得当心,布雷尔对自己说,要把这些交加的雷电置之度外。此中最具爆炸性的,当然是尼采对路·莎乐美不顾一切的爱,那爱现在已变成了恨。然而,回头已经太迟了。布雷尔曾经对自己承诺过,这承诺也在威尼斯爽快地告诉过她,"我从未拒绝治疗病人"。

他转回到路·莎乐美这边,"莎乐美小姐,这些信帮助我了解了你的警告。我想,你对你朋友的担心是正确的,他的稳定似乎只是反复,而自杀的确有可能。不过,既然现在你对尼采教授只有些微的影响力,你又如何说服他来见我呢?"

"没错,这是个问题,我对此考虑了很久。我的名字现在对他来说就是毒药,我一定得间接施力。这意味着,他必须永远、永远不知道我安排了一场与你的会面。你一定不能让他知道!不过你现在愿意见他了吗?"

她放下杯子,极为专注地看着布雷尔,使得他必须迅速地回答说:"当然,小姐。就如同我在威尼斯跟你说过的,'我从未拒绝治疗病人'。"

听了这些话,路·莎乐美脸上绽开了微笑。哎,她的压力比他所以为的要大得多。

"有了这样的保证,布雷尔医生,在尼采不知道我介入的情况下,我将开始着手把尼采带到你办公室来的计划。他的行为现在是如此混乱,我确信他所有的朋友都警觉到了,并且乐意见到任何合理计划的出现。在我明天回柏林的路上,我会在巴塞尔停留,向弗朗茨·奥弗贝克(Franz Overbeck)提出我们的计划,他是尼采终生的朋友。你作为一位主治医师的声誉会对我们有所帮助。我相信奥弗贝克教授可以说服尼采,就他的健康状况来找你求诊。如果我成功了,你将会收到我的信。"

她以飞快的速度,把尼采的信放回皮包里,站起来,整整长裙,从长沙发上拿起狐狸皮毛大衣,伸手紧紧握住布雷尔的手。"而现在,我亲爱的布雷尔医生——"

在她把另一只手放在他手上时,布雷尔的脉搏加速。他想着,别像个呆子一样,但这个指望,在她双手热情地环绕之下放弃了。他真想告诉她,他是如何喜爱她对他的触碰。或许她知道吧,因为她在说话时,还把他的手保留在她的双手内。

"希望就这件事,我们能保持频繁的联系。不只是因为我对尼采有着深沉的情感,还因为我得为他的某些痛苦负责,即使是无心之过。还有其他事情,我也期望你我能成为朋友。我有许多缺点,如你亲眼所见,我很冲动,我会吓到你,我是个不受传统规范的人。但是我也有长处,对于判断一个人是否有高贵的灵魂,我有绝佳的眼光。而当我发现了这样一个人的时候,我很不情愿失去他。所以我们会通信?"

她松开了他的手,大步走向门口,然后突如其来停住。她伸手从她的皮包里抽出两本小书。

"噢,布雷尔医生,我差点忘了。我想你应该要有尼采最新出版的两本书,它们会领着你洞察他的心灵。但是他绝对不能知道你见过这两本书,他会起疑,因为他的书太少有人买了。"

再一次,她碰触了布雷尔的手臂。"还有一点,虽说现在的读者如此之少，尼采深信他的声誉终究会到来。他有一次告诉我，不久的未来是属于他的。因此，别让任何人知道你在帮助他，别对任何人透露他的姓名。如果你这样做，并且被他发现了，他会认为那是一种严重的背叛。你的病人（安娜·欧）那不是她的真名，对吧？你用了一个假名？"

布雷尔点头。

"那么，我建议你对尼采做同样的事情。再会了，布雷尔医生。"她伸出了她的手。

"再会，小姐。"布雷尔说，他弯下腰来并把他的双唇印在上面。

她离开后，他关上门，在把书放到书桌上之前，他浏览了平装的薄薄两册小书，并且注意到它们奇特的标题——《快乐的科学》以及《人性的，太人性的》。他走到窗边以捕捉对路·莎乐美的最后一瞥。她撑着雨伞，迅速步下台阶，头也不回地进入一辆等候的小型出租马车。

第三章

从窗边回过身，布雷尔甩甩头，好把路·莎乐美赶出脑海。他扯了扯挂在桌旁的丝绳，通知贝克太太让等候在办公室外的病人进来。驼背、长须的正统犹太人波尔罗斯先生迟疑地进了门。

布雷尔立刻就知道了，波尔罗斯先生在50年前动过扁桃腺切除手术。直到今天以前，他一直拒绝向医生求诊，可以见到那次手术所留下的印象有多深刻。今天到布雷尔这里来，还是百般拖延的结果，用波尔罗斯的话来说，是一种"生死攸关的健康状况"将他逼到了别无选择、唯有就诊的地步。布雷尔立刻抛开了他的专业架子，从书桌后面走出来，并与波尔罗斯先生并排坐在毗邻的椅子上，就像他不久前对待路·莎乐美的方式，布雷尔开始跟这位病人随意闲谈。他们谈论着天气、新一波来自加利尼西亚的犹太移民潮、奥地利改革协会煽动的反犹太主义以及他们共同的祖先。波尔罗斯先生对布雷尔的父亲利奥波德的尊敬，就像犹太人社区中的其他成员一样，并无二致，在短短的几分钟之内，这种对其父亲的信任情感，就已经转移到布雷尔身上。

"波尔罗斯先生，"布雷尔说，"我能帮你什么忙呢？"

"医生，我尿不出来。白天如此，晚上也一样，但我真的想尿。我跑去厕所，但尿不出来。我站了又站，最终只滴了几滴。20分钟后，又来了。我又想上厕所，但是……"

几个问题，布雷尔就确定了波尔罗斯的毛病，他的前列腺一定压迫到尿道了。现在只剩下一个重要问题：波尔罗斯的病，仅是良性的前列腺肥大还是癌症？接着，布雷尔为波尔罗斯做直肠检查。触诊时，他并未发现如岩石般坚硬的瘤状物，但却触及松软的良性肿瘤。

听到没有癌症的迹象，波尔罗斯先生露出欢天喜地的笑容，抓起布雷尔的手就吻了起来。不过，这快乐持续不久，他的心情便黯淡下来。尽管布雷尔一再安慰波尔罗斯放心，接下来的疗程叙述，听起来可一点儿也不让人舒服：尿道必须被扩大，这得用一种带有刻度的长金属棒，或者说是"探针"，插进阴茎。由于布雷尔不做这种治疗，他推荐波尔罗斯去见他的连襟——麦克斯，他是泌尿科医生。

波尔罗斯离开之后——时间才过6点不久，这是布雷尔医生傍晚出诊的时间。他整了整大型的黑色皮制医疗袋，穿上皮毛衬里的大衣，戴上高顶丝质礼帽，向门外走去，车夫费雪曼与四轮马车已在等候他了。当他在检查波尔罗斯先生时，贝克太太招呼了一名在十字路口站岗的小厮——那个年轻跑腿，有红眼圈与红鼻头，别着一枚徽章，戴着一顶尖帽子，穿着一件有军官肩章的过大的卡其军外套。贝克太太给了他10枚铜币，要他跑去把费雪曼找来。布雷尔比大多数维也纳医生富裕得多，因此他负担得起以按年计费的方法，租下一辆小型马车使用，而不是在需要时才叫车。

按惯例，他递给费雪曼要拜访的病人名单。布雷尔每天出诊两次：早上一次，是在他用过咖啡与松脆的三角面包卷的早餐之后；

晚上一次，则是在他结束了下午的办公室看诊之后，就像今天的情况。一如维也纳多数的医生，布雷尔只在没有其他办法可想的时候，才把病人送去医院。不仅是因为在家里有较佳的照料，也因为病人得以远离传染性疾病——公立医院经常是这类疾病的温床。

如此，布雷尔的马车经常出勤：它真的是一个活动书房，里头有最新的医学期刊与参考资料。几个星期以前，他邀请了一位年轻的医生朋友西格蒙德·弗洛伊德陪伴了他一整天。那也许是一个错误！那位年轻人正处在选定医学专业的阶段，而那天，可能将他从内科吓跑了。因为，根据弗洛伊德的计算，布雷尔竟在他的小马车上花了6个小时！

拜访完7个病人之后——其中3个病况严重，布雷尔结束了一天的工作。费雪曼转向格林史泰德咖啡馆，布雷尔通常在那儿与一群医生和科学家喝咖啡，15年来，他们每晚都在同一张保留餐桌碰面——一张咖啡馆最好角落的大桌子。

不过今晚布雷尔改变了主意："带我回家，费雪曼。我今天太累了。"

他把头靠在黑色皮制座椅上休息，闭上了双眼。筋疲力尽的今天开始得很糟：凌晨4点的一场噩梦之后，他便无法入眠。上午的行程表很紧：10个出诊，接着9个来办公室求诊的病人。下午办公室有更多的病人，然后就是与路·莎乐美刺激但耗神的晤谈。

即使是现在，他的心绪也不为自己所掌握。悄悄渗透进来的是对贝莎的幻想：握着她的纤纤玉手，与她一同在和煦的阳光下漫步，远离维也纳冰冷的灰色雪泥。但是，触目惊心的意象很快介入：在他即将登船永远离开，要跟贝莎在美国开始一段新生活时，烟消云散的是他的婚姻，被弃而不顾的是他的孩子。这些想法老是缠着他不放，他痛恨它们，它们夺走了他的宁静；这些想法是怪物，不但与他的幻想无法相容，也不可能成为事实。虽说如此，布雷尔却欢迎它们，如此一来，他脑海中的贝莎才得以被赶走，否则哪有其他的办法啊！

辘辘的车声越过了维恩河的石板桥。布雷尔望出去，行色匆匆的路人赶着下班回家，每个人都撑着黑雨伞，与他的穿着没什么不同——深色皮毛衬里大衣、白手套、黑色高顶丝质礼帽。突然，他的视线捕捉到一个熟悉的身影。那个矮小、没有戴帽子的男人，他有着修剪整齐的胡须，步伐之快，超越其他人好像为了赢得比赛！那有力的步伐——到哪里布雷尔都认得出来！好多次在维也纳的森林中，他试图跟上那双来回舞动的脚，那双脚除了寻找绅士蕈之外从未慢下来过——绅士蕈是种尖细的大野菇，生长在黑枞树的根部。

要费雪曼停到路边，布雷尔打开车窗并对外叫道："西格，你要上哪去啊？"

他年轻的朋友穿着一件粗劣的纯蓝色大衣，在转向马车时收拢了他的雨伞，在认出是布雷尔之后，露齿而笑并回答说："我正赶去贝克街7号。一位最迷人的女子今晚邀请我共进晚餐。"

"喔！我有一个扫兴的消息！"布雷尔笑着回答说，"她最迷人的丈夫这一刻正在回家的路上！上来吧，西格，跟我一道走吧。我今天的正事办完了，而且累得不想去格林史泰德。我们可以趁着吃饭前的空当聊聊。"

弗洛伊德抖掉雨伞上的水，把脚在人行道的石边跺一跺，爬上了马车。天很黑，车厢内的烛光产生的阴影多过了亮光。在一段沉默之后，弗洛伊德转头仔细打量着他朋友的面容。"约瑟夫，你看起来真的很疲倦。漫长的一天？"

"艰苦的一天。阿道夫·菲弗（Adolf Fifer）是我今天的开头与结尾，你认识他吗？"

第三章

"不认识,不过我在《新自由报》上读过他的一些文章,一个不错的作家。"

"我们从小就玩在一起,我们以前都一块儿走着去学校。他从我开业的第一天起就是我的病人。唉,大约三个月前,我诊断出他得了肝癌。之后,癌细胞就像野火燎原般地扩散,现在他有末期的阻碍性黄疸。西格,你知道下一个阶段是什么吗?"

"嗯,如果他的胆管受到阻碍,那么胆汁会持续回流到血液中,直到他死于肝中毒为止。在此之前,他会先进入肝衰竭,对不对?"

"正是如此。他现在每天都有可能死去,但是我不能对他说。即使我想要跟他诚挚地道别,我仍然挂着我那乐观又不诚实的笑容,我永远无法习惯病人的死亡。"

"但愿我们之中,无人能习惯病人的死亡吧。"弗洛伊德叹息说,"希望是最根本的,除了我们医生之外,还有谁能撑得住希望呢?对我来说,这是作为医生最困难的一部分。有时我极度怀疑,是否这就是我所追求的工作。死亡的力量是如此强大,我们的治疗又如此微不足道,尤其在神经学方面。感谢上帝,我上的那门神经回路课快告一段落了。他们对位置确定的执着要求,简直让人厌恶透了。你真该听听威斯特佛与梅尔今天在巡房时的争执,关于癌症的脑部精确定位——他俩就当着病人的面吵!"

"但是,"他暂停了一下说,"我有什么资格说话呢?六个月前,当我在神经病理学实验室工作时,我为拥有一具婴儿大脑可供实验而欣喜若狂,因为我可以用它来找到症状的明确位置!或许我太愤世嫉俗了,但我越来越相信,对病症位置的争辩已经淹没了真正的真相,真相是:病人死了,一旁的医生束手无策。"

"西格,可叹的是威斯特佛的学生,他们将永远也学不到如何去安慰垂死的病人。"

马车摇晃于强风中,两个人都静静地坐着。雨点再度落下,泼溅在车厢的车顶上。布雷尔想要给他的年轻友人一些忠告,但是迟疑着,他推敲着遣词用字,因为弗洛伊德是个相当纤细敏感的人。

"西格,让我告诉你一些事情。我知道你最近的医疗实习让你相当失望。你觉得被打败了,你觉得委屈了自己。昨天在咖啡馆里,我无意中听到你对布吕克的批评,他不但拒绝升你的职,还建议你放弃对学术的抱负。不过,别怪他!我知道他对你的期望殷切。从他本人的口中,我亲耳听到他说,你是他有过的最好学生。"

"那为何不让我升职呢?"

"升到什么,西格?升到艾科斯纳或者是弗莱契的职位,如果他们离开的话?让你拿一年 100 基尔德银币的薪水?布吕克在钱这件事上是对的!研究是有钱人的工作,你无法以那份薪水过活。想用那份薪水奉养你的父母吗?拿那份薪水,再过 10 年你都没有能力结婚。布吕克也许不够敏锐细心,不过当他说,除非你拿到一大笔嫁妆,否则你不会有继续研究的机会,就这点来说,他是对的。当你六个月前跟玛莎求婚时,你清楚地知道她没法为你带来任何嫁妆,不是布吕克,而是你,是你自己决定了你的未来。"

弗洛伊德在回话之前,闭目沉思了片刻。

"你的话伤到了我,约瑟夫。我一直觉得你不赞成我和玛莎在一起。"

布雷尔知道,要弗洛伊德对他直率地说话,是多么困难!对他而言,布雷尔是个较他年长 16 岁的人,不仅是他的朋友,而且是他的老师、父亲、兄长。他伸手轻触弗洛伊德的手。

"不,西格!不是你说的这样!我们所不赞同的只是时机。我觉得你的面前还有太多年的艰苦锻炼,此时不适合有个未婚妻来增加你的负担。我们喜欢玛莎,虽然我只见过她一次,在她全家前往汉堡之前的派对上，我当时就对她有好感，她让我想起玛蒂尔德在她这个年纪时的样子。"

"这不足为奇，"弗洛伊德的声音现在和缓下来，"你的太太是我的偶像。自从我见过玛蒂尔德之后，我就一直在寻找一个像她那样的妻子。老实说，约瑟夫，跟我说实话，如果玛蒂尔德是穷人，你还会娶她吗？"

"西格，不要为了这个答案而恨我，事实上，那是14年前的事，其实已该事过境迁了。事实是，当时的我会做任何我父亲要求我做的事。"

当弗洛伊德拿出一支便宜雪茄时，他一直保持沉默，然后，把它递给布雷尔，布雷尔则一如以往地婉拒了它。

在弗洛伊德点燃雪茄时，布雷尔继续说："西格，我知道你的感受，我也感受得到你的感受。你就是我，你就是我10年、11年前的样子。当我在医学院的老板乌普塞猝死于斑疹伤寒的时候，我的学术生涯就像你的一样，突然告终。那种残酷啊，就跟你的一样。当时我也认为自己是个有远大前程的家伙，我期盼能接他的位子。我那时应该接任他的位子，所有人都知道这点。可是，后来是个非犹太人接手了他的位子。我就像你一样，被迫委屈在次等待遇。"

"那么，约瑟夫，你就会知道我的挫折感有多大了。这不公平！看看医院的院长——诺斯纳格尔，那个粗鄙不文的东西！看看精神病学的主任——梅纳特！我的能力不足吗？我可能会做出重大发现的！"

"西格，你一定会的！11年前，我把实验室与鸽子搬回家，继续做研究。这是办得到的，你总会找出方法来。但是，你找到的方法永远不会是大学里的那一套。你我都知道，这不仅仅是钱的问题而已。每一天，反犹太主义的声势都愈加强悍。你看了今天早上

《新自由报》上的那篇报道吗？非犹太人兄弟会冲进课堂并把犹太人拉出教室，他们现在威胁要扰乱所有犹太裔教授的课程。还有，你看过昨天的新闻评论吗？那篇关于加利尼西亚一个犹太人的审判，他被指控用基督教幼童作为献祭的牲畜？他们居然说，这人是为了得到马萨面包的生面团而需要基督徒的鲜血！你相信吗？1882年了，这些事还在发生！这些人是野蛮人，仅仅披着基督教薄薄外皮的野蛮人。他们才是你没有学术前途的理由！当然啦，布吕克他个人摆脱了这样的偏见，然而，谁知道他究竟相信的是什么？有件事我的确知道，他私下跟我说过，反犹太主义终究会毁掉你的学术事业。"

"但是，约瑟夫，我早就打定了主意要做研究。我不像你那样适合单独从业，所有的维也纳人都知道你在诊断上的准确直觉，我没有那种天赋。如果我去执业的话，终其一生，我将会一直是个受雇医生，就像犁头套在天马身上，终究是大材小用！"

"西格，我所有的诊疗技巧都可以传授给你。"

弗洛伊德往回靠，坐到烛光光晕之外。好在有这片暗影，他从未向约瑟夫泄露过如此多的心事，或者是向玛莎以外的任何人。他只在每天写给玛莎的信中，谈论着最私密的想法与感受。

"但是，西格，别把怒气发泄在医学上，你是在无谓的愤世嫉俗。看看过去 20 年来的进步，甚至是在神经学上。想想铅中毒的麻痹，或是溴化物导致的精神异常，或是大脑的旋毛虫病。这些，20 年前都是谜团。科学的进展虽然缓慢，但是 10 年间我们就克服了一种疾病。"

在布雷尔继续说话之前，有一段很长时间的沉默。

"我们换个话题吧，我想要问你些事情。现在的医学院学生中，你对一个姓莎乐美的俄国学生有印象吗？耶拿·莎乐美？"

第三章

"耶拿·莎乐美?没印象。怎么回事?"

"他的姐姐今天来见我,一场奇特的会面。"马车穿过了贝克街7号狭小的入口,并且摇摇晃晃地突然停了下来,车厢在马车厚实的弹簧上摆晃了一阵子,"到了,进去里面我再告诉你。"

他们走下马车到16世纪堂皇的圆石中庭上,周围是常春藤覆盖的高墙。在地面每一边的上方,圆拱支撑着庄重的半露方柱,上面升起五排大型的拱窗,每一扇拱窗都有12片木头嵌框的玻璃窗。当两位男士行近玄关的大门时,值班的门房透过公寓大门上的小玻璃窗往外看,然后急忙开启大门,弯下腰来问候他们。

他们拾级而上,经过布雷尔在二楼的办公室,来到三楼的宽敞公寓——玛蒂尔德正在等候他。以36岁的年龄来说,她是个颇具吸引力的女性。她光滑如丝缎的皮肤,突显出精雕细琢的鼻子、蓝灰色的眼睛、棕栗色的浓密头发,长长的穗带则将头发盘在她的头上。白色短衫穿在身上,灰色的长裙紧紧缠绕在她的腰际,显露出她曼妙的身材,虽然她几个月前才生下第五个孩子。

接过约瑟夫的帽子,她一边用手往后梳拢他的头发,一边帮他褪下大衣,交给一旁的仆人阿露希亚——打从她14年前开始服侍他们以来,他们就叫她"露易丝"。然后玛蒂尔德转向弗洛伊德。

"西格,你又湿又冷的。快到浴盆里去!我们已经热好水了,我在架子上为你准备了些约瑟夫还没穿过的亚麻内衣。幸好你们两个体型差不多!我从来就无法这样招待麦克斯。"麦克斯是她妹妹瑞秋的丈夫,是个彪形大汉,体重230多斤。

"别担心麦克斯,"布雷尔说,"我用转诊病人来巴结他。"他转向弗洛伊德,加上一句,"我今天又送给麦克斯另一个前列腺肥大的患者,这是这个星期以来的第四个。那儿可有一片天地给你?"

"才不咧!"玛蒂尔德插嘴说,抓着弗洛伊德的臂膀带他到浴室去,"泌尿科不适合西格。整天清理膀胱与输尿管!西格一个星期就疯掉了!"

她在门边停下,"约瑟夫,孩子们在吃饭。看一会儿他们,只要一小会儿。晚餐前打个小盹吧,我听到你昨天整个晚上都在辗转反侧,你简直没睡。"

布雷尔毫无异议地走向卧室,随后又改变了,决定去帮弗洛伊德倒满浴缸。转回身来,布雷尔看见玛蒂尔德倚向弗洛伊德,并且听到她耳语说:"你知道我的意思了,西格,他几乎不跟我说话!"

在浴室内,布雷尔把喷嘴接上浴盆,里面的热水是露易丝与玛蒂尔德从厨房拎来的。硕大的白浴盆,由娇柔的黄铜猫爪奇迹般地支撑着,水很快就倒满了。在布雷尔走出浴室,沿着走廊而行时,他听到弗洛伊德滑进热气蒸腾的水中时,所发出的满足的叹息声。

躺在床上,布雷尔想到玛蒂尔德竟如此亲密地跟弗洛伊德吐露心事,这让他难以成眠。弗洛伊德越来越像是这个家庭的一分子,现在甚至一星期与他们共进几次晚餐。起初,凝聚力主要来自布雷尔与弗洛伊德之间:或许西格代替了阿道夫——他几年前过世的弟弟。但是在过去的一年里,玛蒂尔德与弗洛伊德日益亲近。他们之间10岁的年龄差距,容许玛蒂尔德以亲情般的母性特权来对待弗洛伊德,她时常说,弗洛伊德让他回想起她初次见到的约瑟夫。

又怎么样呢?布雷尔问自己,如果玛蒂尔德真的对弗洛伊德倾诉,说我对她的疏远,她说与不说,又有什么差别呢?弗洛伊德大有可能早就知道了这个家庭里发生的每一件事情,他都看在眼里。他不是个机灵的医学诊断专家,但是他很少错过任何与人类关系有关的事情。还有,他一定注意到孩子们对父爱是如何渴求,无论何时只要他一出现,罗伯特、贝莎、玛格利特与乔纳斯就蜂拥到他身边,欣喜地尖叫着"西格叔叔",甚至连小朵拉都露出微笑。弗洛伊德在家里的出现无疑是件好事，布雷尔知道他的注意力太集中在自己的事情上，因此，无法顾及家里对他的需求。是的，弗洛伊德取代了他，与其说布雷尔有羞愧感，毋宁说，他对这位年轻朋友大体上是心存感激的。

布雷尔心知肚明，他无法抗辩玛蒂尔德对婚姻的怨言。她大有理由抱怨！几乎是每个晚上，他都在他的实验室工作到午夜时分。他还把星期天的下午花在他的办公室内，为当天下午在医学院的讲座备课。一个星期有几个晚上，他在咖啡馆待到八九点，而且他现在一个星期玩两次塔罗牌，而不是以往的一次。中午的正餐，这向来是神圣不可侵犯的家庭时间，现在也遭到了侵占。至少每个星期一次，约瑟夫替自己安排了过多的工作，并略过了大部分用餐的休息时间。每次麦克斯来的时候，他们就理所当然地锁上书房的门，下几个小时的棋。

布雷尔放弃了小憩的念头，走进厨房去问晚餐好了没有。他知道弗洛伊德喜爱长时间地泡热水澡，但是又挂念用完晚餐之后，是否有时间回实验室工作。他敲着浴室的门，"西格，你洗完以后到书房来。玛蒂尔德同意让我们在那儿轻松地用餐。"

弗洛伊德迅速把自己擦干，穿上约瑟夫的内衣，把他的脏内衣留在待洗衣物的洗衣篮里，赶忙去帮布雷尔与玛蒂尔德，把两人的晚餐装在托盘上。（布雷尔夫妇就像大部分维也纳人一般，在中午吃他们的正餐，并且以冷的剩菜作为简单的晚餐。）通往厨房的镶着玻璃的门，还滴着水珠。推开门，扑面而来的是胡萝卜芹菜大麦汤的芳香。

手里拿着长柄勺的玛蒂尔德向他致意，"西格，外面这么冷，所以我做了些热汤，这正是你们两个所需要的。"

弗洛伊德接过她手上的托盘，"只有两碗，你不吃吗？"

"当约瑟夫说他想要在书房吃的时候,那通常意味着他想要单独跟你谈谈。"

"玛蒂尔德,"布雷尔抗议着,"我可没有这样说。如果没有你作伴用餐的话,西格会不想再来我们家的。"

"不了,我很累了,况且你俩这星期都没有机会独处。"

走在长长的走廊时,弗洛伊德突然拐进孩子们的卧室,亲亲他们道晚安,孩子们苦苦哀求要听一个故事,他用下次讲两个故事的保证脱了身。他进了布雷尔的书房,那是一个环绕着深色木板的房间,中央一扇大窗户悬垂着暗褐色的天鹅绒帘幕。塞在窗子下半部、内窗与外窗之间的,是几个用作隔音之用的枕头。临窗是一张厚重的深胡桃色书桌,上面摊开着堆积如山的书本。地板上,铺着蓝白织花地毯,三面墙竖立着从地板到天花板的书架,塞满了深色皮革精装的厚重书籍。房内远端角落的一张毕德迈尔式牌桌,有着黑金两色螺旋桌脚,露易丝已经在桌上放好一盘冷烤鸡、一份甘蓝菜色拉、香芹籽、酸乳酪、一些面包片以及矿泉水。现在玛蒂尔德从弗洛伊德端着的托盘上把汤碗拿起放在桌上,并且准备离去。

意识到弗洛伊德在场,布雷尔伸手按在她的手臂上。"待一会儿吧,弗洛伊德跟我没有瞒着你的秘密。"

"我早已跟孩子们一块儿吃了些东西。没有我作陪,你们两个也不会有问题的。"

"玛蒂尔德,"布雷尔试着轻松些,"你说你见到我的时间不多。但当我人在这里了,你却又弃我而去。"

她摇摇头:"我待会儿会带些水果卷心饼回来。"布雷尔向弗洛伊德投以乞求的眼神,仿佛在说,"我还有什么办法呢?"过了一会儿,就在玛蒂尔德把门在她身后关上的时候,他察觉到她对弗洛伊德意味深长的一瞥,宛如诉说着,"你看我们的夫妻生活变成了什么样子?"这是许久以来的第一次,布雷尔意识到他的年轻友人微妙尴尬的角色:他是这对怨偶分别推心置腹的朋友!

在两位男士静静地吃饭时,布雷尔注意到弗洛伊德的眼光扫视着书架。

"我是不是该保留个书架呢,好放你未来的大作,西格?"

"多希望能如此啊!但10年内不可能,约瑟夫。我甚至没有时间思考。我这个维也纳综合医院的实习医生,目前唯一写过的东西是张明信片。我想读这些书,而不是去写。噢,皓首穷经于无尽的智慧——我想把所有的知识,都透过眼球上三毫米宽的小孔,倒进我的脑子里去。"

布雷尔微笑着,"精彩的想象!把叔本华与斯宾诺莎(Spinoza)蒸馏、浓缩、穿过瞳孔,沿着视神经,直接进入我们后脑的脑叶。我真想用我的眼睛来狼吞虎咽,我现在常常累到无法认真地阅读。"

"你的小睡呢?"弗洛伊德问道,"发生了什么事?我以为你准备在晚餐前躺一躺。"

"我已经无法小睡了。我想我是太累了,累到难以入眠的程度。那个噩梦再度让我在半夜惊醒——那个有关坠落的梦。"

"再说一次,约瑟夫,那是个怎样的梦?"

"每次都一样。"布雷尔吞下整杯威斯巴登矿泉水,放下叉子,往后靠,以使他吃进去的食物安顿下来。"而且非常逼真——在过去一年里,肯定做过10次这个梦了。首先我感觉到地面在颤动,我惊骇不已并到外面去寻找……"

他沉吟了一阵子,试图回忆起他以前是如何描述这个梦境的。在梦里,他一直寻找的是贝莎,不过,他对弗洛伊德所吐露的心事,总得有个限度。不仅是对贝莎的迷恋让他困窘,还在于他看不出有什么理由,要告诉弗洛伊德一些事情,同时又要求他对玛蒂尔德保密,这样只会让他们之间的关系更加复杂。"

"……去寻找某个人。我脚底的地面开始液化,就像流沙一样。我缓慢地沉进泥土里并坠落了 40 英尺[注]——不多也不少。然后我躺在一块大石板上休息。石板上有书写的文字。我尝试辨认它们,但是我读不懂。"

"真是个迷人的梦,约瑟夫。有一件事我很肯定,它的意义关键在于石板上无法辨识的文字。"

"如果这个梦真有任何意义可言的话。"

"一定有,约瑟夫。同一个梦,10 次?你当然不会容许你的睡眠被某些微不足道的琐事打扰!另一个让我感兴趣的部分是那 40 英尺。你怎么知道刚好是那个高度?"

"我就是知道,但是不清楚我怎么知道的。"

一如往常,迅速扫光盘里的食物,匆匆咽下最后一口食物,弗洛伊德说,"我确信那个数字是正确的。毕竟,你创造了这个梦!你知道的,约瑟夫,我依然在搜集梦,而且我越来越相信,梦中明确的数字总是有真正的意义。我有一个新样本,我想我还没跟你提过。上星期我们为以撒·舍恩伯格(Isaac Schönberg)办了个餐会,他是家父的一位朋友。"

"我认识他。对你未婚妻的妹妹有兴趣的,就是他的儿子依格纳兹,对不对?"

"对,就是他,而且不止是对米娜有'兴趣'而已。好了,那是以撒的 60 岁大寿,他描述了前一天晚上的梦。他沿着一条漫长又漆黑的道路步行,口袋里装有 60 枚金币。跟你一样,他全然肯定那个精确的数字。他尝试保住他的金币,但是它们不停地从他口袋的一

[注] 1 英尺 =0.3048 米。——译者注

个破洞掉出来。因为太暗了,以致他找不到那些掉落的金币。我不相信在他60岁生日时梦到60个金币是一种巧合。我很确定,还有什么其他的可能性呢?——这60枚金币代表了他的60年岁月。"

"而那个口袋里的破洞呢?"布雷尔问道,叉起第二片鸡肉。

"这个梦一定是希望能丢掉些年纪,变得年轻一点。"弗洛伊德回答说,一边也去多拿些鸡肉。

"或者,西格,这个梦表达出一种恐惧——时不我予的恐惧,恐惧所剩无几的岁月!要记住,他是在一条漫长又漆黑的道路上,并试图重新获得他所失去的某些东西。"

"是吧,我猜是如此。或许梦可以表达愿望或恐惧,或二者兼而有之。不过,告诉我,约瑟夫,你第一次做这个坠落的梦,是在什么时候?"

"让我想想。"布雷尔回想起第一次,是在他开始怀疑自己的治疗,是否真能帮助贝莎的不久之后,还有与帕朋罕太太的讨论,则增加了将贝莎移转到瑞士贝勒福疗养院的可能性。他告诉弗洛伊德,这个梦第一次出现,约是1882年年初,差不多一年以前。

"那不就是1月吗,我来参加你40岁生日晚宴的时候,"弗洛伊德问,"还有阿特曼全家?所以,如果你从那时开始有这个梦,这是不是可以推论出那40英尺象征着40年呢?"

"嗯,再过几个月我就满41岁了。如果你是对的,是否明年1月起,我应该开始在那个梦里坠落41英尺呢?"

弗洛伊德摊一摊手,"从此开始,我们需要一位专家,我已经走到我解梦理论的极限。一旦做了一个梦,梦本身是否会随之变动,以配合做梦者生活上的改变?这是个令人着迷的问题!还有,年龄为何是以英尺来表现呢?为什么居住在我们心里的小做梦家,会大费周章地来掩饰真相呢?我猜这个梦不会改变为41英尺。我想,年长一岁就递增一英尺这样的一目了然，会让那个做梦家害怕，害怕梦的密码将会拱手让人。"

"西格，"布雷尔咯咯笑着，以餐巾抹拭嘴巴与短髭，"这里就是你我的想法每次都分道扬镳的地方。当你开始谈到另一个独立心智的时候，一个有知觉的小精灵，存在于我们意有所指又精致复杂的梦里，还有办法对我们清醒的意识来掩饰梦的意图——听起来真是太荒唐了。"

"我同意，听起来似乎是太过荒谬，但是看看支持的证据，看看所有那些科学家与数学家，听听他们说的，他们如何在梦中解答了重要的问题！还有，约瑟夫，你找不到足以与之抗衡的其他解释。不论这说法看来有多可笑，那儿必然有一个独立又不受意识控制的心智。我很肯定——"

玛蒂尔德端着一壶咖啡与两块苹果葡萄干卷心饼进来，"你这么肯定的是什么事啊，西格？"

"我唯一肯定的事情是，我们想要你坐下来待一会儿。约瑟夫正要描述一位他今天见到的病人。"

"我没办法，乔纳斯在哭，如果我现在不去他房里，他会把其他的孩子吵醒。"

她离开后，弗洛伊德转向布雷尔。"好啦，约瑟夫，那位医学院学生的姐姐，你跟她的奇特会面是怎么一回事？"

布雷尔犹豫着，思前想后。他想跟弗洛伊德讨论路·莎乐美的计划，但是又担心这会扯出太多关于他对贝莎治疗的讨论。

"嗯，她的弟弟告诉她，有关我对贝莎·帕朋罕的治疗。现在她想要我将同样的疗法，用在她一位精神脆弱的朋友身上。"

"这个医学院学生——耶拿·莎乐美怎么会知道贝莎·帕朋罕的事呢？你总是不愿跟我谈到这个案例。除了你使用催眠术的事情之外，我对这个案例一无所知。"

布雷尔怀疑，他是否在弗洛伊德的声音中，察觉到一丝妒意。"是的，我不曾谈论过太多关于贝莎的事，西格。她的家庭在此地过于知名。而且，自从我得知贝莎是你未婚妻的好友之后，我尤其避免跟你谈到这件事情。不过在几个月之前，我给了她安娜·欧的假名，并且在一个医学院学生的病例讨论会中，简略地描述了对她的治疗。"

弗洛伊德深感兴趣地把头伸过来，"你知道我对你新疗法的细节有多么好奇吗？你不能至少告诉我，你跟那些医学院学生所说的部分吗？你知道的，我可以保守住专业上的秘密，甚至对玛莎。"

布雷尔举棋不定。要说多少呢？当然，弗洛伊德早就知道了很多。可想而知的是，多月以来，对于丈夫花如此多的时间与贝莎在一起的恼怒，玛蒂尔德早就是丝毫不加以掩饰了。那天玛蒂尔德终于怒不可遏时，弗洛伊德就在现场，当时，她还禁止布雷尔从此再在她面前提到这个年轻患者的名字。

幸运的是，弗洛伊德不曾目击他对贝莎最后一次治疗时的悲惨场面！布雷尔永远无法忘记，在那可怕的日子，去她的家里，当时她因妄想怀孕的分娩阵痛而扭动着，并且公然说给所有人听："布雷尔医生的婴儿要出生了。"当玛蒂尔德听说了那码事，这种新闻在犹太人家庭主妇间，飞快地流传着，她立刻要求布雷尔把贝莎的案子转给另一位医师。

玛蒂尔德有没有向弗洛伊德抱怨过所有的事情呢？布雷尔不想问。不是现在，或许过一阵子，等事情平静了再说。因此，他小心地斟酌着字句："嗯，你当然知道，贝莎有一切典型歇斯底里症的症状——感觉与运动神经失调、肌肉痉挛、耳聋、幻觉、健忘、失音、恐水症同时还有其他不寻常的症状。譬如，她有某种怪异的语言失调,无法说德文,这个症状有时候要几个星期才结束,尤其是在早上,当时我们就以英语来保持沟通。更为怪诞的是她的双重精神生活:一部分的她,生活在现在;另一部分的她,被恰好一年以前的事件刺激而反应着,这是我们在检查了她母亲前一年的日记时发现的。她同时还有严重的颜面神经痛,除了吗啡外,没有其他东西可以控制,当然,她已经对麻药上瘾了。"

"你以催眠来治疗她?"弗洛伊德问道。

"那是我的初衷。我原本打算遵循利伯特(Liebault)以催眠暗示来移除症状的方法。但是要感谢贝莎,她是一个特别有创造力的女性,我发现了一种全新的治疗原理。在最初的几个星期中,我每天都去拜访她,并且一成不变地发现她处于一种如此激动的状态,这状态使她什么事也做不了。但是我们接着了解到,凭着对我巨细靡遗地诉说那一天让她苦恼的事件,她得以平复她的激动。"

布雷尔停下来闭上他的双眼以汇集思绪。他知道这段谈话很重要,并且他想将所有重要的事实涵盖在这谈话之中。

"这种程序要花时间。贝莎经常在每天早上,需要她称之为'清扫烟囱'的一个小时,为的只是要清除她心里面做过的梦以及不愉快的幻想。当我下午再出诊的时候,当天堆积如山的新刺激,就需要更多的烟囱清理。唯有这些每天都有的碎片,被完全清理干净时,我们才能够着手缓解她其他的持久症状。就在这一点上,西格,我们与一项惊人的发现不期而遇!"

在布雷尔自命不凡的语调中,正点着雪茄的弗洛伊德僵在那里,在他渴望听到布雷尔下一句话之际,火柴烧到了他的手指。"哎呀,我的天哪!"他大叫出声,摇灭了那根火柴并吸吮指头。"说下去,约瑟夫,那项惊人的发现是——"

"唔,我们发现当她谈到一个症状的来源,并对我详细述说它的时候，那个症状就自己消失不见了，不需要任何催眠性的暗示。"

"来源？"弗洛伊德问说，现在他痴迷到把他的雪茄掉在烟灰缸里，并让它被遗忘在那儿闷烧着。"你的意思是什么，约瑟夫，症状的来源？"

"原本的刺激，让它出现的经验。"

"拜托！"弗洛伊德要求说，"给个例子！"

"我要告诉你的是关于她的恐水症。贝莎有几个星期不能或不愿喝水，她渴得不得了，但是当她举起一杯水的时候，她无法说服自己去喝，因此被迫以甜瓜或其他水果来解渴。然后有一天在恍惚中，她是一个自我催眠的人，在每次会面期间就自动进入恍惚的状态，她回想起几个星期以前，她进入她护士的房间，并目睹了她的狗从她饮用的水杯中舔水来喝。就在她对我叙述这段记忆之后，同时伴随着她释放出可观的怒气与嫌恶，她马上毫无困难地要一杯水来喝。恐水症的症状从此没有再回来过。"

"了不起，了不起！"弗洛伊德大叫道，"那然后呢？"

"很快地，我们就以同一种方法，有系统地来与其他每一种症状打交道。好些症状，举例来说，她手臂的瘫痪以及她视觉上对人类头骨与蛇类的幻觉，是根植于对她父亲过世的震惊。当她描述那个场景的所有细节与情绪的时候，为了刺激她的回忆，我甚至要求她，重新把家具安排成她父亲去世时的方式，然后所有这些症状就马上烟消云散了。"

"太棒了！"弗洛伊德起身，在狂热兴奋中踱着方步，"这在理论上所隐含的推论令人叹为观止，并且完全与赫尔姆霍兹（Helmholtze）一派的理论相容！一旦要为症状负责的过量大脑电流，通过情绪发泄而予以释放之后，这些症状就接着完全并立刻消失无踪！但是你看来是如此镇静，约瑟夫，这是一项重大发现，你必须发表这个案例。"

布雷尔深深地叹了一口气，"或许某一天吧，不过不是现在。有太多个人情绪纠结在这个案例里，我得考虑玛蒂尔德的感受。或许，在我描述了我的治疗程序后，你可以理解我得把多少时间投注在对贝莎的治疗上。哎，玛蒂尔德根本就不能也不会去理解这个案例在科学上的重要性。就像你知道的，她对我花在贝莎身上的时间逐渐感到不满，事实上，她依然是如此愤怒，她拒绝跟我谈论这件事。"

"还有，"布雷尔继续道，"西格，我不能发表一个收尾如此糟的案例。在玛蒂尔德的坚持下，我让自己退出了这个案例，并且在今年7月，把贝莎转给宾斯旺格在克罗伊茨林根的疗养院。她仍然在那里进行治疗。很难让她戒除吗啡的毒瘾，而且她的某些症状，像她没有讲德文的能力，显然又回来了。"

"即使如此，"弗洛伊德刻意规避了玛蒂尔德愤怒的那个话题，"这个案例开启了一片新天地，约瑟夫，它可能打开一个新的治疗方法。改天你愿意跟我一起仔细探讨它吗？我想要听每一个细节。"

"乐意之至，西格。我办公室里有一份副本是我送给宾斯旺格的摘要，大概30页，你可以从阅读那份摘要开始。"

弗洛伊德拿出他的表看了看说："哇！很晚了，而我还没有听到这个医学院学生姐姐的故事。她的朋友——她想要你以你新的谈话治疗方法来诊治的那个人，她是个歇斯底里症患者吗？拥有类似于贝莎的症状吗？"

"不，西格，这正是这个故事开始有趣的地方。没有歇斯底里症的患者，而且这位病人也不是个'她'。这位友人是位男士，他爱慕这个姐姐，或者曾经爱慕过她。当她为了另一个男人而与他断绝关系的时候，他陷入一种有自杀倾向的相思病，另外那个男人也是他的朋友！她显然是感到愧疚，而且不希望他的血沾在她的良心上。"

第三章

"但是,约瑟夫,"弗洛伊德似乎大感惊讶,"相思病!这不是个医学上的案例。"

"我的第一反应也是如此,你说的完全就是我对她说的话。不过等你听完后面,这个故事会越来越精彩。她的朋友恰巧是位学识渊博的哲学家,并且是理查德·瓦格纳的亲密友人,他不想接受帮助,或者说,因为太骄傲而不愿有所求于他人。她要求我做一个魔术师,她要我伪装成治疗他病痛的医生,但其实是偷偷对他进行心理苦恼的治疗。"

"那是不可能的!你肯定不会准备去尝试这个吧?"

"只怕我已经同意了。"

"为什么呢?"弗洛伊德再次拿起雪茄,倾身向前,出于对朋友的关切而眉头紧蹙。

"我自己也不确定,西格。自从帕朋罕的案子结束起,我就感觉到心绪不宁与停滞不前。或许我需要一个让我分心的东西,一个像这样的挑战。还有另外一个我接这个案子的理由,真正的理由!这位医学院学生的姐姐,舌灿莲花到不可思议的地步,你无法对她说出个'不'字。她可以做一个多么成功的外交官啊!我想她可以轻易地指鹿为马。她的超凡脱俗,我无法描述。或许有一天你会见到她,然后你就懂了。"

弗洛伊德站起来,伸个懒腰,走到窗边,把天鹅绒的帘幕大大地拉开。玻璃上有水气遮着,看不到外面,他用手帕擦干一小块。

"还在下雨吗,西格?"布雷尔问道,"我们要不要把费雪曼找来?"

"不用了,雨几乎停了。我要走了,不过关于这个新患者,我有许多问题。你什么时候与他会面?"

"我还没有得到他的消息,这是另一个问题。莎乐美小姐跟他的关系正处于低潮。真是如此,她还拿了几封他暴怒的信给我看,不过,她向我保证,她会'安排'他以他的健康问题来求治于我。而且我毫不怀疑她会完全做到她所计划要做的事情,就这点跟所有事情来说,都是如此。"

"而这位先生的病情,是否确实属于医学诊治的范围呢?"

"百分之百,他病得极重,并且早已奔走各地求治于两打医生,包括许多名医。她叙述了一大张关于他症状的单子给我听——剧烈的头痛、部分失明、反胃、失眠、呕吐、严重的消化不良、平衡的问题、虚弱。"

看到弗洛伊德困惑地摇着头,布雷尔补上一句说:"如果你想要成为一个问诊的医生,你必须习惯于这样令人迷惑的临床情境。多种症状的病人从一个医生跳到另一个医生手上,这是我从业中每天都见到的家常便饭。你要知道,西格,这可能对你来说是个很好的指导病例。我会让你得知这个案子的发展状况。"布雷尔慎重考虑了一会儿,"现在,让我们来个快速的一分钟猜谜测验。到目前为止,就以这些症状为基础,你的鉴别诊断是什么?"

"我不知道,约瑟夫,它们凑不到一块儿去。"

"不要太过于谨慎、恐惧了,就猜上一猜,当作自说自话也罢。"

弗洛伊德脸色泛红。无论他对知识有多么渴求,他痛恨显露出无知的样子。"或许是多发性硬化症,或枕骨脑瘤、铅中毒?我真的不知道。"

布雷尔加上一句:"不要忘了偏头痛。妄想忧郁症怎么样?"

"问题在于,"弗洛伊德说,"这些诊断没有一个足以解释所有的症状。"

"西格,"布雷尔站起来,以一种机密的口吻说,"我准备给你一个同行的秘密,有一天它会是你作为一个问诊医生不可或缺的东西。

这秘密是我从乌普塞那儿学到的,他有一次跟我说,'狗身上也可以有跳蚤和虱子'。"

"意思是说病人可以——"

"是的,"布雷尔一边说一边把他的手臂搭在弗洛伊德的肩膀上,两位男士开始沿着长长的走廊走着。"病人可以有两种疾病。实际上,那些来看医生的病人一般都是如此。"

"但是,让我们回到心理上的问题,约瑟夫。你的小姐说,这位先生不会公开招认他心理上的痛苦。如果他甚至不承认他有自杀的倾向,你要如何进行呢?"

"那不会是个难题,"布雷尔自信满怀地说,"当我处理一个病人病史的时候,我总是可以找到机会,滑进心理学的领域。在我询问有关失眠时,比方说,我常常会问到关于让病人保持清醒的思绪类型。或者在病人啰唆地列举了全部症状之后,我常常深表同情并询问说,当然是以一副漫不经心的样子,他是否由于他的病痛而感觉到失去了信心,或是感觉到像是没有了希望,或者是不是想要苟且偷生。这种技巧很少失败,我总是能说服病人告诉我一切事情。"

在大门口,布雷尔帮弗洛伊德穿起他的大衣。"不会,西格,那不会是个问题。我向你保证,在获得我们这位哲学家的信赖上,我不会有困难,我还会让他一五一十地招认所有事情。问题是,我该用我所知道的事情来做些什么。"

"是啊,如果他有自杀倾向,你准备怎么做?"

"如果我发现他真的要自杀,我会立刻把他关起来——不是位于布林诺菲的疯人院,或许就是一间私人疗养院,像是布瑞斯劳尔在茵塞道夫的那间。但是,西格,那不会是问题的真正所在。想想看,如果他真的有自杀倾向,他会费事来找我求治吗?"

"对啊,当然!"弗洛伊德看来有点慌乱,为了他的后知后觉轻敲着脑袋。

布雷尔继续道："不会的，真正的问题将会是，如果他没有自杀的倾向，如果他根本是承受了莫大的痛苦，那该拿他怎么办？"

"是呀，"弗洛伊德说，"那时该如何是好？"

"在那种情形之下，我会有必要说服他去见一位神父。或者，也许在马利安巴德进行一次长期疗养。或者是由我自己发明一种治疗他的方法！"

"发明一种治疗他的方法？你指的是什么，约瑟夫？什么样的方法？"

"再说吧，西格，我们以后再说。现在，走吧！穿上了这么厚的大衣，别待在暖气房里。"

在弗洛伊德步出大门时，他转过头来，"你说这位哲学家的大名是什么？是我听说过的人吗？"

布雷尔迟疑着。记起路·莎乐美守口如瓶的指令，在这个节骨眼上，他仿照设计出安娜·欧代表贝莎·帕朋罕的密码，替弗里德里希·尼采捏造了一个名字。"不是，他是个名不见经传的人，名字是穆勒，艾克卡·穆勒（Eckart Muller）。"

第四章

　　两星期之后，布雷尔身着白色医师袍，坐在办公室里，读一封路·莎乐美的来信：

1882 年 11 月 23 日
亲爱的布雷尔医生：

　　我们的计划生效了。对于尼采病况之危险，奥弗贝克教授与我们的观点完全一致，他认为尼采的状况从未这样糟过。因此，他会尽一切可能，要求尼采求治于你。你在这件事情上雪中送炭的厚意，尼采与我将永远铭记在心。

路·莎乐美

　　"我们的计划、我们的观点、我们的需要。我们、我们、我们……"布雷尔放下了那封信。自从一星期前收到这封信之后，他已经读过不下 10 次了吧。他拿起书桌上的镜子，看着镜中的自己说："我们。"赭红色怒须中，有圈粉红色的薄唇，绕着一个小黑洞。他把这个洞张得大一些，看着双唇沿着黄板牙伸展。从牙龈上冒出来的是一颗颗黄板牙,就像一块块半埋在土里的墓碑一样。毛发与洞穴,突起与牙齿,刺猬、海象、人猿、约瑟夫·布雷尔。

他厌恶自己胡须的样子。最近,街上越来越常见到胡子刮得干干净净的男人,要到什么时候,他才有勇气剃掉这团乱草呢,让他痛恨的,还有那些隐隐约约的灰发,诡异地出现在他的短髭中、他左边的下巴处、他的鬓角上。他清楚地知道,这些灰色须发,都是一场无情战役的结果。时时刻刻、日日年年,它们的推进,永无停止的时候。

他痛恨镜中的自己!不只那些灰发、不只那些野生动物才有的牙齿毛发!他恨的还有那个朝着下巴弯的鹰钩鼻、大得离谱的耳朵,还有那片寸草不生的高广前额!他的秃顶,就从前额开始,早就毫不留情地一路往后推移,一颗丑陋的头颅光可鉴人。

眼睛!布雷尔看着自己的双眼,态度软化下来:他总能在这里找回他的青春。他向自己眨眨眼,对着真实的自我眨眼,对着居住在这双眼睛里、16岁的约瑟夫眨眼。但是,少年约瑟夫今天却没有回应他!镜中回应的凝视,来自父亲的眼睛:皱纹密布的泛红眼皮盖着的眼睛,一对老迈、倦怠的眼睛。布雷尔痴迷地看着父亲的嘴形说:"我们、我们、我们。"布雷尔想到父亲的次数越来越频繁了。利奥波德·布雷尔辞世已有10年。他过世时82岁,比约瑟夫现在的年龄要长42岁。

他放下镜子。还有42年!他怎么忍受得了42年呢?用42年等待岁月流逝,用42年凝视自己老化的双眼。难道没有逃离时间牢笼的办法吗?啊,从头来过吧!但是,怎么做呢?在哪里?跟谁呢?不可能跟路·莎乐美,她是不受拘束的。如果是跟她,她会任意翩然进出于他的心房。重新来过的"我们"绝对不是跟她。跟她永远不会有"我们的"生活,永远不会有"我们的"新生活。

布雷尔当然也知道,这个"我们"再也不会是跟贝莎。她皮肤上芬芳的杏仁香,还有她在恍惚状态时依偎在他身上的体温。这些都是贝莎萦绕在他心中的长久记忆。然而,一旦他能摆脱这些记忆,一旦他能从这些记忆中撤退,并且考虑自己的前程远景时,他知道,自始至终,贝莎就是一场镜花水月的空想。

可怜、幼稚、疯狂的贝莎啊。我多蠢啊!还以为我可以完成她、造就她,因此她可以回报我……回报我什么呢?这就是问题所在,我在她身上所找寻的是什么呢?我缺少的是什么?我过的生活不够好吗?我能找谁诉苦呢?我的生活已经以无可挽回之势向下沉沦,路已经越走越窄,这些苦,我能找谁说呢?谁能了解我的烦恼?谁能了解那些失眠的夜晚?谁能了解自杀与我之间的眉眼过招?人生在世所追求的东西,我不是都到手了吗?金钱、朋友、家庭、美丽又迷人的妻子、名声、威望?还有谁能真正地抚慰我?谁能不问我那个再明白不过的问题:"你还能要求什么?"

贝克太太的声音把布雷尔吓了一大跳。与尼采的约会,虽说布雷尔早有心理准备,但贝克太太报告尼采已抵达的声音,还是把出神的他吓了一跳。

矮胖、灰发、精力旺盛、戴着眼镜的贝克太太,精明利落地管理着布雷尔的诊所。诊所内放眼望去,看不到一件贝克太太的私人物品,从这点就可以看出她的称职了。雇用她的六个月以来,布雷尔跟她没有过一句涉及个人生活的谈话。布雷尔试过,但他总记不住她的名字,他也想象不出她从事任何护理职务以外的事情。去野餐的贝克太太?读《新自由报》的贝克太太?在澡盆里的贝克太太?矮矮胖胖且赤身露体的贝克太太?骑着马的贝克太太?难以想象!

贝克太太作为女人的那一面,布雷尔不愿置评。不过,贝克太太倒是个精明的观察家,布雷尔已经重新评估了原本对她的第一印象。

"尼采教授给你的感觉怎么样?"

"医生,他有绅士般的举止,但是没有绅士般的修饰。他看起来很拘谨,几近于谦卑的地步。他有一种高贵的态度,那种态度跟到这儿来的上流人士不同,比方说,拿他跟两个星期以前那位俄国女士相比,就很不同。"

尼采教授的信,的确给了布雷尔一种温文尔雅的感觉。这封请求就诊的信写着,如蒙应允,接下来两个星期的时间安排,全视布雷尔医生的方便而定。尼采在信里解释,这趟到维也纳来,就是为了专程就医。尼采还写着,在收到布雷尔医生的回音之前,他会留在巴塞尔,与他的朋友奥弗贝克教授盘桓。把尼采的信跟路·莎乐美的特急件两相比较,布雷尔露出会心一笑,她指定的时间,他就得有空,这全是看她的方便。

等候贝克太太带尼采进来的时候,布雷尔扫视着书桌,却赫然看到路·莎乐美给他的那两本书竟在桌上。昨天有段半小时的空当,他拿起两书大致地翻了翻,然后漫不经心地把它们留在视线可及之处。他知道,这两本书如果被尼采看到,治疗无须开始,将会立即告吹。因为,要解释这两本书不可能不提到路·莎乐美。布雷尔心里想,这样的疏忽出现在我身上真是少见,我是否在有意破坏这项冒险的治疗呢?

迅速把书本塞进抽屉,他起身问候尼采。根据路·莎乐美的叙述,布雷尔对尼采的外表曾做过一番想象,然而,这位教授却一点也不像他所期待的样子。尼采有着坚实的男性体格,大约1米81,体重在140斤左右。这样的身体,举止温文儒雅,想象与现实的差距产生了一种有趣的不真实感,那种感觉仿佛可以用手穿过它。他穿着一件厚重简直是军方规格的黑色西装。在他的上衣内,他穿了一件深棕色的毛衣,几乎完全遮住了他的衬衫与他那淡紫色的领带。

握手的时候,布雷尔感觉到尼采冰凉的皮肤与那软弱的一握。

"日安,教授,今天不是个旅行的好天气。"

"是的,布雷尔医生,对旅行者来说,今天的天气并不方便。以我的健康来说,那个导致我来看你的因素,这种天气也不好,我早就学会了要避开这样的天气。是您的声誉,让我在冬天里来到这遥远的北方。"

在坐上布雷尔指给他的椅子之前,尼采忙着在身边找位置,放一个鼓胀又磨损的公事包,他先把它小心地放在椅子的一边,然后再移到另一边。

布雷尔静静地坐在那里,并且在病人安顿自己的时候,继续观察他。除了朴实无华的外表之外,尼采本人传达了一种强烈的风采。他那引人注目的头部支配了别人的注意力,尤其是他的眼睛,淡棕色的眼睛深陷于突出隆起的眼窝内,目光深邃强烈。路·莎乐美对他的眼睛说过什么来着?说它们似乎是在往内凝视,仿佛凝视着某种隐藏在内的宝藏?是的,布雷尔可以看出这点。他的病人棕色闪耀的头发经过仔细的梳理,撇开一道长髭不谈,他的胡子刮得很干净,而那道髭须,则像雪崩般地盖在他的双唇与他两侧的嘴角上。这道长髭召唤出布雷尔对茂盛毛发的亲切感:他涌起一股侠义心肠的冲动,想要警告这位教授,千万别在公开场合食用维也纳的糕饼,特别是那类有一堆高高希拉克的糕饼,否则,吃完以后的很久很久,胡髭中还可以梳出希拉克。

尼采的声音出奇的柔和,但是,他那两本书的论调不但铿锵有力、咄咄逼人,声调之高昂几乎到了刺耳的地步。一个是有血有肉的尼采,一个是字里行间的尼采,两者间的差距与布雷尔一次次地正面冲撞。

除了他跟弗洛伊德的那段简短谈话,布雷尔对这项不寻常的诊疗并没有想太多。现在，他首次质疑自己牵扯到这件事中的不理智。那个让人心醉神驰的女人、整件事的主谋路·莎乐美离去已久，而在她坐过的位子上，正坐着这位无疑是她的冤大头的尼采教授。现在见面的这两名男子，正一步步被套进一位女子用诸多谎言借口所设下的骗局，现在她正忙着设下新的圈套。不，他可没有心情跟着玩这种冒险游戏。

然而，是把所有这一切抛诸脑后的时候了，布雷尔如是想着。一个说要了结自己生命的男人，现在是我的病人，我必须给予他我全部的注意力。

"旅途如何，尼采教授？我知道你刚从巴塞尔过来。"

"那只不过是我的上一站，"尼采说，僵直地坐着，"我整个生命变成了一个旅程，而且我开始觉得我唯一的家，唯一我总是回归的熟悉所在，是我那纠缠不去的病痛。"

这个人不会闲聊，布雷尔想。"那么，尼采教授，让我们马上进行病情检查。"

"先看看这些文件，对你来说这会不会比较有效率？"尼采从他的公事包里，抽出一个塞满纸张的厚重文件夹。"我这一生一直都是病痛缠身，但最严重的是在过去10年。这里是我先前多次就医的完整报告，要过目吗？"

布雷尔点点头，尼采则打开文件夹，把那些信件、医院病历以及实验室报告推到书桌的另一边，就放在布雷尔面前。

布雷尔扫视着第一张纸，上面是一张清单，关于24位医生与每次就诊的日期。他认出几个享誉瑞士、德国与意大利的名医的名字。

"这些名字中有一些我认识，全部是最好的医生！凯塞勒、杜林与柯尼吉，这三位我对他们了解甚深。他们都是在维也纳接受的医学训练。尼采教授，如你所知，忽视这些一流专家的观察与结论，不是明智之举。但是，要我以它们作为诊断的起点，会有一项重大的缺陷。太多权威、太多显赫的意见与推论，会压迫一个人综合想象的能力。以相同的考虑来看，读剧本，应在看戏之前，更应在阅读剧评之前。难道你不认为，这也是你专业工作里的情况吗？"

尼采似乎吃了一惊，很好，布雷尔想。尼采教授必然看出了我是个不落俗套的医生。医生一般会反过头来以渊博的知识、颇有见地地提到与专业有关的心理建构与知识探究，他一定对此不太习惯。

"是的，"尼采回答说，"这在我的工作上，的确会是项重要的考虑。我原本的领域是古典文献学，我的第一份教职也是唯一一次教职，是在巴塞尔大学担任古典文献学教授。对前苏格拉底时期的哲学家，我有强烈的兴趣。沉浸在他们的作品里，我总会发现回到原点的重要性。诠释者永远是不忠实的，当然，这不是说他们的不忠实是故意的，而是说，他们无法踏出他们所处的历史架构。同样，他们也摆脱不了个人经历的框架。"

"可是，在哲学的学术圈子里，贬抑诠释者，难道不会造成这个人不受欢迎吗？"布雷尔信心十足。这次诊疗会有进展。到目前为止很顺手，他一开始就成功地让尼采知道，这次的新医生与他气味相投。要诱惑这位尼采教授，应该不难。布雷尔真的把这件事视为诱惑，病人要被诱惑进一种不曾寻求的关系，然后他才能得到不曾企求的帮助。

"不受欢迎？你说得没错！三年前，我因病而不得不辞去教授职位。当初的病因，到今天还没被诊断出来，这也是我今天在这里的原因。然而，就算我的健康毫无问题，我对诠释者不信任的观点，终究会让我在学院里成为台面上不受欢迎的人物。"

"不过，尼采教授，如果所有的诠释者都受缚于他们个人经历的框架，你本身如何摆脱相同的限制呢？"

"首先，"尼采回应说，"人必须要承认这种限制。接着，一个人一定要学会由远处观看自己。只是有时候，唉，严重的病情会影响到我的洞察力。"

讨论的重点一直聚焦在尼采的病痛上，毕竟这是今天会面的根本原由。然而，没有逃脱布雷尔法眼的是，谈话聚焦的人是尼采，而不是他。尼采的言辞里，是否微妙地压抑着什么呢？"别过分热心了，约瑟夫，"布雷尔提醒自己，"病人对医生的信任，无须大张旗鼓地追求，一次圆满的问诊，就足以使这种信任自然而然地产生。"布雷尔经常批判、检讨生活的各个层面，但作为一位医生，他自信满怀。"无须迎合，无须施惠，无须图谋，无须策划，"布雷尔的本能告诉自己，"用你向来的专业方法就是了。"

"尼采教授，让我们回到今天的重点吧。我一直想说的是，阅览你的医疗记录之前，我希望能得知你的病史，并为你做一次身体检查。那么，下次会面时，我才能试着做出尽可能正确的诊断。"

布雷尔在自己面前放了一本笔记簿，"你的信中写到了一些健康情况，头痛与视力上的症状至少有 10 年了，你极少不受疾病困扰，还有，你写道，你的疾病总是在等着你。而今天，你让我知道，在我之前至少已有 24 位医生无法对你提供帮助。这就是目前我对你所知的全部。所以，我们可以开始了吗？首先，请以你本身的说法，告诉我有关你疾病的一切。"

第五章

　　90分钟以来，两位男士交谈着。布雷尔坐在高背皮椅中，飞快地做着笔记。尼采言谈之间偶尔稍做停顿，以使布雷尔的记述跟上步调。他坐的那张椅子，与布雷尔坐着的那张具有相同的材质，也同样舒适，只是在尺寸上小了一点。布雷尔与当时的大多数医生一样，宁可让病人由下往上仰望他。

　　布雷尔的问诊，巨细靡遗，条理分明。先仔细聆听病人对痼疾不拘形式的叙述，接下来，他系统地查问每一项症状：症状首次出现的情况，在过程中的转变，对治疗的反应。然后，他检查病人身体的所有器官系统。从头部着手，布雷尔一路查到脚底。首先是脑部与神经系统，他以询问12条颅部神经运作，其分别负责的身体功能来开场——嗅觉、视觉、眼球运动、听觉、颜面与舌头的运动及感觉、吞咽、平衡、语言。

　　顺着身体而下，布雷尔一个接一个地检查其他每一种官能系统：呼吸、心脏血管、肠胃以及生殖泌尿系统。这样的检查相当费时，检查进行时，病人还被要求去追溯记忆中相关的症状，以确保可能的问题不被遗漏，即便布雷尔心中已有大概的诊断结果，他也从不省略检查的任何一个程序。

接着，布雷尔要知道病人详细的医疗记录。病人童年的健康状况，父母及兄弟姐妹的健康状况，个人生活各层面的状况，比如职业选择、社交生活、军队服役、迁徙、饮食以及休闲爱好。最后一个步骤，布雷尔让直觉接管一切，以当时所拥有的资料，进行其他询问。前些时候，有个呼吸道不适的难解病例，就因为布雷尔这样一丝不苟的详细检查，与彻底盘问病人处理熏制猪肉的料理程序，做出了隔膜旋毛虫病的正确诊断。

在检查过程中，尼采保持着深切的专注：布雷尔提出的每个问题，尼采都感激并赞赏地点着头。对布雷尔来说，这不足为奇。他从来没有遇到过一个病人，对于以这种显微镜般的方式检验他生活的做法，不偷偷地享受的。而且放大的倍率越大，病人越发地享受。被别人关注，会为一个人带来多强的满足感啊。布雷尔深信，年老、死别、比朋友长命的痛苦，就在于缺少了被人关心的机会，过不受关注的生活，就是一种痛苦。

然而，真正让布雷尔惊奇的是，尼采那些小病小痛的复杂以及他对自己观察的巨细靡遗程度。布雷尔的笔记，写满了一页又一页。当尼采描述的症状出现了让人毛骨悚然的组合时，布雷尔的手开始发软：穷凶极恶的头痛，在陆地上感到晕船——晕眩、平衡不良、反胃、呕吐、缺乏食欲、对食物感到恶心、高热、夜晚大量出汗，以致有必要在晚上换两三次睡衣及内衣，疲惫的压倒性发作，偶尔会近乎于全身肌肉瘫痪、胃痛、咯血、肠痉挛，严重的便秘、痔疮、视力障碍、眼睛疲劳、无情的视力衰退、经常流泪、眼睛内的疼痛、视觉模糊以及对光线的极度敏感，尤其是早上。

布雷尔所问的问题，增加了一些尼采忽略或不情愿提到的症状：

视野的闪烁与盲点,常常出现在头痛之前,顽强的失眠症,剧烈的夜间肌肉痉挛,遍及全身的紧张以及急遽又无法解释的情绪转换。

情绪转换!布雷尔所等待的字眼!就像他对弗洛伊德所描述的,他总是在打探进入病人心理状态的一个优雅切入点。这些"情绪转换",可能就是带领进入尼采的绝望与自杀意图的钥匙!

布雷尔小心谨慎地要求他详尽说明他的情绪转换,"你是否注意到,你情绪上的改变似乎与你的疾病有关联?"

尼采的表情没有变化,对于这个问题可能会导入一个私密的个人领域,他似乎并不在意。"有几次,在发病的前一天,我的情绪特别好,好到危险的地步。"

"而在发病之后呢?"

"我发病的持续时间,可以从 12 个小时到两天。发作之后,我会觉得疲乏与消沉,甚至连我的思绪都会迟缓一两天。不过有时候,尤其发作的时间会持续好几天的情况下,事情就不一样了。我会觉得整个人生机勃勃,神清气爽,我能感觉到自己散发着能量。这样的时候总让我十分珍惜,最为难得的概念也在此时在我思绪中出现。"

布雷尔紧追不舍,一旦他找到蛛丝马迹,他不会轻易地放弃追究。"你的疲乏与消沉的感受,它们会滞留多久?"

"不久。发病一旦减轻,我的身体再度属于它自己了,我就恢复控制。然后我本身会克服困倦忧伤。"

或许,布雷尔考虑着,这可能比他一开始所以为的要难上不少,他有必要采取更直接的策略。因为事情摆明了,尼采不准备自动自发地拿出任何有关绝望的情报。

"忧郁症呢?发作到多严重的程度为止?它在发病之时,还是发病之后出现?"

"我有我的黑暗时期。谁没有呢？但是它们不曾拥有我。它们并非源于我的病痛，而是源于我的存在。或许有人会说，我有拥有黑暗时期的勇气。"

布雷尔注意到尼采浅浅的微笑与他无惧的腔调。到此为止的第一次，布雷尔从这个男人的声音中，辨识出写就那两本书的人，那两本密藏在他抽屉里、大胆又难解的书。他考虑要直接挑战尼采那权威般的、关于在疾病与存在领域之间的划分，但那考虑仅仅是一瞬间而已。还有那句，关于有勇气去拥有黑暗时期，他的说法意指什么呢？要有耐心！最好能维持对问诊的掌控，其他的缝隙还会出现。

小心翼翼地，他继续下去。"对于发病的频率、强度、持续的时间，你曾保存过详细记录吗？"

"今年没有。我太过于全神贯注在我生命中重大的事件与转变上。不过去年我有117天完全丧失能力，而且几乎有200天我是部分残废——我的意思是，患有较和缓的头痛、眼睛疼痛、胃痛或反胃。"

两个大有可为的机会出现了，但是要追随哪一个呢？他该询问那些"重大的事件与转变"是什么事件吗？尼采所指的肯定是路·莎乐美。还是选择另一个机会，借由移情作用，来强化医生与病人之间的联系呢？明知不可能有太多联系，布雷尔还是选择了第二个缝隙。

"让我们看看，加起来只有48个没有生病的日子。这代表'健健康康'的时间很少。"

"回想过去几年以来，我健康的时间少有持续到两个星期以上。每一个健康的日子，我都可以记得起来！"

布雷尔从尼采的声音里，听出了痛苦与凄凉的腔调，他决定赌上一赌。这里是一个机会,足以直接通往病人的绝望。他放下笔,以他最诚挚与职业上最为关切的声音说:"一个人绝大多数的日子是种折磨,一年里健康的日子屈指可数,一个人的生命被痛苦所耗尽,这样的情况,似乎就是对生存的绝望、厌世的天然温床。"

尼采缄口不言,这是第一次,他没有一个现成的答案。他的头从一边甩向另一边,宛如他在仔细思索是否要容许自己接受安慰,不过他的话语却说了其他东西。

"这无疑是真的,布雷尔医生,对大多数人而言,病人必须对你的经验让步。然而,这经验不适用于我。绝望?不,或许,一度曾有绝望,但现在没有了。我的疾病属于我的身体,但是我的身体并不是我。我是我的病痛与我的身体,但它们不是我。二者都必须被超越,如果不是在物理的层次上,那就是在形而上学的层次上。"

"至于你其余的评论提到的,我的'生存目标'与这个——"说到此,他重击着自己的腹部,"我的生存目标与这个无用细胞组合体,完全无关。我有一个生存的理由,为此,我可以忍受任何过日子的方式。我有一个10年的生存目标、一项任务。我怀孕了,这里",他轻拍着他的太阳穴,"怀了书,几乎完全组织好的书,只有我才可以生产出来的书。有时我把我的头痛视为分娩前的阵痛。"

尼采显然没有讨论甚至承认绝望的意图,布雷尔很了解,企图设陷阱来诱捕他,会是徒劳无功的事。他突然想起以前和父亲下棋的事——老布雷尔是维也纳犹太社区中的高手,他想起和父亲下棋时总会出现的那种技不如人的感受。

不过,或许那里根本就没有要承认的东西!或许莎乐美小姐错了。尼采的话听起来,仿佛他的精神已然战胜了这个畸形的病痛。至于自杀嘛,布雷尔对自杀的危险有一项绝对错不了的测验:病人有没有计划他自己的未来?尼采通过了这个测验!他没有自杀的倾向，他提到了一项10年的任务，关于他尚未从他的心智中萃取出来的书。

然而，布雷尔亲眼看到了尼采的自杀信函。尼采现在是在掩饰吗？还是说，他现在并不感到绝望，因为他早就打定主意要自杀？布雷尔以前见过像这样的病人。他们很危险，他们表现出改善的样子，在某种意义上，是改善了，他们的忧郁症减轻，他们再次微笑、进食、入眠。不过他们的改善其实是发现了一种逃避绝望的方法，经由死亡所带来的解脱。这会是尼采的计划吗？他决定要剥夺自己的生命吗？不会，布雷尔记得自己对弗洛伊德说过，如果尼采企图自杀，他为什么要来这里呢？为何要不辞劳苦地造访一个个医生呢？从拉帕洛跋涉到巴塞尔，再从巴塞尔到维也纳？

除了得不到想要的情报因而产生的挫折感之外，布雷尔无法对这位病人在合作上有所挑剔。尼采对每一个医疗问题都详尽回答，硬要说有什么问题的话，他答得太详尽了。许多头痛的受害者会对饮食、天气敏感，尼采也是如此，所以布雷尔并不意外。让他意外的是，他的病人对细节描述的仔细程度。尼采滔滔不绝畅谈了20分钟关于他对空气状况的反应。尼采说，他的身体就像一支无液气压计，对大气压力、温度或海拔高度的些微变动，这支气压计都有极其灵敏的反应。阴霾的天空让他沮丧，乌云或落雨让他无精打采，干燥让他活力充沛，冬天代表一种精神上的"破伤风"形态，阳光则再度让他活跃。多年来，他的生活就是寻求完美的气候。夏天还可以忍受，恩加丁万里无云、平静无风、阳光普照的高地适合他，每年有四个月，他居住在瑞士小村落锡尔斯玛丽亚的小客栈里。不过，冬天是一种诅咒。他从来找不到一个适合冬季居住的地点，在寒冷的月份中，他住在意大利南方，从一个城市移到另一个，以找寻有益健康的气候。维也纳的气流与潮湿忧郁的气氛在毒害他，尼采如是说，为了要求阳光与干燥、宁静的空气，他的神经系统在大声抗议着。

当布雷尔问到关于饮食的时候，尼采又有一段冗长的论述，关于饮食、胃痛与头痛发作之间的关联。真是不同凡响的精确啊！布雷尔以往从未遭遇过这样的病人，可以如此周全地回答每一个问题。这意味着什么？

尼采是一个疾病妄想症患者吗？布雷尔曾经见过许多无聊、自怨自艾的疑病症患者，酷爱描述他们内脏的不适。但是这些病人有一种"世界观上的狭隘"，一种受限的世界观。有他们在场会是如何的沉闷哪！除了关于躯壳的那些之外，他们毫无思想，除了健康的兴趣或价值之外，没有丝毫其他东西。

不，尼采不是他们的一员。他有广泛的兴趣，他的人格有风采魅力。莎乐美以前认为他是如此，现在依然认为如此，虽说她觉得保罗·雷较为罗曼蒂克。还有，尼采并未以描述症状来博取同情及支持，关于这点，布雷尔在晤面之初就发现了。

所以，为什么对于他的身体机能，要这样地如数家珍呢？或许是因为，尼采以非凡的专注力、绝佳的记忆力，并且以理性的态度，思考医学上的评估，并且尽可能提供包罗万象的资料给一位学有专精的医生，或者，他有罕见的内省能力。布雷尔在下最后的评断之前，心中浮现出另一个答案：尼采与其他人的接触是如此少，他花了难以想象的时间，与自身的神经系统对话。

完成了他的病史，布雷尔为他进行身体上的检查。他陪同他的病人到诊疗室，一间小型的无菌房间，里面简单陈设一个更衣屏风与椅子、一张覆盖着浆过的白床单的诊察桌、一个洗手台、一个体重计以及一个装有器材的铁橱柜。布雷尔先离开房间，尼采留下来换装。几分钟之后，布雷尔回来。尼采虽然已经换上了后开式的白袍，却依然穿着黑色长筒袜与袜带，并且在仔细叠着他的衣服。尼采为时间的拖延致歉，他说："我的游牧生活只容我有一套西装而已。因此，每当我让它去休息的时候，我会确定它很安适才行。"

布雷尔的身体检查，就像他的病历一般有条有理。从头部开始，他缓慢地沿着全身而下，倾听、轻敲、触摸、闻嗅、细察。除了病人丰富的症状，布雷尔没有发现任何生理上的异常，只发现在胸骨上的一大条疤痕，是服役时骑马发生意外的结果，在鼻梁侧面有一道微小的打斗伤痕，还有一些贫血的症状：嘴唇、眼球结膜与手掌的苍白。

贫血的原因呢？可能是营养上的问题。尼采说过，他常常会几个星期不碰肉食。不过，布雷尔稍后想起尼采说过，他偶尔会吐出血块，因此可能是胃出血造成的失血。他抽取一点血，以计算红细胞的数量；直肠检查之后，他从手套上采集了一点粪便样本，以做血液化学分析的检验。

尼采对视觉的抱怨又怎么说呢？布雷尔先是注意到单侧的结膜炎，这可以轻易由眼药膏来治疗。尽管费了九牛二虎之力，布雷尔还是无法把他的眼底镜对准尼采的视网膜；有东西在干扰视线，可能是角膜的混浊，或许是角膜肿大。

布雷尔尤其专注于尼采的神经系统，不只是由于头痛的原因，还同时因为他的父亲在他四岁的时候，死于"脑部软化"，这是可能指向任何异常状态的泛泛之辞，包括中风、肿瘤，或者某种形态的遗传性脑部退化。但是，在以各种角度检查了脑部与神经功能之后，包括平衡、肌肉协调、感官、承受力、自体感受性、听力、嗅觉、吞咽，布雷尔没有找到任何证据，去推测任何神经系统构造上可能的疾病。

尼采更衣时，布雷尔回办公室去填写检查结果。几分钟之后，

第五章

当贝克太太把尼采带回办公室时，布雷尔了解到，这次会诊的时间已接近尾声了，然而在谈论忧郁症以及对自杀倾向的开导上，他是彻底失败了。他要尝试另一种方案——一种罕见失效的晤谈策略。

"尼采教授，我想要请你描述，详细地描述你生活中典型的一天。"

"现在你逮到我了，布雷尔医生！在你所提出的问题中，这是最困难的一个。我如此搬来搬去，我周遭的环境变化多端。我的发病控制了我的生活——"

"任选平常的一天，在过去几个星期内，发病间隔中的一天。"

"这个嘛，我醒得很早，如果，我真的有睡着过的话——"

布雷尔感觉到士气大振，他已经有一条裂缝了。"让我打个岔，尼采教授，你说如果你有睡着过的话？"

"我睡得很差。有时候是肌肉痉挛，有时候是胃痛，有时候是侵入全身各个角落的紧张，有时候是我的思绪——有害的夜间思绪，有时候我整夜清醒地躺在那里，有时候药物给我两三个小时的睡眠。"

"哪一种药？每次服用多少？"布雷尔迅速问道。虽然药物使用状况有其紧迫性，但他立即了解这不是他能做出的最佳回应。与药物使用量相比，如果能追问尼采的幽暗夜晚思绪，那会好得多、好太多！

"水合三氯乙醛，几乎每晚，至少服用一克。某些时候，如果我的肉体极度渴望睡眠，我会加上吗啡或佛罗拿，但是接下来的隔天，我就会不省人事。我偶尔会用干燥的印度大麻叶，不过，它让我隔天的思考迟钝。我比较喜欢用水合三氯乙醛。这样的一天吗？我还要继续说吗？已经开始得这么糟了。"

"请继续。"

"我在我的房间里吃点早餐。这件事上,你也要细节吗?"

"是的,没错。告诉我所有事情。"

"嗯,早餐是件简单的事情。客栈主人替我带来些热水,就是这样。偶尔,如果我感觉特别舒服,我会要淡茶与干面包。然后我洗冷水澡,为了提振精神,冷水澡有其必要。接下来的时间,我用在工作上,写作、思考。偶尔,在眼睛状况许可的情况下阅读。如果我觉得状况不错,就去散步,有时候花上几个小时。散步时潦草写下的东西,往往是我最好的作品,有我最精彩的思想,当散步时——"

"是的,我也是如此,"布雷尔匆忙地加上,"散步四五英里之后,我发现我理清了最为困惑的问题。"

尼采停了下来,显然在布雷尔的个人评论下乱了脚步。他先结结巴巴地附和他,然后忽略他并继续他的说明:"在我住的客栈里,我总是在同一张桌子上用餐。我对你叙述过我的饮食——不加香料的食物,最好是水煮的,不喝酒,不喝咖啡。常常在几个星期之中,我只能忍受不加盐的水煮蔬菜,也不抽烟。我跟同桌的其他客人说上几句,但很少涉入过长的谈话。如果我特别幸运的话,我会遇到一位体贴的客人,自愿替我阅读或听写。我的经费有限,我没有能力支付这样的服务。下午跟早上一样,散步、思考、涂写。晚上我在房里用餐,一样是热水或淡茶与饼干。然后我一直工作到水合三氧乙醛说,'停,你可以休息了。'这就是我一天的生活。"

"你只提到旅馆,你的家呢?"

"我的家就是我的衣箱。我是一只乌龟,把家扛在背上。我把衣箱放在旅馆房间的角落,当天气转冷,冷得难以忍受的时候,我带着它,往较高、较干的地方移动。"

布雷尔本来计划要回到尼采"有害的夜间思绪"上,但是,现在看到了一条甚至更有希望的路线——在直接联结到莎乐美小姐上，不可能会失败的一条路线。

"尼采教授，对你一天典型的生活叙述内，我留意到你几乎不曾提到过其他人！请原谅我会这样问——我知道这些不是一般的医学问题，不过我坚守人作为一个整体的信念，我相信生理上的健康与社交与心理上的健康息息相关。"

尼采脸色发红。他拿出一把小巧的玳瑁胡梳，在缄默中无精打采地梳弄他不易整理的胡髭。然后好像做出了决定，他坐直起来，清清嗓子，坚定地说："你不是第一位做出这种观察的医生，我猜你所指的是性生活。朗左尼医师，一位几年前我所见过的意大利医生，认为我的病情由于孤独与禁欲而加剧，劝告我获取正常的性欲发泄管道。我遵从他的忠告，并与靠近拉帕洛一个村子里的农妇达成一项协议。不过在三个星期的尾声，我几乎为头痛所毁灭——再多一点点这种意大利式疗法，我这位病人就会断气！"

"为什么它是这样一个有害的建议呢？"

"须臾的兽性欢娱，伴随的是几个小时的自我厌恶与清理自己身上的恶臭，这依我的观点来看，不是，你怎么说来着？'人的整体性'的方式。"

"以我的观点也不是如此，"布雷尔迅速同意道，"然而，你能否认我们所有人都存在于社会脉络吗，一个在历史上让生存更加容易的脉络，并且提供了内在与人类联系的愉悦？"

"或许这种大众的愉悦并不适合所有人，"尼采说，摇着他的头，"有三次我伸手出去尝试建立一座通往其他人的桥梁，而我屡次都遭到背叛。"

总算！布雷尔简直无法按捺他的兴奋。尼采三次受到的背叛肯定有一次是路·莎乐美，或许保罗·雷是另一个，谁是第三个呢？

终于，终于，尼采开启了大门。无疑的是，讨论背叛的管道出现了，还有，讨论因背叛所引发的绝望也有机会了。

布雷尔以心有戚戚焉的语调说："三次尝试，三次可怕的背叛——而在那之后是退回痛苦的孤独之中。你饱受折磨，或许，这种折磨增加了你病情的负担。你愿意信任我，并让我知道这些背叛的细节吗？"

又一次，尼采摇头。他似乎在撤退回自己之内，"布雷尔医生，我信任你。今天我所分享我生活上切身的细节，花了非常长的时间，对你说的比任何人都多。但是相信我，我说的疾病发生在这些个人失意之前。要记得我的家族病史，我的父亲死于脑部病变，或许是一种家族疾病。头痛与健康不良从学生时代就困扰着我，远在这些背叛以前。同样真实的是，我的病情从未由于我所享受到短暂的友谊而有所改善。不是的，不是我信任得太少：我的错误是信赖得过多。我不准备再去信任，也无法承担去信任。"

布雷尔茫然若失。他怎么会估计错误呢？方才，尼采似乎乐意于、几乎是饥渴于对他托付秘密。现在却断然回绝！发生了什么事？他试图回想事件的顺序。尼采提到了企图与他人建立一座桥梁，然后受到了背叛。在这个时间点上，布雷尔深表同情地向他伸出双手，然后，然后桥梁这个字词触动了某根心弦。尼采的书！是了，几乎可以肯定有一段生动的文字牵扯到一座桥梁，或许获得尼采信任的关键就藏在这些书里。布雷尔同样模糊地回想起另一个段落，论证心理上自我细察的重要性。他决定在他们下一次会面前，要更为仔细地阅读这两本书，或许他可以用尼采本身的论证去影响他。

但是，他怎么可能真的拿任何他在尼采书中找到的论证做文章呢？甚至要如何去解释他怎么会刚好拥有它们呢？他去三家维也纳的书店询问他的书，没有一家听过这位作者的大名。布雷尔痛恨口

第五章

是心非,并且一度考虑要对尼采和盘托出:路·莎乐美来找过我,他对尼采绝望的认知,他对莎乐美小姐的承诺,她以他的书作为礼物。

不行,那只会通往失败,尼采无疑会感到受到操纵与背叛。布雷尔确信尼采之所以处于绝望,是因为与路·莎乐美和保罗·雷的一种——借用尼采精彩的话,毕达哥拉斯式的关系,他在这关系中纠缠不清。而如果尼采得知了路·莎乐美的造访,他无疑会把她与布雷尔视为另一个三人组的两端。不行,布雷尔所深信的诚实与真挚——他对生活难题的天然解答,会弄巧成拙地把这个案子搞得一塌糊涂,他必须找出方法来合法地获得这些书。

时间不早了,潮湿阴沉的白天正逐渐转为黑暗。在沉默中,尼采不自在地挪动着。布雷尔很疲倦,他的猎物在闪躲着他,而他已黔驴技穷,他决定虚与委蛇以争取时间。

"我相信,尼采教授,我们今天不再往下进行了。我需要时间来研读你过去的医疗记录,并从事必要的病理检验。"

尼采轻轻一叹。他是不是感到失望呢?他是否想要延长会谈呢?布雷尔认为是如此,但是在无法信任自己对尼采反应的判断力时,他建议这个星期进一步诊疗。"星期五下午?同一时间?"

"是的,当然。完全遵照你的安排,我在维也纳并没有其他的事情。"

问诊结束了,布雷尔起身。不过尼采犹疑着,并突兀地坐回他的椅子上。

"布雷尔医生,我耽误了你如此多的时间。请不要误会并低估了我对你的努力的感激,但是请容许我有多一点你的时间。请容我基于我自身的利益,问你三个问题!"

79

第六章

"请提出你的问题吧,尼采教授,"布雷尔说,悠闲地坐回他的椅子,"有鉴于我对你的连串发问,让你回问三个问题一点也不算过分。如果你的问题在我的知识领域之内,我会毫无保留地回答。"

布雷尔很疲倦。这一天很漫长,在他面前还有6点钟的教学讨论会以及傍晚时分的出诊。但即便如此,他不介意尼采的请求。相反,他感到兴高采烈与令人费解。或许,他所寻找的缝隙就在手边了。

"当你听到我的问题时,你也许跟你许多同行一样,会后悔这么爽快地答应。我有个三合一的问题,三个问题,但或许只有一个。还有另一件事,既是一项请求,也算一个问题,那就是你会跟我说实话吗?"

"哪三个问题呢?"布雷尔问道。

"第一,我会失明吗?第二,这样突然发病,会一直持续下去吗?还有最后一个,最困难的一个,我会像我父亲一样吗?我有一种正在恶化的脑部疾病吗?它会在我还年轻的时候就夺走我的生命,迫使我变成瘫痪，或更糟，变成疯癫或痴呆吗？"

布雷尔无言以对，他默默地坐着，漫不经心地翻阅尼采医疗卷宗内的扉页。在15年的执业生涯中，没有病人曾经提出过如此直言不讳到几近冷酷的问题。

察觉到他的狼狈，尼采继续说下去，"我很抱歉，让你面对这样的情况。不过，与医师谈话的不得要领，我已有许多年的经验，尤其是那些把自己看成真理代言人的德国医生，却老是在他们的意见上留一手。对于原本就是病人应该知道的事情，没有医生有权利去保留。"

尼采对德国医生的描绘，让布雷尔为之绝倒。但是尼采对病人的权利宣言，又让他感到按捺不下的怒气。这个留着巨大髭须的哲学家，对他而言是无足轻重的，却一再地挑战、刺激着他的心智。

"要讨论这些医疗职业上的议题，我是再乐意不过了，尼采教授。你所问的问题可以说是直截了当，我会试着用同样的直率来回答。关于病人的权利，我同意你的立场。不过，你省略了一个同样重要的概念——病人的义务。我比较期待的是，与我的病人有一种完全诚实的关系。但那必须是一种相互的诚实，病人也必须保证对我以诚相待。诚实的问题、诚实的答案，两者造就了最佳的医疗效果。有了这样的前提，你就有了我的保证，我会跟你分享我所有的想法与结论。"

"但是，尼采教授，"布雷尔继续说下去，"我所不同意的是，事情应该永远这样。有某些病人还有某些情况，会使医生必须为了病人的利益，而保留事实的真相。"

"是的，布雷尔医生，我听过许多医师这么说。但是，谁有替别人做决定的权利呢？这种心态所冒渎的，只是病人的自主性而已。"

"我的职责，"布雷尔回答说，"是为病人提供慰藉，而且这个责任无法等闲视之。有时候，它是个吃力不讨好的工作；有时候，有些坏消息是我无法让病人参与的；有时候，保持缄默是我的职责，并且担下病人与家庭双方面的痛苦。"

"但是，布雷尔医生，这类职责湮没了一种更为基本的责任，为了自己，每个人都有发现真理的责任。"

有一会儿，在炽烈的对话中，布雷尔忘掉了尼采是他的病人。这些是无比有趣的问题，而他是完全沉迷在其中。他站了起来，并且在他说话的同时，开始在他的椅子后面踱步。

"把他人不希望知道的真相强加在他们身上，我是否有这样的责任？"

"一个人不希望知道的是些什么，谁可以决定呢？"尼采质问说。

"关于这点，"布雷尔坚定地说，"可以称为医学的艺术。人不是从教科书之中，而是从临床上学到这些东西。让我举一个例子，一位我稍后会去医院拜访的病人。我告诉你的这件事情，是完全的秘密，而且当然也保留了他的身份。这个人有致命的疾病——最末期的肝癌。他因为肝脏退化而患有黄疸，他的胆汁逆流进入血液之中。他的病已无药可救，我怀疑他能否撑过三个星期。我今天早上见他的时候，告诉他说他的皮肤为何会转为黄色，他镇静地听我解释，然后他把他的手放在我的手上，仿佛在减轻我的负担，仿佛要我镇定下来，然后他改变了话题。我认识他 30 多年了。他问候我的家人，并且谈论着痊愈回家之后，在等候他的公事。"

"不过，"布雷尔深深地吸了一口气，"我知道他永远也回不了家了。我该告诉他这点吗？你看得出来，尼采教授，这并没有那么容易。没有被问到的问题，通常才是重要的！如果他曾经想要知道过，他会问我他肝脏失调的原因，或者是我计划什么时候让他出院。但是在这些事情上，他选择了缄默。我应该忍心跟他说那些他不希望知道的事吗？"

"有时候，"尼采回应道，"老师必须狠得下心，人必须被告知坏消息，因为生命本身是严酷的，濒临死亡亦是如此。"

"我应该剥夺人们选择的权利吗，他们希望如何面对死亡的选择？以何种权利，以什么样的托付，要我来担负这样的角色？你说老师有时必须忍得下心肠，或许是吧。但是，去缓和压力并提高身体的机能，这才是医生治疗的职务。"

豆大的雨点打着窗，窗框嘎嘎地响着。布雷尔走过去，凝视着窗外。他转过身来，"事实上，当我三思之后，我甚至不确定我会同意你关于老师应该严厉的主张。或许，只有一种特别的老师吧，或许是一位先知。"

"是的，是的，"尼采的声音在兴奋中提高了八度，"一位教导苦涩真理的老师，一个不受欢迎的先知，我觉得我就是这个样子。"用手按住胸膛，他借此来加重这个句子的每一个字，"你，布雷尔医生，致力于卸下担子，让自己的生命轻松些。而我，我献身的事业，让学校里我的学生们没好日子可过。"

"但不受欢迎的真理，把事情变得艰难的价值又何在呢？我今天早上离开的时候，我的病人对我说，'我把自己交到上帝的手里。'谁敢说这不也是一种真理的形式。"

"谁？"当布雷尔在另一边踱步时，尼采也起身在书桌的另一边踱步。"谁敢这样说？"他停下来，握着椅背，指着他自己，"我，我就敢说！"

他可能曾经在讲坛上演说，布雷尔觉得，劝勉一群会众，不过，当然，他的父亲就是位牧师。

"真理，"尼采继续说道，"是经由疑惑与怀疑而获得，不是透过天真的祈求而得！想要置身于上帝的手中，你病人的希望并不是真

83

理。那只不过是一个人的希望，而且到此就无以为继了！那是对不要死去的希望，对上帝奶嘴的希望，只不过是被我们贴上了'上帝'的标签而已！进化论以科学的方法证明了上帝的多余，不过，达尔文自己没有勇气追根究底终极的答案。你必然了解，上帝无疑是我们的创造，而我们所有人现在一起杀死了他。"

布雷尔抛下这条论证路线，宛如它是个烫手山芋一般，他无法替有神论辩护。青春期之后，他就是个宗教上的自由思想家，他曾经采取与尼采同样的立场，时常跟他的父亲与宗教上的老师讨论，尼采回到座椅，他也坐了下来，以一种较为柔和的语调说话。

"你对真理真是狂热啊！请原谅我，尼采教授，如果我听起来像在挑衅的话，不过我们同意要诚实地交谈。你以一种神圣的口气来谈论真理，仿佛在以一种宗教来代替另外一种。请容我扮演恶魔的拥护者。我请教，您为何对真理要如此的热情与如此的尊崇？对我今天早上的病人来说，它又会有什么样的好处呢？"

"神圣的不是真理，而是人本身对真理的追求！能够有比自我探究更为神圣的行动吗？有人这么认为，说我的哲学工作是建立在沙粒上——我的观点不停地变换。不过，我最笃信的句子之一是，'成为你的存在。'而没有了真理，人又如何能发现他是谁，又如何能发现他是什么呢？"

"但真相是，我的病人已经离死期不远了。我应该让他有这样的自觉吗？"

"真正的抉择、完整的抉择，只能在真理的光芒下绽放，别无他法。"

在真理与抉择的抽象领域中，尼采辩才无碍的论述，还可以无止境地说下去。布雷尔看得出来，他有必要迫使他说得更具体些，"那我今天早上的病人呢？他的选择范围是什么？或许，相信上帝就是他的抉择！"

"那不是一个人的选择。它不是一项人类的选择，而是去捕捉一种人自身以外的幻觉。为了他人而做的选择，为了超自然现象而做的选择，这样的选择让人软弱。它总是让一个人做不到他自己。我所喜爱的是，让我们超越我们自己的东西！"

"让我们不要谈论抽象的人类，"布雷尔坚持着，"而是一个有血有肉的人——我的这位病人。考虑一下他的情况，他只有几天或几星期可活了！跟他说抉择又有什么意义？"

尼采立即不屈不挠地回应着，"如果他不知道他即将死去，你的病人又从何决定要如何死亡呢？"

"如何死亡，尼采教授？"

"是的，他必须决定如何去面对死亡，跟其他人谈话，给予忠告，说出他保留到死前才说的话，跟其他人道别，或者单独一个人，去哭泣，不为死亡所动，去诅咒它，去感谢它。"

"你仍然在讨论一种理想，一种抽象概念，但是我受托来照料一个人，一个有血有肉的人。我知道他要死了，将在短时间内以巨大的痛苦死去。为什么要以这点来恫吓他呢？最重要的是，必须保存着希望。除了医生之外，又有谁能提供希望呢？"

"希望？希望是最终的灾祸！"尼采根本是吼出来的，"在我的书《人性的，太人性的》中，我主张，当潘多拉的盒子被打开的时候，宙斯放在其内的灾祸就逃进人类的世界中，不为任何人所知的是，那里面依然保留了最后一个灾祸——希望。自从那时候起，这个盒子与它所储藏的希望，就被人类错误地当成幸运的宝库。但是我们忘掉了宙斯的愿望，他要人类继续让自己受折磨。希望是灾祸中最糟的一个，因为它延长了折磨。"

"那么你所暗示的是，如果一个人想要的话，他应该缩短他垂死的时间。"

"那是一种可能的选择,不过只能在信息充分的情况下。"

布雷尔觉得踌躇满志,他一直很有耐心,他容许事情遵循本身的发展方向。现在,要看到他策略的回报啦!讨论完全依照他所希望的方向在进行。

"你指的是自杀,尼采教授。自杀应该是一种选择吗?"

尼采是既坚决又笃定:"每个人都拥有他本身的死亡,而且每个人都应该以他自己的方式来演绎死亡。或许,只是或许,有一种权利,我们可以因而取走一个人的生命。但是,没有任何一种权利,可以让我们借以夺去一个人的死亡,那不是慰藉!那是残忍!"

布雷尔坚持下去:"自杀到底会不会是你的选择呢?"

"死亡是严酷的,我一直觉得,死亡的最终报酬是不必再死一次!"

"死亡的最终报酬——不必再死一次!"布雷尔赞赏地点着头,走回他的书桌,坐下来,拿起他的笔,"我可以把这记下来吗?"

"是的,当然。不过,不要让我剽窃自己。我不是刚刚才创造了这个句子,它出现在我的另一本书《快乐的科学》里面。"

布雷尔很难相信他的好运。在过去的几分钟之内,尼采接连提到了路·莎乐美给他的两本书。虽然为这项讨论感到兴奋,也不情愿打断他的热烈,但布雷尔无法错失这个机会,先解决这两本书的两难局面再说。

"尼采教授,你谈到的这两本书让我兴趣浓厚。怎样才能买到?维也纳的书商?"

尼采难以掩饰对这项请求的愉悦,"我在开姆尼茨的出版商施迈茨纳入错了行。他真正的归宿应该是国际外交,或者,也许是间谍活动。他在阴谋活动上是个天才,而我的书就是他最大的秘密。八年来，他在宣传的花费上是零——连一分钱都没有。他没有送出任何一本去做评论，也不曾放一本在任何书店之中。"

"所以，你在维也纳的书店里看不到它，连维也纳的房子里都没有可能。我的书卖出去的是寥寥可数，我知道大部分购买者的大名，而且就我记忆所及，我的读者没有半个维也纳人。因此，你必须直接与我的出版商联系。这儿是他的地址。"尼采打开公事包，在一张纸片上迅速写下几行字递给布雷尔。"虽然我可以替你写信给他，如果你不介意的话，但是我宁可让他直接收到一封你的信。或许一位大名鼎鼎的医学家的订购，会激励他让其他人知道我的书的存在。"

把那张纸片塞进上衣的口袋里，布雷尔回答说："今晚，我会为你的书寄一份订购单。不过真是可惜，我不能更快一点把它们买到手，甚至是借到手。因为我对我的病人的整个人生都感兴趣，包含他们的工作与信念在内，对于你健康情形的调查，你的书或许有些线索。更不用说，阅读你的作品，并跟你本人讨论会有的乐趣了！"

"哦，"尼采回答道，"这样的要求我可以帮得上忙。我个人所带来的这些书，在我的行李之内。让我把它们借给你吧，今天稍晚我会把它们带来你的办公室。"

布雷尔为计策奏效感到高兴，因此想要回馈些什么给尼采。"将一生奉献给写作，将生命倾注于著作之中，然而，只有为数寥寥的读者——多可怕啊！我所知道的维也纳作家，都会说这是比死亡还糟的命运。长久以来，你是如何忍受它的？你现在怎么忍受它的？"

不管是微笑或是声音的腔调，尼采对布雷尔的表示无动于衷。两眼直视着前方，他说道："伦因街之外另有天地，会有维也纳人知道这点吗？我有耐心。或许到公元2000年的时候，会有人勇于尝试阅读我的书。"他突兀地站了起来，"那么，星期五见？"

布雷尔感觉受到抵制与背弃。为何尼采突然就变得如此冷淡呢？这是今天的第二次了，第一次是那件桥梁的意外。而每一次的意外，布雷尔察觉到，都紧接在他伸出一只同情的手之后。这代表的意思是什么？他细心思索着。这位尼采教授无法忍受他人的亲近或提供帮助吗？然后，他回想起路·莎乐美的警告，为了跟他对权力的强烈感受有关的某种理由，不要试图催眠尼采。

她会对尼采退缩的行为有什么反应，布雷尔让自己想象了一下。她不会就这样放过它的，她会立即而直接地处理。她或许会说："为什么要这样，弗里德里希，每次有人对你说了什么安慰的话，你就要咬他们一口呢？"

多讽刺啊，布雷尔反省着，纵使他不喜欢路·莎乐美的无礼，他却在这里向她的幻象求救，好让她可以指导他！不过他迅速打消了这些念头。她或许可以说这些事情，但是他不行，更不用说冷漠的尼采教授正在移往门口的时候。

"是的，星期五两点，尼采教授。"

尼采微微点头，大步迈出办公室。在他步下阶梯时，布雷尔从窗户后看着他，他暴躁地回拒一辆出租马车，抬头瞄一下漆黑的夜空，用他的围巾把耳朵包起来，沿着街道蹒跚前行。

第七章

　　隔天凌晨 3 点钟，布雷尔再度感觉他脚下的地面在液化。在试图找到贝莎的时候，他又一次坠落了 40 英尺，掉到那块点缀着神秘符号的大理石板上。他在惊惧中醒来，怦然心跳，睡衣与枕头在汗水淋漓下湿透。布雷尔小心翼翼地爬下床，不想吵醒玛蒂尔德，蹑手蹑脚地去上厕所，换上另一件睡衣，把他的枕头翻过来，尝试让自己回到睡眠中。

　　但是，那晚他不再有丝毫睡意。他清醒地躺在那里，聆听着玛蒂尔德深沉的呼吸。每个人都睡了：五个孩子，还有家里的仆人露易丝、厨子玛塔以及孩子们的保姆葛蕾珍。除了他，所有人都在沉睡。他在看守整栋房子，他是那个工作最辛苦、最需要睡眠的人，但他的下场却是无法成眠，还要为每一个人担忧。

　　现在，他深为焦虑的侵扰所苦。有些他抵挡得住，其余的则像走马灯般跑个不停。贝勒福疗养院的宾斯·瓦格纳医生写信来说，贝莎的情况恶化。更糟的消息是关于他聘任的一位年轻的精神科医师，艾克斯纳，与贝莎坠入了爱河，并且在向她求婚之后，将看护她的责任移转给另外一位医生！对于他的爱慕，她有反应吗？她肯定给了他某种信号！艾克斯纳医生一定有说得过去的办法，既能保持单身，又能轻易地辞去这个案子。当他想到，贝莎对年轻的艾克斯纳嫣然一笑，用的是她一度特别对他的微笑方式，布雷尔顿时方寸大乱。

贝莎的情况恶化！自己曾向贝莎的母亲就新催眠方法大放厥词，自己是多么愚蠢啊！现在，她会把他看成个什么东西呢？整个医疗圈子里，必定在他背后说个不休吧？说些什么呢？如果不是那个案例讨论会，就是路·莎乐美的弟弟参加的那一个，如果不是因为自己大肆宣扬对她进行的治疗方式的话，这个圈子不会知道的！自己怎么学不会闭嘴呢？在羞辱与悔恨交加之中，布雷尔强烈战栗着。

有人猜到他爱上贝莎吗？肯定所有人都会这样怀疑。一位医生每天花上一两个小时跟一位病人在一起，长此以往会是为了什么！贝莎不正常地依恋着她的父亲，他知道这点。然而他作为她的医生，是否为了本身的利益而利用了这份依恋？不然，她为何会爱上一个他这种年纪、他这种长相的男人呢？

布雷尔畏缩着，想到了每当贝莎陷入恍惚时自己的勃起。感谢上帝，他从未向自己的激情投降，从未表现出他的爱意，从未爱抚过她。然后，他想象自己在给她做一次医疗性的按摩。突然，他紧紧抓住她的手腕，把她的手臂举高到她的头上，撩起她的睡袍，他松开了他的皮带，并且在一大群人——护士们、同事们、帕朋罕太太——涌进房里的时候，扯下了裤子！

他更加深陷进床里，饱受摧残与挫折。他为什么要如此折磨自己呢？他一次又一次地屈服，任由忧虑蔓延全身。这里面有许多身为犹太人的忧虑——反犹太主义的兴起，已经阻断他在大学的执教生涯；崛起中的新组织，薛诺瑞的德意志公民会，还有奥地利改革会，在会议中不怀善意的反犹言论，煽动各行各业的同业公会，群起攻讦犹太人：金融界的犹太人、新闻界的犹太人、铁路单位的犹太人、戏剧界的犹太人。就在这个星期之内，薛诺瑞要求恢复限制犹太人生活的古老法律，还在城里各地煽惑暴动。这股风潮只会更糟，布雷尔对这点很清楚，它早已侵入大学。学生组织近来扬言既然犹太人生来就"没有荣誉"可言，因此，即使在侮辱性的打斗中受伤，也不准获取赔偿。针对犹太医生的非难还没有听说，但这不过是时间早晚的问题而已。

他倾听着玛蒂尔德轻微的鼾声。这里躺着他真正的忧愁！她把自己的生活融入到他的之中。她一直钟爱他的孩子，她哺育他们。她从阿特曼家族所带来的嫁妆，让他变成一个非常富有的人。尽管她痛恨贝莎，谁又能责怪她呢？她有恨他的权利。

布雷尔再次看着她。当他娶她的时候，她是他所见过的最美丽的女子，而且依然如是。她比皇后或贝莎还要美丽，甚至胜过路·莎乐美。维也纳哪个男人不对他艳羡有加？那他为何无法碰她、吻她呢？为什么她一开口说话，就会让他惶惶不可终日？自己为什么会有这样可怕的念头，必须逃离她的控制呢？

他在黑暗中凝视着她，她甜美的双唇，颧骨优雅的弧形，如丝缎般的皮肤。他想象她的脸庞老去、起了皱纹，她的皮肤硬化成皮革般的碎块，四分五裂，暴露出底下象牙色的头骨。他凝视着她的胸膛，在她胸廓的肋骨结构上起伏。布雷尔想起有一次走在迎风的海滩上，偶然遇到一条巨鱼的残骸，它的侧面有部分腐烂了，它那漂白、裸露的肋骨像是在对他露齿而笑。

布雷尔试图从心里清除死亡的意象。他哼着他最喜爱的卢克莱修（Lucretius）的名句："死亡所至，我不在彼。我之所在，死亡不至。何忧之有？"但是没有用。

他摇摇头，试图抖掉这些病态的想法。它们打哪儿来的？来自尼采对死亡的讨论？不是的，与其说是尼采把这些念头注入他心里，不如说尼采解放了它们。它们一直就住那里，他以前想到过它们其中的每一个。然而，当他不思考它们的时候，它们蛰伏在他心中的哪个部分呢？弗洛伊德是对的：大脑里必然有一个错综复杂的思想储藏室，待在意识之外，却一直保持警觉，随时准备接受征召，开拔到清醒时的思考舞台上。

而且，这个无意识的储藏室里，不仅有思想，情绪也在里面！几天前搭乘马车的时候，布雷尔瞄到了他隔壁的马车。那是由两匹马，以小跑步拖着的一辆出租马车，里头坐了两位乘客，一对面容阴森的夫妇，但是没有驾马车的人。一辆幽灵马车！恐惧传遍了他全身，他顷刻间就出了一身汗，衣服在几秒钟内就湿透了。然后那辆马车驾驶进入了视线：他不过是弯下腰去调整一下他的靴子。

起初，布雷尔讪笑着自己的反应。但是他想得越多就越了解到，尽管他是个理性主义者与自由思想家，但他的心里面所躲藏的，不过是成串对超自然的恐惧罢了。而且，藏得还不是很深，它们随时"候传"，离意识的表面只有几秒钟而已。喔，只要一把扁桃腺钳，就可以把这些玩意儿从头到脚给扯出来！

依然没有睡意，布雷尔坐起来调整一下他纠结的睡衣，把枕头拍松些。他再次想到了尼采。他是多么奇特的人哪！他们的谈话，又是何等的令人振奋！他喜欢这样的交谈，这让他感到自在，感到得其所哉。尼采那句"最笃信的句子"是什么？"成为你的存在！"不过，我是什么样的人呢？布雷尔扪心自问，我想要做什么样的人呢？我的父亲是一位犹太教法典的学者，对哲学争辩的爱好，或许就在我的血液之中。我很喜欢在大学修习的少数几个哲学课程，这可比大部分医生要多——因为在父亲的坚持下，在进入医学研究之前，第一年在哲学院研习。我也很高兴能保持他与布伦塔诺及裘德的关系，他们是我在哲学院的教授。我实在应该更频繁地拜访他们。在纯粹观念领域之内的交谈，拥有某种净化人心的东西。在那里面，或许只有在那里面，我才不会受到贝莎或肉欲的污染。像尼采那样一直盘桓在这个领域之内，会是什么样子呢？

还有，尼采大胆论事的方式！想想看！会说希望是最大的灾祸！会说上帝已死！说真理是我们生存不可或缺的一种错误！真理的敌人不是谎言，而是深信不疑！死亡的最终报酬是不会再死一次！医生无权剥夺一个人本身的死亡！都是些邪恶的思想！他跟尼采就每一点进行激辩。然而，那是一场虚伪的辩论：在他的内心深处，他知道尼采是对的。

此外，还有尼采那不羁的自由！过他所过的日子不知会是什么模样？没有房子，没有义务，没有薪水要付，没有孩子要养，没有行程表，在社会中没有角色与地位，这样的自由有某种诱人的东西。弗里德里希·尼采为什么有这么多自由，而约瑟夫·布雷尔却这么少呢？尼采彻底把握了他的自由。为什么我不行呢？布雷尔呻吟着。直到闹钟在6点响起为止，他躺在床上被这些念头搞得头昏脑涨。

在早上一轮出诊之后，他于10点半抵达办公室。"早安，布雷尔医生，"贝克太太向他致意，"当我来开办公室的门的时候，那位尼采教授正在门厅等候着。他为你带来了这些书，并且要我转告你说，它们是他的私人用书，在页边有手写的眉批，包括未来工作的纲要。它们非常私人，他说，请不要拿给任何人看。顺便提一下，他看起来糟透了，举止也非常奇怪。"

"怎么说呢，贝克太太？"

"他不停地眨着眼睛，好像他看不到或不想看到他正在看到的东西。而且他的脸孔毫无血色，好像随时会昏倒。我问他是否需要任何帮助，来点茶，或者在你的办公室里躺一躺。我以为我是好意啊，但他似乎感到不悦，几乎是在生气。然后他一言不发地掉头就走，跌跌撞撞地走下阶梯。"

布雷尔从贝克太太那儿接过尼采的包裹，两本书利落地裹在一张昨天的《新自由报》里面，还扎着一根短绳。他解开包裹，把书放在书桌上，就在路·莎乐美给他的那两本旁边。当尼采说他拥有维也纳仅有的两本时，他也许过分夸大了，不过布雷尔现在无疑是唯一拥有两套这两本书的维也纳人。

"噢，布雷尔医生，那位高贵的俄国小姐留下的书，不是跟它们一样吗？"贝克太太带进来晨间的邮件，并且在把报纸与短绳从他书桌拿走时，刚好注意到这些书的书名。

一个谎言会如何招致更多的谎言啊，布雷尔想到，而且，一个说谎者受迫要过着一种警惕的生活。虽然说贝克太太是既刻板又有效率，她同样喜欢去"慰问"患者。她有可能会跟尼采提到"那位俄国小姐"吗，还有她送的书？他一定要警告她。

"贝克太太，有些事我必须要告诉你。那位俄国女子莎乐美小姐，她是尼采教授的亲密友人，或者说，曾经是。她非常担心教授，她透过朋友辗转将教授介绍给我。不过，教授不知道这点，因为他跟莎乐美小姐的关系现在正处于最低潮。如果我能有任何机会帮得上他的忙，他必须永远无从得知我跟莎乐美小姐的会面。"

贝克太太以她一贯的慎重点头，然后瞄到窗外有两位病人抵达了，"霍普特曼先生与克莱因太太，你希望先看哪一位？"

给尼采一个指定的约会时间是不寻常的事情。布雷尔通常像维也纳其他医生一样，仅仅指定一个日期，并依照病人抵达的顺序来看诊。

"送霍普特曼先生进来，他需要回去工作。"

第七章

在他早上最后一位病人之后，布雷尔决定在尼采明天来访之前，先研究一下他的书，并要贝克太太告诉他的太太，在正餐上桌前，他不会回楼上去。然后，他拿起那两本廉价装订的书，每本都不到300页。他宁愿去读路·莎乐美给他的那两本，好让他可以在阅读时画线，还可以在页边批注。但是，他觉得有必要去读尼采本人的用书，仿佛可以把他的言行不一降到最低的程度。尼采个人的记号令人分心：许多底线，页边上有许多惊叹号，还有"对啊！对啊！"的喝彩，偶尔会出现"不对！"或"笨蛋！"同时，还有许多布雷尔无从辨识的潦草注脚。

奇特的书，不像他所读过的任何一本。每本书含有数以百计标着号码的章节，很多在彼此之间没有太大的关联。章节都很简短，最多两三段，常常只有几个句子，有时候根本是句格言，像是："思想是我们情感的阴影——总是更为黑暗，更为空虚，并且更为单纯。""当今没有人为了致命的真理而死——有太多解毒的方法"，"不能带我们超越到所有书本之外，这样的书又有什么好处呢"。

尼采教授显然认为他有资格去谈论一切的主题——音乐、自然、政治、诠释学、历史、心理学。路·莎乐美曾描述他为一位伟大的哲学家。或许，布雷尔尚未准备好，就他书的内容发表评论。不过他可以确定的是，尼采是位诗意的作家，一位真正的诗人。

尼采某些断言看起来很荒唐，比方说，对父子间相似处多于母女之间的无聊声明。不过，许多格言激励他反躬自省："解放的标志是什么？——不再耻于面对自己！"他被一个分外引人注目的段落所打动：

就像骨骼、肌肉、肠子与血管被包围在一层皮肤之下，好让人的外表可以忍受，所以灵魂的焦虑与激情被包裹在虚荣之内，虚荣是灵魂的皮肤。

构成这些文字的是什么东西呢？它们抗拒特色，除了作为一个整体似乎蓄意的挑衅之外，它们挑战一切习俗、质疑，甚至诽谤传统的美德，并且歌颂混乱。

布雷尔瞄了一下他的表，13 点 15 分。没有时间这样悠闲地浏览了，他知道随时会被召唤去用午餐，他寻找明天与尼采会面时能够帮得上忙的片断。

弗洛伊德在医院的时间表，通常不容许他在星期四前来用午餐。不过，布雷尔今天特别邀请他来一趟，以便他们可以探究尼采的诊疗过程。一份完整的维也纳式正餐的菜单如下：香薄荷甘蓝菜葡萄干汤、炸薄肉排、斯华比亚饺子、布鲁塞尔的球芽甘蓝、烤番茄、玛塔自制的粗裸麦黑面包、肉桂苹果饼、斯巴登矿泉水。布雷尔与弗洛伊德在餐后来到书房。

这位他称之为艾克卡·穆勒的病人，布雷尔在叙述他的病历与症状时，注意到弗洛伊德的眼皮缓缓闭上。他熟知弗洛伊德在餐后的昏沉睡意，并知晓该如何应付。

"所以，西格，"他轻快地说，"让我们替你的医学院大考做好准备，我假装是诺斯纳格尔教授。昨天晚上我睡不着，有点消化不良，而玛蒂尔德又再度为了晚来用餐而数落我，所以我今天是受挫到家，足以模仿那只野兽了。"

布雷尔选了一种浓厚的北德口音以及普鲁士人那种僵直、权威的姿态："好啦，弗洛伊德医生，我已经给了你艾克卡·穆勒先生的病史啦，现在你可以准备你的身体检查。告诉我，你要寻找的是什么？"

弗洛伊德两眼圆睁，伸出手指把衣领弄松。他并未分享布雷尔对这些模拟考的爱好。不过，他同意其教学意义，它们总是让他兴奋。

"这位病人无疑有中枢神经系统的障碍，"他开始说，"他的头痛、他视觉的恶化、他父亲神经系统的病史、他在平衡上的困扰——一切都指向这点。我怀疑有一个脑部肿瘤，可能是散布性硬化症。我会做彻底的神经检查，极为仔细地检验颅神经，尤其是第1、2、5与11。我同时会仔细检查视野——这个肿瘤可能压迫视觉神经。"

"其他的视觉现象怎么解释呢，弗洛伊德医生？早上的眼花与视觉模糊，到了白天稍后就会有所改善？你碰巧知道哪一种癌症可以做到这点吗？"

"我会好好看一看视网膜，他可能有某种斑点病变。"

"在下午就会改善的斑点病变？了不起，了不起！我们应该把这个案例记录下来，拿去发表！还有他间歇性的疲劳、类似风湿病的症状和咯血，那也是癌症造成的吗？"

"诺斯纳格尔教授，这位病人可能有两种疾病，就像乌普塞一向说的跳蚤与虱子，他可能患有贫血。"

"你如何检查贫血？"

"做血红素与粪便的化学分析。"

"不对！不对！我的天哪！他们在维也纳医学院都教你些什么东西啊？用你的五官来检查吗？忘掉实验室的检验，你那种犹太式的医学！实验室所能证实的，只是你的身体检查已经告诉你的事情。假设你是在战场上，医生，你准备做一个粪便化验吗？"

"我会检查病人的肤色，特别是他手掌上的褶皱与他的黏膜组织，像是牙龈、舌头、眼球结膜。"

"没错。不过你忘了最重要的一点——手指甲。"

布雷尔清清喉咙，继续扮演着诺斯纳格尔。"现在，我年轻的实习医师，"他说，"我要给你身体检查上的结果。第一，神经系统的检查是百分之百地正常,连一个阳性反应都没有发现。这么大一个脑瘤或这么广泛的硬化症,弗洛伊德医生,这打一开始就不像是可能的样子,除非,你所知道的案例会持续存在多年,并间歇性地爆发 24～48 个小时严重的并发症,而且稍后,会在不留下神经伤害的情况下,完全消失无踪。不,不,不会!这不是结构上的疾病,而是一种间歇性的生理失调。"布雷尔让自己扬起下巴,更加夸大他的普鲁士口音,宣称道:"只有一种可能的诊断,弗洛伊德医生。"

弗洛伊德为之面红耳赤,"我不知道。"他看起来是如此可怜,布雷尔马上中止了游戏,把诺斯纳格尔赶走,放软语气。

"不对,西格,你知道的。我们上次的讨论提到过它——偏头痛,并且不要为没有想到它而感到羞愧,偏头痛是一种出诊才会遇到的疾病。实习医师在临床上很少有机会见过它,因为偏头痛患者难得上医院。毫无疑问,穆勒先生有严重的偏头痛,他拥有一切典型的症状。让我们来回顾一下:间歇发作的单边抽搐性头痛,附带提一下,这常常是家族性遗传,伴随着厌食、反胃、呕吐与视觉暂时性失常,前期症状是光线闪烁,甚至半盲。"

弗洛伊德从外套的内袋拿出一本小笔记簿,飞快地写着笔记,"我开始想起我所读到过的一些偏头痛,约瑟夫。杜布瓦·雷蒙的理论说它是一种血管疾病,疼痛来自脑部小动脉的痉挛。"

"杜布瓦·雷蒙说它跟血管有关是对的,不过,并非所有的患者都有小动脉的痉挛。我曾经看过许多相反的案例,血管反而是在扩张。穆伦道夫认为疼痛不是导源于痉挛,而是血管放松时的扩大。"

"他视力的丧失又怎么说呢?"

"这里就是你的跳蚤与虱子啦!它是其他东西的结果,不是偏头痛。我无法将我的眼底镜在他的视网膜上对焦,某种东西阻碍了视线。不是在水晶体里面,不是白内障,而是在眼角膜。我不知道他眼角膜混浊的原因,不过我以前见过这种情况,或许是眼角膜水肿——那可以对他在早上视力不好的事实提出解释。在眼睛闭上一整晚之后,眼角膜水肿最为严重,流体会在白天时从睁开的眼睛蒸发,症状因而逐渐减轻。"

"他的虚弱呢?"

"他是有点贫血。可能是胃出血,不过也可能是饮食性的贫血。他的消化不良是如此严重,以致他可以在一段时间内有好几个星期无法忍受肉类。"

弗洛伊德继续记着笔记,"以后怎么样?同样的疾病夺去了他父亲的性命吗?"

"他问了我同样的问题,西格。实际上,我以往从未有过任何病人会坚持要知道所有赤裸裸的事实。他先逼迫我发誓一定会对他诚实,然后提出了三个问题,他的疾病有没有治愈的机会,他会不会失明,他会不会因它而死?你曾经听过病人像这样子谈论这件事吗?我承诺说在我们明天碰面时回答他。"

"你准备跟他说些什么?"

"利用一位英国医生利文卓越的研究,我可以对他保证许多事情,在我见过英格兰所发表的研究当中,那是最棒的一个,你应该读读他的论文。"布雷尔拿起一本厚厚的期刊,递给弗洛伊德,后者缓慢地翻阅着。

"它还没有被翻译出来,"布雷尔继续着,"不过你的英文足以应付了。利文叙述了偏头痛患者大规模的抽样调查,并且做出结论说,偏头痛在病人年纪渐长之后,就变得比较没有杀伤力,结论中同时表示,它与其他任何脑部疾病没有关联。所以,即便这种疾病是遗传性的,他的父亲死于同一种疾病的可能性极低。"

"当然,"布雷尔继续说道,"利文的研究方法很草率。这篇论文并没有清楚地显示出来,他的成果到底是基于纵向还是基于横向的资料。你理解我所指的是什么吗,西格?"

弗洛伊德马上有所回应,他显然对研究方法要比临床医学在行。"纵向的方法意味的是多年来追踪个别病人,并且发现在年岁增长之下,他们的发病频率减缓,对不对?"

"完全正确,"布雷尔说,"而横向的方法——"

像是一个坐在班上前排的小学生,弗洛伊德急忙插嘴,"横向的方法,是在一个时间点上的单次观察——在这个案例的抽样中,是指较年长患者在偏头痛发作的次数上少于较年轻的患者。"

为了朋友的愉快而感到满足,布雷尔给了他另一个表现的机会,"你可以猜猜哪一种方法比较精确吗?"

"横向的方法无法非常精确,在年老的病人中,可能只包含极为少数罹患严重偏头痛的样本,这不是因为偏头痛趋于和缓,而是因为对医生感到极度的厌烦,或者失去了信心,以致这些病人不同意作为研究对象。"

"正是如此,而且,我不认为利文了解这个缺点。回答得很好,西格。我们是不是该来根雪茄庆祝一下呢?"弗洛伊德热切地接过一支布雷尔精致的土耳其雪茄,两位男士点燃雪茄品味着那种芳香。

"现在,"弗洛伊德表达意见,"我们可以谈谈这个案子剩下的部分了吧?"他接着以较重的语音加上一句,"有趣的那部分。"

布雷尔为之莞尔。

"也许我不该这么说,"弗洛伊德继续下去,"不过,既然诺斯纳格尔离开了房间,我要私下向你告白,这个案子的心理学层次,要比医学方面更引发我的好奇心。"

他的年轻朋友的确表现得更为热衷,布雷尔观察到了这点。当弗洛伊德问道:"这位病人的自杀倾向如何?你能劝他去寻求咨询吗？"他的眼睛闪耀着好奇心。

现在轮到布雷尔感到腼腆了。当他想到上次在他们的谈话之中，他对他的谈话技巧是如何自负的时候，他的脸泛起了一片羞红。"他是个奇特的人，西格。我从未见过有人这样拒人于千里之外，就像是一堵墙似的，一堵聪明的墙。他给了我一大堆好机会。他谈到去年只有48天感到舒适，谈到黑暗的情绪、受到背叛、生活在完全的孤独之中，谈到了作为一个没有读者的作家，还有严重失眠下不健康的夜间思绪。"

"但是，约瑟夫，这些正是你说你在寻找的那种机会啊！"

"是没错。但是，每次我一追究其中之一，我就无功而返。的确，他承认常常感到不适，不过他坚持说那是他的身体在生病——不是他，不是他的本体。至于黑暗的情绪，他说他为有勇气去体验黑暗的情绪而感到骄傲！'为有勇气去体验黑暗的情绪而感到骄傲'——你能相信吗？胡言乱语！背叛？是啊，我怀疑他所指的，是与莎乐美小姐之间所发生的事情，但是他声称自己已经克服了它，并且不希望多加讨论。至于自杀的部分，他否认有自杀的倾向，不过，却捍卫病人有权利选择他本身的死亡。他可能会欢迎死亡吧！他说死亡的最终报酬是不会再死一次！但是，他还有太多事情有待完成，还有太多的书要写。事实上，他说他的脑袋在孕育着书，他认为他的头痛是脑子的分娩阵痛。"

对于布雷尔所收到的令人错愕的信息，弗洛伊德同情地摇着他的头，"脑子的分娩阵痛，好一个隐喻！就像雅典娜从宙斯的额头出来一样！奇特的想法，脑部的产前阵痛、选择一个人的死亡、拥有体验黑暗情绪的勇气。他不是个头脑不清的人，约瑟夫。我怀疑，这到底是疯狂的睿智，还是睿智的疯狂。"

布雷尔摇摇头，弗洛伊德则靠坐回去，喷出一股蓝色的浓烟，看着它袅袅上升，他缓缓说道："这个案子每天都变得更为引人入胜。那么，有关绝望到要自我了断，那位小姐的描述又要怎么说呢？他对她说谎吗？是对你？还是对他自己？"

"对自己撒谎？你怎么对自己说谎？谁是那个说谎者？谁又被谎言所欺骗呢？"

"或许他的一部分有自杀倾向，但是有意识的那部分并不知情。"

转过头来，布雷尔更为仔细地端详着他年轻的友人。他预测在他脸上会看见一丝笑意，不过，弗洛伊德还是一本正经。

"西格，你越来越常说到这个不受意识控制的小矮人，过着独立于他的宿主的生活。拜托，西格，把我的忠告听进去，只对我提一提这套理论就算了。不，不，我甚至不能称它为一套理论，它无论如何都没有证据可言，让我们称它为一个想象的概念吧。不要对布吕克提到这个想象的概念：你只会帮助他解除他的罪恶感，他没有勇气晋升一个犹太人的罪恶感。"

弗洛伊德以不常见的坚决做出回应："在我有充分证据去证明前，我会将之保留。到了那个时候，我就不会再克制我自己发表了。"

布雷尔第一次开始意识到，他年轻朋友的身上不复有太多的孩子气了。取而代之的，是一种胆识、一种为他的信念而辩护的意愿、一种他希望自己可以拥有的特质。

"西格，谈到证据，似乎是指可以通过科学研究来验证。但是这个小矮人没有具体的实体。它只是一种概念，就像柏拉图式的理念。如何验证呢？你能够举一个例子吗？而且不要利用梦，我不会接受它们作为证据，它们也是非实体性的概念。"

"你，你自己就提供了证据，约瑟夫。你告诉过我，贝莎·帕朋罕在生活上的情绪，丝毫不差地被12个月前发生的事件所控制，那是她在意识上并没有认识到的过去。然而，在她母亲一年前的日记里，它们被精确地记载着。对我的理智来说，这相当于实验室的证据。"

"但是，这建立在贝莎是个可靠的证人的假设上，也就是说，她真的不记得这些往事了。"

但、但、但、但是——又来啦，布雷尔想到，那个"恶魔般的但是"，他感觉到像是在痛殴自己似的。终其一生，他一直采取的立场，是犹豫不决的"但是"，他现在又对弗洛伊德如法炮制，对尼采亦是如此，当他在内心深处，觉得他们两个都正确无误的时候。

弗洛伊德在笔记本上速记了几行，"约瑟夫，你觉得在什么时候，我可以看看帕朋罕太太的日记吗？"

"我还给她了，不过我相信我可以再把它拿回来。"

弗洛伊德看看表，"为了诺斯纳格尔的巡房，我必须赶快回医院去了。不过在我走之前，告诉我，你打算拿你不合作的病人怎么办。"

"你是指，我想要怎么做吧？三个步骤。我想要跟他建立一种良好的医患关系。然后，我想让他在一间医疗中心住上几个星期，以便观察他的偏头痛，并调整他的药物使用。然后在这几个星期中，我想时常跟他碰面，跟他彻底讨论他的绝望。"布雷尔叹息着，"不过就对他的了解而言，他会对任何一项予以合作的可能性，可以说是微乎其微。你有什么主意吗，西格？"

依旧在浏览利文论文的弗洛伊德，现在拿起其中一页给布雷尔看，"这里，听听这个。在'病因学'底下，利文说，'间歇发作的偏头痛，可由消化不良、眼睛疲劳与压力所导致。延长在床上休息的时间，可能是明智之举。年轻的偏头痛患者，可能有必要远离学校的压力，并且在家里安静的环境下，接受家庭教师的指导。有些医生会建议病人，把职业转换为较轻松的工作。'"

布雷尔看起来很迷惑的样子,"所以呢?"

"我相信这就是我们的答案!压力!为何不以压力作为你治疗计划的敲门砖呢?你要采取的立场,是为了克服他的偏头痛,穆勒先生必须减轻他的压力,包括精神上的压力。对他暗示说,压力是一种压抑的情绪,而且,就像对贝莎的治疗一样,它可以借由提供一种发泄管道来减轻,利用那种烟囱清扫的方法。你甚至可以拿利文的论文给他看,并且诉诸医学权威的力量。"

注意到布雷尔在他说话时的微笑,弗洛伊德问:"你觉得这是个可笑的计划?"

"一点也不,西格。我认为这是个非常好的建议,我会小心地遵循它。让我为之一笑的,是你最后谈到的那个部分'诉诸医学权威的力量'。你必须对这位病人有所了解,才能察觉这是个笑话,想要期望他会对医学或任何其他种类的权威低头?对我来说这是个笑话。"

打开那本《快乐的科学》,布雷尔大声朗诵他标起来的几个段落:"穆勒先生质疑所有的权威与习俗。譬如说,他把美德踩在脚底下,并且将它们重新命名为恶习,就像他对忠实的观点,'顽固地依附在他想要完成的某种事情上,不过他称此为忠实'。"

"至于礼貌呢,'他如此有礼貌。没错,他总是为冥府的三头犬赛伯拉斯带一块饼干,而且他是如此胆怯,认为每个人都是那只三头犬,甚至连你我也不例外。这就是他的礼貌'。"

"还有,听听这段对视觉受损与绝望的迷人隐喻,'探究每件深奥的事情,一个不恰当的癖好。这让人一直加重眼睛的负担,最终,发现了他所不希望发现的东西'。"

弗洛伊德深感兴趣地聆听着。"见到人所不希望见到的事情,"他喃喃地说,"我怀疑他看到的是什么东西,我可以看一下这本书吗?"

不过,布雷尔已经准备好他的答案:"西格,他要我发誓不会把这本书给任何人看,因为它有个人的注解。我与他的关系是如此脆弱,现阶段我最好尊重他的要求。以后,或许吧。"

"我与穆勒先生晤谈中最奇怪的事情之一,"他继续说下去,在他最后一个做了记号的地方打住,"是每当我尝试表达我对他的感同身受时,他视之为冒犯,并且立刻摧毁了我们之间的联系。噢!'桥梁'!对了,这就是我在找寻的段落。"

在布雷尔朗读的时候,弗洛伊德闭上了双眼,以便集中精神。

"在我们的生命中,我们一度是如此亲近,以致我们的友谊与手足之情,似乎不受任何东西的阻碍,而且,分隔我们的只有一座小小的桥梁。就在你差不多要踏上它的时候,我问你,'你想要越过这座桥,到我这里来吗?'——你马上就打退堂鼓了,而我再一次问你的时候,你保持缄默。自从那时起,高山与激流还有一切分离并疏远我们的东西,就被抛在我们之间,即使我们想要聚首,我们再也办不到了。但是,当你现在想起那座小桥时,你无言以对,并且迷惑地暗自啜泣'。"

布雷尔把书放下,"你的感想是什么,西格?"

"我不确定。"弗洛伊德在他说话时站了起来,并且在书架前踱步,"这是个有趣的小故事,让我做个推论。一个人准备要跨越一座桥的时候,这是说,要去亲近另一个人,正好是第二个人对他提出邀请,邀他去做他所计划的同一件事情。然后,第一个人裹足不前,因为,它现在看起来所意味的事情,仿佛是他在服从另一个人——权力显然介入了亲近的过程之中。"

"是了,是了,你说得对,西格。好极了!我现在懂了。这意味着任何正面情感的表达,穆勒先生都把它们解读为一种命令的权力。

一种独特的概念：这使亲近他几乎成为不可能的事。在这里面的另一个章节中，他说，对于见到我们秘密的人，还有捕捉到我们脆弱情感的人，我们都感到恨意。因为在那一刻，我们所需要的不是同情，而是重新获得克制我们情绪的权力。"

"约瑟夫，"弗洛伊德说，再次坐下，并把他的烟灰弹进烟灰缸，"上个星期，我观察了彼罗瑟以他独创的外科技术，移除了一个有癌症的胃。现在，当我倾听你说话的时候，我觉得你必须在心理学上，执行一项同样复杂又精巧的手术。从那位小姐的叙述当中，你得知了他有自杀的倾向，但是你又不能让他知道你知道。你必须说服他，让他揭露他的绝望，然而，如果你成功了，他会为了你羞辱他而痛恨你。你一定要获取他的信任，不过，如果你以一种同情的态度接近他，他会指控你试图获取控制他的权力。"

"心理学上的手术——听你这样形容很有趣，"布雷尔说，"或许，我们正在发展一整套附属于医学的专科。等一下，我想读给你听的另外一个东西，似乎与此有所关联。"

他翻阅《人性的，太人性的》好几分钟。"我现在找不到那一段了，不过它的论点在于，真理的追求者必须经历一趟个人的心理分析，他称之为'精神上的解剖'。事实上，他话的过火程度，宛如所有伟大哲学家的错误，都来自忽视了他们本身的动机。他声称为了要发现真理，人必须首先彻底地认识自己。为了做到这点，人必须把自己从习惯的观点移开，甚至离开一个人本身的年代与国家，并从一段距离之外来检查自己！"

"去分析一个人自身的精神！这不会是个轻松的工作，"弗洛伊德说，起身要离开，"不过，跟随一位客观、专业知识丰富的向导，显然就会是一项轻松了许多的工作！"

"这正是我的想法，完全一模一样！"在陪着弗洛伊德步入走廊时，布雷尔这么回答："现在，困难的部分在于，怎样说服他接受这项提议！"

"我不认为这会很困难，"弗洛伊德说，"在你这边，你同时有他本身关于心理解剖的论证，以及关于压力与偏头痛的医学理论——当然啦，你得去迂回地诉诸权威。我看不出来，你那位不合作的哲学家怎么可能不被说服，在你的指导下进行自我检查。晚安了，约瑟夫。"

"谢谢你，西格，"布雷尔握了握他的肩膀，"获益良多，学生替老师上了一课。"

伊丽莎白·尼采给弗里德里希·尼采的信

1882年11月26日

亲爱的弗雷兹：

妈妈跟我有几个星期没有你的音讯了。这可不是你可以不见踪影的时候！你那只俄国母猩猩，正在继续别处散播跟你有关的谣言。那张不光彩的照片，你跟那个犹太人雷当她的马，她把它拿给每个人看，并且嘲弄说你喜欢她小皮鞭的滋味。我警告过你要取回那张照片——她会拿它勒索我们一辈子！她到处嘲讽你，她的情夫雷也在一旁帮腔。她说，那位才华洋溢的哲学家尼采，只对一件事有兴趣：她……她身体构造的某一部分，我无法让我自己重复她的话，她那种龌龊的念头，我把它留给你的想象力。她现在与你的朋友雷住在一起，在他母亲的面前公然伤风败俗，这些人根本就是一丘之貉。这些行为没有一项是出人意料之外的，反正不出我的意料之外就是了（你在妥腾堡对我的警告置之不理，我依然为此耿耿于怀），但是，情势现在变得更危险了——她以她的谎言渗透了巴塞尔。我听说，她已经同时写信给坎普与威廉！弗雷兹，听我的话：直到她让你丧失了你的退职金之前,她是不会收手的。你可以选择沉默,但是我不会:我会要求一项警方的正式调查,针对她跟雷的行为!我如果成功了,我必须要有你的支持,她在这个月之内就会以行为不检被驱逐出境!弗雷兹,写信给我。

你唯一的妹妹
伊丽莎白

第八章

　　清晨时光在布雷尔家中是一成不变的。街角的面包师傅在 6 点钟送来刚出炉的帝王面包卷，他也是布雷尔的病人。在她的丈夫更衣的时候，玛蒂尔德摆设餐桌，调制肉桂咖啡，并且放好松脆的三角形面包卷与甜奶油，还有蜜渍黑樱桃。虽说他们婚姻之中存在着紧张关系，玛蒂尔德总是在露易丝与葛蕾珍照料孩子的时候，准备他的早餐。

　　这个早上，布雷尔全神贯注于他与尼采下午的会面，他忙碌地翻阅《人性的，太人性的》，连玛蒂尔德替他倒咖啡时，都没有抬头看她一眼。他在沉默中用完早餐，并且喃喃说道，他中午跟新病人的晤谈，可能会延长到晚餐时间，玛蒂尔德对此很不高兴。

　　"我听到对这位哲学家的谈论，已经多到让我开始担心的地步。你和西格花这么长的时间在谈论他！你星期三在正餐时间工作，昨天直到饭菜摆上桌子之前，你还待在办公室里读书，今天你又在早餐时阅读他的书。现在，你又提到可能会错过晚餐！孩子们需要见到他们的父亲。拜托，约瑟夫，不要在他身上花太多的时间，别像对其他人那样。"

布雷尔知道玛蒂尔德影射的是贝莎,不过,不只是贝莎而已:对于花在病人身上的时间,他无法设下合理的限制,为此,她常常抗议。对他来说,献身于病人是神圣不可侵犯的。一旦他接受了一位病人,只要他认为有必要,他从来不会逃避对这位病人付出时间与精力。他的费用不高,而且,对囊中羞涩的病人,他分文不取。偶尔,玛蒂尔德会觉得,她有必要让布雷尔远离他的工作——如果她能够有办法得到他的注意或时间的话。

"其他人,玛蒂尔德?"

"你知道我指的是什么,约瑟夫。"她仍然不想提起贝莎的名字,"当然,对于有些事情,一个妻子是可以谅解的。你在咖啡馆那张保留桌——我知道你必须有一个见你朋友的地方玩塔罗牌,你实验室里的鸽子,还有下棋。但是其他的时间,为什么让你自己没有必要地付出这么多呢?"

"什么时候?你在说些什么?"布雷尔知道自己在无理取闹,自己正把事情带往一次不愉快的冲突。

"想想以前,你对伯格小姐付出的时间?"

除了贝莎,这是在玛蒂尔德所能举出的例子中,保证最能激怒他的一个。他前任的护士伊娃·伯格,从他开始从业的那一天起,伯格为他工作了10年左右。他与她之间非比寻常的亲密关系,对玛蒂尔德所造成的惊慌失措,相较于他跟贝莎的关系来说,其强烈程度几乎不相上下。他们在一起的这些年,布雷尔与他的护士发展出一种超越同事关系的友谊。他们时常向对方吐露个人私生活中深刻的一面,当他们独处时,他们以名而不是姓来称呼对方——这可能是维也纳唯一这么做的医生与护士,但这就是布雷尔的作风。

"你总是误会我跟伯格小姐的关系,"布雷尔以冷淡的语气回答着,"直到今天,我仍后悔当初听了你的话。开除她,一直是我生命中最可耻的事情。"

六个月前,在那不祥的日子里,妄想的贝莎宣称她怀了布雷尔的孩子,玛蒂尔德不仅因此要他退出贝莎的案子,还同时要他开除伊娃·伯格。玛蒂尔德既愤怒又羞耻,想要把贝莎的污点从她生活中抹去。至于伊娃嘛,在玛蒂尔德知道了她的丈夫与他的护士无话不谈之后,就把她认定为整件可怕的贝莎绯闻案的帮凶。

在那个危机中,饱受打击的布雷尔是如此懊悔,是如此蒙羞又自责,他接受了玛蒂尔德的一切条件。尽管他知道伊娃是个牺牲品,但他找不出勇气来保护她。就在隔天,他不只把贝莎的治疗移转给同行,还开除了无辜的伊娃·伯格。

"提到它,我很抱歉,约瑟夫。但是我要怎么办呢,眼睁睁地看着你从我跟我们的孩子身上,抽去越来越多的时间?当我跟你要求什么东西的时候,那不是要烦你,而是因为我——我们——需要你。请把我的请求看成一种恭维、一种邀请吧。"玛蒂尔德对他嫣然一笑。

"我喜欢邀请,不过我讨厌命令!"布雷尔立刻就后悔他冲口而出的话,但是不知道要如何收回,他在静默中吃完了他的早餐。

尼采比预定时间早到了15分钟。布雷尔发现,他静静地坐在候诊室一隅,他那顶宽边的绿色毛帽戴在头上,外套纽扣一路扣到脖子,眼睛则紧紧闭着。他们走进了他的办公室,安坐在椅子上,这时,布雷尔企图让尼采自在些。

"谢谢你的信任,把你大作的个人用书借给我。如果你在页边的笔记包含了什么机密资料的话,不用担心,我认不出你的手写字迹。你拥有医生般的手写字体——几乎跟我的一样难以辨识!你曾经考虑过以医学为业吗?"

对布雷尔不怎么高明的笑话,尽管尼采只是稍稍抬起头来,布雷尔仍旧勇敢地继续说下去,"不过,请容我对你杰出的作品评论一下。我昨天没有时间把它们看完,不过,你许多段落让我为之着迷与激动不已。你的书不是普通的好而已,你的出版商不只是懒而已,还相当蠢,任何出版商都应该抛头颅洒热血地来争取这些书。"

尼采再次保持缄默,只不过微微点了点头,答谢这项恭维。小心点,布雷尔想到,他或许同样会被恭维所冒犯!

"不过,回到正事来吧,尼采教授。请原谅我天南地北地闲聊,让我们讨论一下你的病情。基于以往医师的报告,还有我的检查及实验室的研究,我确定主要的问题是偏头痛。我猜想,你以前听过这点——你之前有两位医生在他们的诊疗笔记内提到它。"

"是的,其他医生跟我提过,我的头痛具有偏头痛的特征:剧痛、往往只在头的一侧,会有警告性的前兆,并且伴随着呕吐。这些症状我当然是有。对这个字词的使用,布雷尔医生,你能提供更深刻的意义吗?"

"或许我能。在我们对偏头痛的了解上,有相当程度的进展,我的猜测是,到下一个世纪的时候,我们会让它完全受到控制。近来的一些研究,处理了你所提出来的三个问题。首先,有关如此可怕的发病,是否将永远是你的宿命,这些资料强有力地指出,偏头痛的影响随着病人年纪的增长而趋缓。你必须要了解,这些只是统计数字而已,仅仅指涉及比例上的可能性,它们对任何个案并没有提供确切性。"

"让我们转向你的问题中,你所谓的'最困难的一个'——那是说,你是否天生就有像你父亲那样的健康问题,终归会让你死亡、发狂或痴呆——我相信这是你排列它们的顺序?"

尼采睁大了眼睛,听到他的问题被如此直率地处理,显然让他

第八章

大感惊讶。很好，很好，布雷尔想着，让他放松戒心吧。他可能从来不曾遇过一个医生，可以像他本人那样大胆。

"没有任何一点证据，"他有力地继续指出，"不论是任何发表过的研究，或是我本身大量的临床经验，曾经指出偏头痛会日益严重，或者说与任何其他脑部疾病有所关联。我不知道你父亲的疾病是什么，我的猜测是癌症，可能是脑部出血。不过，对于偏头痛会发展成上述这些疾病，或是任何其他种类的病症，没有证据显示过这点。"他暂停了一下。

"所以，在进一步说下去之前，我是否已经诚实地处理了你的问题呢？"

"三个中的两个，布雷尔医生。还有另一个，我会失明吗？"

"我只怕那是一个无法回答的问题。不过，我会把我能够告诉你的事情，说给你听。第一，并没有证据认为，你视觉上的恶化与你的偏头痛有关。把所有症状考虑为一种潜藏疾病的症候，我知道很有吸引力，但这个案子不是这么一回事。让我们言归正传，视觉压力可能会加剧，甚至使偏头痛突然发作，这是我们稍后会重新回来谈谈的另一个议题，不过，你的视觉问题是某种截然不同的东西。我所真正知道的是，你的眼角膜，眼球虹彩上那张覆盖的薄膜，让我来画张图……"

在他的处方单上，布雷尔草绘了眼睛的解剖图给尼采看，显示了他的眼角膜比正常状态下要混浊不少，很可能是因为水肿、流体的累积。

"我们无法得知这种病症的原因，但是我们明确知道，它的发展是渐进的，虽然你的视觉可能会变得更加模糊，但你失明的可能性不大。我无法百分之百地确定，因为你眼角膜的混浊，让我无法用眼底镜看到并检查你的视网膜。所以，在更完整地回答你的问题上，你了解我的难处了吗？"

尼采在几分钟前脱下了外套，跟帽子一道放在他的大腿上，他现在站起来，把二者挂在办公室门后的衣帽架上。当他再次坐下的时候，他大大地呼出一口气，显露出较为轻松的样子。

"谢谢你，布雷尔医生。你的确是位信守承诺的人，你真的对我毫无隐瞒吗？"

这是一个好机会，布雷尔想到，去激励尼采揭露更多有关他自己的事情。不过，我必须要迂回。

"隐瞒？一大堆！我有好多对你的想法、感受与反应！我甚至好奇地想，如果我们能毫无保留地谈话，那会是什么样子！不过我跟你保证，我对你的病况没有任何隐瞒。而你呢？要记得我们有相互诚实的约定。告诉我，你对我隐瞒了什么？"

"肯定不是我的健康情况，"尼采回答说，"不过，我当然尽可能隐瞒了许多不打算与人分享的想法！你对直言不讳的对话感到好奇，我相信这样对话的真正名字是地狱。把自己泄露给他人是背叛的序曲，而背叛令人恶心，不是吗？"

"这个立场很有争议，尼采教授。不过，趁我们在讨论泄露的时候，让我揭露一个私人的想法。我们在星期三的讨论对我有相当大的刺激，而且我很欢迎未来有跟你谈话的机会。我对哲学有份热情，但是在大学里研读得太少。我每天的医疗职业，鲜少为我这份热情带来满足，我对哲学的热情就郁积在那里，并且渴望来场暴动。"

尼采微笑着，但是不做任何评论。布雷尔感到自信，他让自己准备得很充分。那层友善的联系正在建立当中，谈话也上了轨道。现在，他要讨论的是治疗：先是药物，然后是某种形式的"谈话治疗"。

"不过，让我们回到你偏头痛的治疗上。许多新药品据说对某些患者有效。我所谈到的这些药物,是指溴化钾镇静剂、咖啡因、拔地麻、颠茄素、亚硝酸盐、硝化甘油、秋水仙素、麦角硷,这不过是略提一下名单上的少数几项而已。我从你的记录当中,看到你本人就使用了一些。它们之中,有些以尚未揭晓的理由被证明的确有效,某些是由于它们普遍止痛或镇静的性质,某些则因为它们有对付偏头痛的基本机制。"

"那指的是?"尼采问道。

"血管。所有的观察者都同意,血管与偏头痛的发作有所关联,尤其是太阳穴的动脉。它们强力地收缩,然后又近乎贪婪地扩张。疼痛的来源,可能是从扩张或收缩的血管壁本身放射出来,或者,来自要求正常血液供应的器官,特别是大脑表层的薄膜——硬脑膜与软脑脊膜。"

"血管如此混乱的理由何在?"

"还不知道,"布雷尔回答道,"不过,我相信我们在短时间内就会有解决的方案,而在那之前,我们只能揣测。许多医生,也包括我在内,对偏头痛的节奏下潜藏的病理感到惊奇。事实上,有些医生更进一步地表示,这种节奏上的不正常比头痛更重要。"

"我不懂,布雷尔医生。"

"我所指的是,节奏上的不正常可能通过任何器官的组合来表现自己。因此,头痛本身不需要出现在偏头痛的发作当中。可能有所谓腹部的偏头痛这种东西,特征为猛烈发作的腹部疼痛,但是没有头痛。某些患者曾报告突然发生的事件,在其中,他们感到突如其来的无精打采或兴高采烈。某些患者有一种周期性的感觉,觉得他们已然经历过他们现在的体验。法国人称此为似曾相识,那或许也是偏头痛的变形。"

"而潜藏在不正常节奏底下的呢?原因的原因?我们是否最终要

回归到上帝呢——在终极真理虚伪的追求之中,最后一个错误?"

"不,我们可能会来到医学的神秘主义,但不是上帝!在这间办公室里不会。"

"那很好,"尼采以某种放松的神态说,"我突然想到,在直率的言谈中,我可能不曾注意到你在宗教上的感受。"

"不用担心这点,尼采教授。我认为我本身对犹太教自由思想家的献身程度,跟你作为一个路德教派的自由思想家相比,不遑多让。"

尼采的微笑,要比以往明显了许多,他在椅子上甚至坐得更为舒适放松。"如果我还抽烟的话,布雷尔医生,现在会是我递一根雪茄给你的时候。"

布雷尔明确地感到受鼓舞。以压力作为偏头痛发作的潜在原因,弗洛伊德的建议实在高明,他想着,铁定会成功。现在,我已经恰当地设计好舞台。行动的时机到了!

他在椅子上前倾身子,带着自信,慎重地说:"关于生物节奏失调的原因,这是我对你的问题中最感兴趣的一部分。就像很多有关偏头痛的权威一样,我相信偏头痛的根本原因,在于一个人全面性的压力。压力可以源于许多心理因素,举例来说,一个人的工作、家庭、人际关系或性生活上令人烦心的事情。虽然有些人认为这种观点离经叛道,我相信它会是未来医学的潮流。"

一片死寂,布雷尔不确定尼采的反应是什么。一方面,他仿佛是在同意般地点着头,不过同时又弯曲着他的脚,这一向是紧张的征兆。

"我的回答给了你什么样的感觉,尼采教授?"

"你的立场是否在暗示说,病人选择了生病?"

对这个问题,约瑟夫,要小心!布雷尔想着。

第八章

"不,这完全不是我的意思,尼采教授,不过,我曾经见过病人以某种奇特的方式从病痛中获益。"

"你的意思是,好比说,年轻人弄伤自己以逃避兵役?"

一个别有用心的问题,布雷尔越发地小心翼翼。尼采说过,他曾经在普鲁士炮兵团服役了一段短时间,并且因为非战时笨拙的负伤而被除役。

"不,是某种更微妙的事情,"哦,一个笨拙的错误,布雷尔刹那间就了解到。尼采会把那种说法视为冒犯。不过,在看不出有任何补救的方法之下,他继续说道,"我是指一个达到役龄的年轻人,因为某种真正的疾病而规避了兵役。譬如说,"布雷尔想要完全远离尼采经验,"肺结核或是一种衰竭性的皮肤传染病。"

"你见过这种事情?"

"每个医生都见过这种奇怪的'巧合'。不过回到你的问题上,我不是意指你选择了你的病痛,除非,你以某种方式从你的偏头痛中获得了好处。你有吗?"

尼采沉默不语,显然是深深地沉浸在思考之中。布雷尔放松下来,并且称赞着自己。好个反应!这就是对付他的方法。一针见血,他喜欢这样。还要用一种迎合他心智的方式来安排问题的措辞!

"我是不是以某种方式从这种苦难中获益呢?"尼采终于有了反应,"对这个问题,我已经反省了许多年。或许我真的从中受益,以两种方式。你提到这种发作是肇始于压力,但是,有时候它的反面才是对的,这些发病赶走了压力。我的工作压力极重,它需要我面对存在的黑暗面,这种偏头痛的袭击虽然可怕,却可能是一种净化的痉挛,允许我继续工作下去。"

一个有力的回答!一个布雷尔所不曾预期到的答案,他手忙脚乱地恢复他的镇静。

"你说你以两种方式自病痛中获利,第二种呢?"

"我相信,我从我可悲的视觉中获益。好多年了,我无法阅读其他思想家的思想。因此,我得以与他人分隔开来,我只思考我本身的思想。在心智上,我必须以我自己的血肉为生!这或许是件好事。或许,这就是我为何会成为一个诚实的哲学家的理由。我只依据个人的经验来写作,我沾着鲜血来写作,而最好的真理就是血淋淋的真理!"

"在你的专业上,你因此切断了所有的同行关系?"

另一个错误!布雷尔再次马上就抓到了它。他的问题离题了,而且,仅仅反映出他本身对同行褒扬的热衷。

"我并不在意,布雷尔医生,尤其是当我想到目前德国哲学可耻的状态时。我很久以前就走出了学院的殿堂,而且,不曾遗忘把门在我背后关上。不过当我想到它的时候,这或许就是我的偏头痛带来的另一个好处。"

"怎么说呢,尼采教授?"

"我的病痛解放了我。由于我的病痛,我必须辞去我在巴塞尔大学的职位。如果我还在那里,我会把心思放在与我的同事争辩上,甚至连我的第一本书《悲剧的诞生》,一本相对来说较为传统的作品,都招致如此多专业上的苛责与争论,使得巴塞尔的学院不鼓励学生来参与我的课程。在我待在那儿的最后两年中,我或许是巴塞尔有史以来最好的讲师,却只对两三个听众开讲。我听说黑格尔在临终前,深以只有一位学生理解他为憾,而且,连那一个学生都甚至误解了他!我却连一个误解的学生都求不到。"

布雷尔的自然反应是提供支持。不过担心再次冒犯到尼采,他以理解的颔首作为小结,留心不要传达出同情。

"还有另一项好处浮现在我心头,布雷尔医生,我的病况造成的结果是免除了我的兵役。有一段时间，我愚昧到去追求一道打斗的疤痕，"在此，尼采指了指他鼻梁上的小疤，"或者是我可以装下多少啤酒，我甚至愚蠢到考虑以军人为业。要记得在这些早年的日子里，我没有父亲的指导。但是，我的病痛让我免除了这一切。即便是现在，在我说话的时候，我甚至想到，我的病痛以更为基本的方式，帮助了我……"

除了他对尼采的谈话感兴趣之外，布雷尔开始不耐烦。他的目标是去说服他的病人参与一项谈话疗法，他随意对来自病痛中获利的评论，只不过是作为他的提议的开场白而已。他不曾预期到尼采的记忆力如此丰富。任何问题一抛给他，即使是里头最微小的种子，都会在思想上快速成长为青葱的树木。

尼采现在滔滔不绝，在这个主题上，他似乎准备谈上几个小时。"我的病痛同时让我面对了死亡的真切。有段时间，我认为我有一种不治之症，会让我英年早逝。死亡阴影的逼近是一项巨大的恩赐，我夜以继日地工作，因为，我害怕在完成我所需要写出来的东西之前，我就会死去。而一份艺术工作是否更加伟大，如果它的结尾越是悲壮的话？对死亡迫在眉睫的体会，给予我洞察力与勇气，重要的是做我自己的勇气。我是一个教授吗？一个古典文献学家？一个哲学家？谁在乎呢？"

尼采说话的速度在加快，他似乎被他不断涌现的思潮所取悦。"谢谢你，布雷尔医生。跟你的谈话，帮助我结合了这些概念。是的，我应该赞美我的病痛，赞美它。作为一位心理学家，个人的痛苦是一种福气——面对存在苦难的一个训练场。"

尼采似乎凝视着某种内在的美景，布雷尔不再觉得他们的谈话是双方面的。他觉得他的病人会在任何时刻，掏出纸和笔来开始创作。

但是，尼采接着抬起头来，较为坦率地对他说话。"你记得星期三吗，我所笃信的那个句子，'成为你的存在'？今天，我要跟你说我笃信的第二句话，'任何不曾杀死我的东西，让我更强壮'。因此，我再说一遍，'我的病痛是一种福气。'"

筋疲力竭，是布雷尔现在对支配与信服的感受。当尼采又一次把所有东西弄得一团乱的时候，他经历了知性上的晕眩。白的是黑的，好的是坏的。他神秘的偏头痛是一项恩赐。布雷尔感到问诊的流程已自他的指缝中溜走，他为重新取回控制权挣扎着。

"洞察精辟，尼采教授，这是我从未听过的说法。不过，我们当然都同意，你已经获取了你病痛上的利益，不是吗？现在，在中年的时候，病痛已使你具备智慧及洞察力，我确信在没有它的干扰之下，你的工作可以更有效率。它完成了它的使命，不是吗？"

在他说话与集中思绪的时候，布雷尔重新安排了书桌上的物品：内耳的木制模型、威尼斯风格的蓝色与金色螺旋状玻璃镇纸、青铜研钵与捣药锤、处方簿、厚重的药典。

"此外，就我目前为止对你的了解，尼采教授，你对选择一种疾病所做的描述，远不及你对征服它，并从中得益的描述。我说得对吗？"

"我的确谈到了征服或者是克服一种疾病，"尼采回答说，"不过就选择疾病的那部分而言——我不确定，或许，人真的选择了一种疾病，这有赖于那个'人'是谁。精神不是以单一实体的方式来运作。我们的意识可能有某一个部分，可以独立于其他部分来运作。或许，'我'跟我的身体，在我本身的心智背后另有所图。你知道的，意识喜爱陋巷与暗门。"

对于尼采的陈述与弗洛伊德前一天的看法类似，布雷尔为之咋舌不已。"你是在建议说，我们的意识之中有相互独立并且壁垒分明的精神领域吗?"他问道。

"这个结论几乎是无法规避的。事实上,我们大部分的生活可能是透过本能来进行。或许,能思考的心智所代表的是事后的回想——在行为之后所思考的念头,给了我们有权力能控制的幻觉。布雷尔医生,我要再次感谢你——我们的谈话所呈现给我的,是一项可以在这个冬天深思熟虑的计划。请等我一下儿。"

打开他的公事包,尼采拿出了笔记本与短短的铅笔,迅速写下了几行字。布雷尔伸长了脖子,想要试着读出上下颠倒的文字,但是徒劳无功。尼采在思想上的复杂程度,远远超出了布雷尔提议的那个小小观点。然而,尽管他觉得自己像是个可怜的愚人,在求助无门的情况下,布雷尔只能继续坚持下去。"身为你的医生,我所采取的观点是,虽说经由病痛的过程,使你获得的利益增长,如同你已经理智地论证过的一样,但我得说,我们对它宣战的时机已经来临,我们必须去得知它的秘密,去发现它的弱点,并且将它连根拔除。你可否迁就我,考虑一下这个观点?"

尼采自他的笔记本上抬起头来,默认地点着头。

"我认为,极有可能的状况是,"布雷尔继续说下去,"一个人借由选择一种产生压力的生活方式,而无心地选择了病痛。当这种压力变得足够强大或足够长久时,它会反过来触发易受牵连的器官系统,在偏头痛的案例中,就是血管系统。所以,你看得出来,我所说的是间接选择。严格说来,人不会选择或挑选一种疾病,但是人的确会选择压力,而选择疾病的则是压力!"

尼采心领神会地颔首,激励布雷尔继续下去。"因此,压力才是我们的敌人,而我作为你的医生的职责,是帮助你减轻你生活中的压力。"

布雷尔对于回到正轨感到宽慰。现在,他想到,为接下来那小小的一步、那最后的一步，我已经布置好了场景，我得提议，由我来帮助尼采缓解生活压力的心理来源。"

尼采把铅笔与笔记本放回公事包。"布雷尔医生，到现在为止，我已经有好几年都在处理我生活中的压力问题。'要减轻压力！'你这么说，而那正是我在1879年离开巴塞尔大学的理由。我过着一种没有压力的生活，我已经放弃了教学，我没有社会地位要维持，我没有家要照顾，没有仆人要监督，没有太太来争吵，没有小孩要管教。我以卑微的退职金来过节俭的生活，我对任何人都没有义务。我已经把压力削减到底线，它怎么可能被进一步地删减呢？"

"我不同意它无法删减，尼采教授。我想跟你探讨的，正是这个。你要知道——"

"要记住，"尼采插嘴说，"我遗传了极度敏感的神经系统。我清楚地知道，我内心深处对音乐与艺术有极其灵敏的反应。当我生平首次听到《卡门》时，我大脑里面每一个神经细胞都立刻激昂起来，我整个神经系统都在燃烧。相同的理由，一切天气与气压的微弱变化，都会激起我神经系统的强烈反应。"

"但是，"布雷尔反击道，"这种神经元的过度敏感，可能不是天生的，它本身就有可能是来自其他因素的压力作用。"

"不对，不对！"尼采强烈反对着，无奈地摇着他的头，仿佛布雷尔未曾看出重点所在。"我的重点是，照你的说法推论，过度敏感并非不受欢迎，它对我的工作是必要的。我想要敏感，我不想被我内在体验的任何部分排除在外！如果紧张是洞察力的代价，那就让这状况照旧吧！我对支付那样的代价还犹有余裕。"

布雷尔并没有回应。他不曾预料到有如此剧烈又即时的抵抗，他甚至还没有提出他的治疗计划，此外，他所准备好的论证，已被预料并捣碎。在沉默中，他寻找着一种方法来部署战略。

第八章

尼采继续着:"你看过了我的书。你了解我写作的成功,并不是因为我有智慧或学者风范,不是这样的。我的成功是因为我有胆量与意愿,将我自己与众人的慰藉分开,并且去面对强烈又邪恶的倾向。研究与学问始于怀疑,然而,怀疑在本质上充满了压力!只有强者能承受它。对一个思想家而言,你知不知道真正的问题是什么?"尼采并没有为了等候回答而稍作停留,"真正的问题是:我能承受多少真理?这不是你那些想要消除压力,想要过着宁静生活的病人所能做的行业。"

布雷尔没有合适的答辩,弗洛伊德的策略化成碎片。把你对他的交涉,奠基在压力的消除上,弗洛伊德的忠告是这么说的。但是,这里的这位病人坚称,他毕生的工作、他生存的理由,就是在要求压力。

布雷尔恢复了医学权威的身份,借此让自己振作起来,"我完全了解你两难的处境,尼采教授,不过先听我把话说完。如此一来,你或许会明白,在进行哲学研究的同时,有办法让自己少受些折磨。我对你的案子考虑了很多。以我多年来对偏头痛的临床经验,我曾经帮助过许多病人,我相信我可以帮助你。请让我说明一下我的治疗计划。"

尼采点点头,靠坐回他的椅子上——他应该以此感到安全吧,布雷尔躲在他所竖立的路障之后,这样猜想着。

"我提议让你住进维也纳的劳森医疗中心一个月,以便进行观察与治疗。这样一种安排有些优点,我们可以用几种新的偏头痛药品,来有系统地测试。由你的病历表得知,你从未有过麦角胺的临床实验。在偏头痛的治疗上,它是一种大有作为的新药,不过,需谨慎使用。要在发作一开始的时候就立即服用,再者,如果使用得不正确,它可能产生严重的副作用。我宁愿病人待在医院,并在周密的监督下,使用适当的剂量。这样的观察,可以同时帮助我们进一步获得触发偏头痛的宝贵资讯。我相当清楚,你对你本身的健康情况是个敏锐的观察者,但是,受过训练的专业人士,其观察仍有其长处。"

"我常常推荐劳森给我的病人,"布雷尔匆忙地说下去,不容许任何打岔,"它的管理完善、有效率。新的管理者引入了许多创新的特色,包括用水是取自巴登巴登。此外,由于它就在我办公室的范围之内,我可以每天去拜访你,除了星期天之外,我们将一同探讨你生活中的压力来源。"

尼采摇着头,轻微但坚决。

"请让我,"布雷尔继续说着,"提前处理你的异议——你刚才提出来的那一个,认为压力对你的工作与你的使命起着如此基本的作用,就算有可能把它铲除掉,你也不会同意这种做法。我说得对吗?"

尼采点点头。在他眼中看到的隐隐好奇,布雷尔深感满意。不错,不错!他想着。这位教授相信他已经敲响了压力议题的丧钟,他很惊讶看我还在它的残骸里徘徊!

"我的临床经验告诉我,许多紧张的来源,可能已超出那个人的知识范围,因此,人们对紧张来源的阐释,需要客观的指导。"

"这些紧张的来源是什么呢,布雷尔医生?"

"我们曾讨论到一点,当我问你,是否保有当偏头痛发作时,记录相关事件的日志,你提到生活中那些重大、令人不安的事件,让你在当时分心了。我假设这些事件,你尚未明白地谈到它们,是有可能经由讨论而获得舒解的压力来源。"

"我已经解决了这些令我分心的事情,布雷尔医生。"尼采断然说道。

不过布雷尔坚持着,"肯定还有其他的压力。举例来说,你在星期三提到一件近来的背叛,那个背叛无疑产生了压力。而且,没有人可以免于疑惧,所以,没有人能逃脱友谊变质的痛苦,或者是孤独的痛苦。老实说,尼采教授,作为你的医生,我对你所描述的日常作息感到关切。谁能够忍受这样的孤独呢?稍早,你列举了你没有太太、孩子与同僚,以此作为你已经将压力从你生活中消除的证据。不过,我对它的看法不一样,极端的孤立不会消除压力,它本身反而就是压力,寂寞是疾病的温床。"

尼采用力地摇着头,"容我表示异议,布雷尔医生。伟大的思想家总是选择遗世独立以思考本身的意念,不愿受众人的打扰。想想梭罗(Thoreau)、斯宾诺莎,或者是宗教上的禁欲主义,像圣杰罗姆(Saint Jerome)、圣弗朗西斯(Saint Francis)或佛陀。"

"我不知道梭罗怎么样,不过就其余的来说,他们不是精神健康的典范吗?再者,"布雷尔咧开嘴微笑着,希望能让讨论轻松些,"如果你转向宗教的长老寻求支持,你的论证必然会陷入严重的危机。"

尼采并不认为有趣,"布雷尔医生,对于你就我的利益着想所做的努力,我很感激,而且我已经从这种咨询中获益。你所提供关于偏头痛的资讯,对我来说非常珍贵。但是对我而言,住进医疗中心不是聪明的做法。我曾在温泉区长期停留,把几个星期花在圣摩立兹、赫克斯、史坦纳巴德,但毫无帮助。"

布雷尔非常固执,"你必须了解,尼采教授,劳森医疗中心的治疗方法,与欧洲任何温泉区相比,毫无相似之处。我后悔我提到了巴登巴登的水。它们所代表的,只是劳森在我的监督下,起码会提供的一小部分。"

"布雷尔医生,如果你与你的医疗中心位于其他地点的话,我会认真考虑的。比方说,突尼西亚、西西里岛甚至拉帕洛。但是,维也纳的冬天,对我的神经系统而言这是一种可憎的环境,我不认为我能撑得过去。"

虽然布雷尔从路·莎乐美那儿得到过资讯，尼采对他们及保罗·雷一同待在维也纳过冬的提议并不反对，这当然是他无法使用的情报。然而，他有一个更好的回答。

"但是，尼采教授，你说的正是我的观点！如果我们让你住在萨丁尼亚或突尼西亚，你会一整个月都没有偏头痛，那我们就会什么事都做不了。医学探究与哲学探究并无二致，都必须冒险！在劳森，处于我们的监督之下，偏头痛的发作不令人担心，反倒说来，是一项恩赐，是攸关你的症状的原因与治疗的资讯宝库。让我向你保证，我会立刻赶到你身边，并且迅速以麦角胺或硝化甘油来阻止发病。"

布雷尔在此打住，他知道他的反应强而有力，他努力尝试不要笑出声来。

尼采在回答前先咽了口口水，"我很清楚你的观点，布雷尔医生。不过，要我接受你的忠告是相当不可能的事情。对于你的计划与治疗方法的具体说明，我之所以反对是源自最深沉、最基本的层次。但是相较于平庸但高不可攀的障碍——钱，那些深沉根本的理由都变得微不足道了！即使在最好的经济状况下，我的资产，在一个月的密集医疗与看护下，将会十分吃紧。尤其现在，更加是不可能的事。"

"噢，尼采教授，这不是很奇怪吗，关于你的身体与生活的私人层面，我询问了如此多的问题，然而却像大多数的医生一样，规避了探问你的财务隐私？"

"你太多虑了，布雷尔医生。我不会避讳于讨论财务问题。金钱对我并不重要，只要能供我继续工作的足够数目就行了。我的生活很单纯，而且撇开一些书不谈，在起码衣食之外，我几乎不做其他花费。当我三年前自巴塞尔辞职时，大学给了我一小笔退职金。那就是我的资产！我没有其他资金或收入，没有来自我父亲的财产，没有赞助者的津贴，强敌看出了这个弱点，而且就像我跟你说明过的，我的写作从未替我生出一分钱来。两年前，巴塞尔大学投票通过，给我的退职金加一点钱。我相信这样做的第一个好处是，如此一来我就会走得远远的，第二个好处则是，我因此会待得远远的。"

尼采伸手到他的外套内，拿出了一封信，"我一直以为这份退职金是一辈子的。但是就在这个早上，奥弗贝克转来了我妹妹写的信，她在里面提到我的退职金可能不保。"

"这是为什么呢，尼采教授？"

"某个我妹妹讨厌的人正在中伤我。目前我不知道这项指控是否属实，或者是我的妹妹在夸大其词，像她经常做的事情一样。事情的真相其实无所谓，重点是，我无法在这个节骨眼上，冒险承担举债的可能。"

布雷尔为尼采反对的原因感到愉快与宽心，这个障碍不难克服。"尼采教授，我相信我们对金钱有类似的态度。我就像你一样，从来不曾把情感上的重要性归于它。然而出于纯粹的偶然，我的处境与你有所不同。假如你的父亲在生前遗留给你一笔资产，你就会有钱了。虽然我的父亲是一位知名的希伯来教师，他只遗留给我一份适度的财产，他为我安排了一桩婚事，对象是维也纳最富有的犹太家庭之一的女儿。双方家族都很满意：一份可观的嫁妆交换一位前途无量的医学家。"

"这一切，尼采教授，是借以表示你的财务问题完全不是个障碍。我太太的家族，阿特曼一家，在劳森捐赠了两张免费的病床，我可以依据我的需要来自由使用。因此，不会有诊疗的费用，我的服务也是免费的。我们每次见面，我都从中获益！这样说来，没问题了！一切都安顿好了！我会通知劳森。我们就安排今天入院吧？"

第九章

不过，没有一件事得以解决。尼采闭着眼睛，坐在那儿待了很长时间。然后，他突然张开双眼，毅然决然地说，"布雷尔医生，我已经占用了你太多宝贵的时间。你的提议非常慷慨，我会永远铭记在心，但是我不能，有太多的理由，我不能接受它。"尼采的言谈之间仿佛已无转圜余地，他似乎不打算做进一步的解释。他按上了公事包的扣环，准备离开。

布雷尔大感意外。相较于专业诊疗，这场谈话更像是一场棋赛。他移动了一步，提出一项计划，尼采立刻反击。他回应了反击，但只不过是去面对尼采另一个反对意见。难道要无止境地这样下去吗？面对过无数诊疗僵局的老手布雷尔，现在使出绝技。

"尼采教授，请当我的顾问！想象以下这个有趣的情况，你或许可以帮助我了解它。我遇到了一位病人，他已经患有重病好一阵子了。一年当中，病情勉强能够忍受的情况，只有1/3不到。为了求治于一位医学专家，他走了一段漫长艰苦的旅途。这位医师对于治疗这位病人，可以说是相当自信。他检查了这位病人，并做了正确的诊断。病人与医生之间显然发展出一种相互敬重的关系。接下来，这位医生提出了一个广泛的治疗计划，他对此有百分之百的信心。然而，这位病人不论怎么样都显出没有兴趣的样子，甚至连一点对这个计划的好奇心都没有。总之，他立刻就回绝了，并且提出一个又一个的反驳理由。你能帮助我解开这个谜团吗？"

尼采睁大了眼睛，布雷尔滑稽的开场白，似乎引起了他的好奇心，他并没有反应。

布雷尔坚持下去，"或许，我们应该从这个难题最前面的部分着手。这位不想接受治疗的病人，为何会在开始的时候去求诊呢？"

"我来是因为来自我朋友们的强大压力。"

对于尼采拒绝坠入他所营造的气氛中，布雷尔感到失望。虽然尼采以卓越的机智来写作，并且用文字来颂扬欢乐，但教授先生显然不喜欢玩游戏。

"你在巴塞尔的朋友？"

"是的，奥弗贝克教授与他的太太都跟我很亲近。此外，还有一位在热那亚的朋友。我没有太多朋友，这是我游牧生活的后果之一，而且，他们每个人都力劝我去求医，真是再奇怪不过了！挂在他们所有人嘴边的，似乎只有布雷尔医生的大名，说来这也蛮古怪。"

布雷尔看出那是路·莎乐美巧妙的手腕。"他们的关切，"他说，"一定是为你严重的病情而担心。"

"或许。因为我在信中提的次数太多。"

"但是，你会提到它，一定是反映了你本身的忧虑。不然，你为何要写这样的信给他们呢？不会是为了引起他们的忧虑或者同情吧？"

一手好棋！将军啦！布雷尔对自己大表满意，尼采要被迫撤退了。

"我的朋友太少,所以不能冒失去他们的风险。我的想法是,作为友谊的表现,我应该竭尽所能地来缓和他们的忧虑。所以,我来到你的办公室。"

布雷尔决定要把握优势,他更为大胆地走了下一步棋。

"你自己不感到担心吗?一年里有超过200天,承受着病痛的沉重打击!不可能吧!我照顾过太多患有偏头痛的病人,他们会在发作时,接受任何会缓解痛苦的手段。"

好极了!棋盘上另一条纵线要被隔断了。他的对手下一着棋怎么走呢?布雷尔很想知道。

尼采显然了解到他必须去发展另外的论点,他把注意力转到棋盘的角落。"很多名号曾经冠在我的头上——哲学家、心理学家、异教徒、煽动者、反基督者,我甚至还被一些令人不敢恭维的名字称呼过。但是,我宁可称我自己为一个科学家,因为,我的哲学方法的基础就跟科学方法一样——怀疑。我一直尽可能保持着最为严苛的怀疑主义,而且我现在就在怀疑。我无法站在医学权威的基础上,去接受你对精神研究的建议。"

"不过,尼采教授,我们的意见是完全一致的。唯一要被遵从的权威是理性,我的建议被理性所支持。我只主张两件事:第一,压力可能让人生病,而且,大量的科学观察支持这项主张;第二,可观的压力存在于你的生活当中,而我所谈到的压力,不同于你的哲学研究所不可或缺的那一种。"

"让我们一起检查这些资料,"布雷尔继续着,"考虑一下你所提到的那封你妹妹的信,受到了中伤肯定会带来压力。而且,没有对我提起这件中伤的事件,你不自觉地触犯了我们相互诚实的约定。"布雷尔的棋步更加大胆,反正没有其他方法了。

"而且,在失去退职金的想法之中,必然会有压力,那是你唯一的收入来源。如果那只是你妹妹言过其实的大惊小怪，那么有一位乐于吓唬你的妹妹，就会是一种压力！"

他做得太过火了吗？布雷尔注意到，尼采的手滑下了他座椅的扶手，慢慢靠近他公事包的把手。但是，现在已经无路可退了，布雷尔出手将军。

"不过，我的立场甚至有更为强力的支持，近来有一本才华洋溢的书，"他伸手轻拍着那本《人性的，太人性的》，"如果这个世界还有任何正义可言的话，这是一本由一位即将成名的杰出哲学家所撰写的。听着！"

布雷尔把书翻到他曾经对弗洛伊德读过的那段文字，他朗诵道："'心理学的观察是一种手段，利用它可以缓和生活的负担。'再下去一两页，这位作者主张，心理学的观察是最基本的事情，而且这里，以他本人的文字，'人类不再能免于面对精神解剖桌上的残酷景象。'再几页之后他指出，伟大哲学家的错误，常常源自对人类行动与感觉的虚假解释，最终所造成的结果，是'竖立一个虚伪的道德、宗教与神话上的怪物。'"

"我可以滔滔不绝地念下去，"布雷尔翻着书页，"但是，这本了不起的书所建立的观点是，如果想要了解人类的信念与行为，人必须先彻底清除习俗、神话与宗教。唯有这样，再加上没有任何先入为主的成见，我们才能接受以下的假设，那就是人可以去检查人类。"

"我对那本书相当熟悉。"尼采阴沉地说。

"不过，你会不遵从它的指示吗？"

"我把我的生命奉献给它的指示，但是你读的还不够多。多年以来直到现在，我独自实施这样一种心理学上的解剖，我是我本身研究的对象。但是，我不愿去成为你的对象！你，你自己会乐意于成为他人的对象吗？容我对你提出一个直率的问题，布雷尔医生，在这项治疗计划里面,你的动机又是什么?"

"你来我这儿寻求帮助,我则提供帮助。我是一个医生,那是我所做的事情。"

"太过于单纯了!我们两个人都知道,人类的动机要远为复杂得多,同时又更为原始。我再问一次,你的动机是什么?"

"这是一件单纯的事,尼采教授。人从事他的专业——补鞋的人去补鞋,烘焙的人去烘焙,医生则是去医治。人赚取他的生计,人执行他的职责,而我的职责就是服务,就是缓解痛苦。"

布雷尔试图传达自信,但开始感到不安,他不喜欢尼采最后的一句。

"对我的问题来说,这些都不是令人满意的答案,布雷尔医生。你说一个医生医治,一个烘焙的人烘焙,或者一个人执行他的职责,那并不是动机,那是习惯。你从你的答案中省略了意识、选择与私利。我比较满意的是,当你说人赚取他的生计的时候。至少,那是可以理解的东西。人会奋力把食物塞进他的胃里面。但是,你不跟我收钱。"

"我可以向你提出同样的诘问,尼采教授。你说你无法从你的工作中赚取任何东西,那么,你为何要从事哲理的探究呢?"布雷尔企图保持攻势,但是感到他的能量在衰退。

"哦,我们之间有一个重要的区别。我没有宣称要为你做哲学的研究,反之,医生,你却不停地假装你的动机是为我服务,是缓解我的痛苦。这样的宣称与人类的动机无关。它们是奴性精神状态的一部分,由神职人员的宣传机构所做的狡猾策划。把你的动机解剖得更深层一些!你将会发现,永远没有人做任何事情是完全为了他人。所有的行动都是以自我为中心的,所有的服务都是利己的,所有的爱都是自私的。"

第九章

尼采的话越说越快，而且他全心全意地继续说下去。

"你似乎对这项评论感到惊讶？或许，你所想到的是那些你喜爱的东西。挖深一点，你会发现你不爱它们，你爱的是，这种爱恋在你身体里所产生的愉悦感受！你爱的是欲望，不是欲望的对象。所以，我可以再问你一次吗，你为何想替我服务？我再一次问你，布雷尔医生，"尼采的声音在此转趋严厉，"你的动机是什么？"

布雷尔感到晕眩。他吞回他的第一个冲动，去批评尼采系统化陈述的丑恶及愚蠢，这将使尼采教授这桩令人恼怒的案子，无可避免地画下句点。有一会儿，他想象中的影像是，尼采跺脚走出他办公室的背影。天哪，真是松了一口气！终于不必再为这整件无用又挫折的事情伤脑筋了。然而，一想到他再也见不到尼采了，布雷尔感到悲伤，他已被这个男人深深吸引。不过，是为了什么呢？说真的，他原本的动机到底是什么？

布雷尔发现，他再次想到了与父亲的对弈。他总是犯同样的错误——太过专注于进攻，把攻势逼到超出了本身补给线的范围之外，并且忽略防守，直到他父亲的王后像闪电般冲入他阵线的后方，并威胁要将军为止。他扫去这些胡思乱想，然而，并没有忽略到它所代表的含义：他永远永远不能再低估尼采教授。

"再一次，我请教你，布雷尔医生，你的动机是什么？"

布雷尔挣扎着想要回应。是什么呢？对于他的心智抗拒尼采问题的方式，他大感惊讶。他强迫自己去集中精神。他渴望帮助尼采——从什么时候开始的？在威尼斯？当然，沉醉在路·莎乐美的美艳之中，着迷到爽快地答应去帮助她的朋友。对尼采教授进行治疗，不但可以维持跟她进展中的联系，还有机会提升他在她眼中的地位。还有，还有瓦格纳。这里是有冲突矛盾的：布雷尔喜爱瓦格纳的音乐，但是痛恨他的反犹太主义。

还有什么？过了几个星期，路·莎乐美在他心中已淡然而去，她不再是他热衷于尼采的理由。他知道不是如此，他是被摆在面前，这个知性上的挑战引发了好奇心。连贝克太太也在某一天说过，维也纳没有其他医生会接受这样一个患者。

然后是弗洛伊德。对弗洛伊德提起尼采来作为一个指导案例，如果这位教授蔑视他的帮助的话，将使他颜面扫地。还是说，他想要接近伟大的心灵吗？或许，路·莎乐美说得没错，尼采代表了德国哲学的未来，尼采的那些书有天才的气息。

布雷尔知道这些动机里面，没有一个可以与尼采这个人、他面前这个有血有肉的人有任何牵连。而且，他必须对与路·莎乐美的接触保持缄默，还有自己对尼采之于其他医生的裹足不前所感到的暗喜，以及自己对于亲近伟大心灵的渴望。或许，布雷尔不无怨怼地在心里承认，尼采关于动机的丑恶理论是有其价值的！即使如此，他不打算怂恿他的病人，肆无忌惮地挑战他对服务的宣言。但是，接下来又要如何回答尼采恼人又不恰当的问题呢？

"我的动机？谁能回答这样一个问题呢？动机存在于许多层次。谁规定只有那种兽性的第一层动机是可以算数的呢？不必了，不必了。我看得出来你准备要再重复那个问题，让我试着回答你真正的问题。我在医学训练上花了10年。我要浪费这些年的训练吗，只因为我不再需要金钱了？医疗是我证明早年这些努力不曾白费的方法——一种提供我生命的一致性与价值的方法，还提供了意义！我应该终日坐在那里数我的钱吗？你会这样做吗？我肯定你不会！然后，还有另外一个动机，从我与你的接触中，我享受着知性的刺激。"

"这些动机至少有诚实的意味。"尼采承认。

"我才刚刚想到另一个——我喜欢你笃信的那个句子，'成为你的存在'。如果我所做的，或者我注定要做的，是去提供服务帮助他人，献身于医学与痛苦的解除呢？"

布雷尔感到好多了，他恢复了他的沉着，或许我太过于好辩了，他考虑着，我需要某种更为柔软的东西。"这儿还有另一个动机。让我们假设，而且我相信事实就是这样，你的命运就是列名伟大哲学家谢林。我的治疗不仅可以因此帮助你在物理上的存在，而且同样在你成为你的存在计划上帮助了你。"

"而如果我如你所说，注定要成为伟大的人物，那么你作为我的鼓舞者、我的救星，就变得甚至更为伟大了！"尼采大喊着，仿佛知道他才刚刚射出了致命的一击。

"不是的！我不是这个意思！"一般说来，在他的专业角色上，布雷尔的耐心是取之不尽的，现在却开始分崩离析。"我是许多声名显赫人物的医生——维也纳重要的科学家、艺术家、音乐家。这有让我变得比他们伟大吗？甚至没有人知道是我在医治他们。"

"但是你跟我说了，而且现在利用他们显赫的名声，来抬高你对我的权威地位！"

"尼采教授，我不敢相信我所听到的。你真的相信说，如果你完成了你的宿命，我会去公然宣称，是我，约瑟夫·布雷尔创造了你？"

"你真的相信这样的事情不会发生吗？"

布雷尔试图安抚他自己。要当心，约瑟夫，克制你的脾气。要从他的立场去考虑事情，尝试去了解他猜疑的来源。

"尼采教授，我知道你在过去曾遭受背叛，并且因而有充分的理由去预期在未来还会遭到背叛。不过，我向你承诺，它不会在这里发生。我保证你的名字永远不会被我提到，它甚至不会出现在医疗记录上，让我们为你编造一个假名。"

"你可能会告诉别人其实无所谓，我接受你的承诺。重点在于，你会告诉你自己什么,还有我会告诉我自己什么。就所有你跟我说过的动机之中,除了你持续对服务与解除痛苦的声明之外,并没有真正与我有关的部分在里面。那就是它的本来面貌。你会在你的自我投射中利用我,那也是在意料之中,这是大自然的模式。但是你不曾看出来的是,我会被你消耗殆尽!你对我的怜悯、你的施舍、你的感同身受,你帮助我、控制我的技术,这一切的结果,是把我的力量牺牲在让你更加强大之上。我还没有富有到足以负担这样的恩惠!"

这个人真是不可理喻。他挖掘出一切事物最糟糕、最恶劣的动机。布雷尔在诊疗上最后几分的客观也飘然远去,他无法再克制他的感受。

"尼采教授,容我坦白地说。今天在你许多的论证中,我真是大开眼界,但是最后这个断言,关于我希望弱化你,关于我以你的力量来强化我自己,这种幻想是彻头彻尾的胡说八道!"

布雷尔看到尼采的手往下滑向他公事包的握把,但是无法阻止自己!"你看不出来吗,这就是你为什么不能解剖你自身精神的完美例证。你的洞察力被玷污了!"

他看到尼采抓住了他的公事包,并准备站起来。尽管如此,他继续说了下去,"由于你本身在友谊上的不幸,你犯下奇特的错误。"

尼采正在扣起他的外套,不过布雷尔无法闭上他的嘴:"你假设你的态度是放诸四海而皆准的,然后,你试图为了全人类,去理解那个你所无法理解的自己。"

尼采的手放在门把上了。

"我很抱歉打扰了你,布雷尔医生,不过,我必须为了今天下午回巴塞尔的火车做准备。我可以在两个钟头之后,回来付我的账单并取回我的书吗?我会留下一个地址,供你转寄诊疗报告。"尼采僵硬地点点头并转身离去。在他走出办公室时,布雷尔对他的背影感到不寒而栗。

第十章

布雷尔在门关上时并没有动,在贝克太太匆匆忙忙跑进来时,依旧动也不动地坐在他的书桌旁。

"发生了什么事,布雷尔医生?尼采教授刚才冲出了你的办公室,喃喃自语说,他很快会回来拿他的账单和书。"

"今天下午,我不知为什么笨手笨脚地搞砸了所有的事情,"布雷尔说,并且简述了他跟尼采在前一个小时里的事情。"最后在他收拾东西离开时,我几乎是在对他大吼。"

"一定是他把你刺激成这样子的。一个生病的人来找医生,你尽了你的力量,然后他就你所说的一切事情找麻烦。我敢说,换了是我上一个老板,乌瑞克医生,老早就会把他给轰出去了。"

"那个人非常需要帮助。"布雷尔站起来走到窗边,几乎是对自己轻声地说,"然而,他太过于骄傲而无法接受帮助。他的这种骄傲是他疾病的一部分,就像是一个病情严重的身体器官一样。我这样对他大吼大叫实在愚蠢极了!一定有一种接近他的方法,以某种治疗计划来吸引他与他的骄傲。"

第十章

"如果他骄傲到无法接受帮助,你怎么可能治疗他呢?在晚上他睡着以后吗?"

布雷尔没有反应,他站在那里看着窗外,微微地前后摇摆着,内心充满了自责。

贝克太太又试了一下,"记得在几个月前吗,你尝试帮助那个老太婆,寇尔太太,害怕离开她房间的那个人?"

布雷尔点点头,依然背对着贝克太太,"我记得。"

"那时她突然中断了治疗,就在你说到要害的时候,你说如果你握着她的手,她就会走进另一个房间。当你告诉我这件事的时候,我说过你一定感觉到有多么受挫,领着她到如此接近痊愈的地方,然后她放弃了。"

布雷尔不耐烦地点头,他搞不清楚重点在哪里。"所以呢?"

"然后你说了些很棒的话。你说生命悠远,病人时常有漫长的治疗过程。你说他们可能从一位医生那里学到某些事情,把它们听进心里面,并且在未来的某一天,会准备好接受更多的治疗。到了那个时候,你会扮演那个她所能够接受的角色。"

"所以呢?"布雷尔又问了一次。

"所以,这对尼采教授也许是一样的事情。也许在他准备好的时候,他会听从你的话,或许在未来的某一刻。"

布雷尔转过来看着贝克太太,他为她说的话所感动。主要不在于内容,因为任何在他办公室里发生过的事情,他怀疑是否有可能证明对尼采也有效果。让他感动的是她所尝试要做的事,当他处于痛苦之中,布雷尔不像尼采那样,他欢迎援手。

"我希望你是对的,贝克太太。并且谢谢你试着安慰我,这对你来说是个全新的角色。再多几个像尼采的病人,你就会变成专家了。今天下午我们要看哪些人?我可以处理些简单的案子,或许是肺结核，或者是淤血性心脏衰竭之类的案子。"

几个小时之后，布雷尔主持星期五晚上的家庭晚宴。除了他三个较年长的孩子，罗伯特、贝莎与玛格利特之外（露易丝已经喂过乔纳斯与朵拉），宴会中的15个人包括玛蒂尔德的三个姊妹，未婚的汉娜与米娜以及瑞秋与她的丈夫麦克斯、他们的三个孩子、玛蒂尔德的父母，还有一位上了年纪寡居的姑姑。受邀参加的弗洛伊德并不在场——他已经传过话，说他会自个儿以面包和清水果腹，同时要努力接待六个晚到医院的病人。布雷尔很失望，他依然为尼采的离去所扰，他期盼与他年轻的朋友讨论一番。

虽然布雷尔、玛蒂尔德与她所有的姊妹，在某种程度上等同于"三日犹太人"，他们只庆祝三个最重要的节日，他们在玛蒂尔德的父亲亚伦以及麦克斯（这两位在家族中教义实践派的犹太人）为面包与美酒吟诵祈祷文时，表示着沉默的敬意。布雷尔一家人并不遵从食物限制的规定，不过为了亚伦，玛蒂尔德那天晚上不以猪肉待客。一般来说，布雷尔喜爱猪肉，而且他最喜爱的佳肴——原木烤猪肉，时常出现在餐桌上。此外，对于普拉特那个地方所贩卖的香脆多汁的维也纳香肠，布雷尔和弗洛伊德两个人皆为之疯狂。只要是经过那附近，他们从不会放过停下来大嚼一顿香肠的机会。

就像玛蒂尔德所有的餐点一样，这顿饭以热汤开场，今晚是大麦与青豆浓汤，接下来是搭配胡萝卜与洋葱的烤鲤鱼，主菜则是填塞球芽甘蓝的肥鹅。

当刚出炉又热又脆的肉桂樱桃卷心饼端上来的时候，布雷尔与麦克斯端起他们的盘子，沿着走廊去布雷尔的书房。15年来，在用完星期五的晚餐之后，他们总是带着甜点去书房下棋。

约瑟夫在他们娶了阿特曼姊妹之前，就认识麦克斯很久了。不过，他们如果不是连襟的话，两人永远不会成为朋友。虽然布雷尔

第十章

景仰麦克斯的智慧、手术技巧与棋艺，但他不喜欢这位连襟狭隘的犹太人心态以及庸俗的物质中心主义。有时候，布雷尔甚至不喜欢看着麦克斯：不仅是他的丑陋、秃头、布满斑点的皮肤以及病态的肥胖，而且因为他显老。布雷尔总是试图去忘掉他与麦克斯是同年的这个事实。

今晚不会有棋局啦。布雷尔跟麦克斯说，他仍非常激动，希望以谈话来代替下棋。他跟麦克斯很少有亲近的谈话，但是撇开弗洛伊德不算，布雷尔没有其他的男性知交，事实上，自从他前任护士伊娃·伯格离开之后，布雷尔就完全没有推心置腹的朋友。虽然他对麦克斯敏锐的程度缺乏信心，他的心神仍然关注在与尼采的谈话内容上，一口气不停地说了20分钟，当然还是用匿名穆勒先生来称呼他，并且，布雷尔还免除了自己一切保密的负担，甚至还谈到先前跟路·莎乐美在威尼斯的会面。

"但是，约瑟夫，"麦克斯以一种刺耳又轻蔑的语调开口，"为什么要责怪自己呢？谁有办法治疗这样的人？他疯了，就是这么简单！当他的头痛到够厉害的时候，他会回来哀求你的！"

"你不了解，麦克斯。他的疾病中，有一个部分就是不接受帮助。你几乎可以说，他有疑心病，他以最糟的可能性来怀疑每一个人。"

"约瑟夫，维也纳充满了病人。你跟我一星期就算工作150个小时，每天仍有必要转诊病人。不是吗？"

布雷尔没有回答。

"对吗？"麦克斯再问了一次。

"那不是重点，麦克斯。"

"那正是重点所在，约瑟夫。多少病人在猛敲着你的大门求诊，你却在这里恳求某个人，让你能帮助他。这没有道理！你为什么要求他呢？"麦克斯伸手拿了一个酒瓶与两个小玻璃杯，"来些梅子白兰地？"

布雷尔点点头，麦克斯倒酒。阿特曼家族的财富，是从卖酒积累起来的，这是个客观的事实。两位男士下棋时会喝上一小杯梅子白兰地，这是他们唯一饮用的酒类。

"听我说，假如你的病人有——麦克斯，你没有听我说话，你在左顾右盼。"

"我有在听，我有在听。"麦克斯坚持说。

"假如你的病人有前列腺肥大与完全堵塞的尿道，"布雷尔继续说了下去，"你的病人有泌尿停滞，他的逆肾压在上升，而且他即将进入尿液中毒，但是他全然拒绝帮助。为什么呢？也许他有老年痴呆。也许他对你的器材、你的导尿管与你那盘金属探针，要比对尿毒症更为恐惧。也许他精神异常，以为你准备阉了他。所以，这时候要怎么办呢？你准备怎么做？"

"从业20年了，"麦克斯回答说，"这从来没有发生过。"

"不过它有可能发生，我在用它来显示一个论点。如果它发生了，你会怎么办？"

"那得由他家人决定，不是我。"

"麦克斯，快点啊，你在回避这个问题嘛！假如他没有家人呢？"

"我怎么会知道？也许，就像在救济院里，他们会做的任何事情，把他绑起来、麻醉，给他插上导尿管，试图用探针扩张他的尿道。"

"每天吗？把他绑起来插导尿管？拜托，麦克斯，你一个星期之内就会害死他！不对，你要做的是，尝试改变他对你、跟你的治疗的态度。这跟你治疗小孩子的时候是一回事，有哪个小孩愿意看病的吗？"

麦克斯对布雷尔的论点故作不知。"你是说，你想要让他入院，并且每天都跟他谈话，约瑟夫，想想这要投入多少时间啊！他能够负担你这么多的时间吗?"

当布雷尔提到他病人的穷困、他打算利用家族捐赠的病床以及无偿治疗他的时候,麦克斯变得更加忧虑。

"你让我担心啊,约瑟夫!我就有话直说了,我真的开始担心你的事情了。就为了一个你甚至不认识的漂亮俄国女孩跟你谈过话,你就想要治疗一个疯子,而这个疯子不但否认他的病,还不想治疗这些病。现在,你又说你想免费治疗他。告诉我,"麦克斯说,对着布雷尔迅速摇着他的指头,"谁疯得比较厉害,你还是他?"

"我会跟你说什么叫疯狂!麦克斯!疯狂的是,你总要扯到钱!玛蒂尔德的嫁妆在银行里不停地生利息。而以后,当我们每个人得到我们的阿特曼家遗产的股份时,你我两人的钱,都会多到可以在里面打滚。我不可能花完现在赚进来的钱,而且我知道你赚得比我多得太多。既然如此,为什么要扯到钱呢?为什么要去担心这样的病人,是否可以支付我的费用?有时候,麦克斯,你就是见不得有钱不赚。"

"好吧,忘了钱的事情。也许你是对的,有时候,我不知道我为了什么在工作,或者跟任何人收费的目的是什么。不过谢天谢地,没有人听到我们说的话,他们会以为我们两个都疯了!你剩下的水果卷心饼,不打算吃掉吗?"

布雷尔摇摇头,麦克斯则拿起他的盘子,把糕饼扫进自己的碟子里。

"不过,约瑟夫,这不是医学!这个你所医治的病人,这位教授,他会得到什么?诊断吗?他的骄傲之癌?那个帕朋罕家怕喝水的女孩,她是不是突然不能说任何德文,只能说英文的那个?而且,每天都发展出一种新的功能衰退?还有那个年轻男孩,以为他是皇帝的儿子,还有那位害怕离开她房间的女士。精神错乱!你在维也纳所受的一流医学训练,可不是要去用在精神错乱上头!"

在一口吞下布雷尔的卷心饼,并且灌下第二杯梅子白兰地之后,麦克斯再度开口:"你是维也纳最敏锐的诊断专家。对呼吸器官或平衡作用的疾病,城里没有人比你知道得更多。每个人都知道你的研究!记住我的话,有一天,他们一定会邀请你加入国家研究院。如果你不是犹太人,你现在就是个教授了,每个人都知道这点。但是,如果你继续医治这些疯狂的病症,这对你的声誉会造成什么后果?那些反犹太组织会说,'看吧,看吧,看吧!'"麦克斯的手指在空气中戳着,"'那就是他为什么不是位医学教授的理由。他不胜任,他不值得信赖!'"

"麦克斯,让我们下棋吧。"布雷尔迅速打开棋盒,并且怒气冲冲地把棋子泼倒在棋盘上。"今晚我说想要跟你谈谈,因为我很沮丧,看看你怎么帮我的!我疯了,我的病人是疯了,而且我应该把他们踹出大门。我在糟蹋我的信誉,我应该去榨出那些我不需要的佛罗林银币——"

"不,不是的!关于钱的那个部分,我已经收回了!"

"这算是在帮忙吗?你根本就不听我在问什么。"

"是什么?再跟我说一次,我会听得仔细些。"麦克斯巨大又表情丰富的脸孔,突然变得一本正经。

"今天,在我的办公室里有一个需要帮助的人,他是一个饱受折磨的病人,但是我拙劣地处理了他的事情。我无法陪着这位病人来改善病情,麦克斯,我跟他已经玩完了。但是,我发现越来越多神经官能方面的患者,我必须了解如何与他们合作。这是个全新的领域,没有可供依循的教科书。外面有数以千计的患者需要帮助,但是没有人知道要如何帮助他们!"

"我对此一无所知,约瑟夫。你跟思想与大脑的交道,打得越来越多了。我则在对立的那一端,我——"麦克斯咯咯笑着给布雷尔打气,"那些我对它们说话的洞孔不会回话。不过,我可以告诉你一件事情,我有个感觉,你在跟这位教授竞争着,就像你以往在哲学课堂上,对布伦塔诺所做的事情。你还记得他吼你的那一天吗?20年前的事情了,对我来说却仍宛如昨日。他说,'布雷尔先生,你为何不试着学一些我所能教的东西,而不是去证明我所不知道的事情有多少?'"

布雷尔点点头,麦克斯继续下去。"嗯,对我来说,那就是你的诊疗听起来的样子,甚至是你借引用他本人的书,来套住这位穆勒先生的手法。那并不聪明,你怎么可能赢呢?如果这个陷阱失效,他就赢了。如果这个陷阱成功了,那么他会如此气愤,他无论如何还是不会合作。"

布雷尔静静地坐着,在他思考麦克斯的说法时,把玩着棋子。"也许你是对的。你知道,我甚至在那个时候感觉到,我可能不应该尝试引用他的书。我不该听从西格的话。我对于引用他的话,有种不明智的预感,但是他一直闪躲我,把我激进了一种竞争的关系。你知道吗,这很好笑——在整个诊疗过程中,我一直想到下棋。我向他丢出这个陷阱,他逃出来,并朝我回丢一个。也许这就是我吧,你说我在学校就像这样,但是多年来,我并没有以这种方式对待过病人,麦克斯。我想是某种内在的东西,他把这个东西,从我里面拖出来,或许还从每个人身上拖出来,然后称它为人性,而且,他相信就是这么一回事!那就是他整个哲学走岔的地方。"

"看吧,约瑟夫,你还在这样做,试图在他的哲学上打个洞。你说他是个天才,如果他真是这样的天才,也许,你应该从他身上学习,而不是千方百计地尝试打败他!"

"不错,麦克斯,很好!虽然我不喜欢这个事实,但整个听起来没错,这样有帮助。"布雷尔深深地吸了口气,并且大声呼出来,"现在，让我们下棋吧。我一直在思考一个对付王后起手的新招。"

麦克斯下了王后起手，布雷尔则回以大胆的中央突破，只不过在八手之后，他发现自己陷入大麻烦当中。麦克斯残酷地以卒子夹击布雷尔的主教与武士，并且视线不离棋盘地开口说："约瑟夫，既然我们在谈论今晚所谈的这些事情，让我也说说吧。也许不干我的事，不过我无法把耳朵关起来。玛蒂尔德跟瑞秋说，你有几个月没有碰过她了。"

布雷尔继续研究棋盘几分钟，明白他无法逃脱夹击之后，先吃掉了他的小卒再回答麦克斯，"是的，情况不好，非常不好。不过，麦克斯，我怎么能跟你谈论它呢？我可能是在直接说给玛蒂尔德的耳朵听，因为我知道你会跟你太太说，而她会告诉她的姐姐。"

"不会的，相信我，我可以对瑞秋保守秘密。我来告诉你一个秘密，如果瑞秋知道了我跟我的新护士韦特纳小姐在做什么的话，我就吃不了兜着走了。上星期的事！就像你跟伊娃·伯格一样，跟护士鬼混一定是这个家族的流行。"

布雷尔研究着棋盘，他对麦克斯的评论感到气恼。原来，这个圈子里就是这样看待他与伊娃的关系的！尽管这项指控不实，他依然对一瞬间巨大的性诱惑感到内疚。在几个月前的一次重要谈话中，伊娃告诉他说，她担心他跟贝莎正处在一场毁灭性通奸的边缘上，因此她"愿做任何事情"来帮助他免于对他年轻病人的朝思暮想。难道，伊娃不是在性行为上奉献她自己吗？布雷尔对这点很确定。不过，那恶魔般的"但是"介入了，这件事跟其他许许多多的事情没有两样，他无法说服自己采取行动。然而，他常常想起伊娃的提议，并且对他所错失的机会极度后悔！

现在伊娃走了。而且，他永远没有办法挽救他对她所做出的事了。在他解雇她之后，她从未跟他说过话。布雷尔提议要给她一笔钱，也提议要帮她找个新职位，对于这些，伊娃都不予理会。虽然在玛蒂尔德面前，布雷尔从未护卫伊娃，这是在他心中永远无法弭除的失败，但他现在决定，至少得针对麦克斯的指控而为她辩护。

"不对，麦克斯，你搞错了。我不是个圣人，不过，我发誓我从来没有碰过伊娃。她只是一个朋友，一个好朋友而已。"

"对不起，约瑟夫，我想我不过是以自己的处境来设想，就认为你跟伊娃——"

"我可以理解你如何看待那件事，我与她拥有一份不寻常的友情。她是一个红颜知己，我们谈论所有的事情。在替我工作了这么多年之后，她得到的是可怕的回报。我当时不该屈从于玛蒂尔德的愤怒，我应该跟她对抗的。"

"这就是你跟玛蒂尔德疏远的原因吗？"

"也许这的确是一种反抗玛蒂尔德的方式，不过，那不是我们婚姻中真正的问题。麦克斯，真正的问题要比这严重多了。虽然，我不知道问题是什么。玛蒂尔德是个好妻子。噢，我多么痛恨她对待贝莎与伊娃的方式。不过在某一方面她是对的，我对她们的确比对她付出了更多的精力。但是，现在发生的事情很奇怪。当我看着她时，我依然觉得她很美丽。"

"但是？"

"但是我就是无法碰她，我会避开，我不想要她靠近我。"

"也许那不是如此罕见。瑞秋并不像玛蒂尔德，不过她也是个漂亮的女人，然而，我却对韦特纳小姐有更多的兴趣，她呢，我必须承认，看起来有点像只青蛙。有时候我沿着克尔斯登街散步，看到二三十个妓女一字排开，我强烈地感到蠢蠢欲动。她们没有一个比得上瑞秋的美貌，很多还有淋病或梅毒，但是我依然会被她们诱惑。如果我确信没有人会认得出我的话，谁知道呢，我可能就去了！每个人都对一成不变感到厌倦。你知道吗,约瑟夫,外面每一个美丽的女子,都有某个可怜的男子,厌倦于碰触她!"

布雷尔从来就不喜欢鼓励麦克斯用他粗俗的方式说话,不过却被他的警世名言逗得好笑。"不是的,麦克斯,不是厌倦,那不是我的问题所在。"

"也许你该让自己去检查一下。几个泌尿科医生写到性功能的问题,你读过基尔希(Kirsch)关于糖尿病导致阳痿的论文吗?谈论它的禁忌现在已经消失了,阳痿的普遍,显然比我们所以为的要广泛得多。"

"我没有阳痿,"布雷尔回答说,"就算我远离性交,还是有很多猥亵的事情。比方说,那个俄国女孩。还有,我对克尔斯登街上的娼妓,有跟你相同的想法。事实上,问题有一部分在于,我对另一个女子有相当多的性幻想,因此我对碰触玛蒂尔德感到内疚。"布雷尔察觉到,麦克斯的自我告白,让他能比较轻松地谈话。或许,就对付尼采来说,麦克斯以他粗鄙的方式,比之于自己的方法,会进行得顺利得多。

"但是,连那点也不是主要的问题,"布雷尔发现他自己在说个不停,"是别的事情!是某种内在于我身体里、力量更为巨大的东西。你知道吗,我考虑过离开。我永远不会去做,但是,一次又一次的,我想到过,就整理整理离开吧,离开玛蒂尔德、孩子们、维也纳,离开一切东西。我不停承受着这种疯狂的念头,而且我知道那是疯狂的,你不用对我说,麦克斯,只要我能找出一种离开玛蒂尔德的方法,我所有的问题都会迎刃而解。"

麦克斯摇着头,叹着气,然后掳走了布雷尔的主教,并且着手布置起无坚不摧的王后侧面攻击。布雷尔重重地靠回他的椅背。他准备怎样面对呢? 10年、20年、30多年,继续输给麦克斯的法式防御和他那凶恶的王后起手布局?

第十一章

那天晚上，布雷尔躺在床上，依然想着王后起手布局以及麦克斯对美丽女子跟倦怠男人的意见。尼采给他带来的苦恼之情已经稍减。与麦克斯的一番谈话，莫名其妙地起到帮助的作用，或许，这些年来他一直低估了麦克斯。从孩子们那儿回来的玛蒂尔德，现在爬上床来，移到他身边并轻声说："晚安，约瑟夫。"他则假装睡着了。

砰！砰！砰！前门传来一阵捶击声。布雷尔看看钟，4点45分。他迅速让自己清醒（他一向都睡得很浅），抓起他的睡袍，并且快步穿过走廊。露易丝从她的房内出来，不过他挥手要她回去。只要他醒着，他就会应门。

门房为了吵醒他而连声道歉，说外面有个人有紧急的事情要找他。下楼来，布雷尔发现一位年长的男士站在门厅里。他没有戴帽子，而且显然走了一大段路，他的呼吸急促，头发上沾满霜雪，从鼻子流出来的黏液，把他厚实的胡髭冻成一个大冰刷。

"布雷尔医生？"他问，声音在焦急中颤抖。

向着点头的布雷尔,他介绍自己是席雷格尔,他低下头,以右手的手指点了额头,向布雷尔致意。若在其他情形下,这会是个有风采的行礼动作。"一位住在我客栈里的客人病倒了,他是你的病人,病得很严重,"他说,"他开不了口,不过,我在他的口袋里发现了这张名片。"

紧盯着席雷格尔先生递给他的名片,布雷尔发现尼采本人的姓名与地址写在正反两面上:

弗里德里希·尼采教授
古典文献学教授
巴塞尔大学

他立刻做出决定,他马上清楚地告诉席雷格尔先生找来费雪曼与马车。"当你回到这里来的时候,我会换好衣服。在前往客栈的途中,你再告诉我关于病人的情况。"

20分钟之后,席雷格尔先生与裹着毛毯的布雷尔,坐车穿过寒冷积雪的街道。旅店老板解释说,尼采教授自这个星期起就住在客栈里。"一位非常好的客人,从来没有任何问题。"

"跟我说说他的病况。"

"整个星期,他都把大部分的时间花在他的房间里,我不知道他在上面做些什么。每当我早上带给他茶的时候,他就坐在桌子旁边涂写。这让我很困惑,因为你知道,我发现他的视力不足以让他阅读。两三天以前,一封盖着巴塞尔邮戳的信送来给他。我拿上去给他,几分钟之后他下楼来,眯着眼,又拼命眨着眼睛。他说他有某种视力上的疾病,并且问我是否可以读给他听。他说是他妹妹寄来的。我开始读,但是在开头几行之后,那是在说关于一个俄国女人的丑闻,他似乎变得很烦躁,并且把它要了回去。我在还给他之前,试图瞄上一眼其余的部分，但是，只能瞄到'递解出境'与'警方'的字眼。"

"他在外面吃饭，不过我太太提议过煮给他吃。我不知道他在哪里用餐，他没有问过我的意见。他很少说话，不过，有一个晚上他提到，他准备要去听一场免费的音乐会。他并不害羞，害羞不是他安静的原因。我观察到几件有关他安静的事情——"

一度在军方情报单位服役了 10 年的旅店主人，在怀念着他的老本行时，把他的客人当成侦探小说中的角色，企图从无足轻重的琐事，来建构角色的小传。在他步行到布雷尔家的漫漫长途中，他把所有关于尼采教授的线索聚集在一起，并且反复排练着他要对这位医生所做的说明。这是个难得的机会，他通常不会有合适的听众，他的太太与另一个客栈所有人太过鲁钝，无法理解真正的归纳技巧。

不过这位医生打断了他，"他的病情怎么样，席雷格尔先生？"

"是的，是的，医生。"吞下他的失望，席雷格尔先生报告说，尼采在星期五早上 9 点左右付了账单后外出，说他会在今天下午离开，并且会在中午以前回来拿他的行李。"我一定离开了我的柜台一会儿，因为我没有看到他回来。他走路的脚步很轻，你知道，仿佛他不想被跟踪似的。而且他没有带雨伞，所以，我无法从楼下的伞架来判断他回来了没有。我不认为他想要任何人知道他在那里，什么时候进来，什么时候出去。他对进进出出而不引起任何注意很在行，在行到启人疑窦的地步。"

"而他的病情呢？"

"是的，是的，医生。我只是觉得这些观点可能会对诊断很重要。嗯，那天下午稍晚，大约 3 点钟左右，我太太一如往常进去清理他的房间，他还在那里面，他根本就没有搭那班火车离开！他大字形地瘫在床上呻吟着，他的手放在头上。我的太太叫我，我则要她代替我看一下柜台，我从来不会轻率地离开柜台。你知道我的意思，他能在我没见到他之时回来，还进了房间，这就是我感到惊讶的原因。"

"然后呢？"布雷尔现在按捺不住了——他判断，席雷格尔先生看了太多过分渲染的推理小说。不过，还有许多时间，可以纵容他的同伴那种显而易见的愿望，对他所知道的一切事情畅所欲言。位于第三或说朗德街行政区的客栈，还在前头一英里多之外，在绵密的大雪中视野很有限，费雪曼爬下马车，缓慢地陪着他的马走在冻结的大街上。

"我进了他的房间，问他是否病了。他说他觉得不舒服，有点头痛，他会再付一天房租，并在明天离开。他跟我说他常常有这样的头痛，而且最好是不要说话或移动，无药可治。他说，只有等它过去。他相当冷淡——他一向如此冷漠，你知道，不过今天是变本加厉。毋庸置疑的是，他不想被打扰。"

"接下来怎么了？"布雷尔冷得发抖，寒意渗进他的骨髓。不论席雷格尔先生有多么令人不耐烦，布雷尔却很乐于听到，其他人也认为尼采很难相处。

"我提议去找位医生，但是他为此变得非常激动！你真应该看看他的样子，'不要，不要！不要医生！他们只会让事情更糟！不要医生！'他并非总是这样粗鲁，你知道，他从来就没有过粗鲁的态度，只是冷飕飕的而已！他一向是彬彬有礼的，你可以看得出来他出身名门。我敢打赌，他上的一定是优秀的私立学校，而且总是搭乘上等车厢旅行。起先，我想不出来他为什么不待在一个贵一点的旅馆里。不过我查看了他的衣服，你知道人可以从衣服看出许多的事情，都是名牌、布料好、剪裁好，还有精美的意大利皮鞋。但是所有的东西，即便是内衣吧，都磨损得很厉害，非常厉害，补了又补，而且，这 10 年来的外套都不是那样的长度。昨天我跟太太说，他是个与世俗不合的落魄贵族。这个星期稍早的时候，我冒险问他有关尼采这个姓的起源，他则嗫嚅着什么古老的波兰贵族。"

"后来发生了什么事，在他拒绝找医生之后？"

"他继续坚持说，如果让他一个人静一静的话，他会没事的。以他得体的态度，他让我明白了他的意思，别管闲事！他是默默受苦的那一型，或者，他有某些要隐瞒的东西，而且固执得要命！如果他不是这么固执的话，我可能昨天就来找你了，在雪开始下之前，而且没有必要让你在这种时候起床。"

"你还注意到了什么？"

席雷格尔先生对这个问题露出了喜色，"嗯，还有一件事，他拒绝留下一个转寄的地址，而先前的那个令人起疑，邮件待取部，拉帕洛，意大利。我从来没听说过拉帕洛，而当我问他说它在哪里的时候，他仅仅说，'在海边'。他守口如瓶、鬼鬼祟祟的、不带雨伞、没有地址还有那封信，俄国女人的麻烦、递解出境、警察，肯定有必要通知警察。本来我想，在我们清理他房间的时候，我自然会找到那封信，但是我根本没找到过。烧掉了，我猜，或者藏了起来。"

"你没有叫警察来吧？"

"还没有。最好等到天亮，对生意不好，不想要警察在大半夜骚扰我其他的客人。然后，在其他事情之外，他又生了这种急病！你知道我是怎么想的吗？中毒！"

"老天爷，不是！"布雷尔几乎在怒吼："不是的，我很确定不是这样。拜托，席雷格尔先生，忘了警察吧！我跟你保证，没有任何值得担心的事。我认识这个人，他不是个间谍，他完完全全就是这张名片所说的，一位大学教授。而且，他的确经常有这样的头痛，那就是他来见我的原因。请你放宽心。"

在马车内明灭不定的烛光下,布雷尔可以看得出来,席雷格尔先生并没有放松下来,布雷尔点点头说:"不过,我可以理解一位敏锐的观察者,如何得出了这样的结论。但是在这点上相信我,我会负责。"他尝试让这个旅店老板回到尼采的病痛上,"告诉我,你在下午看到他之后,还发生了其他什么事?"

"我查询了两次,看看他是否需要什么东西——你知道,茶或是吃的东西。他每次都谢谢并拒绝了我,甚至连头都没有转过来。他看起来很虚弱,而且他的脸色苍白。"

席雷格尔先生停了一分钟,然后,无法阻止自己大发宏论地加了一句,"对于我或我太太进去探望,他完全没有一点感激的意思,他不是个热忱的人,你知道。实际上,他似乎对我们的好意感到恼怒。我们帮助他,而他感到恼怒!这让我太太很不高兴。她被搞火了,而且不要再跟他有任何瓜葛,她要他明天就走人。"

对他的议论不予理睬,布雷尔问道:"接下来发生了什么事?"

"我下一次看到他是今天凌晨3点的时候。他隔壁房间的史毕兹先生被吵醒了——家具被撞倒的声音,他说,然后是呻吟声,甚至在尖叫。因为敲门没有反应,门还上了锁,史毕兹先生就把我叫醒。他是性格羞怯的那类人,不停为吵醒我而道歉。不过他做了正确的事情,我立刻就跟他这么说。"

"那位教授从里面锁上了门,我必须把锁打烂,我坚持他得赔我一个新的。当我进去的时候,我发现他不省人事,呻吟着,穿着内衣躺在光秃秃的床垫上。衣服与床罩跟毛毯丢得到处都是。我猜想他没有离开床铺,只是脱下了衣物全部丢在地板上,没有一样东西离床超过两英尺。这与他的个性不符,完全不符,医生,他一向是个整洁的人。我太太被那一团糟吓了一大跳,呕吐的东西到处都是,这个房间要花上一个星期才能再出租,要等那臭味消除掉。他应该

第十一章

付那整个星期的租金，我有权利这样要求。床单上还有血迹，我把他身体翻过来查看，但是没有发现伤口，那些血一定是在呕吐的东西里面。"

席雷格尔先生摇摇他的头，"我就是在那个时候搜寻了他的口袋，找到了你的地址，并且来找你。我太太说要等到天亮，但是，我觉得到那个时候他可能就死掉啦。我不必跟你多说那意味着什么，葬仪社，正式验尸，警察整天走来走去，我见多了，其他客人会在24个小时之内都结账离开。我妹夫位于黑森林的客栈里，一个星期内死了两个客人，你相信吗，10年之后，人们依旧拒绝住那些死过人的房间。即使他完全重新装修了窗帘、油漆、壁纸。人们依然回避它们。传言就是到处散播，村里人会耳语，他们永远不会忘记的。"

席雷格尔先生把头伸出窗外，四下看一看，并对费雪曼叫道："右转，就在前面，下一条街！"他缩回来看着布雷尔，"我们到了！下一栋就是，医生！"

要费雪曼等着，布雷尔随着席雷格尔先生进了客栈，爬上四段狭窄的阶梯。楼梯间内萧瑟的景象，见证了尼采只求温饱的声明：斯巴达式的一片空白，一块毛绒已经磨掉的长条地毯，在每一段楼梯上有不同形式的褪色，没有栏杆扶手，转弯的平台上也没有家具。近日才抹过石灰的墙壁，既没有用图画也没有用装饰品来调和一下，甚至连官方视察的证明书都没有。气喘如牛地攀登而上，布雷尔随着席雷格尔先生进入尼采的房间。他花了一点时间来适应呕吐物那种强烈的辛甜气味，然后迅速扫视现场，它就像席雷格尔先生所描述的样子。事实上，完全一模一样，这位旅店主人不仅是个精确的观察者，还同时保留一切东西的原状，以致不会搅乱了某些宝贵的线索。

在房间角落的一张小床上躺着尼采，只穿着他的内衣，沉睡着，或许陷入昏迷。对他们进入房间的声音,他显然没有反应。布雷尔允许席雷格尔先生去收起尼采四散的衣物以及为呕吐物所浸湿沾染了血迹的床单。

移走了它们,这个房间难以忍受的苍凉就浮现出来。它不能说不像一间牢房,布雷尔看到,沿着一面墙立着的是一张单薄的木头桌子,上面只有一盏灯与一个半满的水罐。在桌子前面是一把木椅,桌子底下安放着尼采的皮箱与公事包,二者都裹着细链条与挂锁。床的上方是扇肮脏的窗子,挂着毫无价值可言的褪色黄条纹窗帘,那是这个房间对美感仅有的让步。

布雷尔要求与他的病人独处。他的好奇心比他的疲倦更为强烈,席雷格尔先生强烈反对,然后布雷尔提醒了他对其他顾客的责任:为了做个好主人,他有必要抢点时间休息,席雷格尔先生才依依不舍地离去。

布雷尔打开瓦斯灯,更为仔细地搜索现场。床边地板上搪瓷的洗脸盆内,是半满的带血色的浅绿色呕吐物。床垫与尼采的脸孔及胸膛上,闪耀着干掉的呕吐物——他无疑病得太厉害,或者是不省人事,因而无法使用洗脸盆。洗脸盆旁边是一个装了半杯水的玻璃杯,再过去是个小瓶子,里面有3/4的大颗粒椭圆形药锭。布雷尔检查了一下,并且尝一粒药锭。很可能是水合三氯乙醛,这可以说明他的昏迷不醒,不过他无法确定,因为他不知道尼采服用的时间。在他把胃里面全部的东西呕吐出来之前,有时间把它们吸收进他的血液里吗,计算一下广口瓶里少掉的数量,布雷尔迅速地做出结论,就算尼采那天晚上吃掉了所有的药锭,而且他的胃吸收了所有的水合三氯乙醛,他摄入了危险但仅次于足以致命的剂量。如果剂量再大一些,布雷尔知道他就无能为力了:洗胃是没有意义的,因为尼采的胃现在已经是空的,而且他陷入昏睡,可能也反胃得太厉害,无法摄入布雷尔所可能开给他的兴奋剂。

尼采看起来形如槁木：脸色灰白，眼睛塌陷，他整个身体冰凉、无血色，并且布满了鸡皮疙瘩。他的呼吸困难，脉搏微弱，但是快到每分钟156下。现在尼采颤抖着，但是，当布雷尔试图用席雷格尔太太留下来的毛毯给他盖上时，他呻吟着并把它踢开。可能是极度的感觉过敏，布雷尔猜想：一切东西都让他感到疼痛，即便是用毛毯轻轻地一盖。

"尼采教授，尼采教授。"他叫着，没有反应。当他更大声一些喊道"弗里德里希，弗里德里希"时，尼采也没有动静。然后是"弗雷兹，弗雷兹"，尼采对那个声音畏缩着，并且在布雷尔尝试撩起他的眼皮时更为畏缩，甚至对声音与光都会感觉过敏，布雷尔察觉到这一点，他起身把灯调暗，打开暖炉。

靠近些检查，证实了布雷尔对两侧痉挛性偏头痛的诊断：尼采的脸，尤其是他的额头与耳朵，既冰冷又苍白，他的瞳孔扩大，两边太阳穴的动脉收缩是如此厉害，它们感觉起来就像是两根在他太阳穴上冰冻的细绳。

但是，布雷尔最初忧虑的不是偏头痛，而是那危及生命的心跳过速，除了尼采的剧烈抽搐之外，布雷尔以拇指着手对左边颈动脉强力地施压。在不到一分钟的时间，病人的脉搏减缓到80下。在大约15分钟专心致志地观察他心脏的情况之后，布雷尔感到满意，并把他的注意力转向偏头痛。

伸手到他的诊疗袋里面拿硝化甘油药片，他要尼采张开他的嘴巴，但是得不到反应。当他试图掰开他的嘴巴时，尼采的牙齿咬合非常紧，使他放弃了努力。或许亚硝酸盐可以办到，布雷尔考虑着。他在一块布上倒了四滴，并且把它按在尼采的鼻子底下。尼采深深呼吸了一口气，畏缩着，并且转过头去。到死都在抵抗，甚至在昏迷不醒时也在抵抗，布雷尔心想着。

他把双手放在尼采的太阳穴上，开始去按摩他整个头部与颈部，起初轻柔，然后逐渐增强力道。从他病人的反应中，他特别专注于那些似乎最为疼痛的区域，尼采尖叫并狂乱地摇着他的头。但是布雷尔坚持下去，并且镇定地维持他的姿势，整段时间里都在他耳朵旁轻柔地低声说，"忍一下痛，弗雷兹，忍一下痛，这会有帮助的。"尼采的抽搐没有先前那么剧烈了，不过持续呻吟着——低沉、痛苦、沙哑的嗯嗯……

10分钟、15分钟过去了，布雷尔继续按摩着。在20分钟之后，呻吟声减弱，然后变得听不见了，但是尼采的嘴唇还在蠕动，嗫嚅着某些听不到的语言。布雷尔把他的耳朵靠近尼采的嘴巴，但是依然无法辨别那些话语，是"别管我，别管我，别管我"吗？抑或是"让我走，让我走"呢？他无法确定。

30分钟、35分钟过去了，布雷尔继续按摩着。感受得到尼采脸上的暖意，而且他的血色回来了，或许那痉挛要结束了，即使他依然昏睡着，但似乎躺得稍微轻松些了。喃喃自语持续着，声音大了一点点、清楚了一点点。布雷尔再一次把耳朵凑近尼采的嘴唇。他现在可以分辨那些话了，不过，一开始时还怀疑着他的耳朵。尼采是在说："帮助我，帮助我，帮助我，帮助我！"

一阵怜悯掠过布雷尔心头。"帮助我！"所以，他想着，这就是他一直在要求我做的事。路·莎乐美错了，她的朋友有能力要求帮助，不过这是另一个尼采，一个我第一次碰到的尼采。

布雷尔让他的手停下来休息，在尼采小小的"牢房"里踱步了几分钟。然后，他把一条毛巾在水罐的冷水里沾湿，把它紧压在他昏睡病人的额头上，并且低语道："会的，我会帮助你，弗雷兹。相信我。"

第十一章

尼采退缩了一下。或许触摸还是会痛,布雷尔猜想,不过依旧把毛巾按着。尼采微微地张开他的眼睛,看着布雷尔,并且把他的手举到他的额头上。或许他仅仅打算把它拿开,不过他的手接近了布雷尔的手,有一刻,仅仅是一瞬间,他们的手接触了。

又过了另一个小时,曙光穿透出来,几乎7点半了。尼采的情况似乎稳定了下来。在这种时候没什么好做的,布雷尔考虑着。现在最好是去看看他其他的病人,稍后再回来,等尼采睡过了水合三氯乙醛的药力。以一条薄毯盖住他的病人之后,布雷尔写了张便条,说他会在中午前回来,把一张椅子移到床旁边,并且把那张便条醒目地留在那张椅子上。走下楼梯,席雷格尔先生在他柜台的岗位上,布雷尔要他每隔30分钟去看看尼采。布雷尔叫醒费雪曼,他在门厅的凳子上打盹儿,他们一同出去,在飘雪的清晨里,开始了他们的出诊之行。

四个小时后他回来时,坐在柜台的席雷格尔先生问候他。没有任何新的发展,尼采一直不曾间断地睡着。是的,他似乎比较舒服了,而且他的反应比较好了,偶尔呻吟一下,不过不会尖叫、剧烈抽搐或呕吐。

在布雷尔进入他房间的时候,尼采的眼皮跳动着,但是他继续深沉地睡着,即便是布雷尔对他说话的时候。"尼采教授,你可以听到我说话吗?"没有反应。"弗雷兹",布雷尔叫他。他知道他有理由以这样非正式的名字称呼他的病人——昏睡的病人通常对自己较年轻、较早的名字有反应——不过他依然感到内疚,知道他同时是为了自己而这样做,他享受着以这种亲密的"弗雷兹"来呼唤尼采。"弗雷兹!布雷尔在这里。你可以听到我说的话吗?你能够睁开你的眼睛吗?"

几乎是在一瞬间,尼采的眼睛张开了。目光里含有非难的意味吗？布雷尔立刻恢复正式的称呼。

"尼采教授。回到人间了，我很高兴见到这样。你感觉如何？"

"不高兴，"尼采的声音很轻，他的咬字含糊，"还活着。不高兴，对黑暗无所畏惧。糟透了，感觉糟透了。"

布雷尔把他的手放到尼采的额头上，部分是为了感觉他的温度，不过同时是在提供抚慰。尼采往后弹，把他的头后仰了几英寸。或许他仍然感觉过敏，布雷尔猜测着。但是，稍后当他做了一个冷敷并把它按在尼采的额头上时，尼采以一种虚弱、疲倦的声音说："我可以自己来。"把冷敷从布雷尔手中接过来，自己给自己敷上。

布雷尔其余的检查令人鼓舞，他病人的脉搏现在为76下，他的气色红润而且太阳穴的动脉不再痉挛。

"我的头骨感觉起来像是破裂了，"尼采说，"我的疼痛改变了，不再是那么刺骨，现在比较像是脑部挫伤的深处疼痛。"

剧烈的反胃使他无法吞咽药物，布雷尔让他吞下一片硝化甘油药片。

接下来一个小时，布雷尔坐着与他的病人谈话，后者逐渐变得比较有问有答了。

"我很担心你，你可能会死掉。这么多的水合三氯乙醛是毒药而不是治疗药，你所需要的药物，不是去攻击头痛的根源，就是缓和那种疼痛。水合三氯乙醛对两者都不起作用，它是一种镇静剂，而且在面对这么剧烈的痛苦下，让你陷入昏迷所需要的剂量可能会致命。事情差点就是这样，你知道，而且你的脉搏异常到危险的程度。"

尼采摇着他的头，"我跟你的忧虑无关。"

"你是指？"

"关于后果。"尼采轻声说。

第十一章

"关于它的致命性,你是说?"

"不是,关于所有事情,关于所有事情。"

尼采的声音几乎是痛苦的同义词,布雷尔也放软他的声音。

"你希望死去吗?"

"我活着吗?垂死吗?谁在乎呢?没有位子,没有位子。"

"你指的是什么?"布雷尔问道:"没有位子给你,或是没有位置给你?你不会被怀念?没有人会在意?"

一段长时间的沉默。两位男士安静地待在一块儿,尼采悠长地呼吸,并重新陷入沉睡。布雷尔又看了他几分钟,然后在椅子上留下一张便条,说他会在下午稍迟或傍晚时分回来。他再次指示席雷格尔先生常常去探视他的病人,不过不必麻烦去提供食物——热水无妨,这位教授还得有一天的时间不能容忍任何固体食物。

当他 7 点钟回来的时候,布雷尔在进入尼采的房间时感到战栗。单支蜡烛黯淡的光线,在墙上投射出明灭不定的阴影,显露出他的病人躺在黑暗之中,手交叠在胸部,还穿上了他的黑色西装与粗重的黑色皮鞋。这是不是对尼采盛装入殓的预示呢?布雷尔想知道。孤单又无人哀悼?

不过,他既没有死去也没有睡着。他在布雷尔说话的声音下努力清醒过来,在明显的痛苦当中,把自己拉起来成为一个坐着的姿势,用双手扶着头,腿垂在床沿。他示意布雷尔坐下。

"你现在的感觉如何?"

"我的头,依然像被一只坚硬的老虎钳钳着。我的胃则希望永远不会再遇到食物。我的颈部和背部这里,"尼采指着他的颈背与他肩胛骨的上部,"难以忍受的疼痛。不过撇开这些事情,我觉得很害怕。"

布雷尔慢慢露出微笑。尼采出人意料的反讽,在一分钟之后让他全盘领会，当他察觉了他病人在露齿微笑时。

"不过，我至少是在我熟悉的领域里。我以前拜访过这种痛苦很多次了。"

"那么，这是一次典型的发作？"

"典型？典型？让我想想。纯粹就强度而言，我会说这是一次强烈的发病。在我最近的100次发作中，或许只有15次或20次要更加严重。然而，还有许多更糟的发病。"

"怎么说呢？"

"它们延续的时间要长得多，痛苦通常要持续两天。那很少见，我知道，就如其他医生所说的。"

"你如何解释这一次的短暂呢？"布雷尔在钓鱼，试图察觉尼采对过去六个小时里的事记得多少。

"我们两个人都知道这个问题的答案，布雷尔医生。我对你很感激，我知道如果不是你的话，我还在这张床上痛苦地抽搐着。我真希望能有某种有意义的方式，让我可以回报你。但是那行不通，我们必须依赖这个王国的货币。我对债务与酬劳的感受依然未变，而且我期待一张你的账单，可以跟你贡献给我的时间相当。根据席雷格尔先生的说法，完全不用担心会欠缺精确性，这张账单应该相当可观。"

虽然沮丧于听到尼采回到他刻板又疏远的声音，布雷尔说，他会嘱咐贝克太太在星期一的时候准备好账单。

但是尼采摇头。"喔，我忘了你的办公室在周日不营业，不过我计划明天搭火车去巴塞尔，我们没有办法现在就解决我的费用吗？"

"去巴塞尔？明天？绝对不行！尼采教授，直到这次突然的恶化结束前都不行。除了我们在过去一个星期的意见分歧之外，容我现在适当地扮演你医生的角色。仅仅在几个小时以前，你昏迷并陷入

第十一章

危险的心律不齐。这对你明天就要旅行来说，那不只是不理智而已，那是在玩命。而且还有另外一个因素，如果没有足够的休息，许多偏头痛会立即再度发生。你肯定知道这点。"

尼采沉默了一会儿，显然是在考虑布雷尔说的话。然后他点点头，"你的忠告我会谨记在心。我同意再多待一天，并且在星期一离开，我可以在周一早上见你吗？"

布雷尔点点头，"为了账单，你的意思是……"

"是的，我同时会很感激你的诊疗记录以及你对用以中止这一次发病的临床方法的记录。你的方法应该对我以后的医生很有用处，主要是意大利医生，因为接下来几个月我会待在南边。这次发作的强烈，无疑排除了另一个待在中欧的冬天的可能。"

"现在是休息与静养的时间，尼采教授，不是我们涉入进一步争论的时候。不过直到星期一之前，请容许我再提供给你两三项评论，请你仔细考虑。"

"在你今天对我所做的事之后，我有义务小心听从。"

布雷尔斟酌着他的遣词用字，他知道这是他最后一个机会。如果他现在失败了，尼采星期一下午就会在前往巴塞尔的火车上。他迅速提醒自己，不要重蹈先前对尼采的任何覆辙。保持冷静，他跟自己说。不要试图哄骗他，他聪明得要命。不要争论，你赢不了的，而且就算你赢了，你还是输。至于另外那个尼采，想要死但恳求帮助的那一个，你承诺会帮助的那一个，那个尼采现在不在这里，不要尝试对他讲话。

"尼采教授，让我以昨天晚上你病得有多厉害来开场。你的心跳是危险的不规律，而且可能在任何时间停止跳动。我不知道原因，我需要时间来评估它。不过那不是因为偏头痛，我也不相信是水合三氯乙醛过量，我以前从未见过水合三氯乙醛有这样的影响。"

163

"这是我想要表达的第一个观点。第二个是水合三氯乙醛,你所服用的剂量足以致命,可能是偏头痛所引起的呕吐救了你一命。身为你的医生,我对你自我毁灭的行为感到忧心。"

"布雷尔医生,请原谅我。"尼采说话时以双手扶着头部并闭着他的眼睛,"我本来决定听你说完前不打岔,但是,我只怕我的心智太过迟钝而记不住。我最好趁想法还鲜明的时候说话。我对水合三氯乙醛的使用是很愚蠢,而且应该从先前类似的经验中知道得很清楚。我只打算服用一颗水合三氯乙醛药锭,它的确使疼痛的利刃变得迟钝,然后把药瓶放回我的皮箱里。昨晚所发生的事情,无疑是我服用了一粒,但忘了要把瓶子收起来。然后在水合三氯乙醛发挥作用之下,我变得迷迷糊糊的,忘了我已经服用了一粒,因而再吃了一颗。我一定经历了这样的顺序好几次,这在以前也发生过。它是愚昧的行为,不过与自杀无关,如果那是你所企图要暗示的。"

一个可信的假设,布雷尔觉得。同样的事情曾发生在他许多年老又健忘的病人身上,而他总是指示他们的孩子来分配药品。但是,他不相信这个解释足以说明尼采的行为。就这一点而言,即使是在他的痛苦之下,为什么他会忘记把水合三氯乙醛放回皮箱内呢?即便是他本身的健忘,人不是也有责任吗?不是这样的,布雷尔相信,这个病人的行为比他所声称的,是更为恶性的自我毁灭。事实上是有证据的,那个微弱的声音说,"生或死——谁在乎呢?"然而,那不是他可以利用的证据。他必须让尼采的回应原封不动地不被挑战。

"即便如此,尼采教授,即便那是我们所需的解释,它无法平息那个危险。对药品的摄取方法,你必须有完整的评估。不过容许我做另一项评论——这个是关于你发病的诱因,你把它归于天气,天气无疑扮演了一个重要角色,对于天气状况之于你偏头痛的影响,你是位敏锐的观察者。但是,有几个因子可能一致行动,促使这一

第十一章

次偏头痛的发作,而对于这样一码事,我相信我负有责任,就在我以一种粗鲁与侵略性的方式对抗你之后不久,你的头痛就开始了。"

"布雷尔医生,我必须再次插嘴。你所说的都是一位好医生所会说的话,先前其他的医生也不是没有提过,而且,他们说的还不如你圆滑。你不应该为这次发病而受到责难。在我们最后一次谈话之前很久,我就已经感觉要发病了。实际上,我在前来维也纳的路上,就对它有了预感。"

布雷尔很不情愿放过这个论点,但这不是争辩的时候。

"我不想要加重你的负担,尼采教授。那么,让我仅仅这样说,基于你整体的健康情况来看,我甚至比以前更要强烈地认为,一段长时间的彻底观察与治疗是有必要的,即使在发病之后的几个小时才被找来,我仍然成功地缩短了这一次发作。如果让你身处医疗中心的观察之下,我有信心可以发展出一套方法,能够更彻底地终止你的发病。我恳求你接受我的建议,住进劳森医疗中心。"

布雷尔停了下来,他已经说了所有可能说得出口的话。他表现得很节制、很理智、很客观,他无法再多做什么了。一段长时间的沉默,他等待着它的结束,倾听着这个狭小房间里的声响:尼采的呼吸声、他自己的呼吸声、风的哭嚎、楼上房间的脚步声与一块木板的咯吱声。

然后,尼采以一种柔和到几乎是诱人的声音回答:"我从未遇过一位像你这样的医生,从未有过一个医生有如此的能力,从未有过一个医生会付出如此的关怀。当然,从未有过一个医生会如此涉入我的个人隐私。或许,你可以教导我许多事情。到了学习如何与人相处的时候,我相信我必须从零开始。我的确是受到你的恩惠,而且请相信我,我知道自己是如何地受惠于你。"

尼采暂停了下来,"我很疲累,我必须躺下,"伸展了背部,双手交叠在胸前，凝视着天花板。"如此受惠于你，我会为了反对你的提议而苦恼。但是，我昨天给你的理由，只不过是昨天吗？我们的谈话似乎是在几个月之前，那些理由并非是不重要的，并不是当场凭空捏造出来反对你的。如果你决定再多读一点我的书，你会看出来，我的理由是如何根植于我思考的基础之上，因此也就根植于我的存在之上。"

"这些理由现在甚至有更强烈的感受，今天比昨天还要强烈。我不知道为什么会这样，我今天并没有办法对我自己多了解一些。你肯定是对的，水合三氯乙醛对我没有好处，当然不会是我大脑机能的补药，我甚至还无法清楚地思考。但是，那些我提供给你的理由，它们现在感觉起来更强了十倍，强了百倍。"

他转过头来看着布雷尔，"我恳求你，医生，停止你为了我的利益所做的努力吧！现在拒绝了你的忠告与提议，并且一次又一次持续地拒绝你，这只会增加我如此受惠于你的屈辱。"

"拜托，"他再次把头转开，"对我来说，现在最好要休息了，或许对你来说，最好是回家去。有一次你提到了你有个家庭，我恐怕他们会憎恨我，他们还有很好的理由这么做。我知道你今天花在我身上的时间比他们多。直到星期一再见了，布雷尔医生。"尼采闭上了他的眼睛。

离去前，布雷尔说，如果尼采需要他的话，只要席雷格尔给他送个信，他就会在一个小时内过来，即使是星期天也没关系。尼采谢过他，不过，并没有睁开他的眼睛。

布雷尔走下客栈的楼梯时，他为尼采的自制与恢复力感到诧异。即使在一间低俗房间的病榻上，房里面还充斥着仅仅几个小时前剧烈变化的气味，当绝大部分偏头痛的患者，为了能坐在角落里喘口气而感激不已的时候，尼采还在思考与运作，掩饰他的绝望，计划他的离去,捍卫他的原则,恳请他的医生回家去,要求一份诊疗报告与一张付得起他的医生的账单。

当他来到等候的马车旁,布雷尔觉得,一个小时的散步有助于理清他的思绪。他遣走了费雪曼,给他一个金币去吃一顿热腾腾的晚餐,在寒风中等待是件艰苦的工作,特别是迈步穿过冰雪覆盖的街道。

尼采会在星期一启程前往巴塞尔,他对此深信不疑。这为什么如此重要呢?不论他怎么努力去思索这个问题,它似乎都超出了理解的范围。他只知道尼采对他很重要,他以某种不可思议的方式被他吸引。或许,他怀疑着,我在尼采身上看到了一些我自己的影子。不过,会是什么呢?我们在每一种基本情况上都相左——背景、文化、生涯规划。我羡慕他的生活吗?在那种冷漠、孤寂的存在之中,又有什么好羡慕的呢?

可以肯定的是,布雷尔思考着,我对尼采的情感与自责无关。作为一个医生,我已经做了一切职责上所要求的事情,我无法就这点来挑剔自己。贝克太太与麦克斯是对的,有哪一个医生会花上如此长的时间,跟这样一个傲慢伤人又惹人生气的病人在一起呢?

还有自负!尼采是多么自然地顺口说出来,还不是心虚地自吹自擂,而是出于完全的确信,他是巴塞尔有史以来最棒的讲师,或者说人们或许到了公元 2000 年的时候,会有勇气、会有胆量阅读他的著作!然而,这里面没有一点被布雷尔视为冒犯。或许尼采是对的!他的言谈与散文确实令人赞赏,他的思想则具有强大的启发性,即便是他错误的思想亦不例外。

不论理由为何,布雷尔并不反对尼采所具有的重要性。相较于对贝莎幻想的侵入性与掠夺性,他对尼采的热衷似乎是良性的,甚至是友善的。事实上,布雷尔有种预感,跟这个怪异男子的邂逅,可能导引到某种能拯救他自己的事情。

　　布雷尔继续走着。另一个居住并躲藏在尼采之内的人,那个恳求帮助的人,他现在在哪里呢?"那个碰我手的人,"布雷尔不断对自己说,"我要如何才能跟他取得联系?一定有一种方法!但是,他决定在星期一离开维也纳。没有办法阻止他了吗?一定有一种方法!"

　　他放弃了,他停止思索。他的腿接管了一切,继续走着,迈向一个温暖、明亮的家,迈向他的孩子和痴情但得不到爱的玛蒂尔德。他专注于吸进冰凉、冷冽的空气,在他肺部的摇篮里温暖它,然后呼出一团雾气。他倾听着风声、他的脚步声、脚下脆弱的硬雪块的爆裂声。突如其来地,他知道了一种方法——唯一的一种方法!

　　他的脚步加快。一路赶回家去,他嘎吱嘎吱地踏着积雪,并且每踏一步就对自己喊着:"我有办法了!我有办法了!"

第十二章

星期一早上，尼采来到布雷尔的办公室。仔细研读了布雷尔逐项列举的账单，以确定没有被省略的项目之后，尼采填写了一张银行汇票，交给布雷尔。然后，布雷尔把他的诊疗报告给尼采，并且建议他趁还在办公室的时候看一下，以避免他有任何问题。在详读了之后，尼采打开他的公事包，把它放在医疗报告的文件夹中。

"一份杰出的报告，布雷尔医生，涵盖广泛又浅显易懂，而且跟我其他许多的报告不一样，它不曾包含任何专业术语，这些行话虽然提供了知识的错觉，但实际上却是无知的语言。现在，该回巴塞尔了，我已经占用了你太多的时间。"

尼采把他的公事包关上并锁起来，"我离开了你，医生，感觉到对你的亏欠，更甚于以往曾经亏欠过的任何人。一般说来，告别所伴随的，是对事件永恒性的否定：人们说，'再见'，直到我们再次碰面为止。他们急切地计划再次聚会，然后，甚至更快地遗忘了他们的决定。我不是这样的人，我比较喜欢真相，也就是说，我们几乎是肯定不会再碰面了。我可能永远不会再回维也纳了，我同时怀疑你居然会想要有像我这样的病人，并因此在意大利追查我的下落。"

尼采握紧他的公事包并开始起立。

这是一个布雷尔精心准备的时刻，"尼采教授，拜托，请不要走！我还有另一件事希望跟你讨论。"

尼采紧绷起来。毫无疑问，布雷尔想到，尼采期待会有另一个住进劳森医疗中心的请求，并且害怕它。

"不是的，尼采教授，不是你所以为的事情，完全不是那么一回事。请放心，这完全是另一件事。我延缓提出这个议题的理由，马上就会揭晓。"

布雷尔暂停一下并深吸一口气。

"我想跟你做一个交易——一个罕见的交易，或许，以往从未有医生对病人提出过。我事前就预见了自己在这点上的拖延，这很难启齿，我通常不是个拙于言辞的人。不过，最好直截了当地说出来。"

"我提议一项专业上的交换。换言之，我提议在接下来的一个月，我是你身体的医生。我会把注意力集中在你的生理状态与医疗，而你则扮演我心智上、精神上的医生。"

依然紧握着他的公事包，尼采似乎感到迷惑，然后是警戒。"你的意思是什么？你的心智，你的精神？我怎么可能扮演一个医生呢？这难道不是我们上个星期所讨论的另一种变形，你医治我，而我教你哲学？"

"不，这个请求完全不同。我没有要求你教我，而是治疗我。"

"治疗你的什么，我可以请问吗？"

"一个困难的问题，但是我一向对我的病人提出这个问题。我拿它来问过你，现在轮到我来回答它了，我请你治疗我的绝望。"

第十二章

"绝望?"尼采松开了他紧握的公事包,并且向前倾身,"哪种绝望?我看不出有绝望啊。"

"不是在表面。表面上,我似乎过着一种令人满意的生活。不过在外表之下,绝望掌握了一切。你问我是哪一种绝望?让我说,我的心智并不是我一个人的,我被外来的污秽念头侵袭与攻击。其结果是,我感到自卑,而且我怀疑我的诚实。虽然我关心我的太太与我的孩子们,但是我不爱他们!事实上,我为被他们所禁锢而感到憎恶。我缺乏去改变我的生活,或继续过下去的勇气。我已经找不出我活下去的理由——那个关键的理由,我被年华老去的念头所盘踞。我每天都离死亡更近了一步,我惧怕它。尤其可怕的是,自杀有时潜进了我的心灵。"

在星期天,布雷尔频频演练他的回答。不过,考虑到潜藏在这个计划之下的欺瞒,它今天以一种奇特的方式变得很诚挚。布雷尔知道他是个差劲的说谎者,虽然他必须掩饰这个天大的谎言,他的提议不过是吸引尼采接受治疗的一种手段,他决定就其余一切事情据实以告。由此,他在言谈中以略为夸大的方式,来表现有关他自己的实况。他同时尝试在所选择的焦虑上,尽可能与尼采本人未说出口的忧虑以某种方式契合。

有一阵子,尼采真正显露出震惊的模样。他微微地摇着他的头,显然不想与这个提议有任何牵连。然而,他所有的困难,在于明确地陈述一个合理的反对立场。

"不,不,布雷尔医生,这是不可能的。我无法做这种事,我没有这种训练。想想风险吧,所有事情都可能会变得更糟。"

"但是,教授,没有所谓训练这回事。谁是受过训练的呢?我可以向谁求助呢?向一位医生吗?这种治疗,不是医学训练的一部分。找一位宗教导师?我应该跳进宗教的童话之中吗?我就像你一样,失去了那种跳进去的能力。你，一位存在哲学家，花了你一生的时间，浸淫在困惑着我的人生的那个相同议题上。如果不是你，会是谁呢？"

"对你自己、妻子与小孩的疑惑？我怎么会知道这些事情？"

布雷尔马上回答说："还有老去、死亡、自由、自杀，对目标的探究，你知道的就跟任何活着的人一样多！这些不正是你的哲学所关切的问题吗？你的书，难道不是全部在讨论绝望吗？"

"我无法治愈绝望，布雷尔医生。我研究它，绝望是人为自觉所支付的代价。看进生命的深处，你总是会找到绝望。"

"我知道这点，尼采教授，我并不期待痊愈，仅仅是想要缓解而已。我要你给我忠告，我要你证明给我看，如何去忍受一种绝望的人生。"

"但是，我不知道要如何证明这样的事情。而且，我没有对个人的忠告。我是为了民族、为了人类而写。"

"但是，尼采教授，你相信科学的方法。如果一个民族，或一个村落，或一群人有了小毛病，科学家借隔离并研究一个单一的标准样本来着手，然后再普遍化到全体。我花了10年的时间在详细分析鸽子内耳的微细构造，以求发现鸽子如何保持它们的平衡！我无法以全体鸽类为对象来工作，我必须以个别的鸽子来进行。只有在后来，我才能把我的发现普遍推广到所有鸽子身上，然后到鸟类及哺乳类身上，还有人类亦是如此。这就是它所必须进行的方式，你无法控制一个在整体人类上的实验。"

布雷尔暂停下来，等待尼采的反驳。没有任何异议，他完全陷入思索之中。

布雷尔继续说道："有一天，你描述你的信念说，虚无主义的幽灵正在欧洲昂首阔步。你论证达尔文已经废弃了上帝，还论证说，

第十二章

就如同我们一度创造了上帝,我们现在一起杀死了他。而且,我们不再知道,在没有了我们的宗教神话之下,如何来生存。我知道你并没有直接这么说,如果我说错了,请纠正我,不过,我相信你认为你的任务是,去证明人可以经由怀疑来创造人类的行为规则,一种新的道德、一种新的启蒙,用以取代源自迷信与渴望于超自然现象的那一套。"他暂停下来。

尼采点点头,示意他继续。

"我相信,尽管你可能不同意我所选用的字词,你的任务是去拯救人类于虚无主义及超自然假象二者?"

尼采再次微微颔首。

"那么,拯救我!以我为实验品吧!我是完美的对象。我已经杀掉了上帝,我没有超自然的信念,而且,正淹没在虚无主义之中。我不知道为何要生存!我不知道如何去生存!"

依然没有来自尼采的反应。

"如果你希望去发展一个攸关全人类的计划,甚或是为了精挑细选的少数人,在我身上试验它吧。在我身上来实践,看看什么是可用的,而什么不行,这应该会砥砺你的思考。"

"你把自己提供为实验用的羔羊?"尼采回答说,"作为偿还我对你的亏欠?"

"我并不关心风险,我相信谈话本身的治疗价值。就以你这般学富五车的心灵来评论我的生命吧,那就是我想要的,这不可能帮不了我。"

尼采迷惑地摇着头,"你心里有明确的步骤吗?"

"就这样而已。如同我之前所提议的,你以一个虚构的名字住进医疗中心,我则观察并治疗你的偏头痛。当我做我每天的探访时,我会先照料你的身体,我会监测你的生理状况,并且会开立任何可能有必要的药物。我们会面的其余时间中,你变成医生,并且帮助我探讨我生命中的忧虑。我只要求你聆听我所说的话,并且插入任何你所希望的评论。就这样而已,超出这点,我就不知道了,我们必须一路发明我们所需要的步骤。"

"不行。"尼采坚定地摇着他的头,"这是不可能的,布雷尔医生。我承认你的计划很有意思,但是它从一开始就注定要失败。我是一个作家,不是一个高谈阔论的人,而且,我是为少数人而写,不是为了多数。"

"但是,你的书不是为了少数人,"布雷尔迅速反应说,"事实上,那些只为彼此而写的哲学家,你对他们表示轻蔑,他们的工作远离了生命,他们无法实践他们的哲学。"

"我不是为其他哲学家而写,不过,我的确为了少数代表未来的人写作。我不打算与人交往,不打算生活在众人之中。我的社交技巧,我对他人的信任、关怀,这些已经萎缩很久了,如果这些技巧居然真的曾经出现过的话。我一直是孑然一身,我会一直保持孤独,我接受那样的宿命。"

"不过,尼采教授,你想要更多。当你说,直到公元 2000 年,其他人可能不会阅读你的书的时候,我在你的眼中看到了哀伤。你想要被研读,我相信,你的某一部分依然渴望与他人在一起。"

尼采依然坐着,僵在他的椅子上。

"记得你告诉过我的故事吗,那个关于黑格尔临终时的故事?"布雷尔继续着,"关于唯一了解他的学生是误解他的那一个,并且在结尾时说,在你本身临终的病榻上,你甚至无法宣称有过这样一个学生。那么,为什么要等到公元 2000 年呢?我就在这里啊!你就在这里,就在现在拥有了你的学生。而且,我是一个会倾听于你的学生,因为我的生命存在有赖于了解你!"

第十二章

布雷尔停下来喘口气。他非常开心,在他前一天的准备中,他正确地预测到尼采每一个反对的理由,并且逐一辩驳了它们。这个陷阱设计得很优雅,他简直是等不及要去告诉西格。

他知道他应该在这个节骨眼上停下来,毕竟,第一个目标是确保尼采不会在今天搭上去巴塞尔的火车,但是无法抗拒再多加一个论点。"而且,尼采教授,我记得你在前两天如何谈到,受惠于人却不可能有相等的回报,没有比这更令你困扰的事情。"

尼采的反应是迅速又尖锐,"你的意思是,你为了我而这样做吗?"

"不,那正是关键所在。即便我的计划可能以某种方式为你效劳,那不是我的目的!我的动机全然是利己的。我需要帮助!你强壮到足以帮助我吗?"

尼采从椅子上站起来。

布雷尔屏气凝神。

尼采向布雷尔踏出一步,伸出手,"我同意你的计划。"他说。

弗里德里希·尼采与约瑟夫·布雷尔达成了一项协议。

弗里德里希·尼采写给彼得·嘉斯特的信

1882年12月4日

亲爱的彼得:

计划有所变更,又来了一次。我会在维也纳待一整个月,因此,向你抱歉我必须延后我们到拉帕洛的行程。在对我的计划知道得更清楚后,我会写信让你知道。发生了许多事情,大部分很有意思。我正处于一次轻微的发病期间(如果不是有你那位布雷尔医生的插手,那会是一个为期两周的洪水猛兽),现在太过于虚弱,以致无法写得比概要更多。详情再叙。

谢谢你为我找到这位布雷尔医生,他是一个极为有趣的人,一个有见识的医学家。他乐于告诉我，他对我的疾病所知道的一切事情，这不是很了不起吗？还有，他所不知道的是什么！这就更了不起了！

他是一个极端渴望挑战的人，而且，我相信他被我勇于反抗的思想强烈地吸引。他大胆地向我提出了一项最不寻常的交易，而我则接受了。他提议我从下个月起，住进劳森医疗中心一个月，他将在那里研究并治疗我的病痛。（而且，一切都算他的开销！这意味着，亲爱的朋友，你无须让你自己为我这个冬天的衣食发愁了。）

而我呢？我必须相对提供的是什么？我这个永远不相信会再被有酬雇用的人，被布雷尔医生要求作为他个人一个月的哲学家，以提供针对他个人的哲学忠告。他的生活是一种折磨，他曾试图自杀过，他要求我指引他走出绝望的迷津。

你一定在想，这是什么样的讽刺啊！你的朋友居然被人要求去遏止死亡的汽笛，而这同一个人，又是如此受到死亡狂想曲的诱惑。你的这个朋友，甚至还在写给你的上一封信里说，枪膛似乎不是一个惹人厌恶的丑陋东西！

亲爱的朋友，我以全部的信赖，告诉你有关我与布雷尔医生的计划，这不能让第二个人知道，甚至连奥弗贝克也不行。你是唯一一个我以此托付的人，我对这位优秀的医生有完全的保密义务。

我们怪异的计划，以一种复杂的方式演进到今天的形态。他首先提出的是，以跟我研讨来作为医疗上的一部分！多笨拙的诡计啊！他假装他只对我的健康有兴趣，他唯一的希望、唯一的报偿，就是让我恢复健康！但是，我们都知道，那些借神的名义进行治疗的人，根本是把他们的软弱投射到他人的身上，然后，只以增进他们自身力量的方式来照顾病人。我们都知道什么是"基督教的博爱"！

我自然看穿了它，并以它的本名揭穿了它。他被真相呛住了好

第十二章

一会儿,还吼我盲目又怯懦。他发誓他有的是崇高的动机,嘴巴里喊的是可怜、可笑的利他主义。但最后,他找到了勇气,率直、诚实地向我寻求力量,这得归功于他自己。

你的朋友尼采,上帝哦!你不为这种想法感到震惊吗?去想象《人性的,太人性的》,或者是成为宠物,关在笼子里、被驯养、接受训练!去想象把我的格言照字母排列,成为一套日常生活与工作上的实验性训诫课程!起初,我也受到惊吓!但是不再如此了。这个计划勾起了我的好奇心,那会是一个我的概念的集会场所,一艘装载着我成熟思想观念的船只,一个机会,的确,一个实验室,在把概念视为有关人类的事实之前,把它们在一个个别的样本上试验(这是布雷尔医生的想法)。

顺便提一下,你的布雷尔医生似乎是个优秀的样本,拥有敏锐的知觉与上进的欲望。是的,他有这种欲望,而且他有头脑。不过,他有那样的眼光、有那样的心意来观看吗?我们就会知道的!

所以,我今天康复了,并且悄悄地在想着如何应用我的思想,这将是一个全新的冒险。或许,以前的我误以为我唯一的任务是发现真理。在接下来的一个月之中,我将会知道,我的智慧是否足以让另一个人度过绝望。他为何来找我呢?他说在经历了我的谈话,并且浅尝了一点《人性的,太人性的》之后,他逐渐对我的哲学产生了兴趣。或许,在考虑我生理疾病的负担有多沉重之后,他认为我一定是个求生专家吧。

话说回来,他当然连我一半的负担都不知道。我的朋友,那个俄罗斯娼妇恶魔,继续走在她背叛的道路上。伊丽莎白说,路跟雷住在一起了,她在策划要以行为不检的理由,把路递解出境。

伊丽莎白同时写道,那位路朋友在巴塞尔进行她怨恨的谎言游说,借此危害我的退职金。我在罗马第一次见到她的那一天,可真是受到了诅咒啊。我时常跟你说，所有的苦难，就算是纯粹的邪恶，都会让我茁壮。但是，如果我能够把这块粪便转变为黄金，我将会……我将会……我们会知道的。

  我没有力气为这封信做个副本，亲爱的朋友。请把它送回来给我。

你的朋友，
F. N.

第十三章

那天以后，当他们搭乘马车前往医疗中心的途中，布雷尔提出了保密的问题，并且建议尼采使用一个假名入院或许会让他感到较为放心。具体地说，就是以艾克卡·穆勒之名入院，那个他在跟弗洛伊德讨论时所用的名字。

"艾克卡·穆勒，艾克克克克克克卡·穆穆穆勒，艾克卡·穆穆穆穆穆穆勒，"尼采兴高采烈，以轻柔的细语对自己缓缓地唱着这个名字，好像要辨识出它的韵律的样子。"它跟其他任何一个名字都一样好，我猜是这样吧。它有特殊的含义吗？或许，"他淘气地揣测着，"它是某一个顽固到恶名昭彰的病人的名字？"

"这纯粹是一种记忆方式，"布雷尔说，"借用每个字首字母，在字母顺序上紧邻的前一个来替换它，我为病人的名字塑造了一个假名。由此，我得出了 E. M.，而艾克卡·穆勒仅仅是第一个出现在我心里的 E. M. 而已。"

尼采微笑着，"或许，某位医学史家，会在某一天撰写一本维也纳知名医生的书，并且想要知道，为何著名的约瑟夫·布雷尔医生，会如此频繁地探视一位艾克卡·穆勒，一个没有过去或未来的神秘男子。"

这是布雷尔第一次看到尼采在开玩笑。这对未来是个好预兆，布雷尔则投桃报李地说："还有，未来那些可怜的哲学传记作家们，当他们企图追溯弗里德里希·尼采教授在1882年12月时一整个月的下落。"

几分钟之后，当他对假名的建议思索再三时，布雷尔开始感到后悔。在医疗中心工作人员的面前，必须用一个假名来称呼尼采，这是在一个已经虚实莫辨的情况上，强加了一个完全不必要的借口。他为什么要增加自己的负担呢？毕竟，治疗尼采的偏头痛并不需要一个假名来保护他，那是一种真正的医学疾病。如果发生了任何事情，目前安排所冒的风险，是在他自己的身上，因此，是他而不是尼采，需要保密的庇护。

马车进入约瑟夫镇的第八区，停在劳森医疗中心的大门口。看门的人认得费雪曼，他小心地避免窥视到车厢内部，快步去打开旋转的铁制大门。马车摇晃着颠簸在百公尺长的圆石车道上，来到中央建筑的白色列柱门廊前。劳森医疗中心是一栋漂亮的四层白石建筑，安置了40位神经与精神方面疾病的病人。初兴建于300年前，是巴伦·弗里德里希·劳森的城居住家，紧挨维也纳的城墙外围矗立着，并且也被本身的围墙环绕着，墙内还有马厩、马车房、仆人的小屋以及20英亩的花园与果园。一代又一代，年轻的劳森家族在此诞生、养育，被派出去猎捕巨大的野猪。最后一代巴伦·劳森与他的家族死于1858年的一场伤寒传染病，劳森家的产业被巴伦·威尔生继承，他是一个缺乏眼光的远房表亲，很少离开他位于巴伐利亚乡下的产业。

产业管理人给他的建议是，只有将它转换为一个公立机构，他

第十三章

才能够让自己摆脱继承地产所带来的财务负担,在他的家族永远受到免费医疗照顾的条件下,巴伦·威尔生决定把主建筑物变成一间疗养用的医院。一个慈善信托基金会被建立了,受托人所组成的理事会亦踊跃地参与,后者不只包括维也纳几个重要的天主教家族,还不寻常地加上了两个具有博爱精神的犹太家族——葛柏兹家与阿特曼家。这间启用于 1860 年的医院,虽说是以照料有钱人为主,但它的 40 张病床之中,有六张被捐赠出来给贫穷但干净的病人使用。

布雷尔代表阿特曼家族列名在医院的理事会,尼采所使用的病床,就是这六张之一。布雷尔在劳森的影响力,延伸到他身为理事会成员的身份之外,他同时是医院院长及其他几位管理部门成员的个人医生。

布雷尔与他的新病人抵达医疗中心时,受到非常隆重的礼遇。所有入院与登记的手续都省略了,而且,院长与护士长亲自引导医生与病人参观可供使用的房间。

"太暗了,"这是布雷尔对第一个房间的评语,"穆勒先生需要阅读与写信的光线,让我们看看南边的房间吧。"

第二个房间虽小,但是光线充足,尼采说:"这间就行了,光线要好得多。"

但是布雷尔迅速地推翻了他的决定,"太小了,通风不好。还有哪些是空着的?"

尼采也喜欢第三个房间,"好了,这间完全没有问题。"

但是布雷尔再次表示不满意。"太公开、太嘈杂。你可以腾出那一个远离护士柜台的房间吗?"

当他们步入下一个房间时,尼采不等布雷尔发表意见,就立刻把他的公事包放进柜子里,脱掉他的鞋子,并且躺到床上。没有什么争议,因为布雷尔也满意于三楼角落这个明亮、宽敞的房间,里面有大型的壁炉与绝佳的花园景致。那块略微磨光但依然华丽的巨大橙黄交织的伊斯法罕地毯，两个人都非常喜爱，它显然是劳森宅邸内较快乐、较健康时光的遗迹。布雷尔要求房间里要放一张写字台、一盏煤气桌灯和一把舒服的椅子，尼采为此点头表示感谢。

一等到他们独处时，尼采感受到自从上次发病后，他过早离开了床铺，他感到疲惫，而且他的头痛又发作了。他同意接下来的24小时在床上安静地休息。布雷尔沿着走廊走到护士柜台来指示药品：秋水仙素用来止痛，水合三氯乙醛用来睡眠。尼采对水合三氯乙醛的药瘾非常重，戒掉瘾头会需要几个星期的时间。

布雷尔把头探进尼采的房间告别，尼采从枕头上抬起头来，从床头拿起一小杯水，举杯祝贺道："为了明天我们计划的正式揭幕祝福！在短暂的休息之后，我计划把今天剩余的时间，拿来发展一个我们哲学研讨上的策略。再见了，布雷尔医生。"

一个策略！布雷尔在马车回家的路上想到，时间也是让他构思一个策略的时候了。在引诱尼采进入圈套上，他已花了如此大的心力，至于要如何驯服劳森医疗中心13号房里的猎物，他完全没有任何头绪。在马车摇晃与吱嘎前进时，布雷尔试图把注意力集中在他本身的策略上。这看起来就像是一场迷糊仗，他没有真正的指导方针，没有前例可循。他必须设计一套全新的治疗程序。最好去找西格商量一下，这是他所喜爱的那种挑战。布雷尔告诉费雪曼在医院停车，并且去找弗洛伊德医生。

维也纳综合医院本身就是一个小城，实习医生弗洛伊德就在这里，让自己接受成为一位职业医生的训练。这座收容了2000个病人的医院，由十几栋四方形建筑组成，每一栋都是一个独立的部门——每一栋都有它本身的庭院与围墙，每一栋都以迷宫般的地下通道与其他所有四四方方的建筑连接，一座四公尺高的石墙把整个

第十三章

社区与外面的世界隔离。

长期以来熟悉了这座迷宫的秘密,费雪曼跑去要把弗洛伊德从他的病房请来。几分钟后,他独自返回,弗洛伊德医生不在那儿。郝瑟医生说,他一个小时之前去了餐馆。

弗洛伊德的咖啡屋,位于法兰森斯圆环的朗特曼咖啡馆,离医院只有几条街,布雷尔在那里找到了他,弗洛伊德一个人独自坐在那儿喝着咖啡,阅读一本法国的文学期刊。朗特曼咖啡馆是医生、实习医师与医学院学生经常光顾的场所,虽然远不如布雷尔的格林史泰德咖啡馆那样时髦,它却订购了80多种期刊,种类数量或许比任何其他维也纳的咖啡馆都要多。

"西格,让我们去迪麦吃些点心吧。关于偏头痛教授的那个案子,我有些有趣的事情要跟你说。"

弗洛伊德马上穿起他的外套,虽然他热爱维也纳顶级的糕饼店,但除了别人请客之外,他可负担不起。10分钟之后,他们已在角落一张安静的桌子旁边坐好。布雷尔点了两杯咖啡、一个巧克力果仁蛋糕给自己,一个加席拉克的柠檬果仁蛋糕给弗洛伊德,对方狼吞虎咽地吃掉了那块蛋糕。布雷尔说服他年轻的朋友,从三层的银色糕饼车上又选了另一块。当弗洛伊德再用完一块巧克力千层软冻蛋糕与第二杯咖啡时,两位男士燃起了雪茄。然后,布雷尔详细叙述了他们上次谈话之后,与穆勒先生之间发生的一切事情,那位教授对进入心理治疗的谢绝,他愤慨地离去,半夜的偏头痛,奇妙的出诊,他的服药过量与独特的意识状态,那个微小又可怜的声音请求着帮助以及最后,他们今天早上在布雷尔办公室内所达成的协议。

在他述说这个故事的时候,弗洛伊德目光炯炯地注视着布雷尔——一种布雷尔所熟悉的目光。那是弗洛伊德完全记下一切来龙去脉的表情,他不仅是在沉思与牢记所有的事情,还把它在心里录下来，六个月之后，他能够以完美的精确性复述这段谈话。但是，当布雷尔说到他最后的提议时，弗洛伊德突然神色大变。

"约瑟夫，你跟他建议了什么？你要去治疗这位穆勒先生的偏头痛，他则要治疗你的绝望？你不可能是当真的吧！这是什么意思？"

"西格，相信我，这是唯一的方法。如果我尝试了其他任何说法，哼！他已经在前往巴塞尔的路上了。还记得我们所计划的那个了不起的策略吗？去说服他，要他审慎地调查并减轻生活上的压力？以此大肆颂扬压力，他在一瞬间就把那个策略给摧毁了。他陶醉地歌颂着压力，他宣称，任何不曾杀死他的东西，只会让他更茁壮。但是我听得越多，并且越思索他的作品，我越发确定他把自己视为一个医生，不是对个人的医生，而是针对我们整个文化的医生。"

"所以，"弗洛伊德说，"你把他诱入的陷阱是，建议他从一个单一样本——你作为起点，来开始他对西方文明的治疗？"

"就是这样。不过，他先以陷阱抓到了我！或者说，是那个你主张的小矮人，在我们每个人身体里活蹦乱跳的那一个小矮人，用他可怜的哀求'帮助我，帮助我'来诱捕了我。关于你对心灵无意识部分的想法，西格，那个插曲几乎足以让我成为你的信徒。"

弗洛伊德冲着布雷尔微笑，并且长长抽了一口雪茄，来享受着这一刻。"好啦，现在你已经诱他上钩了，下一步是什么？"

"我们必须要做的第一件事，是摆脱'陷阱诱捕'这个说法。以陷阱来诱捕艾克卡·穆勒，这个想法是不恰当的，就像以一张捕虫网来抓一只2000磅[⊖]重的大猩猩一样。"

弗洛伊德笑得更开怀了，"是啊，让我们抛掉'陷阱'这两个字，就说你让他住进了医疗中心，并且会每天去看他。你的策略是

[⊖] 1磅=0.4536千克。——译者注

什么？他无疑在忙着设计一套策略，用来帮助你处理你的绝望，从明天开始生效。"

"没错，那正是他对我说的话，他可能这一刻就在伤脑筋咧。所以，也是我着手计划的时候了，而且我希望你能帮忙。我还没有仔细考虑过，不过，这个策略很清楚。我必须说服他，说他是在帮助我，同时，我将缓慢地、不知不觉地跟他调换角色，直到他成为病人而我再度成为医生为止。"

"正是如此，"弗洛伊德同意说，"那正是必须要做到的事情。"

布雷尔对弗洛伊德的这种本领大感叹服，他总是对自己那么有信心，就算在无论如何也不会有确切性的情况之下。

"他预期，"弗洛伊德继续说着，"他会成为你的绝望的医生。而且，这个期待必须被满足。让我们来计划一下，每次一个步骤。第一个阶段，显然是拿你的绝望来说服他。让我们来计划这个阶段，你要谈些什么？"

"我不担心这点，西格。我可以想象出许多事情来。"

"但是说真的，约瑟夫，你准备怎么把它们搞成可信的样子呢？"

布雷尔踌躇着，想着要吐露多少他自己的心事。然而，他还是回答了，"很简单，西格。我所要做的就是说实话！"

弗洛伊德满面惊讶地看着布雷尔，"实话？你指的是什么，约瑟夫？你没有绝望啊，你拥有一切东西。你是每个维也纳医生羡慕的对象，全欧洲都在争相要求你的服务。许多优秀的学生，像是前途无量的年轻医生弗洛伊德，珍惜你的字字珠玑。你的研究杰出，你的太太是帝国里最为美丽、敏锐的女性。绝望？为什么呢，约瑟夫，你正在生命的巅峰！"

布雷尔把手放在弗洛伊德的上面，"生命的巅峰！你说得可真对啊，西格。巅峰，生命攀升的顶峰！但是巅峰的问题就在于，它们代表每况愈下。从峰顶，我可以一眼看遍我的余生匍匐脚下，而且，这个景色并不让我感到愉快。我所看到的只有衰老、名声不再、成为父亲、成为祖父。"

"但是，约瑟夫，"弗洛伊德眼中的不安几乎显而易见，"你怎么能这样说呢？我见到的是功成名就，不是每况愈下。我见到的是信赖与喝彩，你的名字，永远伴随着两项重大的心理学发现！"

布雷尔退缩着。他如何能去承认，他以全副的生命作为赌注，最后，只不过是发现了最终的大奖竟然不合他的胃口？不行，这些事情他必须留在自己的心里。有些事情，你是不能让年轻人知道的。

"让我这样说吧，西格。一个人在 40 岁时对事情的感受，是一个人在 25 岁时所无法了解的。"

"26 岁了，过 26 岁很久了。"

布雷尔笑着，"对不起，西格，我没有教训人的意思。不过相信我，有许多私人的事情我可以跟穆勒讨论。举例来说，我婚姻里有些麻烦，一些我宁愿不要让你分担的麻烦，这样，你就不必对玛蒂尔德有所保留，也不会因此伤害了你们所分享的亲密。相信我好了，我会找到许多东西对穆勒先生说，而且，凭借大体上坚守着实话实说的情况，我可以让我说的事情有说服力。我所忧虑的是再下一步！"

"你是指，在他把你当作他的绝望的帮助来源之后，该怎么办？你能够做些什么来减少他的负担？"

布雷尔点点头。

"跟我说，约瑟夫，假设你可以用任何你所希望的方式，来设计下一个阶段。你希望发生些什么事？人能够提供给另一个人的东西是什么？"

第十三章

"很好！很好！你刺激了我的思考。你在这种事情上真是太棒了，西格！"布雷尔认真考虑了几分钟。"虽然我的病人是位男士，而且当然不是歇斯底里症患者，不过，我想要他做跟贝莎一模一样的事情。"

"去清扫烟囱？"

"是的，对我吐露所有的事情。我确信，在卸下负担的过程中有某种治疗的作用。看看天主教徒，许多世纪以来，神父提供着忏悔的慰藉。"

"我怀疑，"弗洛伊德说，"慰藉到底来自负担的卸除，还是被神所赦免的信念？"

"在我之前的病人中，有些是不可知论的天主教信徒，他们依然受惠于向神父忏悔。而且，在我本身生命中的几个场合，在多年以前，我通过向一位朋友坦诚所有的事情而体验到慰藉。你怎么样，西格？你有因为忏悔而曾经感到安慰吗？曾经对任何人完完全全地吐露心事吗？"

"当然有，我的未婚妻。我每天都跟玛莎写信。"

"好啦，西格。"布雷尔微笑着，用手拍拍他朋友的肩膀，"你知道，有些事情你永远不会告诉玛莎，尤其是玛莎。"

"不是的，约瑟夫，我对她说一切事情。我有什么不能告诉她的呢？"

"当你跟一个女人谈恋爱时，你想要她在各个方面都把你想得很好。自然而然地，你会把一些事情藏在心里，那些可能暴露出你的缺点的事情。你的性欲望，譬如说。"

布雷尔察觉到弗洛伊德的满脸通红。以往，他从未跟弗洛伊德有过这样的谈话。弗洛伊德则可能连这样的谈话，都从来不会有过。

"但是，我的性欲只跟玛莎有关，没有其他吸引我的女人。"

187

"那,让我们来说说玛莎之前吧。"

"没有'玛莎之前',她是唯一我所曾经渴望过的女性。"

"但是,西格,一定还有其他人吧。每一个维也纳的医学院学生,都拥有一位可爱的姑娘,年轻的施尼茨勒似乎每个星期都换个新的。"

"我想要保护玛莎远离的,正是这个部分的世界。施尼茨勒放荡不羁,就如每个人所知。我对这样的荒唐度日没有胃口,也没有时间,更没有金钱,我的书需要每一个佛罗林银币。"

最好赶快离开这个话题,布雷尔觉得。无论如何,我已经得知了某些重要的事情,我现在知道,我希望跟弗洛伊德分享到什么限度。

"西格,让我们把话题岔开,往回倒退五分钟。你问我说,我所想要发生的是什么。我说,我希望穆勒先生会谈到他的绝望。我希望,他会把我当作忏悔的对象。也许忏悔本身就有治疗的效果,也许可以把他带回人类羔羊的木栏之中。他是我所见过的最为与世隔绝的人之一。我怀疑他未曾对任何人吐露过心事。"

"但是你告诉过我,他被别人背叛过。他无疑曾信任过他们,并对他们吐露了自己的心事。否则,就谈不上背叛了。"

"是的,你说得没错。背叛对他来说是个重大的关键,事实上,我觉得对我们的步骤来说,那应该是个基本原则,或许是最根本的原则,首要任务是不造成伤害,不去伤害他,不要做任何有可能被他诠释为背叛的事。"

布雷尔对他自己所说的话思考了一阵子,补充道:"你知道,西格,我以这种态度治疗所有病人,所以,在我未来跟穆勒先生的共处上,这应该不会造成问题。不过,还有我过去对他的欺瞒,他可能把那个视为背叛,而我无法让那些欺瞒消失。我真希望我可以把自己洗干净，跟他分享所有的事情——我与路·莎乐美的会面，他的朋友将他骗来维也纳的密谋，而且除了这些之外，我伪装自己，我自己是病人，而不是他。"

弗洛伊德的头摇得像拨浪鼓一样，"绝对不行！这种自首、这种告白是为了你自己的缘故，而不是为了他。不行，我认为，如果你真的想要帮助你的病人，你有必要忍受这些谎言。"

布雷尔点点头，他知道弗洛伊德说得没错。"好吧，让我们来清点一下，到目前为止我们有些什么？"

弗洛伊德很快做出反应，他喜爱这种类型的智力活动。"我们有几个步骤。首先，以揭露你自己来吸引他。其次，调换角色。最后，帮助他把自己完全暴露出来，而且，我们有一个最根本的原则，保持他的信任，避免任何一丁点的背叛。现在，下一步是什么？假设他真的分享了你的绝望，然后怎么办？"

"也许，"布雷尔回答说，"下一步是没有必要的？或许，仅仅是吐露他自己的心事，就构成了一种重大的成就，在他的生活方式上造成了这样一种转变，这么做的本身就绰绰有余了？"

"约瑟夫，单纯的告白不是那么有力量。如果真是如此的话，就不会有神经官能症的天主教徒了！"

"是啊，我确定你说得没错。不过，或许，"布雷尔拿出他的表来，"我们现阶段所能计划的就这么多。"他向服务生示意拿账单来。

"约瑟夫，我很喜欢这种讨论。而且，我欣赏我们研讨的方式，你把我的建议认真对待，这真是我的荣幸。"

"实际上，西格，你在这种事情上非常在行，我们两个会是一对好搭档。不过，对我们设计的新方法，我无法想象会得到热烈的欢迎。这样一种错综复杂的治疗计划，有多少病人会常常需要它呢？事实上，我觉得，我们今天比较不像是设计一种医学治疗，而是计划一项阴谋。你知道我情愿是谁来当病人吗？另外一个——要求帮助的那一个！"

"你指的是，困在你的病人之内，不受一般意识控制的那种意识？"

"是的，"布雷尔说，看也不看账单，他从来没看过，就递给服务生一张佛罗林纸币，"没错，与他一起工作要简单太多。你知道，西格，也许，那才应该是治疗的目标，去解放那个潜藏的意识，容许他公开要求帮助。"

"是的，那很好，约瑟夫。不过，是'解放'这个词吗？毕竟，他并没有分离的存在，他是穆勒无意识的一部分。我们所指的是不是整合呢？"弗洛伊德似乎对他本身的概念感到惊奇，在他重复时，握拳轻敲在大理石桌上，"与无意识的融合"。

"喔，西格，这就是了！"这个概念让布雷尔大感兴奋，"一个重要的高见！"给服务生留下几枚铜币，他跟弗洛伊德走上了米其勒广场。"是了，如果我的病人可以与他自己另外的一个部分结合，那会是一项真正的成就。如果他可以学会，渴望他人的慰藉是多么自然的一件事——仅是如此，肯定就足够了！"

沿着柯尔市场漫步，他们来到繁忙的通衢大道格拉本，在此分道扬镳。弗洛伊德转上纳格勒街，一路迈向医院，同时，布雷尔信步穿越史蒂芬广场，朝向贝克街7号，它就坐落在圣史蒂芬教堂耸立的罗马式高塔之后。与西格一席话，布雷尔对明天早上与尼采的会面充满信心。尽管如此，他有一种不祥的预感，所有这些处心积虑的准备，可能只是错误的假象，主宰他们会面的，将会是尼采，而不会是他自己的万全准备。

第十四章

尼采的确准备充分。隔天早上，等布雷尔一结束检查，尼采就接管了一切。

"你看，"他跟布雷尔说，摊开一大本新的笔记簿，"我是多么有条理啊！你们的一位杂工，考夫曼先生，昨天好心替我买了这个本子。"

他从床上起来，"我还多要了一把椅子。我们可以移驾去那里，开始我们的工作了吗？"

他的病人堂而皇之地接管了发号施令的大权，布雷尔默默地发着呆，遵从了建议坐在尼采旁边的椅子上。两张椅子都面对着壁炉，橙色的火焰在里面噼啪地响着。在对自己耳提面命一番之后，布雷尔转了椅子的方向，好让他可以更容易看到尼采，他也说服尼采做了相同的事情。

"让我们以建立主要的分析范畴来着手，"尼采说，"我列出了你昨天请我帮助你时，所提到过的议题。"

翻开他的笔记簿，尼采秀给布雷尔看，他如何在独立的一页上，写下了布雷尔的每一项抱怨,然后,大声地把它们朗诵出来:"'一、普遍的不快乐;二、被外来的念头所纠缠;三、自我憎恨;四、恐惧衰老;五、恐惧死亡;六、自杀的冲动。'这就是全部了吗?"

尼采正儿八经的语调把布雷尔吓了一跳,他不喜欢自己内心最深层的忧虑,被精简成这样一张单子,还被如此严肃地处理。不过,那一刻,他合作地回答:"不止如此,还有跟我太太的严重问题。我感觉到跟她有难以言喻的距离,就好像,我被困在非我所愿的一桩婚姻、一种生活里。"

"你认为那是一个额外的问题呢?或者是两个?"

"那要看你对它的定义。"

"的确,那是个问题,这些项目不是在同一个逻辑层次上,这是个事实,也是个问题。某些项目可能是其他项目的结果或原因。"尼采翻阅着笔记,"好比说,'不快乐'可能是'外来念头'的结果,或者,'自杀的冲动'可能是恐惧死亡的结果或原因。"

布雷尔的不自在增加了,他不喜欢这项交易正在演变的方向。

"到底,有什么必要去建立这样一张单子呢?这个列单子的想法,不知为何,让我感到很不舒服。"

尼采看来很不安,他自信的态度显然不过是张薄纸而已。一个来自布雷尔的异议,他整个表情就变了,他以一种讨好的语调来回答。

"我觉得,借着建立某种抱怨的优先顺序,整个讨论得以比较有系统地进行。不过坦白地说,我不确定到底是该以最为根本的问题开始,让我们先假设是对死亡的恐惧,或者是最不根本或说是最被引申的那一个,比我们先任意假设是被外来的念头所侵袭,还是说,我们应该以诊断上最为紧急,或者威胁生命的那个来开始,让我们假设是自杀的冲动。还是说,最令人苦恼的问题,最为干扰你日常生活的那个,让我们假设是自我憎恨。"

布雷尔越来越局促,"我一点也不确定这是个好方法。"

"但是,我是立足于你本身的医学方法,"尼采回答说,"就我最清楚的记忆而言,你要求我大致说明我的状态。你逐步建立了一张我的问题清单,然后有系统地就我所记得的部分来说,非常有系统——依序来着手探讨每一个问题。不是这样吗?"

"是的,那是我做一项医学检查时的方式。"

"那么,布雷尔医生,现在,你为什么会抗拒我现在这种做法呢?你可以建议另一种选择吗?"

布雷尔摇摇他的头,"当你这样子形容它的时候,我会倾向于同意你所建议的程序。以有条不紊的分类范畴来谈论我最为隐私的生活忧虑,这似乎有点做作或不自然。在我心里,这些问题纠结成团,解不开理不清。但是,你的单子似乎是如此冷酷。这些是微妙、脆弱的事情,不像背痛或皮肤出疹那样容易谈论。"

"布雷尔医生,别把笨拙误以为是铁石心肠。记住,就像我所警告过你的,我是一个孤独的人,我不习惯于轻松与热情的社交手法。"

合上了他的笔记簿,尼采凝视着窗外一阵子。"让我用另一种方法,我记起你昨天说,我们一定要共同发明我们的程序。告诉我,布雷尔医生,在你的从业过程中,你曾经有任何我们可以参考的类似经验吗?"

"类似经验?嗯……就你跟我正在做的事情来说,医学上并没有真正的前例。我甚至不知道要如何称呼它,也许是绝望心理疗法或哲学治疗术,或者是某个尚待发明的名字。医生的确会被要求治疗某些种类的心理障碍,举例来说,有生理基础的那些,像是脑炎的谵语妄想症、脑部梅毒的妄想症或者铅中毒的精神异常。我们也会处理某些心理状态,那些严重到破坏病人的健康或威胁他们的生命,譬如说,严重错乱的忧郁症或躁郁症。"

"威胁到生命？怎么说呢？"

"忧郁症患者让自己挨饿，或者可能陷入自杀。躁郁症患者常常把他们自己累死。"

尼采没有反应。不过，静静地坐着，凝视着炉火。

"但是，显然，"布雷尔继续说道，"这些与我个人的情况差得很远，而且，这些病症的每一种治疗都不是哲学或心理学上的，而是某种生理学的方法，像是电击、温泉、药物、强制休养，等等。偶尔，对于具有非理性恐惧的病人，我们必须设计某种心理学的方法来使他们镇定。近来，我被要求去见一位老太太，她对外出感到恐惧，几个月来都没有离开过她的房间。我所做的是跟她亲切地谈话，直到她信任我为止。然后，每次我见到她，我就握着她的手来增加她的安全感，并且，在护送她走出她的房间时，走得更远一点。不过，这是常识的即兴之作，就像训练一个孩子一样。这样的工作几乎不需要一位医生。"

"这一切似乎都离我们的目标太远，"尼采说，"没有更具关联性的东西吗？"

"这个嘛，当然，近来有许多病人为了生理症状来找医生，像是瘫痪、语言缺陷，或是某种形态的失明或失聪，它们的原因完全来自心理冲突，我们称这种病症为'歇斯底里症'，从希腊文的子宫而来。"

尼采迅速地点着头，仿佛在指出无须为他翻译希腊文。想起了他曾经是一位古典文献学教授，布雷尔连忙说下去，"以往，我们认为这些症状起源于一个神志不清的子宫，这当然是一个在解剖学上没有意义的观念。"

"他们如何解释男人身上的这种疾病呢？"

"由于尚未得知的理由，这是一种女性疾病，文献上依然没有歇斯底里症发生在男性身上的案例。歇斯底里症，我一直认为，应该是哲学家特别感兴趣的一种疾病。或许，对于这种疾病的解释，歇斯底里的症状何以与解剖学得出的路径不符，这或许应该由哲学家而不是医生提出。"

"这是什么意思？"

布雷尔松口气。对他而言，对一位专注的学生解释医学议题，是愉快又熟悉的角色。

"嗯，举例来说，我见过一位手麻木的病人，那种麻木的方式不可能由于神经失调，那是一种'手套式'的麻木，从手腕以下没有感觉，就像有副手铐，铐在他的手腕上，让手发麻。"

"而这与神经系统不相符？"尼采问道。

"没错。分布在手上的神经，不是以那种方式运作的。手，有三种不同的神经分布：桡骨、尺骨与正中神经，这里的每一种神经，在脑部各有不同的起源。事实上，手上的半数手指头有一种神经分布，另外半数则有另一种神经分布。但是病人不知道这点。病人仿佛想象着，整只手只有一种神经分布——'手神经'，然后，发展出一种病来与他的想象一致。"

"真是有趣极了！"尼采打开他的笔记簿并迅速记下几个字。"假设有一位人类解剖学方面的女性专家，而且她罹患了歇斯底里症。她会在这种疾病上具有解剖学上正确无误的形态吗？"

"我肯定她会。歇斯底里症是一种概念作用上的失调，不是一种解剖学上的毛病。有太多证据证明，它并没有牵涉到解剖学上的神经损坏。事实上，有些病人可以被催眠，而那些症状在几分钟之内就无影无踪了。"

"这么说来，以催眠术来移除是现行的治疗吗？"

"不是的！不幸的是，催眠术在医学上并不流行，至少在维也纳是如此。它声名狼藉，主要是，我相信，因为早期许多施行催眠术的人，是没有经过医学训练的江湖郎中。还有，催眠术的疗效一向只是暂时性的。不过，即使这个仅有短期效果的事实，都提供了疾病是来自精神因素的证明。"

"你本人，"尼采问道，"曾经治疗过这样的病人吗？"

"有一些。有一个我投入大量时间的病人，她是我应该对你描述的案例。这不是因为我推荐你对我使用这种治疗，而是因为它会让我们开始工作，针对你列的单子——我想是你列的第二项。"

尼采翻开他的笔记本，大声念出来，"'被外来的念头所纠缠'？我不懂。为什么是外来的？还有，这跟歇斯底里症的关联是什么？"

"让我澄清一下。首先，我称这些念头为'外来'，是因为它们无中生有冒出来侵袭我。我不想去想它们，但是当我要它们走开时，它们仅仅暂时跑开一下，然后，再次迅速地偷偷潜进我的心里。至于那些念头的类型呢？嗯，它们是有关一位美丽女子的念头，那位被我治疗过的歇斯底里症的病人。我应该从头开始吗，把完整的故事说给你听？"

尼采一点也不感到好奇，他对布雷尔的问题露出了不自在的表情。"作为一项普遍原则，我建议你只要吐露一部分就够了，能让我理解这个议题就好。我恳求你，不要让你自己受窘或感到屈辱，那不会有好处的。"

尼采是个神秘兮兮的人，这点，布雷尔知道。不过，他不会料想到尼采也会要他保持神秘。布雷尔了解，他必须在这个关键点上表示意见，他必须尽可能地让他自己和盘托出。他觉得唯有这样，尼采可以学到，在人与人之间，敞开心胸与诚实以待，其实没什么好怕的。

"你可能是对的，不过，我觉得，我越能够多说出我内心深处的感受，我就能获得越多的解脱。"

尼采僵在那里，不过对布雷尔点了点头，示意他继续下去。

"这个故事开始于两年前，当时，我的一位病人要求我接手她女儿的治疗，我将以安娜·欧来称呼她，以此来避免暴露她真实的身份。"

"但是，你说过制作假名的方法了，所以，她真正的字首字母必然是 B. P.。"

布雷尔脸上挂着微笑，心里想着，"这个人很像西格，他不会忘记'任何事情'"，并继续叙述贝莎病情的细节，"同样重要的是，你要知道安娜·欧的年龄是 21 岁，而且具有非同寻常的知性、受过良好教育还有着让人惊艳的美丽。对一个迅速老去的 41 岁男子来说，她是一阵清新的和风，不，是一阵风暴！你知道我所描述的那种女人吗？"

尼采略过了这个问题，"而你，变成了她的医生？"

"是的，我同意成为她的医生，而且我从未背叛那种信任。我接下来要说的内容，逾越了道德规范，它们其实只是意念和幻想的结果，没有导致任何实际的行动。首先，让我把注意力集中在心理治疗上。"

"在我们每天的会面期间，她会自动进入一种轻微的恍惚状态，在这段时间里，她讨论，或者像她自己所形容的，'释放'，过去 24 个小时之内令人不安的事件与想法。她称这项过程为'清扫烟囱'，这能帮助她在接下来的 24 个小时内感觉舒服些，对此，'清扫烟囱'的确有效，但是，对她的歇斯底里症的症状则不然。然后在某一天，我与一种有效的疗法不期而遇。"

布雷尔着手描述，他如何追究出它最初的原因，帮助她发现并重新经历了那最为根本的原因——对她父亲死亡的极度沮丧，这不仅抹消了贝莎的每一种症状，而且在最后，让她整个疾病都消失得无影无踪。

尼采急切地记着笔记，惊呼："太了不起了！或许，你已在心理治疗上做出了一项重大的发现。或许，这对你本身的问题也有价值。我喜欢这种可能性，你会被你本人的发现所帮助。因为，人永远无法真正从他人得到帮助，人必须要找出帮助自己的力量。或许，你就像安娜·欧一样，必须去发觉你每一项心理问题的起因。然而，你却说你不推荐这种治疗方法给你自己使用，为什么不呢？"

"为了某些理由，"布雷尔以医学权威的身份，斩钉截铁地做出回应，"我的情况与安娜非常不同。就一点来说，我没有类似于被催眠的倾向，我从未经验过任何不寻常的意识状态。这点很重要，因为，我相信歇斯底里症是起因于一种创伤的经验，当这个个体处于脱序的意识状态下所发生的。由于对这种创伤的记忆以及持续增强地对大脑皮层产生刺激，存在于一种替代的意识之中，因此，它们无法在日常经验中被'处理'，或者是被融合，或者是被遗忘。"

在不让说明中断的情况下，布雷尔起身让炉火烧得旺一些，并且加了另一段木头。"同时，甚至更为重要的是，我的症状不是歇斯底里式的，它们不会影响神经系统或身体的某一部分。记住，歇斯底里症是种女性疾病。我的情况在性质上，我认为，是较为接近一般人的忧虑或苦恼。在量的方面，它当然是极度强大！"

"还有一件事，我的症状并不急遽，它们经年累月地缓慢发展。看看你的单子，我无法确认任何这些问题的明确起点。不过，我的病人所使用的疗法，为何可能对我没有用处，还有另外一个理由——一个其实令人不安的理由。当贝莎的症状——"

"贝莎？当我猜测第一个字首字母是 B 的时候，我是对的。"

布雷尔在烦恼中闭上了他的眼睛："我恐怕我犯下了大错。对我来说，不曾侵犯到病人的隐私权，是无比的重要。尤其是这位病人，她的家族在这个社区里非常著名，而且，我是她的医生亦是众所周知的事。因此，我非常小心在意，很少对其他医生提到我对她的治疗。但是，在此对你用一个假名很困难。"

"你是说，很难去自由自在地说话，并让你自己卸除负担？同时在另一方面，又必须保持对你遣词用字的警戒，唯恐你用错了名字？"

"正是如此。"布雷尔叹了口气，"现在，我别无选择了，只能继续以她的本名贝莎来谈到她，但是，你必须发誓不会对任何人透露。"

在尼采迅速的"当然"声中，布雷尔从他的上衣口袋拿出一个皮制的雪茄盒，抽出一支雪茄，在他同伴的谢绝之下，替自己把火点上。"我说到哪里了？"他问道。

"你正说到，为何你的新治疗方法可能与你本身的问题不相干——关于一个'令人不安'的某种理由。"

"是的，那个令人不安的理由，"在继续说下去之前，布雷尔长吁一口蓝烟。"当我对一些同僚与医学院学生发表她的案例时，我够愚蠢地自我吹捧，说我做出了一项重要的发现。然而，就在稍后的几个星期，当我把她的医疗方案转移给另一位医生的时候，我听说，她所有的症状几乎都重新出现了。你能够看得出来，我的立场是有多么尴尬吗？"

"尴尬，"尼采回答说，"因为你宣布了一种可能无效的治疗方法？"

"我常常做着白日梦，去找到出席那场讨论会的人，告诉他们每一个人说，我的结论是错的。对我而言，这不是一种不寻常的忧虑，我对同行意见的在意，真的让我感到苦恼。就算我知道他们尊敬我，我一直觉得自己像个骗子，那是另一个困扰我的问题，加到你的单子上吧。"

尼采尽忠职守地打开他的笔记本，并且写了好一阵子。

"不过继续谈贝莎吧，我并不十分清楚她复发的原因。可能就像催眠治疗法一样,我的治疗只不过是暂时性的成功。不过,也可能是治疗有其效果,但被它灾难性的结局所一笔勾销。"

尼采再次拿起了铅笔,"什么意思?'灾难性的结局'?"

"为了让你了解起见,我必须先告诉你,发生在贝莎与我之间的问题是什么。这个问题的两端没有意义,让我直截了当地说出来吧。我这个老傻瓜爱上了她!我变得对她神魂颠倒,我对她从来都不曾忘怀片刻。"布雷尔惊讶于有多么容易,事实上,多么快活,吐露出这么多事情。

"我的日子分成两部分——跟贝莎在一起以及期待与她相会!我一个星期每天跟她碰面一个小时,然后,每天拜访她两次。无论何时我见到她,我就感到热情澎湃。无论何时她触碰到我,我就感到性欲高涨。"

"她为什么碰你?"

"她走路上有困难,在我们散步时,她会紧抓着我的手臂。她常常会突然严重地抽筋,需要我长时间按摩她的大腿肌肉。有时她哭叫得如此可怜,我被迫把她拥在怀中来安慰她。有时候,当我坐在她的旁边,她在一瞬间就进入了一种恍惚状态,她把她的头靠在我的肩膀上,并且'清扫烟囱'一个钟头。或者是,她把她的头放在我的大腿上,并且睡得跟个孩子似的。太多太多次,我唯一能做的就是克制我的性欲。"

"或许,"尼采说,"只有通过做一个男人,一个男人才能真正地解放了一个女人体内的女人。"

布雷尔猛然抬起头来,"或许我误解了你说的话!你当然知道,任何跟病人有关的性行为是错的,因为这触犯了医师伦理的誓言。"

"而女人呢?女人的责任是什么?"

"但这不是女人,这是病人!我一定是听漏了你的重点。"

第十四章

"让我们以后再回来这里，"尼采镇定地回答，"我依然没听到那个灾难性的结局。"

"这个嘛，我觉得贝莎似乎在进步，她的症状正在好转当中，一个接着一个的进步。但是，她的医生却不太高明。我太太玛蒂尔德，一向是善解人意并脾气温和，但这次她先是气我花在贝莎身上的时间太多，然后，对我提到她更是大为恼火。幸运的是，我没有笨到去告诉玛蒂尔德，我那些感受的本质是什么，不过，我相信她对我有所怀疑。有一天，她气愤地跟我说，永远不准我再提到贝莎。我开始憎恨我的太太，甚至有种非理性想法，觉得她碍了我的事，如果不是她的话，我觉得我可以跟贝莎开始一段新生活。"

布雷尔停了下来，注意到尼采合上了他的双眼。"你还好吗？你今天听到这里是否已经够了？"

"我在听。有时候，我闭上眼睛可以看得清楚些。"

"嗯，还有另外一个复杂的因素。我有一位护士，伊娃·伯格，贝克太太的前一任，在我们一同共事的 10 年期间，她成为我亲密的朋友与知己。伊娃变得非常担心，她担心我对贝莎疯狂的迷恋，可能会导致毁灭，她怕我可能会无法抗拒我的冲动而做出傻事来。事实上，出于她对我的友情，她奉献自己作为牺牲品。"

尼采的眼睛倏地圆睁，布雷尔看到了一大堆眼白。

"你指的是什么，'牺牲品'？"

"她的说法是，她会做任何事情来避免我毁灭自己。伊娃知道玛蒂尔德与我实际上已经没有性关系了，并且，她认为这是我为何迷恋贝莎的原因。我相信，她提议要帮助我，解除我在性欲上的紧张。"

"而且，你相信她这么做是为了你？"

"我百分之百相信。伊娃是个非常吸引人的女性，并有许多男士可供她选择。我跟你保证,她做出这项提议不是由于我的外貌,越来越秃的脑袋、乱七八糟的须髭,还有这对'把手'",他摸摸自己巨大又向外突出的招风耳,"这是我的朋友们一向对它们的称呼。不仅如此,她还对我透露过,多年以前,她与雇主有过亲密又悲惨的关系,最终以她的工作做代价,她发誓说,'永远不再犯这种错!'"

"伊娃的牺牲有帮助吗?"

略过"牺牲"发育中的怀疑与可能的蔑视,布雷尔就事论事地回答:"我从来就没有接受她的奉献。我愚蠢到去认为,如果我跟伊娃睡了,就是对贝莎的背叛。后来再想,有时候我对此后悔不已。"

"我不懂。"尼采的眼睛虽然充满兴趣地睁大着,却显露出厌倦的征兆,仿佛他现在见到、听到得太多了。"你后悔什么?"

"当然是没有接受伊娃的奉献。我常常想到那个失去的机会,它是另一个不受欢迎的念头,让我苦恼不已。"布雷尔指着尼采的笔记簿,"把它放在单子上。"

尼采再次拿起了他的铅笔,在布雷尔越说越长的问题单上多加了一项,同时问道:"这种悔恨我仍旧听不懂。如果你当初接受了伊娃,现在对你会有什么差别呢?"

"差别?差别跟它有什么关系?那是个独一无二的机会——一个永远不会再发生在我头上的机会。"

"去说不,同样是个独一无二的机会!去对性掠食者说出神圣的'不'字,这个机会你把握住了。"

布雷尔对尼采的评论目瞪口呆,尼采显然对性渴望的强度一无所知。不过,此刻没有理由去争辩这个问题。或者,也许他说得不够清楚,只要他开口,伊娃就是他的了。难道尼采无法了解到,人必须在机会出现的时候把握住它们吗?然而,关于尼采"神圣的'不'字"的声明里,有某种有趣的东西。尼采是个有趣的组合,布

第十四章

雷尔想着,他有大量的盲点与出人意表的原创性。布雷尔再次有一种感觉,这个奇怪的男人可能会提供给他某种有价值的东西。

"我们说到哪里了?噢,对了,最终的灾难!从头到尾,我都认为我与贝莎的性绯闻是完全封闭的,换言之,只发生在我的心里,而且,我完全瞒过了贝莎。你想象一下我的惊讶吧,当有一天我被她母亲通知说,贝莎宣称她怀了布雷尔医生的孩子!"

布雷尔描述了当玛蒂尔德听说了这项假怀孕的消息有多愤怒,然后她气急败坏地要求他,立刻把贝莎转诊给另一个医生,最后还要他解雇伊娃。

"所以你做了什么?"

"我能做什么呢?我的事业、我的家庭、我的生命都有了危险。那是我一生中最糟的一天,我对伊娃说,她必须离开。当然,我也建议要她继续为我工作,直到我帮她找到另一个职位为止。虽然她说她了解,她隔天并没有回来上班,而且,我再也没有见过她。我写了好几次信给她,但是她从来没有回过。"

"至于贝莎呢,事情甚至更糟。当我第二天去探视她时,她的妄想已经过去了,一次已被遗忘的、我让她怀孕的幻觉。事实上,她对整段插曲完全没有记忆。当我宣布不能再担任她的医生,她的反应很可怕。她哭叫着,请求我改变心意,哀求我告诉她,她在什么地方做错了。当然,她不曾做错任何事情。她爆发出来的那句'布雷尔医生的孩子',是她歇斯底里症的一部分。那些不是她的话,那是她的妄想在说话。"

"那是谁的妄想呢?"尼采问道。

"嗯,那当然是她的妄想,但不是她的责任,就像我们不会要求一个人对他随机的梦境、呓语负责任一样。在这样一种状态下,人会说出奇怪、不一致的事情。"

"她的话并没有给我下意识或随机的感觉。你建议过,布雷尔医生,我应该直接插进任何出现在我心里的批评。让我做个评论吧,我觉得很奇怪,你要为你所有的想法与所有的实际行动负责,反观她呢",尼采的声音很严肃,并且对布雷尔摇着他的手指,"她由于自己的疾病,可以从一切事情中开脱罪名。"

"但是,尼采教授,就如你自己所说的,权力是件重要的事情。我根据我的位置而有了权力,她来找我求助。我很清楚她的脆弱,我知道她非常爱她的父亲,或许爱得太过头了,所以,她的病情被他的死亡给突然引发了。我还知道,她把满腔对父亲的爱放到了我身上,而我利用了它,我要她爱我。你知道她最后对我说的话是什么吗?当我告诉她,我要将她移诊给另一位医生之后,我就准备离开了,但她大声叫喊,'你永远是我唯一的男人,我生命中永远不会有另一个男人!'多可怕的话啊!那是我伤她至深的证据。但是,还有甚至更可怕的事情,这些话带给我满足!我享受着听到她这样说!我享受着我对她的权力被证明!所以你看得出来,我让她变得更软弱,我让她变得残缺不全,我可能同时绑住并弄残了她的脚!"

"自从你最后一次见到她之后,"尼采问,"这个瘸子的结局是什么?"

"她进了另一家疗养院,位于克罗伊茨林根。她原先许多症状都重新出现了,她的情绪起伏不定,她每天早上都丧失了说母语的能力,还有她那只能由吗啡所控制疼痛的脚,她已经对这种药物上瘾了。有一件有趣的事情,她在那儿的医生爱上了她,把自己调出了她的案子,而且,他向她求婚了!"

"哦,同样的模式在下一个医生身上重复了自己,你察觉到了吗?"

"我只察觉到,贝莎与另一个男人在一起的想法,把我搞得不知所措。请在你的单子上加上'嫉妒',它是我主要的问题之一。我被他们两个在说话、抚摸甚至做爱的幻影所侵扰。虽然这样的幻影施加给我巨大的痛楚，我却持续以此来折磨自己。你能够了解这点吗？你曾经体验过这样的嫉妒吗？"

这个问题在这次聚会之中，标示了一个转折点。起先，布雷尔刻意吐露自己的心事，以替尼采设下一个楷模，希望能鼓励他礼尚往来。但是，他很快就全然沉浸在忏悔的过程中。毕竟，这没有风险，尼采相信他是布雷尔的诊疗医师，他已经发誓会保守秘密。

这是一种新的经验，布雷尔以往从未分享过这么多的自我。虽然他曾经跟麦克斯谈过，但跟麦克斯在一起时，他希望保持他的形象，并谨慎地选择他的措辞。即便是与伊娃·伯格在一块儿，他总是留了一手，隐藏他对老去的抱怨、他的优柔寡断与自我怀疑，凡是让年长的人在迷人的年轻女性面前，可能会露出衰弱或古板的那些特质。

但是，当他开始叙述他对贝莎与她的新医生的妒意时，布雷尔已经恢复成尼采医生的角色。他并没有说谎，真的有贝莎与另一个医生的谣传，而同样真实的是，他为嫉妒所苦，不过，在导演尼采自我表白的企图下，他夸大了他的感受。因为，在牵涉到他自己、路·莎乐美与保罗·雷的"毕达哥拉斯式"关系之中，尼采必然感到嫉妒。

但是，这个策略成了空炮弹。至少，尼采对这个主题没有明确流露出不寻常的兴趣。他只是含糊地点点头，翻着他的笔记簿，并扫视他的笔记。两位男士陷入了沉默，他们凝视着逐渐黯淡的火光。然后，布雷尔伸手到口袋，掏出他沉重的金表——一个来自他父亲的礼物。背面铭刻着，"给约瑟夫，我的儿子。心怀我的精神以进入未来。"他看着尼采，那双疲倦的眼睛，反映出希望这场晤谈已经接近尾声了吗？是离开的时候了。

"尼采教授，跟你谈谈对我大有好处。不过，我对你同样负有责任，我刚刚才想起来，我为了防止你的偏头痛加剧而规定你休息，然后却强迫你听我说了如此之久，剥夺了你休息的时间。另外一层顾虑，我记得，你有一次给了我你典型的一天生活，与他人很少紧密接触的一天。现在这样，就一次来说是否分量过重了？不只是时间太长，说得太多，又听得太多，同时，还有太多别人的私生活？"

"我们的协议要求诚信，布雷尔医生，不同意你说的这点就是不诚实了。今天的分量是很多，而且我的确很累。"他萎靡地坐在他的椅子上，"不过也不对，我不曾听太多关于你的私人生活。我也在从你那里学习，当学习如何与人交流的时候到来，我必须从零开始，当我这么说的时候，我是认真的。"

在布雷尔站起来伸手拿他的外套时，尼采加上一句，"最后一个评论。我们单子上的第二项：'被外来念头所纠缠'，你对它谈了很多。或许，我们今天已经穷尽了这个范畴，因为，对于这些没有价值的念头如何侵袭并盘踞了你的心神，我现在有了一种了解。然而，它们依然是你的念头，而且是你的心智。在允许这样的事情发生上——或者，用更强烈的方式来形容，在造成它的发生上，我怀疑对你会有什么样的利益。"

一只手伸进外套的袖子里，布雷尔为之愕然。"造成它的发生？我不知道。我所能说的是，从内心来看，感觉起来并不是这样。它感觉起来像是发生在我身上。而你认为是我造成它的发生，对我来说并不具有——我该怎么说呢？——情感上的意义。"

"我们必须找出一种方法来赋予它意义。"尼采起身陪布雷尔走到门口，"让我们试试一种思想上的实验。对于明天的讨论，请思考这个问题，如果你不是在思考这些外来的念头，你是在思考些什么呢？"

第十四章

节录布雷尔医生对埃克卡·穆勒一案的笔记

1882 年 12 月 5 日

　　一个绝佳的起点！成就非凡。他列了一张我的问题清单，并且打算每次专注在一个范畴上。很好，让他以为这是我们在做的事。为了鼓励他告白，我今天让自己毫无保留，但他没有投桃报李。不过，假以时日，时机终究会来。他肯定被我的坦白所震撼，并留下深刻的印象。

　　我有个有趣的妙招！我叙述他的情况，把那说得像是我本人的一般。然后我让他劝告我，这么一来，他将会默默地劝告自己。比方说，我可以帮助他处理他的三角恋问题，跟路·莎乐美与保罗·雷，通过要求他帮助我与贝莎及她的新医生的三角恋难题。他是那样的神秘兮兮，这可能是唯一能帮助他的方法。或许，他永远也不会诚实到直接要求帮助。

　　他拥有一种原创的心灵，我无法预测他的反应。或许路·莎乐美是对的，或许，他命中注定要成为一位伟大的哲学家。他总是规避着人类这个主题！大部分与人有关的问题，他有着不可思议的盲点。但是，当话题来到女人的身上，他是野蛮的，简直没有半点人性。不论那个女人是谁，或者情况是什么，他的反应都是可以预料的：那个诡计多端的女人的目的是性掠夺。而关于女人，他会给的忠告一样是可想而知的：责怪她们，惩罚她们！噢，对了，还有一种模式——规避她们！

　　就与性有关的感觉来说：他到底有没有呢？他把女人看成大危险了吗？他一定有性欲。但是他的性欲发生了什么事？它被压抑住了吗，这所产生的压力一定要找某种方式来宣泄吗？我怀疑，这可不可能是偏头痛的来源呢？

节录弗里德里希·尼采对布雷尔医生所做的笔记

1882 年 12 月 5 日

名单变长了。就我单子上的六项,布雷尔医生多加了五项。

7. 被困住的感觉——被婚姻、被生活
8. 对太太感到疏远
9. 后悔拒绝了伊娃的性"奉献"
10. 对其他医生对他的意见过度关切
11. 嫉妒贝莎与另一个男人

这张单子会有尽头吗?每天是否会产生新的问题呢?我如何能让他看出来,他吵着注意力的问题,只不过是去隐藏他所不希望了解的事情呢?琐碎的想法如真菌般渗透着他的心灵,它们最终会腐蚀他的身体。在他今天离开的时候,我问他说,如果他不被微不足道的事情所蒙蔽,他会看到些什么。由此,我指出了方向。他会接纳它吗?

他是个有趣的混合体,有智慧但盲目,诚恳但不诚实。他知道他本身的言行不一吗?他说我帮助了他。他称赞我。他知道我有多痛恨赠予吗?他知道赠予会刮伤我的皮肤,并且摧毁我的睡眠吗?他是那些假装给予的人之一吗,只不过为了诱出回馈?我不会给的。他是一个崇拜传教士的人吗?他是一个宁可探索我,而不是他自己的人吗?我不会给他任何东西!当一个朋友需要一个休息的地方时,最好提供一张简陋的吊床!

他迷人又易于产生共鸣。要当心!要当心某些他说服自己去追求的东西,然而他的内心深处不曾被说服。关于女人,他简直没有半点人性。真是一个悲剧啊,在那种污泥中打滚!我知道那种烂泥巴,能够俯视去看我所克服的东西,真美好。

最大的树伸到最高的地方，并且扎下最深的根，进入黑暗里，甚至进入邪恶之中，但是，他既没有往上伸，也不曾往下推进。动物的情欲榨干了他的力量还有他的理性。三个女人把他撕成碎片，他还对她们表示感激，他舔着她们沾血的利齿。

第一个女人对他喷洒了她的污泥，并且假装要牺牲自己。她提供了奴役的"礼物"——他被奴役。

第二个女人折磨他。她假装虚弱，因而可以在她走路时，把自己压在他身上。她假装睡着，由此，可以把她的头放在他的大腿上，并且在厌倦了这些小折磨的时候，她公开羞辱他。当游戏结束了，她向前迈进，并继续对下一个受害者玩弄她的诡计。而他对这一切都视而不见，不论发生什么事情，他都爱她。不论她做了什么，他怜悯她的病人身份，并且继续爱她。

第三个女人强迫他进入永久监禁。不过，我比较喜欢这一个，她至少不会把利爪藏起来！

弗里德里希·尼采给路·莎乐美的信

1882年12月

我亲爱的路：

……在我身体里，有个最支持你的拥护者，同时还有个最无情的法官！我要求你，去评判你自己，并且做出对你自己的惩罚……在奥尔塔的时候，我本来已经决定，要向你揭示我所有的哲学。噢，你不会明了那是个什么样的决定：我相信，对所有人，我都不可能给出一件比这个更好的礼物了……

那个时候，你就是我俗世理想的想象与展现。但请注意，我有极糟的视力！

我想，没有人能把你想得更好，但也没有人会把你想得更糟。

如果你是我所创造的，我会让你有较佳的健康以及远远超过健康的、更有价值的东西……或许，我会让你多爱我一点（虽说这是件绝对不算重要的事），对老友雷来说也是一样。关于我的心事，不管对你或者是他，我连一个字都说不出口。我想你们根本就不知道，我想要的到底是什么，但是，这种不自然的静默几乎让我窒息，因为我喜欢你们。

F. N.

第十五章

在他们第一次聚会之后,布雷尔只在尼采身上花了几分钟的公务时间,他在艾克卡·穆勒的病历上写了一个摘要,对护士简单地说明了他偏头痛的状况,稍后在他的办公室里,在一本跟尼采一样的笔记簿上,写下了较为私人的笔记。

但是,在接下来的24个小时中,尼采夺走了布雷尔更多的私人时间,这些时间来自其他病人、玛蒂尔德、他的孩子以及他最重要的睡眠。睡眠只断断续续地出现在前半夜,其间,布雷尔不安稳地做着梦。

他梦见自己跟尼采在一个没有墙壁的房间里谈话,似乎是在一个剧院的布景里。搬着家具的工人,在经过他们身边时,侧耳听着他们的对话。那个房间感觉像临时搭起来的,仿佛可以全部折叠起来,用马车载走。

在第二个梦里,他坐在浴缸里,水龙头开着,流出来的是昆虫、小零件,还有黏糊糊的沥青,一缕一缕令人作呕的黑线汩汩而下。零件的部分让他感到困惑,沥青与昆虫让他恶心。

在3点的时候，他被那个反复出现的噩梦惊醒，地面在颤抖、寻找贝莎、他脚下的土地液化。他滑进泥土里，先下沉了40英尺，然后停留在一块白色的石板上，石板上则铭刻着一个难以辨识的信息。

布雷尔清醒地躺在那里，聆听着心脏猛烈的跳动。他借着思考来使自己镇定。首先，他想知道，为何中午12点时看来愉快又宜人的事情，会如此频繁地在凌晨3点渗出恐惧来。因得不到一点放松，他寻求另一种方法，试图回想起，他当天稍早对尼采吐露的一切事情。但是，他想起得越多，就变得越是忧心忡忡。他说了太多吗？他的坦白让尼采反感吗？他着了什么魔呢，让他脱口说出一切，抖出他对贝莎与伊娃一切秘密又不体面的情感？在当时，分享一切事情似乎是对的，甚至是在赎罪。但现在想到尼采对他的评价时，他感到畏缩。虽然知道尼采对于性有清教徒般的感受，他却用跟性有关的谈话来侵犯他。或许，他是蓄意的；或许，隐藏在病人身份的外衣下，他有意要让尼采震惊与愤怒。但，为什么呢？

主宰他心灵的女王——贝莎迅速滑进视线，媚惑他，并散布着其他念头蛊惑他，要求独占他的注意力。那天晚上，她的性诱惑非比寻常地强烈，贝莎欲语还休地慢慢解开她的医院长袍；一个赤裸裸的贝莎进入了恍惚状态，并把他拉到她身上。布雷尔的欲望跳动着，他想伸手去找玛蒂尔德寻求发泄，但是无法承担那种欺瞒还有那种罪恶感——在利用她身体的同时，幻想着被他压在下面的是贝莎。他提早起床去发泄自己。

"似乎，"稍后的那天早上，布雷尔在过目他的病历时，对尼采说，"穆勒先生睡了一个好觉，比布雷尔医生要好上许多。"然后，他细述了他的夜晚：间歇的睡眠、恐惧、那些梦、那些妄想，他对吐露太多的忧虑。

在布雷尔从头到尾的陈述中，尼采都点头表示知道了，并且把那些梦记录到他的笔记本上。"就像你所知道的，我也经历过那样的夜晚。昨晚在只有一克的水合三氯乙醛的帮助之下，我不曾中断地睡了五个小时，但是，这样的夜晚很罕见。像你一样，我做梦，我被夜晚的恐惧压抑得要窒息。像你一样，我常常会怀疑，为何恐惧盛行于夜晚。在20年这样的怀疑之后，我现在相信，恐惧并非产生于黑暗；相反，恐惧像星辰一般总是在那里，但是为耀眼的日光所遮蔽。"

"至于梦，"在他从床上起来时，尼采继续说着，跟布雷尔走到房间的另一边，来到他们在壁炉旁的椅子，"梦，是恳求被了解的一种奇妙谜语。我羡慕你记得你的梦，我很少捕捉到我的。我不同意瑞士的一位医生，他一度劝告我，不要把我的时间浪费在对梦境的思考上，因为，它们不过是随机的废弃材料，是夜间出现的心灵排泄。他主张，大脑每隔24个小时就洗涤自己，借梦来把白天过多又无用的思想排泄掉！"

尼采暂停去阅读他对布雷尔的梦所做的笔记。"你的梦全部是关于挫败的，不过，我相信你其他两个梦是来自我们昨天的讨论。你跟我说，你担心你可能吐露了太多，然后，你做了一个梦，关于没有墙壁的开放房间。至于另一个梦，水龙头与黏液、昆虫，它岂不是证实了你的恐惧，惧怕于泄露太多你自己黑暗、不快的部分？"

"是吧，奇怪的是，在夜晚时分，这个想法如何越变越大。我担心我冒犯了你、吓到了你或让你作呕。我担心你会如何来评断我。"

"不过，我不是预测到它了吗？"尼采双脚交叉地坐在布雷尔的对面，以铅笔轻敲笔记簿来强调，"你这种对我的感受的忧虑，就是我所害怕的事情，正是为了这个理由，我力劝你所吐露的事情，不要超过让我理解的必要。我希望帮助你发展与成长，不是通过告白你的失败，而让你自己软弱。"

"但是，尼采教授，这里就是我们意见不同的主要领域了。事实上，我们上个星期就争论过同一个问题。这一次，让我们得出一个较为温和的结论吧。我记得你说过，而且，我在你的书中读到过，所有的关系都必须以权力作为了解的基础。然而，这对我来说根本就不对。我不是在竞争，我没有击败你的兴趣。我只要你帮助我，重新掌握我的生活。我们之间权力的平衡，谁赢，谁输，似乎是琐碎又不相干的事情。"

"那么，布雷尔医生，对显露你的软弱给我看，你为何感到羞耻呢？"

"不是因为我在什么竞赛上输给了你！谁在意那个呢？我只为一个理由感到不舒服，我重视你对我的评价，而在昨天我猥琐的自白之后，我怕你对我已不存希望！参详一下你的单子"，布雷尔指一指尼采的笔记簿，"记得那项有关自我憎恨——我想是第3项。我把真实的自我藏起来，因为，那里面有如此多跟我的卑劣有关的事情。然后，我甚至更为不喜欢自己，因为，我切断了与别人的联结。如果我曾经打破过这种恶性循环，我必然能够向他人展示我自己。"

"或许吧，但是你看，"尼采指向笔记簿上的第10项，"你在这里说，你太过于在意你同行的意见。我认识许多不喜欢他们自己的人，而试图矫正这点的方法，是先去说服别人对他有好感。一旦做到了那点，他们接下来就开始对他们自己有好感。但这是一种虚假的解决，这是依从他人的权威。你的目标是认同你自己，不是去找出方法来获得我的认同。"

布雷尔的头开始晕眩。他有一个机敏又锐利的心智，并且不习惯受到系统的驳斥。但明显的是，跟尼采做理性的辩论不是明智之举，他永远无法击败他，或者是说服他任何违反他立场的事情。或

第十五章

许,布雷尔决定,以一种受感情驱使的非理性诉求,他可能会做得好一点。

"不,不,不!相信我,尼采教授,虽然那很有道理,但它对我没有用!我只知道我需要你的认同。你是对的,最终的目标是不受他人意见的影响,但是,通往那目标的路线,而且我是替我自己这么说,不是为你,是去知道我并没有越过正当行为的界限。我需要能够对另一个人透露,有关我自己的一切事情,并且得知我……只不过是个简单的人而已。"

作为一个补充说明,他加上一句,"人性的,太人性的!"

他的书的书名,给尼采的脸带来一丝微笑,"说得好,布雷尔医生!谁能够挑剔这样得体的措辞呢?我现在了解你的感受了,不过,我依然不清楚,它们跟我们的程序有什么瓜葛。"

在这个微妙的领域内,布雷尔小心地挑选着用词。

"我也不知道。不过,我的确知道的是,我必须能够放松我的警戒。为了我要对你透露些什么事情,而感到必须谨言慎行,这样对我就没有用了。让我告诉你发生在最近的一个意外,它可能有所关联。我跟我的连襟麦克斯谈过一次,我从来不曾对麦克斯感到亲近,因为我视他为心理上的麻木。但是,我的婚姻恶化到我需要跟某人谈论它的程度。在跟麦克斯的谈话中,我企图把它带出来,但是被羞耻心压迫得如此厉害,我发现我说不出口。然后,以一种我从来不曾预期的方式,麦克斯把他在他的生活中所遭遇的类似难题,作为礼尚往来的秘密。他的坦白以某种理由解放了我,而我跟他第一次有了一场涉及私人层次的讨论,这帮助非常大。"

"当你说'帮助'的时候,"尼采立刻问道,"你意指的是你的绝望减弱了吗?或者,你跟你太太的关系有所改进?或者,你有了一种瞬间达到赎罪的轻松?"

噢！布雷尔了解，他被揪住小辫子了！如果他声称跟麦克斯的谈话真的有帮助，那么，尼采所会提出的问题，为何需要他的——尼采的忠告。要谨慎，要谨慎。

"我不知道我指的是什么，我只知道我感到好些。那天晚上我不会躺着睡不着，也不会为了羞耻而感到畏缩。而从那时起，我比较坦然，比较愿意继续对自我内心的探索。"

这样子不行，布雷尔觉得。或许，一个简单明了的恳求会比较好。

"我很确定，尼采教授，我可以更坦诚地表达我自己，如果我能够获得你的认同的保证。当我谈到我的迷恋或我的嫉妒时，知道你有过这种事情的经验也会有所帮助。譬如说，我怀疑你认为性是令人厌恶的，并极端不赞同我对性的热衷。自然而然地，这让我不容易去吐露我自己的这一面。"

一段长时间的停顿。尼采在沉思中瞪着天花板，布雷尔则感到有所期待，因为，他已经有技巧地增加了压力。他认为，尼采现在终于要说出他自己的一些事了。

"或许，"尼采回答说，"我对我的立场，交代得还不够清楚。告诉我，你跟我的出版商订购的书来了吗？"

"还没有。你为什么会问呢？那里面有任何段落跟我们今天的讨论相干吗？"

"是的，特别是在《快乐的科学》。我在里面陈述说，性关系与其他关系没有两样的地方，就在于它们也牵涉到一种权力的斗争。基本上，性欲望就是完全去主宰另一个人身心的欲望。"

"那不是真的，对我的欲望来说不是！"

"不，它是的！"尼采坚持着，"看得深入一点，你将会看出来，那种欲望，同时就是一种宰制其他所有人的欲望。'爱人'并不是那个去'爱'的人，他宁可去独占他所爱的对象。他的希望，是把整个世界都排除在某种珍贵的财产之外。他跟那个守护他的金银财宝的守财奴一样,度量狭小!他不爱这个世界,相反,他跟其他存在的生物完全没有两样。你自己说的不就是这样吗?这不就是你为何迷恋那个我忘了她的名字的瘸子的理由吗?"

"贝莎,但她不是个瘸——"

"是啦,是啦,当贝莎说你永远是她生命中唯一的男人的时候,你很高兴!"

"但是,你把性欲从性里面拿掉了!我是在我的生殖器上感到性冲动,不是在某种抽象权力的精神竞技场里面感到性冲动!"

"不对,"尼采声明说,"我只是用它的真名来称呼它而已!我不反对一个男人在他需要的时候,去发生性关系。但是,我痛恨一个男人去哀求它,把他的权力奉献给一个可有可无的女人,给那个诡计多端的女人,用她自己的软弱和他的力量,去转变成她的力量。"

"噢,你怎么能否认真正的性爱呢?你忽略了那股冲动,那内在我们身体里面的生物欲望,那推动我们繁衍的内驱力!肉欲是生命的一部分,是自然的一部分。"

"一部分,但不是重要的部分!它肯定是重要部分的致命害虫。听着,让我读今天早上稍早写下的一句话给你听。"

尼采戴上了他厚重的眼镜,伸手到他的桌上拿起一本破旧的笔记本,并且翻过充满难以辨识涂鸦的扉页。他停在最后一页,他的鼻子几乎碰到了它,读着,"肉欲是咬住我们脚跟的母狗!而且,这只母狗是多么精明,知道要如何在拒绝一片肉的时候,去哀求一丝灵魂。"

他合上册子。"所以,问题不在于性的出现,而是它让其他东西消失了,某种更有价值的东西,更为珍贵无比!性欲、煽情、沉迷欲海,它们是奴役他人的东西!贱民像猪猡般挥霍他们的生命,在肉欲的食槽里进食。"

"肉欲的食槽！"布雷尔对自己复述着，为尼采的激动感到讶异。"你对这种事情有强烈的感受。我在你的声音中，听到比过去更多的激情。"

"击败激情，需要强大的热情！太多男人被欠缺热情的巨轮所碾碎。"

"这是你本身在这个领域内的体验？"布雷尔在放长线，"你自己是否有过帮助你塑造你的结论的不幸经验呢？"

"你较早的论点，关于繁衍的原始目标，让我问你这个，"尼采的手指在空气中挥舞了好几次，"在我们繁衍之前，我们不应该创造——我们不应该成为什么吗？我们对生命的责任，是去创造更高级的生命，而不是去复制那些低等的生命。内在于你体内的主人翁，他的发展没有必要受到任何东西的干扰。如果性欲挡了路，那么，性欲也必须被克服。"

面对现实吧！你实际上不曾控制过这些讨论，约瑟夫。尼采根本就忽视任何他不想要回答的问题。

"你知道，尼采教授，在理智上我非常同意你所说的，但是，我们讨论的层次太过抽象。它不够现实到足以帮助我的地步。也许我太执着于实际——毕竟，我整个专业生活集中在抽丝剥茧出一种疾病上，做一个诊断，然后，对这种病症提出一种明确的对策。"

他往前倾身，好直接看着尼采。"现在，我知道我的毛病无法被如此立竿见影地处理，但是在我们的讨论中，我们转到相反方向太远了。我无法拿你说的话做任何事情。你告诉我说，去克服我的性欲、我的缺乏热情。你告诉我说，去培养我自己体内较为高级的部分，但是，你没有告诉我如何去克服，如何去培养、寻找自己内部的主人翁。这些是优美的诗意概念，但是当下，对我来说，它们不

第十五章

过是空中楼阁而已。"

显然不受布雷尔抗辩的影响,尼采的反应,就像老师对待一个没有耐心的学童。"等时候到了,我就会教你如何去克服。你想要飞,但是你无法说飞就飞。我必须先教会你走路,而学走路的第一步就是认识到,不服从自己的人将被他人所控制。服从他人比支配自己要容易得多,要远远地容易得多。"说到此处,尼采掏出他的小梳子,开始去打理他的髭须。

"服从他人比支配自己要容易?再说一次,尼采教授,为什么不更设身处地跟我说呢?我晓得你句子里的意思,但你是在对我说话吗?我能拿它怎么办?请原谅我,如果我听起来太过俗气。我当下的欲望是世俗的。我想要简单的东西——让我在凌晨3点能睡一个没有噩梦的好觉,让我从心悸的压力中感受到一些纾解。这里,这里就是我的担忧、恐惧,它们成家立业的所在,就在这里——"他指着他胸骨的正中央。

"我现在所需要的,"他继续下去,"不是抽象、诗意的论述,而是一些平凡又直接的话语。我需要个人亲身经历来担保,你能够跟我分享吗,这些事对你来说像什么样子呢?你有像我这样的爱恋或妄想吗?你怎么度过它?克服它?它要花上多久?"

"还有一件事,我计划今天要跟你讨论,"尼采说,把他的梳子推开,并且再次忽视了布雷尔的问题,"我们有时间吗?"

布雷尔沮丧地靠回他的椅子,显然尼采准备继续去忽视他的问题。他鼓励自己要有耐心,他看看他的表,并说他可以再待15分钟。"我每天10点会来这里待上30~40分钟,不过有些日子会有急诊,所以我得提前离开。"

"很好!有一些重要的事情我想要对你说。我听你频繁地抱怨着不快乐。事实上,"尼采翻开他的笔记簿,到布雷尔的问题名单——

"'普遍的不快乐'是你单子上的第一个问题。同时,你在今天说到你的担忧、恐惧,你持续的压力感——"

"心窝——胸部区域的顶端,心脏。"

"是的,谢谢你,我们教学相长。你心窝的压力、你在夜晚的不安、你的失眠、你的绝望,你对这些抱怨说了许多,还有你描述你'俗气'的欲望,你想要立刻从不适中缓解。你对于你跟我的讨论,无法像你跟麦克斯的那样,而感到相当遗憾。"

"是的,而且——"

"而且,你想要我直接处理你的压力,你想要我提供你慰藉。"

"正是如此。"布雷尔再次从他的椅子上前倾,他点着头,催促尼采说下去。

"我两天前抗拒你的提议,让我成为你的,我该怎么称呼它呢?——你的顾问,并帮助你处理你的绝望。当你称呼我是一个世界级专家,因为我多年来都在研究这些事情,我对此不敢认同。"

"但是现在当我仔细考虑过它的时候,我了解到你是对的,我是个专家。我的确有许多东西可以教你,我已经奉献了我大部分的生命,从事对绝望的研究。这个研究占了我生命中的多少部分呢,我可以详细地说明。几个月之前,我的妹妹伊丽莎白给我看了一封我在1865年写给她的信,当时我21岁。伊丽莎白从未回过我的信——她把所有的东西收起来,并且说,有一天她会建一座博物馆,用来存放我所写过的东西,还要收取入场费。我深知伊丽莎白,她无疑会把我做成标本、摆好姿势,并且作为最主要的展览品。在那封信里面,我陈述着人的行为模式上有一种基本的区分,那些希望灵魂安宁与快乐的人,必定相信,并拥抱信仰;反之,那些希望追求真理的人,必定背弃心灵的安详,并奉献他们的生命于解惑。"

"我在21岁就知道这点,在半辈子以前。现在,是你了解它的

第十五章

时候了：它必须是你的初始起点。你必须在慰藉与真理的探究之间做出抉择！如果你选择了科学，如果你选择从超自然的抚慰锁链中获得自由，如果你就像你所声称的那样选择了避开信仰并拥抱无神论，那么你不能在弹指之间又同时渴望于那些信仰的小小慰藉！如果你杀掉了上帝，你必须同时脱离那神殿的庇荫。"

布雷尔静静地坐着，从尼采的窗子往外看疗养院的花园，一位老先生闭着眼睛坐在一张轮椅上，有一位年轻的护士推着他绕行一条迂回的小径。尼采的评论令人赞赏，很难把它们仅仅当作虚幻的哲学推论而抛之脑后。不过，他又试了一次。

"你让它听起来，好像比实际上有更多选择性似的。我的选择没有如此慎重，也没有如此深奥。我之所以选择无神论，不是主动的选择，而是因为无法相信宗教的童话。我之所以选择科学，不过是因为它是唯一有可能精通身体奥秘的行事方法。"

"那么，你对自己隐瞒了你的意愿。你现在必须学会去承认你的生活，并且有勇气去说，'这是我的选择！'一个人的精神是由他的选择所建构！"

布雷尔在他的椅子上局促不安，尼采传道般的口气让他不舒服。他从哪里学来的？不是来自他传教的父亲，他死的时候尼采只有五岁。传道的技巧与癖好是否可能有遗传上的传承呢？

尼采继续冗长地训诫着："如果你选择成为那些少数的一员，分享了成长的愉悦以及不信上帝的自由所带来的快活，那么，你必须为你自己准备好面对最大的痛苦。它们结合在一起，无法分开去体验！如果你想要较少的痛苦，那你必须像禁欲主义者那样退缩，并对至高的享乐断念。"

"尼采教授，我不确定，人必须接受这种令人毛骨悚然的世界观。这听起来像是叔本华，但是，应该还有其他较为不悲观的观点。"

221

"悲观？问问你自己吧，布雷尔医生，为什么所有伟大的哲学家都悲观呢？问问你自己，'谁是无忧无虑的人，并享受安逸又永恒的快乐？'我来告诉你答案：只有那些见事不明的人，那些普通人跟小孩子！"

"你是说，尼采教授，成长是痛苦的回报。"

尼采打断他："不对，不只是成长，还有力量。如果一棵树要达到一个自豪的高度，它需要狂风暴雨的气候。创造与发现自痛苦中产生。在此，容我引用我自己在几天前所写下的注脚。"

再一次，尼采用大拇指翻着他的笔记，然后读道："人，必须在自己体内拥有混沌与狂乱，才能诞生一位舞蹈明星。"

布雷尔对尼采的朗诵变得更为不耐烦，他诗意的言谈，感觉起来像是他们之间的路障。将一切纳入考虑，布雷尔确信事情会比较好些，如果他能够把尼采从天上给带下来。

"又来了，你太抽象。请不要误解我，尼采教授，你的文字既优美又有力，但是当你对我朗诵它们时，我不再感觉你我有个人之间的联系。我在知性上掌握你的意思，是的，是有痛苦的回报——成长、力量、创造力。我在这里了解它，"布雷尔指指他的头，"但是它不会进入这里，"他指指他的腹部，"如果这是要帮助我，它必须到达我的经验所根植的所在。这里，我的内脏，我体验不到成长，我不会诞生任何一位舞蹈明星！我只有狂乱与混沌！"

尼采满脸的笑容，并且在空气中摇摆着他的手指，"正是这样！现在你终于说出来了！那就是问题所在！为什么没有成长呢？为什么没有更有价值的思想呢？那就是我昨天最后一个问题的重点，当时我问，你会在思考些什么，如果你不是被那些外来的念头所盘踞？请坐回去，闭上你的眼睛，并且跟我一同来试试这个思想实验。"

"让我们选一个遥远的安全位置，或许在一座山峰的顶端，并且

第十五章

一同来观察。那里,就在那里,远远地我们看到了一个男人,一个心灵具备了理智与敏锐的男人。让我们观看他。一度,他或许看进了自身存在深处的恐惧。或许他看了太多!或许,他看见了时间吞噬人的巨浪,或者,他看见了自身的微不足道,他只是个污点,或者,他看到了生命的短暂无常。他的恐惧既残酷又可怕,直到某一天,他发现性欲可以安抚恐惧。由此,他欢迎性欲进入他的心灵,而性欲是一个无情的竞争者,迅速把所有其他思想都排挤出去。但是性欲不会思考,它渴望,它收集。所以,这个男人开始好色地收集着贝莎,那个瘸子。他不再遥远地窥视,而是把他的时间花在收集那些令人惊奇的事情,像贝莎如何移动她的手指、她的樱桃小口、她如何宽衣解带、她如何说话、她的结巴、她的跛行。"

"这名男子的整个存在,很快就为这样的琐事所耗尽。他心灵内为了高尚的观念所铺设的宏伟大道,现在已被垃圾所阻塞。他一度思考过伟大的思想,但他对此的记忆变得模糊,并且迅速退色。他的恐惧也淡去了,留给他的,只是一种啃噬人心的焦虑,总是担心某个地方出了差错。困惑不已的他,在其心灵的垃圾堆中找寻他焦虑的根源。而这就是我们今天发现他的样子,在废物中东翻西找,仿佛它拥有答案。他甚至要我跟他在那种地方一起寻找!"

尼采停了下来,等待布雷尔的反应。沉默。

"告诉我,"尼采催促说,"你觉得我们观察的这个男人怎么样?"

缄默不语。

"布雷尔医生,你的看法是什么?"

布雷尔静静地坐着,他的眼睛闭着,仿佛他被尼采的话语所催眠。

"约瑟夫!约瑟夫,你认为如何?"

布雷尔让自己振作起来,缓慢地打开双眼,转头看着尼采。然而，他没有说话。

"你看到了吧，约瑟夫，问题不在于你觉得不安？你心口的紧张或压力的重要性是什么？谁曾经保证过，你一定会得到慰藉呢？还有，你睡得很糟！那又怎样呢？谁曾经保证过，你的睡眠一定会很安稳？不是的，问题不在于不安，问题在于你对错误的事情不安！"

尼采瞄了一眼他的表。"我发现我耽搁你太久了，让我们以昨天我所提供的相同建议来结束。如果贝莎没有阻碍你的心灵，请想想你会在想些什么，好吗？"

布雷尔点点头并告辞离开。

节录布雷尔医生对艾克卡·穆勒一案的笔记

1882 年 12 月 6 日

在我们今天的谈话中，发生了奇怪的事情。没有一件事是照我的计划进行的。他不回答我的问题，丝毫不透露他自己的事情，他如此一本正经地把他的角色当成是顾问，有时候让我觉得很滑稽。然而，我以他的观点来检查这一点时，他的行为完全正确，他在为他的协议付出，并且尽他所能试图来帮助我。就这点，我对他表示敬意。

在面对如何对一个单一个体、一个有血有肉的生物——对我有所帮助的问题上，他的心智活动非常迷人。然而到目前为止，他还是奇特地缺乏想象力，并且完全依赖于华丽的修辞。难道，他真的能够相信，理性的解释或满腔热情的劝告，就会解决这个问题吗？

在他的一本书中，他论证道，一个哲学家的个人道德结构，决定了他所创造的哲学形态。我现在相信，同样的原则适用于这种形态的咨询，咨询师的人格特质，决定了他的咨询方法。因此，由于尼采的社交恐惧与愤世嫉俗，他采取了一种不被个人情感影响又冷淡的形式。他当然对此一无所知，他着手发展一套理论，用来合理化并合法化他的咨询方法。因此,他不会提供私人的支持,不会伸出一双安慰的手,总是从一个高高在上的讲坛对我开讲,拒绝承认他本身的个人问题,并且谢绝以一种人类社会的方式来加入我。除了一个瞬间之外!接近今天我们谈话的尾声时,我忘了我们在讨论的是什么,他突然以"约瑟夫"来称呼我。或许,在建立和谐关系上,我比我以为的更为成功。

我们处在一种奇特的竞逐当中。这个竞逐是,看看谁能对另一个人更有帮助。我被这种竞逐所苦恼,我害怕它会提供了证据,证实了他对社会关系无意义的"权力"模型。也许我应该做麦克斯所说的事情,停止竞逐,并且尽我所能地从他那儿学习。对他来说,掌握支配权是很重要的事。我看出了许多他感到胜利的征兆,他跟我说他有多少东西必须教我,他对我朗读他的笔记,他看看时间,并且傲慢地指派给我下次会面的功课,借此来打发我走。这一切都让人生气!不过,我提醒自己,我是个医生,不是为了我个人的兴趣来与他会面。毕竟,移除病人的扁桃腺或解决便秘问题,所带来的个人乐趣是什么呢?

在今天的某个时刻,我体验到一种奇怪的心不在焉,我几乎感到自己处于一种恍惚状态。也许,我终究是个容易受暗示的人。

节录弗里德里希·尼采对布雷尔医生所做的笔记

1882 年 12 月 6 日

有时候对一个哲学家来说,被人了解比被人误解更糟。他太过努力于尝试了解我,他企图从我这里骗取一份明确的指南。他想要发现我的行为模式,并把它也用作他的行为模式。他尚未明了到,有一种我的行为模式与一种你的行为模式,但是没有特别的"那种"行为模式。而且他不是直截了当地要求一份指南,他用哄骗,并伴装他的哄骗是某种其他的东西：他试图说服我说，我的告白对我们工作的进展具有根本的重要性，还说这会帮助他讨论，会让我们一起更为"人性化"，仿佛一同在烂泥中打滚，就是人性的意思！我尝试教导他说，真理的爱好者，不畏风暴或狂飙的水域，我们所怕的是浅薄的水域！

如果医疗职业是这样费力地作一个向导，那么，我是否绝对不要做出一个"诊断"呢？这是一种新兴的科学——对绝望的诊断。我认为他渴望成为自由的灵魂，但是无法舍弃信仰的桎梏。他想要的只是抉择上的肯定、认可，而一点也不要否定、放弃。他自欺欺人：他做抉择，但拒绝成为那个做抉择的人。他知道他很痛苦，但不知道他为了错误的事情在苦恼！他期待从我这里获得缓解、慰藉与快乐。不过，我必须给他更多的苦难。我必须把他琐碎的苦恼，转变回它曾经的高尚痛苦。

如何让微不足道的痛苦，脱离它所栖息的横木呢？再经历一次痛苦的诚实吗？我利用了他本身的技术——那个第三人的技术，他在上个星期运用过，当他笨拙地企图诱骗我自愿接受他照顾的时候，我教导他从高处来俯视自己，但结果太奇怪了，他几近于昏厥。我必须把他当作孩子来说话，称呼他"约瑟夫"，用这种方法去唤醒他。

我的负担非常沉重，我为了他的解放而工作，还有我本身的解放。但我并不是另一个布雷尔，我理解我的苦恼，而且我欢迎它。路·莎乐美也不是个瘸子，但是我知道那是什么滋味，被一个我爱恨交加的人所困扰！

第十六章

作为一位医术卓越的开业医生，布雷尔通常以床边的闲谈来开始他的医院探访，他会在闲聊中优雅地转入医疗上的询问。但是，当他隔天早上进入劳森医疗中心13号病房时，却没有闲谈的机会。尼采立刻表示他感到超乎寻常的健康，并且希望不要把他们宝贵的时间，浪费一丁点在谈论他不存在的症状上。他建议他们直接来做正事。

"我服刑的时间会再回来，布雷尔医生，我的病痛从来不会迷路太久或走太远。不过，它现在是一片空白，让我们继续我们在你的问题上的工作。在我昨天提出来的思想实验上，你有什么进展吗？当你没有被贝莎的幻想所占领时，你会想些什么呢？"

"尼采教授，让我先离题一下。昨天，你有一刻抛下了我专业的头衔，并且叫我约瑟夫，我很喜欢。我感到跟你比较亲近，而且我喜欢这样，即便我们拥有一种专业上的关系，我们论述的本质也需要谈论私人的事务。因此，你愿意我们使用名字来称呼彼此吗？"

尼采早把他的生活安排成规避这类人际的互动，因此布雷尔的话让他为之不知所措。他坐立不安并结结巴巴,但是显然找不出一种得体的办法来拒绝,最后满心不情愿地点点头。对于布雷尔进一步的问题,到底是以弗里德里希或弗雷兹来称呼他,尼采差不多是咆哮地呐喊说:"弗里德里希,拜托。现在动手工作啦!"

"是的,动手工作,回到你的问题,潜藏在贝莎之后的是什么?我知道有一股更深沉、更幽暗的忧虑,在几个月前当我度过了我40岁生日之后,我确信它更加剧了。你知道的,弗里德里希,40岁关卡的危机感并不是不寻常。当心一点,你只有两年来让自己备战了。"

布雷尔知道亲密感让尼采不舒服,但是,有部分的他又渴望较为亲近的人类接触。

"我并不特别关心,"尼采尝试着说,"我觉得在我20岁起我就40岁了!"

这是什么?一种亲近!毫无疑问,一种亲近!布雷尔想到他儿子罗伯特近日从街上发现的一只小猫。摆出牛奶,他跟罗伯特说,然后退开。让它安心地喝牛奶,并且变得习惯于你的在场。稍后,当它觉得安全时,你可能可以去轻抚它。布雷尔退开了。

"如何能最清楚地描述我的想法呢?我想些病态、黑暗的事情,我常常感觉我的生命仿佛已经来到顶峰。"布雷尔暂停下来,回忆起他如何对弗洛伊德形容它。"我已经攀上了峰顶,当我从崖边窥视我的前面是些什么东西时,我看到的只是每况愈下——下降到老化、成为祖父母、白发苍苍,或者,真的是,"轻拍他头皮中央的秃顶,"完全没有头发。但是不对,这不大正确。困扰我的不是往下,而是不再往上。"

"不再上升,布雷尔医生?为什么你不能继续上升呢?"

"弗里德里希,我知道很难打破这种习惯,不过请叫我约瑟夫。"

"那么，就约瑟夫吧。告诉我，约瑟夫，关于不会上升的事情。"

"有时候，我想象每个人都有一个秘密的标志，弗里德里希，一个深沉的主题，成为一个人生命中的传奇。当我还是个孩子的时候，有人一度叫我'前途无量的家伙'。我很喜爱这个说法，我对我自己哼了它千百遍。我常常想象自己是个男高音，以一段高音唱着它，'前途——前途无——量的家啊啊啊啊伙'。我喜欢缓慢并戏剧化地说它，强调每一个音节。即使是现在，这些字还是让我感动！"

"那个前途无量的家伙现在发生了什么事呢？"

"喔，那个问题！我常常思忖着。他已经变成什么样子了呢？我现在知道再也没有前途了——全都用光了！"

"告诉我，精确说来，你到底用'前途'来意指什么？"

"我不确定我知道。我以前认为我知道，它意指能够攀升、能够盘旋而上的潜力；它意指成功、喝彩、科学发现。但是我已经尝过这些希望的果实，我是个受人尊敬的医生、一个体面的市民。我做出了一些重要的科学发现，只要历史记录存在，我的名字就将永远为人所知，为了内耳在调节平衡作用的功能上的发现。同时，我还参与了一项重要的呼吸作用调节过程的发现，它被称为贺林－布雷尔反射作用。"

"那么，约瑟夫，你不是个幸运的人吗？你不是达到你的目标了吗？"

尼采的语气令人困惑。他是真的在搜集情报吗？或者是以反问来促使他自己发现自我矛盾呢？布雷尔决定以字面的意义来作答。

"达到目标——是的。但是没有满足，弗里德里希。起初，新成就的得意延续了几个月。但是它逐渐变得更为短暂——几星期，然后几天，甚至几个钟头，而到现在，这种感觉蒸发得如此之快，它甚至不再能渗透我的皮肤。我现在相信，我的目标是个冒充他人的

229

骗子——它绝不是那个希望无穷的家伙的真实命运。我常常觉得没有目标，老的目标不复有所作用，我又丧失了创造新目标的才能。当我想到我生命的点点滴滴，我感觉受到背叛或欺骗，仿佛一个天大的玩笑开在我身上，仿佛我就着错误的曲调来跳着我的生命之舞。"

"错误的曲调？"

"希望无穷的家伙的曲调，那个我哼了一辈子的曲调！"

"它是正确的曲调，约瑟夫，不过却是错误的舞蹈！"

"曲调正确但舞蹈错误？你的意思是什么？"

尼采保持沉默。

"你是说我把'目标'那个字诠释得不对？"

"还有'无穷'也是一样，约瑟夫。"

"我不懂。你可以说得更清楚一点吗？"

"或许，你必须学着对自己说话更清楚一点。在过去几天里，我了解到哲学的治疗，在于学习去倾听你自己内在的声音。你不是跟我说过你的病人贝莎，通过谈论她思想上的每一个方面来治愈了她自己吗？你用来描述这个的用词是什么？"

"清扫烟囱。实际上是她发明了那个用语——清扫她的烟囱意味着清除她自己，以致她可以让她的大脑运转，可以去除所有让人不安的想法，澄清她的心灵。"

"这是个很好的隐喻，"尼采说，"或许，我们应该尝试在我们的谈话中运用这个方法。或许现在就动手，比如你能试着对前途无量的家伙清扫烟囱吗？"

布雷尔把他的头靠在椅背上。"我想我刚才已经全部说完了。那个老去的家伙在他不再能看到生命的高峰时，已经达到他生命中的顶点。他生存的目的，即我的目的、我的目标，带领我穿越生命的荣誉，现在看来，全部是荒谬的。当我注意到我如何追求着荒谬，我如何浪费我仅有的一次生命,一种可怕的绝望感传遍了我的全身。"

"你应该代之以追求的是什么?"

布雷尔为尼采的语气振奋,它现在更为温和、更为自信,宛如他熟悉这个领域。

"那是最糟的部分!生命是场没有正确答案的考试。如果我能让它从头再来一遍,我想我会做完全一样的事情,犯下同样的错误。前两天,我替一部小说想出了一个很好的情节。如果我能写作就好了!想象一下:一个中年男子过着不满足的生活,他得到一个精灵的提议,提供他重新体验其生命的机会,同时又能保持对他先前生命的全盘记忆。当然,他急忙跳进这个机缘里。但是他大吃一惊,并且感到害怕,他发现自己过着完全相同的生活——做着同样的选择,犯下同样的错误,信奉同样虚假的目标与神。"

"这些你赖以生存的目标呢,它们打哪儿来的?你如何选择它们?"

"我如何选择我的目标?选择、选择——你最喜爱的那个字眼!5岁、10岁或20岁的男孩不会选择他们的生活。我不知道要如何去思考你的问题。"

"不需思考,"尼采鼓励说,"只是清扫烟囱!"

"目标?目标在文化里、在空气里,你能呼吸到它们。跟我一起长大的每一个年轻男孩,都呼吸到同样的目标。我们全部都想要爬出犹太人的贫民区,在世界上如旭日般升起,去实现成功、财富与名望。那就是每个人想要的!我们没有一个曾经刻意以挑选目标来着手,它们就在那里,我的时代、我的族人、我的家庭自然而然的后果。"

"但是它们对你没有用,约瑟夫。它们不够坚实到足以支撑一个生命。哦,或许它们对某些人可能足够坚实,对那些没有见识的人;

或者对那些慢吞吞的选手，花了他们整个生命在蹒跚地追求物质目标；或者，对那些实现了成功但有那种才能的人，可以持续从他们的范围内设定新的目标。但是你和我一样有良好的洞察力，你在生命中看得太远。你看出了去实现错误目标的徒然以及去设定新的错误目标的徒劳无功，与零相乘永远是零！"

布雷尔被这些话搞得恍恍惚惚。其他一切东西，墙壁、窗棂、火炉，甚至是尼采的肉身，都逐渐淡去。他为这场交易等待了一辈子。

"是的，你说的每件事情都是真的，弗里德里希，除了你坚持人应该以刻意的方式去选择他的生涯规划之外，个体不会有意识地挑选他的生活目标：这些目标是历史的偶然——不是吗？"

"不去掌控你的生涯规划，就是让你的存在成为一种偶然。"

"但是，"布雷尔抗议说，"没有人有这样的自由。你无法踏出你的时代的观点之外，还有你的文化、你的家族、你的——"

"一度，"尼采插嘴说，"有一位有智慧的犹太导师，劝告他的信徒挣脱他们的母亲与父亲而去追寻完美。那可能是希望无穷的家伙值得踏出的一步！那可能是曲调正确下的正确舞蹈。"

给正确曲调的正确舞蹈！布雷尔试图集中心神在这些文字的意义上，但是突然打消了念头。

"弗里德里希，我对这样的谈话有一种热情，不过，心里却一直有个声音不停在说，'我们到达任何地方吗？'我们的讨论太过于虚无缥缈，离我心口的悸动与我脑袋里的忧伤太遥远。"

"耐心，约瑟夫。你让你的安娜·欧说了多久来清扫烟囱？"

"是的，那要些时间。好几个月！但是你跟我没有几个月。而且还有一点不同：她的清扫烟囱总是集中在她的痛苦上。但是，我们有关目标与生命目的的抽象谈话，感觉起来与我的痛苦毫不相干！"

第十六章

不为所动的尼采,仿佛布雷尔不曾说过话般地继续下去,"约瑟夫,你说所有这些对生命的忧虑在你满 40 岁的时候更为剧烈?"

"真是百折不挠啊,弗里德里希!你启发了我要对自己更有耐心。如果你有足够的兴趣来问我有关我的 40 岁,那我当然就有必要找出决心来回答你。40 岁,是啊,那是危机的一年,我的第二个危机。我在 29 岁的时候有了第一次的危机,当时,奥波尔泽死于一场斑疹伤寒,他是我大学医学院的老板。1871 年 4 月 16 日,我仍然记得日期,他是我的导师、我的拥护者、我的第二个父亲。"

"我对第二个父亲感兴趣,"尼采说,"跟我多说一点。"

"他是我生命中的伟大导师。所有人都知道,他准备让我做继承人。我是最佳的候选人,应该被选中来填补他的空缺。然而这不曾发生。或许,我没有能力促使它发生。一项基于政治较量的跳级指派成为最后决定,或许还同时基于宗教上的较量。那里不再有我的位子,我把我的诊疗室搬回家,甚至还把研究用的鸽子搬回家,并且进入全职的私人执业。那整件事,"布雷尔悲伤地说,"是我前途无量的学术生涯的结束。"

"在你说到你没有能力促使它发生上,你的意思是什么?"

布雷尔惊奇地看着尼采,"好一个从哲学家到临床医师的转型!你长出了医生的耳朵,你真是滴水不漏。我插入了那个看法,是因为我知道我必须诚实。然而它依然是个痛处,我并不想去谈它,但是它就是那个你挑中的句子。"

"你看吧,约瑟夫,在我催促你谈谈某些非你所愿的事情的那个瞬间——就是那个时刻,你赏我一个非常好的恭维来夺取权力,这是一个非常好的选择。现在,你还能主张说,权力的斗争不是我们关系中的一个重要部分吗?"

布雷尔瘫在他的椅子上,"噢,又是那个东西。"布雷尔在尼采

233

面前挥舞着他的手,"让我们不要再开启那种辩论。拜托,让它过去吧。"

然后他加上,"等等!我还有最后一个评论,如果你禁止任何积极情感的表达方式,那么,你就是错过了你所预言的,会在活的有机体上发现的那种关系。那是不入流的科学,你在玩弄资料。"

"不入流的科学?"尼采想了想,然后点点头,"你说得没错!辩论终结!让我们回到你如何没有帮助你自己的事业上。"

"嗯,证据俯拾皆是。我对撰写与发表科学论文多方拖延。我抗拒踏出对永久只在形式上有所必要的准备脚步。我没有加入正确的医学协会,或者是参与大学的委员会,或者是建立正确的政治管道。我不知道该怎么做,这也许跟权力有必然的牵连。也许,我从竞逐的斗争中退缩。对我来说,跟鸽子平衡系统的奥秘竞争,要比跟另一个人来得容易。我想是我跟竞争的问题,造成了当我想到贝莎的另一个男人时会这样的痛苦。"

"也许,约瑟夫,你觉得一个前途无量的家伙,应该没有必要去勉强挣扎于高升。"

"是的,那也是我的感觉。不过,无论那个理由是什么,那是我学术生涯的句点。那是失败的第一道伤口,对我前途无量的传奇的第一个打击。"

"所以,那是在29岁。而年过40岁呢——第二个危机?"

"一个更深的伤口。年过40岁粉碎了一切事情对我都有可能的想法。我遽然了解到生命最平淡无奇的事实,时间是不可逆的,我的生命正在逐渐枯竭。当然,我以前就知道这点,但是,在40岁时领悟它是一种不同的领悟。现在我知道那'前途无量的家伙'只是起跑点的旗帜而已,那个'前途'是一种错觉,那个'无量'是没有意义的,而且,我与所有其他人都一步步地迈向死亡。"

尼采心有所感地摇着头,"你称清晰的洞察为伤口?看看你所学到的东西,约瑟夫,时间无法被中断,意志无法逆行。只有幸运的人才会捕捉到这种洞见!"

"幸运?多奇怪的字眼!我得知了死亡正在迫近,知晓到我的无能与不足,了解生命没有真正的目的或价值,而你却称此为幸运!"

"意志无法逆行的事实,并不意味着意志是无能的!感谢上帝,因为他死了,那并不意味着存在没有目的!死亡的来临,那并不意味着生命没有价值。这些都是我将在未来教你的事情。不过,我们今天做得已经够了——或许太多了。在明天之前,请温习我们的讨论。思考它!"

惊讶于尼采突兀地结束了讨论,布雷尔看看他的表,发现他还有另外 10 分钟可以用。不过他没有提出任何反对,在离开尼采房间的时候,感觉到学生被提早放学的轻松。

节录布雷尔医生对艾克卡·穆勒一案的笔记

1882 年 12 月 7 日

耐心、耐心、耐心。有生以来第一次,我理解了这个字的意义与价值。我一定要把我的长远目标谨记在心。在这个阶段,所有大胆、过早的步骤都失败了。想想棋局的起手,不愠不火并有组织地把棋子移到有利的位置,建构一个坚实的中枢。不要操之过急,不要过早拿出王后!

而且它获得了回馈!今天向前的一大步,是采用了名字来称呼。他几乎被我的提议所窒息,我简直憋不住我的笑声。就他所有的自由思想而言,他骨子里是个维也纳人,而且喜爱他的头衔——几乎一样地喜爱他的抽象性!在我反复地称他弗里德里希之后,他开始礼尚往来了。

这在聚会的气氛上造成了变化。在几分钟之内，他把门打开了一道小小的窄缝。他暗示了他有过的危机比他所分享出来的要多，以及在他20岁的时候他就40岁了！我放过了这部分——暂时如此！但是我一定会回来的！

或许，我最好先忘掉我帮助他的企图，我最好根本就在他帮助我的努力中随波逐流。我越是真诚，越不要试着操控，就越好。他就像西格一样，他有一双看穿任何伪装的鹰眼。

今天是场刺激的讨论，就像在布伦塔诺哲学课堂上的旧时光。好几次我深陷其中。不过，它具有建设性吗？我对他重复了我对老去、失败与没有目标的忧虑，全部都是我病态的胡思乱想。重谈我是个前途无量的家伙的老调，似乎奇妙地引起了他的兴趣。我还不确定我完全了解他的观点，如果算得上有一个观点的话！

今天，他的方法对我来说较为清楚了。由于他相信我对贝莎的魂牵梦绕，让我分散了我对那些存在的忧惧，他的意图就是让我面对它们，去唤起它们，有可能让我更为不安。因此，他戳得很深，并且无论如何都不提供支持。对于他的性格，那对他来说当然一点也不困难。

他似乎相信一个哲学的争辩法会触动我的心弦。我尝试让他知道，它并没有感动我。但是他就像我一样，在他进行的过程中不断尝试又立即创造新的方法。他今天在方法学上的另一个发明，是去运用我的"清扫烟囱"技巧，成为清扫者而不是监督者，这毋宁让我感到新奇，新奇，但不会不愉快。

不愉快与不耐的是他的装模作样，还反复不停地流露出来。他今天声称他会教我生命的意义与价值。只不过不是现在而已！我现在还没有准备好来面对这些！

第十六章

节录弗里德里希·尼采对布雷尔医生所做的笔记

1882 年 12 月 7 日

终于！一场值得我注意的讨论——一场大大证明了我的判断的讨论。这个男人被大帽子——他的文化、他的身份、他的家族给压得抬不起头来，以致他从来不知道他本身的意愿。他经历了如此多的磨炼以至于习惯了服从，他在我谈到抉择时，看来大感惊愕，宛如我在说的是外国话一般。或许是特别局限于犹太人的服从吧，外在的迫害把一群人结合得如此紧密，以致单一的个人无从显现。

当我让他面对了他容许他的生命成为偶然的那个事实的时候，他否认了选择的可能性。他说，没有一个属于某个文化的人可以做出选择。当我温和地让他面对耶稣对于挣脱父母与文化以追寻完美的训练时，他宣称我的方法太过虚无缥缈而改变了话题。

有趣的是，他如何在早年捕捉了那个概念，却从来不曾发展那种洞察力来看它。他是"前途无量的家伙"，就像我们全部都是一样，但是他从未了解过他的前途的本质。他从来不了解他的责任是让自然完美，去超越他自己、他的文化、家族、性欲、他野蛮的动物本性，去成为他的存在、他所有的那种人。他从来没有长大过，他从来不曾蜕下他的第一层皮，他误以为那些希望是去获得物质与专业上的目标。而在他达到这些目标的过程中，那个没有一刻安静下来的声音不断地说着，"成为你的存在"。他陷入了绝望，并且咒骂着施加在他身上的诡计，甚至到现在他都没有搞清楚重点所在！

他还有希望吗？他至少考虑到了正确的关键，并且没有去依赖宗教的欺骗，不过他有过多的恐惧。我要如何教导他变得坚强呢？他一度说洗冷水澡对肌肤强韧有好处。有一种强化决心的处方吗？他已达到那个洞见，那个我们不是由上帝的要求所控制，而是由时间的要求所控制的正确洞见。他了解到意志没有办法对抗"它因而如此这般"的力量。我有那种能力来教导他把"它因而如此这般"转变为"我因而如此这般地选择它"吗?

他坚持以我的名字来称呼我,即使他知道这不为我所愿。不过,它只是小小的折磨而已,我强壮到足以允许他这一点小胜利。

弗里德里希·尼采给路·莎乐美的信

1882 年 12 月

路:

亲爱的路,相较于你是否会再次找到你自己,我是否受苦,是件无关紧要的琐事。我从来没有跟像你这样值得怜悯的人打过交道;

无知但机敏

善于把所知用得淋漓尽致

没有品位,但在这个缺点上很纯真

只对小事诚实,往往是出于倔强

在较大的尺度上,面对生活的整个态度——不诚实

对施与受一点都不敏锐

没有灵魂亦没有去爱的能力

实际上永远不健全,而且几近疯癫

对恩人不怀感激、不知羞愧

尤其是

靠不住

行为不检

对荣誉的事情无知

大脑具有灵魂的初步迹象

猫的性格——披上家居宠物外衣的掠食者

高尚是指回想起熟悉的高尚的人们

意志坚强,但心胸不广

既不勤勉又不贞洁

残酷地驱逐官能

孩子气的以自我为中心,作为性欲萎缩与滞后的结果

没有对人的爱,却有对上帝的爱

需要扩充

诡计多端,充满对涉及男人性欲的自我克制

你的 F. N.

第十七章

劳森医疗中心很少谈起穆勒先生，布雷尔医生在13号房的那位病人。没什么事情好说的。对忙碌又工时过长的护士来说，穆勒先生是病人的楷模。在第一个星期中，他不曾有偏头痛的发作。撇开一天六次对生命症候的例行检查，包括脉搏、温度、呼吸频率以及血压，他只提出了少许要求，并且不太需要关注。护士们视他就像布雷尔的护士贝克太太，是一位真正的绅士。

不过很清楚的是，他重视他的隐私。他从未主动开始一段谈话，当护士或其他病人跟他说话时，他友善又短暂地说上几句。他选择在他房内用餐，而且在他早上与布雷尔医生的会面之后（护士们猜测是由按摩与电疗所组成），他一天大部分的时间都独处，在他的房间里奋笔疾书，或者在天气许可的情况下，在花园散步的时候涂写着笔记。至于他在写些什么呢，穆勒先生客气地阻止了探究。唯一知道的是他对一位古代的预言家查拉图斯特拉有兴趣。

就尼采在医疗中心内温和的举止，以及经常出现在他书中那斗志昂扬的高频率声音，布雷尔对两者之间的差异，留下了深刻的印象。当他对他的病人提出这个问题时,尼采微笑地说道:"这没什么好神秘的。如果没有人聆听,当然就只能呐喊!"

他似乎满意于他在医疗中心内的生活。他跟布雷尔说,不只是他的日子愉快又免除了痛苦,而且他们白天的谈话同样让他的哲学成果丰硕。他一向轻视像是康德或黑格尔之流的哲学家,他说,他们以一支学院的铁笔,只为了学术社群而撰写。他的哲学是关于生命并为了生命。最好的真理,他始终这么说,是从一个人自身生命体验中破茧而出的血淋淋的真理。

在他与布雷尔有接触之前,他从来不曾企图让他的哲学付诸实践。他简简单单就打发了应用的问题,声称那些无法了解他的人不值得为之大费周章,反之,优秀的个体会找到他们通往他的智慧的道路——如果不是现在,那就是100年之后!但是,他每天与布雷尔的对决,迫使他把这回事看得更为认真。

尽管如此,对尼采来说,这段无忧无虑、富有建设性的劳森时光,并没有像它表面上看起来的那样美妙。潜藏的逆流逐渐侵蚀着他的活力,他几乎每天都写着愤怒、渴求、绝望的信给路·莎乐美。她的意象从未间断地侵袭他的心灵,分散他对布雷尔、对查拉图斯特拉的精力以及享受免于痛苦的纯粹喜悦。

不论从表面或深层来看,对布雷尔来说,尼采入院的第一个星期的生活,有的只是蹂躏与折磨。花在劳森的时间,是在已经沉重的行程表上再添负荷。维也纳医界不变的铁律是,天气越糟,医生就越忙。几个星期以来都是阴森的冬季,灰蒙蒙的天气持续不断,北风刺骨又强烈,空气则沉闷又湿漉漉的,这天气使举步维艰的病人一个接着一个形成了稳定的人潮,送进了他的诊疗室。

12月的疾病主宰了布雷尔的摘要:支气管炎、局部急性肺炎、鼻窦炎、扁桃腺炎、外耳炎、喉炎以及肺气肿。此外,一直都有病人患有神经系统方面的疾病。12月的头一个星期，两个年轻的新患者，带着遍及全身的硬化症进了他的办公室。布雷尔分外痛恨这种诊断，他没有任何治疗方法可以提供给这种病症，并且厌恶那种进退两难，是否告诉他的年轻病人落在他们头上的命运，日见严重的行动不便以及随时可能发作的突发性虚弱、瘫痪或失明。

同样在第一个星期，出现了两个新患者，没有器官病变症状的证据，布雷尔确信她们患上了歇斯底里症。一个是中年妇女，在过去两年以来，只要她被单独留下，痉挛性麻痹就会发作。另一位病人是个17岁的女孩，双腿有强直性痉挛失调，并且只能用两把雨伞作拐杖行走。不时地，她会大叫这种奇怪的句子："不要管我！走开！我不在这里！那不是我！"她会丧失意识。

布雷尔如此相信着，这两个病人都是安娜·欧谈话治疗的候选人。但是那种治疗方式的代价太高，就他的时间、他的专业声誉、他的能力以及他的婚姻来说。尽管他发誓绝不再用这种治疗，让他不知所措的是转向传统治疗学毫无效果的养生法——深度的肌肉按摩与电击刺激，后者依据的是威廉·厄尔布在他被广泛使用的《电击治疗学手册》中，所制定出明确但未获证明的指导方针。

要是他能够把这两个病人转诊给另一个医生就好了！但是转给谁呢？没有人要这样的转诊介绍。1882年12月，撇开他不算，维也纳没有人——整个欧洲都没有人——知道如何去治疗歇斯底里症。

不过，布雷尔的筋疲力竭不是来自加于他身上的专业需求，而是他受苦于自作自受的心理折磨。他们的第四、第五与第六次聚会是依照他们在第三次会面时所建立的议程：尼采强迫他去面对他生命中的存在议题，尤其是他关于漫无目标的忧虑、他的顺从与缺乏自由以及他对老化与死亡的恐惧。如果尼采真的想要我变得更不舒服，布雷尔想着，那他一定会被我的进展所取悦。

第十七章

布雷尔感到真正的羞愧,甚至他跟玛蒂尔德间的隔阂变得更深。焦虑压得他抬不起头来。他无法让自己免除胸腔的压迫,仿佛有一个巨大的老虎钳挤压着他的肋骨。他的呼吸浅而弱。他不断提醒自己要呼吸得深一些,但不论他多么努力地试,他也无法呼出钳制他的压力。外科医生现在学会了插入一根胸管,以此来排除病人的胸腔积水,有时候,他会幻想在他的胸部与腋下猛力插进管子,把他的忧惧给吸出来。夜复一夜,他受苦于可怕的梦与严重的失眠。几天之后,他为了入睡而比尼采服用更多的水合三氯乙醛。他怀疑他还能继续多久,这样一种生活值得过下去吗?有时他想到服用过量的安眠药。好几个他的病人,经年累月地持续受苦于类似这样的问题。嗯,让他们去这样做吧!让他们去紧紧抓着一个没有意义又悲惨的生活吧。他不要!

应该要帮助他的尼采,给予他极少的安慰。当他描述他的极度痛苦时,尼采把它当成一桩琐事给打发走。"你当然会痛苦,这是洞察的代价。当然,你在害怕,生活就是处于危险中。坚强一点!"他勉励说,"你不是头母牛,我也不是个反刍的提倡者。"

星期一晚上,在他们达成协议的一个星期后,布雷尔知道尼采的计划错得非常厉害。对于贝莎的幻想,尼采把它理论化为部分心灵声东击西的策略——心灵"卑劣"的战术之一,以此来避免面对更为痛苦,还叫嚣着注意力的存在忧虑。只要去正视关系重大的存在议题,对贝莎的魂牵梦系就会自然淡化,尼采一直如此坚持着。

但是它们没有淡化!这些幻想以从来没有过的凶暴,彻底击溃了他的抗拒!它们对他要求更多,更多他的注意力,更多他的未来。布雷尔再一次幻想改变自己的生活,找出某种方法来逃离他的监狱,他的婚姻、文化与专业的监狱,并且把贝莎拥在怀中,逃离维也纳远远的。

有一个特别的幻想积聚了力量。他想象有一天晚上回家时，看到一群邻居与救火员聚集在他住的街上。他的房子陷入了一片火海！他把外套遮在头上，冲过拦阻的臂膀上楼去拯救他的家庭。但是那火焰与烟雾让援救落空。他失去了意识，并且被消防队员救了出来，他们告诉他说，他整个家庭都死于这场大火：玛蒂尔德、罗伯特、贝莎、朵拉、玛格利特与乔纳斯。对他想要挽救家庭的壮举，大家都赞不绝口，每个人都为他的失去所震惊。他痛苦万分，他的悲伤难以形容。但是他自由了！与贝莎在一起的自由！跟她远走高飞的自由！或许去意大利，或许去美国，那种从头开始来过的自由。

这会成功吗？她对他来说是不是太年轻了呢？爱情会长存吗？这些问题的出现，不会比那循环再度开始得更快：他又一次在那条街上，看着他的房子陷入火海！

这个幻想猛烈地防御它自己，抗拒着干涉，一旦启动了，它必须要跑到终点。有时甚至在病人与病人之间的短暂空当，布雷尔会发现自己站在他烈焰冲天的房子前面。如果贝克太太在这个节骨眼进入他的办公室，他假装是在为病人的病历写摘要，并且挥手示意让他静一静。

在家里的时候，他无法在看着玛蒂尔德时，不被突发的罪恶感所苦，因为他把她放在那烈焰冲天的房子里。所以他越来越少看她，花上更多的时间在他的诊疗室里研究他的鸽子，更多的夜晚在咖啡馆里，与他的朋友一个星期打两次塔罗牌，接受更多的病人，并且在回到家时非常非常疲累。

而那个关于尼采的计划呢？他不再主动为帮助尼采而奋斗。他遁入一种新的想法，**也许他对尼采最好的帮助，就是让尼采来帮助他！**尼采似乎状况不错。他不再滥用药物，他只要半克水合三氯乙醛就会睡得很好，胃口极佳，没有胃痛，偏头痛不再发作。

第十七章

布雷尔现在完全认知到他本身的绝望以及自己需要帮助的事实。他不再自我欺骗，不再假装他与尼采谈话是为了尼采着想，不再认为这些言谈聚会是一种手段，一个诱使尼采谈论他的绝望的机巧策略。布雷尔诧异于谈话疗法的魅力。它把他吸引进去，假装在一项治疗之中就是要在它里面。卸除他自己的负担真是快活，去分享一切他最糟糕的秘密，去拥有某人全副的注意力，最棒的部分是，这个人了解、接受甚至原谅他。即便有些会而让他感受更糟，无法解释的是，他又满心期盼地期待着下一次约会。与日俱增的，是他对尼采的能力、智慧所抱有的信心。在他的心目中，不再怀疑尼采是否有治愈他的力量，只要他，布雷尔，能够找出通往那种力量的通道！

而尼采这个人呢？我们的关系，布雷尔怀疑着，仅限于专业上吗？无疑他对我了解得比世界上任何人都清楚，或者，至少知道的比较多。我喜欢他吗？他喜欢我吗？我们是朋友吗？布雷尔对这些问题都不确定，或者说，布雷尔自己是否可以去关心某个保持如此疏远的人。我可以保持忠实吗？或者，我也会在某一天背叛他呢？

然后某些出乎意料的事发生了。在一天早上离开了尼采之后，布雷尔在抵达办公室时，一如既往地接受贝克太太的问候。她交给他一张12位病人的名单，已经到达的人在名字旁边有红色的标记，还有一个天蓝色的信封，布雷尔则认出来上面是路·莎乐美的笔迹。布雷尔打开了封缄的信封，抽出一张镶着银边的卡片：

1882年12月11日
布雷尔医生：
 我希望今天下午见你。

路

路！预约的名字里没有她！布雷尔回想着，然后注意到贝克太太正说着话。

"这位俄国小姐一个钟头以前走进来要找你，"贝克太太解释着，蹙起的眉头在她一向平滑的额头上形成皱纹。"我冒昧地对她说了你早上行程排满了，她则说她会在5点回来。我让她知道你下午的行程一样满当。然后，她索要尼采教授在维也纳的地址，不过我告诉她说我毫不知情，她必须跟你来谈这件事。我做对了吗？"

"当然，贝克太太——你一如既往的正确。不过你似乎有点烦恼？"布雷尔知道，她不只是在路·莎乐美第一次造访时就非常不喜欢她，同时还将这件麻烦的尼采事件归咎到她的头上。每天到劳森医疗中心一趟，在布雷尔办公室的行程上造成了一种紧张状态，使得他现在很少有时间去注意到他的护士。

"老实说，布雷尔医生，她这样闲晃进你的办公室，真的把我给激怒了。诊所已经被病人挤得满满的了，她还期待你就在这里等她，而且还一副理所当然她就应该优先于所有人的样子。最夸张的是，她还跟我要那位教授的地址！这里面一定有鬼——在你的背后跟我套话，还有那位教授！"

"这就是我为什么说你做了正确的事情的原因，"布雷尔安抚地说，"你考虑得很周到，你要她来找我是对的，而且你保护了我们病人的隐私。没有人可以处理得更好。现在，请韦特纳先生进来。"

大约5点15分，贝克太太通报莎乐美小姐来了，同时提醒他还有五位病人在候诊。

"下一位我该送谁进来？梅尔太太已经等了几乎两个小时。"

布雷尔感觉受到压迫，他知道路·莎乐美期望被立刻接待。

"送梅尔太太进来，我下一个见莎乐美小姐。"

20分钟之后，正当他在写他对梅尔太太的诊断时，贝克太太引

246

第十七章

领路·莎乐美进了办公室。布雷尔跳起来,并把他的嘴唇印在她伸出来的那只手上。自从他们上一次会面之后,他对她的印象已经模糊。现在,他再次为她是这样一位美丽佳人所冲击。他的办公室是如何突然地蓬荜生辉啊!

"噢,美丽的小姐,何等的荣幸!我都已经忘了!"

"已经把我忘了,医生先生?"

"不,不是你,只不过是忘了见到你是何等的愉快。"

"那这次要看得更仔细哦,嗨,我给你这一边,"路·莎乐美调情似地先把她的头转向右边,然后是左边,"现在是另外一边,人家跟我说,我这一边的侧面最好看。你也这样觉得吗?不过现在告诉我,我一定要知道,你读了我的短笺吗?你没有被冒犯吧?"

"冒犯?不会,当然不会,不过,我的确懊恼于只有这么点时间可以给你,或许只有一刻钟。"他举手示意,当她将自己安顿进一张椅子的同时,优雅地、舒缓地,仿佛她手中有全世界的时间可供支配似的,布雷尔坐在她旁边的椅子上。"你看到了我满满的候诊室。不幸的是,我今天的时间没有变动的余地。"

路·莎乐美似乎不受影响。虽然她点头表示同情,她依然给人那种布雷尔的候诊室不可能跟她有丝毫干系的印象。

"我还必须,"他加上一句,"探视几位在家里的病人,而且今晚我有一个医学协会的会议。"

"哦,成功的代价,医生教授。"

布雷尔依然不满意于在这码事上放手。"告诉我,我亲爱的小姐,为什么要这样碰运气呢?何不先写信过来,我可以安排时间给你?有些时候,我连一点空当都没有,而其他时候我被叫出城去出诊。你可能跑来维也纳却完全见不到我,为什么要冒可能徒劳无功的风险呢?"

247

"一直都有人警告我这样的风险。然而,到目前为止我从未失望过,一次都没有。看看今天,现在!我在这里了,跟你说着话。或许我该在维也纳过夜,明天我们可以再见一面。所以,告诉我,医生,我为什么要改变看起来非常成功的行为呢?再者,我太过冲动,常常无法事先写信通知,是因为我并没有事先计划。我飞快地做决定,并且迅速地采取行动。"

"然而,我亲爱的布雷尔医生,"路继续安详地说着,"当我问你是否被我的短笺所冒犯时,这些都不是我所指的意思。我想要知道你是否被我的不拘形式所冒犯——我直呼你的名字而不是姓,大部分维也纳人对不加正式头衔感到惊骇或赤身露体似的,不过,我憎恨不必要的距离。我会喜欢你用路来称呼我。"

我的上帝,好一个令人敬佩又惹人议论的女人,布雷尔想着。除了他的不自在之外,他看不出有什么抗议的方式,可以让他自己不会与一板一眼的维也纳人沆瀣一气。他突然理解到,他几天前把尼采放进一个多么惹人厌的位置上。然而,我跟尼采是同一代的人,反之,路·莎乐美只有他一半的年纪。

"当然,我的荣幸。我绝不会去投票赞成我们之间的樊篱。"

"很好,那就是叫路了。就像你在等候的病人一样,我肯定除了对你专业的尊敬外没有其他意思。事实上,我的朋友保罗·雷跟我,时常讨论我们自己进医学院的计划。由此,我能理解对病人的责任,并因此会马上说到重点。毫无疑问,你应该已经猜到,我今天来是带着有关我们病人的问题与重要的资讯,这是说,如果你仍然与他会面的话。我从奥弗贝克教授那儿得知尼采离开巴塞尔来此,其他的我一无所悉。"

"是的,我们见过面了。不过跟我说,小姐,你带有什么样的情报呢?"

第十七章

"尼采写的信——如此的狂放、愤怒与混乱,他有时候听起来就像是失去了理智。它们在这儿,"她递给布雷尔一沓纸,"今天在等候你的同时,我抄写了节录给你。"

布雷尔看着第一页,路·莎乐美优美的手迹:

噢,那样的哀愁……哪里有个可以将人真正湮没的海洋?

我失去了我所拥有的那一点点东西:我的名声,我对少数人的信任。我将永远失去我的朋友雷,由于现在对我控制更甚的可怕折磨,我已经失去了他一整年。

人要原谅自己的朋友,比原谅自己的敌人还困难。

虽然还有许多张,布雷尔突然停了下来。无论尼采的文字有多么迷人,他知道他每读一行,都是对他的病人的背叛。

"嗯,布雷尔医生,你对这些信的意见是什么?"

"再跟我说一次,你为何认为我必须看它们。"

"这个嘛,我一次拿到了所有的信。是保罗把它们扣下来的,不过我觉得他没有权利这样做。"

"但是为什么急着要我读它们呢?"

"读下去!看看尼采说了些什么!我确信一个医生一定要有这样的情报,他提到了自杀。同时,许多语句非常没有章法,或许他的理性能力在崩溃中。还有,我也有人性上的盲点,这一切对我的攻击,难堪又痛苦,我无法简单地把它们忘掉。老实说,我需要你的帮助!"

"哪一种帮助?"

"我尊重你的意见,你是位受过训练的观察者。你认为我是这种样子吗?"她迅速翻阅着信,"听听这些指控:'不敏锐……没有灵魂……没有去爱的能力……靠不住……对荣誉的事情无知。'或者是这一项，'披上家居宠物外衣的掠食者，'或者是这个，'你是一个应该上绞刑架的人，我以往却以为你是美德与高贵的化身。'"

布雷尔猛烈地摇着头，"不，不会，我当然不是以这种方式来看待你。不过，以我们有限的会面如此的短暂又专注在公事上，我的意见又能有多大的价值呢？这真的就是你想从我这里寻求的帮助吗？"

"我知道大部分尼采写的东西是出于冲动，在愤怒中写就，写来惩罚我。你跟他谈过话，而且你们已经谈过我，我确信一定是如此。我必须知道他对我真实的想法，那就是我对你的请求。他怎么说我？他真的恨我吗？他把我看成这样一种毒蛇猛兽吗？"

布雷尔静静地坐了好一阵子，思索路·莎乐美问题中所有的暗示。

"但是，我在这里问你更多的问题，"她继续着，"你却尚未回答我先前的那些，你能够说服他跟你谈话吗？你依然在跟他见面吗？你们有任何进展吗？你学会了如何成为一位治疗绝望的医生吗？"

她暂停下来，直接瞪着布雷尔的双眼，等待一个答复。他感到压力在形成，来自所有方向的压力，来自她、来自尼采、来自玛蒂尔德、来自等待他的病人、来自贝克太太。他想要尖叫。

最后，他深呼吸一口气，并回复说，"美丽的小姐，我是多么抱歉这么说，我唯一的答案是无可奉告。"

"无可奉告！"她大声惊呼，"布雷尔医生，我不明白。"

"考虑一下我的立场。尽管你问我的这些问题是完全合理的，它们无法在我不侵犯一位病人的隐私下回答。"

"那么，这意味着他是你的病人，而且你继续在见他？"

"唉，我甚至不能回答这个问题！"

"但这对我肯定不一样，"她说，逐渐愤慨起来，"我不是个陌生

第十七章

人或讨债的。"

"问题的动机是不相干的,相干的是病人的隐私权。"

"但这不是一般类型的医疗照顾!这整个计划是我的主意!我担负了把尼采带来找你以防范他自杀的责任,我理所当然应该知道我努力的结果。"

"是的,这就像设计一项实验,并想要知道结果一样。"

"正如你所说。你不会从我这儿剥夺掉那个权利吧?"

"但是,如果我告诉你结果,却置那项实验于险境,这又该怎么办呢?"

"那怎么可能发生呢?"

"在这种事情上,相信我的判断吧。记住,你来找我是因为你认为我是个专家。因此,我请求你用对待一位专家的方式来对待我。"

"但是,布雷尔医生,我并不是个漠不关心的旁观者,我不仅是一场意外的目击者,对受害者的命运具有病态的好奇。尼采以往对我很重要,现在依然如此。同时就像我所提过的,我相信我对他的痛苦负有部分的责任。"她的声音变得很刺耳,"我也很痛苦,我有权利知道。"

"是的,我听出了你的痛苦。但是作为一个医生,我必须先关心我的病人,并且让我自己与他形成同一战线。或许有一天,如果你实现了你本身要成为一位医生的计划,你会理解我的立场。"

"那我的痛苦呢?那什么都不算吗?"

"我为你的痛苦而感到痛苦,但我无法做任何事情。我建议你到其他地方寻求帮助。"

"你可以给我尼采的地址吗?我只能透过奥弗贝克跟他取得联络,他可能不会把我的信交给他!"

布雷尔终于对路·莎乐美的强求感到不耐烦,他必须采取的立场越来越清楚了。"你在给一位医生对他的病人的责任提出难题。你强迫我在尚未思考清楚的问题上表明立场。但是我现在相信，我什么都无法告诉你——他住在哪里，或者他的健康状态，甚至他是不是我的病人。而说到病人，莎乐美小姐，"他说，从椅子上站了起来，"我必须照顾那些正在等候我的病人。"

在路·莎乐美也开始起身的时候，布雷尔把她带来的信递给她，"我一定要把这些交还给你。我了解你大老远地把它们带来，但如果如你所言，你的名字对他来说是毒药的话，那就不可能会有我能运用这些信的方法。我相信我阅读了它们就是犯下大错。"

她飞快地把信拿过来，一言不发地转身冲出去。

布雷尔眉毛纠结，再次坐下。这会是他最后一次见到路·莎乐美吗？他大感怀疑！当贝克太太进来办公室时，她问道是否可以请在候诊室咳得很厉害的普菲弗曼先生进来，布雷尔要她等个几分钟。

"你要多久都行，布雷尔医生，让我知道就好了。也许来杯热茶轻松一下？"他摇摇头，她留下他独处时，他闭上眼希望休息一下。贝莎的幻影迎面袭来。

第十八章

对路·莎乐美的造访想得越多，布雷尔就越生气。不是生她的气，而是气尼采；面对她，他现在主要感到的是恐惧。尼采不停地为了他对贝莎的热衷而责怪他，为了——他怎么形容它的？"在肉欲的食槽里进食"或"在你心灵的垃圾堆中东翻西找"，而这期间在旁边东翻西找、暴饮暴食的人，其实是尼采！

不对，他不应该读那些信，一个字也不行。但是，他意识到这点时不够迅速，而现在，他要拿他看到的东西怎么办呢？什么都不行！不论是那些信或是路·莎乐美的造访，没有一点他可以拿来跟尼采分享。

奇怪的是，他跟尼采分享了同样的谎言，彼此都跟对方隐瞒了路·莎乐美。虚骄，难道以对他的相同方式影响了尼采吗？尼采会感到不诚实吗？会有罪恶感？基于尼采的利益，可以有某种方法来利用这种罪恶感吗？

缓慢走上宽阔的大理石楼梯间，迈向13号病房，布雷尔在周六早晨对自己自言自语。不要躁动！某种重要的事情正在酝酿。看看仅仅一个星期里，我们就进展了不少！

"弗里德里希，"布雷尔在完成了简短的身体检查后立刻说，"我昨晚有一个跟你有关的怪梦。我在一家餐厅的厨房里，邋遢的厨子把油洒得遍地都是。我不小心滑倒了并掉了一把剃刀，深深地插进一道裂缝。然后你进来了，虽然看起来并不像你。你穿着一套将军的制服，不过我知道那是你。你要帮我拿回那把剃刀。我跟你说不要，我对你说，你不过是让它插得更深而已。但是你无论如何都要试试，而且你的确把它插得更深了。它被裂缝紧紧地嵌住，而每一次我试图要把它用力拔出来，我就割伤了我的手指。"他停下来并期待地看着尼采，"你对这个梦的解释是什么？"

"你对它的解释是什么，约瑟夫？"

"就像我大多数的梦一样，它大部分是没有用的东西，除了关于你的那个部分，它一定意味着什么。"

"你依然能够在你心里看到那个梦吗？"

布雷尔点点头。

"继续看着它，并对它清扫烟囱。"

布雷尔犹豫着，看起来不甚热衷，接着尝试集中精神，"让我看看，我掉了某个东西，我的剃刀，而且你出现了——"

"穿着件将军的制服。"

"是的，你装扮的像是一位将军，并且试图要帮助我，但是你没有帮上忙。"

"事实上，我让事情更糟，我让刀片插得更深。"

"嗯，这一切都符合我一直在说的事情。事情日益恶化，我对贝莎的妄想，那个房子着火的幻想，失眠。我们一定要做些不一样的事情！"

"还有我穿得像个将军？"

第十八章

"嗯,那部分很容易。那套制服一定是表明你高傲的态度、你诗意的言谈、你的朗诵。"胆量被他取自路·莎乐美的新情报所壮,布雷尔继续说道,"它是你不愿意以实际的态度与我相处的象征。以我对贝莎的问题来作例子。我从我对病人的工作中得知,跟异性有问题是多么普遍。没有人实际上能逃脱得了爱情的痛苦。歌德知道这点,这就是为什么《少年维特之烦恼》如此有力:他的相思病打动了每个人。它肯定也发生在你身上。"

从尼采那儿得不到回应,布雷尔更进一步地施压。"我敢出大价钱下注,赌你也有类似的经验。为什么不把它跟我分享呢,好让我们两个人可以坦诚地谈话,像是平等的人?"

"而且不再像将军与二等兵、有权力跟没权力的一样!噢,抱歉了,约瑟夫,我同意不要讨论权力,即使当权力的议题如此明显地出现在我们眼前的时候!至于爱情,我不否认你所说的事,我不否认我们所有人,包括我在内,都尝过它的痛苦。"

"你提到少年维特,"尼采继续着,"不过,让我用歌德的文字来提醒你,'做个男人,并且不要追随我,而是去追随你自己!只有你自己!'他把这个句子放进了第2版,因为有如此多的年轻人追随维特的榜样,自杀身亡。你知道这点吗?不是的,约瑟夫,重要的关键不在于我去告诉你我的方法,而是去帮助你找到你的方法来挣脱你的绝望。现在,这个梦里的剃刀又怎么说呢?"

布雷尔迟疑着。尼采坦诚他也尝过爱情的苦果,这泄露了重大的心事。他应该进一步地追究下去吗?不,就现在而言已经够了。他把注意力转回到他自己身上。

"我不知道在这个梦中为何应该有一把剃刀。"

"记住我们的规则,不要尝试去理解它。只要清扫烟囱就好了。说出任何出现在你脑海里的事情,什么都不要省略。"尼采靠坐回去并闭上了眼睛,等待布雷尔的回答。

"剃刀,剃刀,昨天晚上我见了一个朋友,一位名叫卡尔·柯乐的眼科医师,他的脸刮得干干净净。我今天早晨想到要把我的胡须给剃掉,我经常想到这点。"

"继续清扫!"

"剃刀——手腕——我有一个病人,一个纠结于同性恋而意志消沉的年轻人,在前一阵子用剃刀割了他自己的手腕。我今天稍后要去看他,他的名字刚巧也叫约瑟夫。虽然我没有想到要割我的手腕,我的确想过要自杀,就像我对你说过的。这是胡思乱想,并没有真的在计划。我几乎不曾有杀掉我自己的行动感受。相较于烧掉我的家庭,或带着贝莎远走高飞到美国,它或许更是没有可能,可是,我对自杀想得越来越多。"

"所有认真的思考者都考虑过自杀,"尼采指出说,"它是帮助我们度过夜晚的慰藉。"他张开眼睛并转向布雷尔,"你说,我们一定要做点其他的事情来帮助你,其他什么样子的事情呢?"

"直接攻击我的妄想!它在毁灭我,它在耗损我整个人生。我不是生活在现在,我生活在过去里,或者是一个永远不会成真的未来。"

"但是,你的妄想迟早会投降的,约瑟夫。我模型的正确性是如此显而易见。如此明白的是,你对于存在的主要恐惧躲在你的妄想之后。同样明白的是,我们越敞开来谈这些恐惧,你就会得到越强大的妄想。你难道看不出来吗,你的妄想企图转移你的注意力,把它们从这些生命的事实上转移开来?妄想是你唯一知道的方法,能够借此减轻你的恐惧。"

"但是,弗里德里希,我们并没有意见相左的地方。我被你的观点所说服,而且我现在相信你的模型是正确的。不过,去直接攻击我的妄想,并不是去否定你模型的有效性。你有一次把我的妄想描述成真菌或杂草,我同意,而且我同样同意的是,如果我从很久以前就以不同的方式陶冶我的心灵,那种妄想永远不会扎根。但是它现在就在这里,它一定要被连根拔除,你所采取的方式缓不济急。"

尼采在他的椅子上坐立难安,显然对布雷尔的批评感到不自在,"你对连根拔除有什么特别的建议吗?"

"我是妄想的俘虏,它永远不会让我知道如何逃脱。那就是为什么我要问你,关于你对这种痛苦的经验,还有你用来摆脱的方法。"

"但那正是我上个星期试图去做的事情,当时,我要你从一个遥远的距离之外来观察你自己,"尼采回答说,"一种广阔的视野总是会冲淡悲剧。如果我们爬得够高,我们会达到一个高度,悲剧在那儿看来不再悲惨。"

"是,是,是。"布雷尔越来越感到恼怒,"理智上我知道。然而,弗里德里希,'悲剧在那儿看来不再悲惨的高度',像这样的陈述,根本就不会让我感到好过些。请原谅,如果我听来不耐烦的话。但是,在理智上知道某事与情感上接受某事之间,有一个鸿沟——一个巨大的鸿沟。当我晚上清醒地躺在床上害怕死亡时,我常常对自己背诵卢克莱修的格言:'死亡所至,我不在彼。我之所在,死亡不至。'它真是无比的理性与无可辩驳的真实。但是当我真的在害怕时,它从来就没有用,它从未平复我的恐惧。这就是哲学无法达到的所在。教导哲学,在生活中使用哲学,这是非常不同的两码事。"

"问题在于,约瑟夫,无论何时我们舍弃了理性并使用较低层次的能力去影响人类,我们得到的结果会是个较低级、较廉价的人。当你说你想要某种有用的东西时,你指的是你想要某种可以影响情绪的东西。嗯,有这种事情上的专家!他们是谁呢?传教士!他们知道潜移默化的秘密!他们巧妙地操纵着振奋人心的音乐,他们以高耸的尖塔与拔升的教堂内部来让我们相形见绌,他们为了顺服而鼓励情欲,他们提供超自然的指导、对死亡的保护,甚至还有永垂不朽。但是,看看他们所抽取的价格——宗教的奴役,崇拜软弱,停滞不前,对肉体、欢乐与此世的憎恨。不,我们不能使用这些悖逆人性的镇静方法!我们必须找出更好的方法来崇尚我们理性的力量。"

"我心灵的舞台监督,"布雷尔回应说,"那个决定把贝莎还有我陷入烈火的家园的意象传送给我的东西,似乎不曾受到理性的左右。"

"但无疑,"尼采摇着他紧握的拳头,"你一定了解,你所热衷的事物并没有实体,你对贝莎的幻影,那围绕着她的诱惑与爱慕的光环,这些并不是真正的存在,这些可悲的魅影并不是精神实体的一部分。所有的视觉是相对的,所有的认识亦是如此。我们创造我们所体验到的东西,而由我们所创造的东西,我们可以予以摧毁。"

布雷尔张开他的嘴巴要抗议说,这就是那种不得要领的热心劝诫,但是尼采全神贯注地继续说了下去。

"约瑟夫,让我说得清楚些。我曾经有个朋友,保罗·雷,一位哲学家。我们两个人都相信上帝已死。他的结论是,没有上帝的生活是没有意义的,而且他的苦恼是如此严重,他马上与自杀有所牵扯;为了方便起见,他不分昼夜都在他的脖子上挂着一瓶毒药。然而,对我来说,上帝不存在是个值得欢欣鼓舞的理由。我在我的自由上有所提升。我对我自己说,'如果上帝存在的话,所要创造的会是些什么东西呢?你看出了我所指的是什么了吗?同样的情况,同样的感觉,但是有两个实在世界!'"

布雷尔气馁地瘫在他的椅子上,到了现在这个节骨眼,他甚至无精打采到无法因为尼采提到了保罗·雷而兴高采烈,"但,我要跟你说的是,这些论证无法打动我,"他发着牢骚,"这种哲学化的好处是什么？即便我们创造了实在世界，我们的心灵是以一种对我们自己隐瞒这点的方式而设计。"

"但是看看你的实体！"尼采郑重地说道，"好好地看上眼，那可以对你显示出它是怎样被拼凑出来的！怎样的荒唐！看看你所爱的对象，那个瘸子，贝莎，哪一个有理性的男人会爱上她？你告诉我说，她时常无法聆听，变成内斜视，把她的手臂与肩膀扭到打结。她无法喝水，无法走路，无法在早上说德语，有些时候她说英语，有些日子则是法语。别人怎么会知道要如何跟她交谈呢？她应该像餐厅一样插个牌子，告诉大家今天的每日用语是什么。"尼采咧开嘴笑着，觉得自己的笑话很好笑。

不过，布雷尔面无笑意，流露出悲伤的神情。"你为什么要这样侮辱她？每次你提到她名字的时候，从来不忘加上一句'那瘸子'！"

"我只是重复你告诉过我的事情。"

"没错，她有病，但是她的疾病不是她的全部。她同时也是一位非常美丽的女性。与她在街上一同散步，所有的注意力都会转到你的方向。她有智慧，有才华，具备高度的创造力，是一个细致的作家、锐利的艺评家，温和敏锐，而且我相信是令人爱慕的。"

"并不是如此令人爱慕与敏锐，我想。看看她是如何爱你的！她企图引诱你私通。"

布雷尔摇着他的头，"不对，那不是——"

尼采打断他，"噢，喔，不会错！你无法否认它，引诱是正确的字眼。她靠在你身上，假装她不能走路。她把头放在你的大腿上。她试图破坏你的婚姻。她借由假装怀了你的孩子来公开羞辱你！这是爱情吗？这种爱情还是让我免了吧！"

"我不会去评判或攻讦我的病人，我也不会取笑他们的病痛，弗里德里希。我向你保证，你不了解这个女人。"

"那真是我的福气啊！真是要感谢上帝！我认识某些像她的女人，相信我，约瑟夫，这个女人不爱你，她想要毁掉你！"尼采情绪高昂地说着，说每一个字的时候都敲着他的笔记本。

"你以你所认识的其他女人来评判她，但是你搞错了，每一个认识她的人都有跟我一样的感受。从嘲弄她之中，你得到了什么？"

"这点就像在其他许多事情上，你被你的美德所拦阻。你也必须学会去嘲弄！嘲弄的路上躺着健康。"

"当事情跟女人有关时，弗里德里希，你就太过于严厉。"

"而你，约瑟夫，则太软弱了。你为什么要持续不停地替她辩护呢？"

太过于激动而无法再坐下去，布雷尔起身走到窗边。他注视着花园，一个眼睛遮着绷带的男子，一只手紧抓着护士，另一只手则以一根拐杖轻叩着他前面的小径。

"解放你的感情，约瑟夫。不要有所保留。"

继续瞪着窗外，布雷尔头也不回地说："攻击她对你来说轻而易举。如果你能见到她，我跟你保证，你会唱出不同的高调来。你会用膝盖走到她的面前。她是个耀眼的女人，是特洛伊城的海伦，是女人味的极致。我已经跟你说过，她下一个医生同样与她坠入爱河。"

"你是说，她的下一个牺牲品！"

"弗里德里希，"布雷尔转过来面对着尼采，"你在做什么？我从来没有看过你这样子！为什么你在这件事情上，压迫我压迫得这么厉害呢？"

"我正在做的，完全就是你要求我做的，找出另一种攻击你的妄想的方法。我相信，约瑟夫，你部分的绝望来自隐藏的怨恨。你心里有某种东西，某种恐惧，某种怯懦，不容许你表达你的愤怒。代之而起的是，你以你的谦恭自豪。你必须制造出一种美德，你深深埋藏着你的感受,然后,由于你体验不到怨恨,你自以为你道德崇高。你不再假扮那个角色,那个具有理解力的医生,你已经变成了那个角色,你相信你太美好而不会体验到愤怒。约瑟夫,有点想复仇是件好事,咽下怨恨会让人生病!"

布雷尔摇摇头,"不是的,弗里德里希,去了解就是去原谅。我探索了贝莎每一个症状的根源,她心里没有一丝邪恶。如果真要说什么的话,她太过于善良了。她是一个宽大又自我牺牲的女儿,她之所以病魔缠身,是因为她父亲过世。"

"所有的父亲都会死,你的、我的、每个人的,那不是疾病的解释。我喜爱行动,不是借口。找借口的时机——为贝莎找,为你自己找借口的时机已经消逝了。"尼采合上他的笔记簿,会面结束了。

下一次会面以类似的激烈方式展开。布雷尔要求尼采对他的妄想,进行直接攻击。"好吧,"尼采说,他一向想做个战士,"如果那是你要的战争,那就会是你所得到的战争!"在接下来的三天里,他发动了一场盛大的心理学战役,那是维也纳医疗史上最具创意的一场,也是最古怪的一场。

尼采从诱出布雷尔的承诺着手,要布雷尔遵从所有的指令而不得有任何疑义,不得有任何抗拒。然后,尼采指示他去列出一张10项侮辱的单子,并且想象以它们来对贝莎口出恶言。接着,尼采鼓励他去想象与贝莎一道生活,然后去具体化一系列的场景:面对面隔着早餐桌而坐,看着她陷入抽搐、内斜视、哑然、歪脖子、幻觉、结结巴巴。然后,尼采提出了甚至更为不悦的意象:贝莎坐在马桶上呕吐,贝莎在假怀孕之下的产前阵痛。但是,这些实验没有一个能成功地退去贝莎意象对布雷尔的魔力。

在他们下一次的会面中,尼采尝试了甚至更为直接的方法。"无论何时,当你独处并开始想到贝莎时,尽你所能地大吼!'不!'或

'停下来！'。如果你不是独自一人，每当她一进入你心里时，你就用力捏自己。"

两天来，"不！"与"停下来！"回荡在布雷尔的私室里，他的前臂则是青紫一片。有一次，他在马车里大吼"停下来！"的声音是如此之大，费雪曼用缰绳猛烈地拉住马匹，并等候着进一步的指示。还有一次，为了一声特别响亮的"不！"，贝克太太风也似地冲进办公室来。但是，对他心里的欲望，这些设计只提供了菲薄如纸的抵抗。妄想不停地到来！

再过了一天，尼采指示布雷尔去监视他的思考，把他想到贝莎的频率与长短，每隔30分钟就记录在他的笔记簿上。这种方法让布雷尔惊骇地发现到，每个小时他都会对贝莎思念再三。根据尼采计算的结果是，布雷尔每天大约花100分钟在他的妄想上，一年就是超过600个小时。这意味的是，他如是说，在接下来的20年中，布雷尔会把至少500个宝贵的清醒日子，奉献给无聊又缺乏想象力的幻想。虽然说布雷尔对这种前景呻吟不已，但他仍然继续地对贝莎妄想下去。

然后尼采实验了另一种策略，他命令布雷尔，把某些指定的时间奉献给对贝莎的想象，不论他是否想要如此做。

"你坚持要想象贝莎？那我坚持你去想她！我坚持你一天默想她六次，每次15分钟。让我们检查一下你的行程表，并且，在你所有的日子里空出六段时间来。跟你的护士说，你需要这段不受打扰的时间来撰写或做记录。如果你想要在其他时间想象贝莎，那无所谓——那看你自己的意思。但是在这六段时间中，你必须去想象贝莎。然后，当你自己习惯于这种事以后，我们会逐渐减少你被迫冥想的时间。"布雷尔遵照尼采的时间表去做了，但是他的妄想则遵照对贝莎的意象进行。

后来，尼采建议布雷尔携带一个特别的钱包，每次他想到贝莎的时候，就在它里面放五枚克罗泽铜币。以后，他得把这笔钱捐给某个慈善团体。布雷尔否决了这个计划。他知道那是没有用的，因为他喜欢捐助慈善团体。尼采接着建议他，把钱捐给乔治·薛诺瑞反犹太人的德意志公民会。即使是那样做，也没有用。

没有任何方法有用。

节录布雷尔医生对艾克卡·穆勒一案的笔记

1882 年 12 月 9 ~ 14 日

没有必要再继续欺骗我自己了。在我们的会谈中有两个病人，而在这两个人之中，我是那个更为急迫的案子。奇怪的是，我越对我自己承认这点，尼采就越能跟我融洽地一道工作。或许，我从路·莎乐美那里所收到的资讯，同样转变了我们工作的方式。

我当然不曾对尼采说过她的事情。我也没有提到说，我成了一个真正的病人。然而，我相信他意识到了这些事情。或许，以某种无心又意在言外的方式，我跟他在沟通着事情。谁知道呢？或许是在我的声音、语调或手势之中。这真是非常不可思议。西格对这种沟通的细节大感兴趣，我应该跟他谈谈这件事情。

我越不想尝试帮助他，他越是对我敞开心胸。看看他今天跟我说了什么！说那个保罗·雷一度是个朋友，又说他（尼采）有他本身的爱情烦恼。还有，他一度认识一个像贝莎的女子。或许，注意力应该放在我的身上，不必尝试让他去把秘密给撬开，那样的话，会对我们两个最好！

他现在也谈到了他用来帮助他自己的方法，好比说，他的"视野改变"法，他借此由一个更遥远、更广阔的视野来审视自己。他是对的，如果我们从生命的源远流长来看个人微不足道的情况，从整个种族的生活来看，从意识的演化来看，它当然丧失了它作为中心的重要性。

　　但是要如何改变我的视野呢？他对改变视野的指导与热心劝告并没有用，尝试去想象自己撤退也没有用。我无法在情绪上，把自己从我的状态的核心抽离。我无法到达更远的地方。而且，由他写给路·莎乐美的信来判断，我也不相信他办得到！

　　……他极尽能事地强调发泄愤怒。他今天让我以10种不同的方式来侮蔑贝莎。这个方法，我至少可以理解。从心理学的观点来说，愤怒的发泄有其道理，大脑皮质所累积的刺激，必然要定期排解。根据路·莎乐美对他信件的描述，发泄愤怒就是他最喜爱的方法。我想，在他体内有一个巨大的怒气仓库。为什么呢，我想要知道？因为他的病痛或者是他欠缺专业上的肯定？或者是，因为他从未享受过一个女人的热情？

　　他对侮辱很在行。我希望我可以记得他最为精挑细选的那几个句子，我喜爱他称呼路·莎乐美为一只"披上家猫外衣的掠食者。"

　　这对他而言很容易，但对我来说则不然。当他说我无能于表达我的愤怒，他是完全正确的。这点是我的家族特色。我的父亲，我的叔伯们。对犹太人来说，对愤怒的压抑是一种求生的特征。我甚至无法找出愤怒的对象。他坚持那是针对于贝莎，但是，我确信他是把它与他本身对路·莎乐美的愤怒给弄混了。

　　与她纠缠在一起，这对他来说是多么不幸啊！我真希望能对他表达我的同情。想想看吧！这个男人几乎没有跟女人周旋的经验。而他又选择了谁来让自己扯上关系呢？莎乐美无疑是我所见过的女人中，最有魅力的一个。而且她只有21岁！当她羽翼丰满的时候，上帝帮帮我们大家吧！而他生命中的另一名女性，他的妹妹伊丽莎白，我希望我永远不会遇上她。她听起来像路·莎乐美一般有力量，而且，可能更难对付！

……今天他要我想象贝莎是个婴儿，她正包着尿布在排便，他还要我想象她斜眼歪脖地注视我的同时，告诉她说她有多么美丽。

……今天，他要我为了每一个幻想，把铜币放进我的鞋子里，并且整天踏着它们走路。他从哪儿搞出这些主意来的？他似乎有用之不竭的点子！

……大吼着"不！"捏我自己，计算每一个幻想并把它记在一本账簿上，带着我鞋子里的铜板走路，捐钱给薛诺瑞……为了我折磨我自己而惩罚我自己。疯狂的行径！

我听说过有人通过加热它们脚底下的砖头，来教熊跳舞及用两脚站立。这些方法跟他用于我的有什么不同吗？以这些别具巧思的小小惩罚，他试图来锻炼我的心志。

但是我不是一头熊，而且就驯兽师的技巧来说，我的心智太过于复杂了。这些努力没有效果，而且它们有辱人格！

但是我无法责怪他。我要求他直接攻击我的症状。他迁就我，他的心意不在这些努力当中。他一直坚持说，成长比慰藉要重要得多。

一定有另外的方法。

节录弗里德里希·尼采对布雷尔医生所做的笔记

1882年12月9～14日

想要一种"系统"的诱惑！我今天一度沦为这个诱惑的猎物！我相信，约瑟夫对愤怒的隐瞒，是他所有困难的潜在因素，而且我尽心尽力地尝试激励他。或许，长时间对情绪的压抑，改变并削弱了它们。

……他向自己的善良致敬，他不造成伤害，除了对他自己与大自然之外！我必须阻止他成为那些人的一员，他们由于没有利爪而声称他们自己为善良。

我相信在我能够信任他的慷慨之前,他需要先学会咒骂。他感受不到愤怒!他是如此惧怕有人会伤害他吗?这就是他不敢做他自己的原因吗?他为什么只渴望一些无足轻重的快乐呢?而他称此为善良。它真正的名字是怯懦!

他有教养,有礼貌,是一个讲究礼仪的人。他驯服了他狂野的本性,把他的狼性转换成西班牙猎犬,而他称此为节制。它真正的名字是平庸。

……他现在信任我,并且对我有信心。我承诺过会尽力治愈他。但是,医生就像圣人一样必须先治愈他自己。只有到了那个时候,他的病人才能亲眼看见一个治愈他自己的人。但是,我尚未治愈我自己。更糟的是,我受苦于围攻约瑟夫的那些相同的折磨。我是否通过我的缄默不语,在做着我曾经发誓永远不会去做的事情:背叛一位朋友?

我要说出我的折磨吗?他会失去对我的信心。这不会伤害他吗?他是否会说,如果我不治愈我自己,我有什么办法治愈他呢?或者,他是否会变得如此关切我的折磨,因而放弃了他自己的目标,放弃了他与自己的折磨的角力呢?我是否通过沉默,而能对他有最佳的援助呢?或者是,去承认我们两个饱受类似的折磨,而必须结合力量以找出一种解决方案?

……今天,我看到他改变了不少……比较不会拐弯抹角……而且他不再哄骗了,不再企图通过证明我的弱点来强化他自己。

……他要求我发动对他症状的正面攻击,这是我曾经在浅滩上所做过最为可怕的挣扎。我应该是个提升者,而不是个矮化者!把他当成个孩子,在他行为不当的时候尖锐批评他的心智,这是在矮化他,而且也是在矮化我!**如果一项治疗会矮化治疗者,它有可能**

可以提升那个病人吗？

一定有一种较高层次的方法。

弗里德里希·尼采给路·莎乐美的信

1882 年 12 月

我亲爱的路：

不要写像那样的信给我！我应该拿这种鄙陋怎么办呢？我希望，你能够在我面前提升你自己，这样我就不必蔑视你了。

但是，路！你写的是哪一种信啊？怀恨、淫荡的女学生才写像那样的信！我必须拿这种怜悯怎么办呢？请了解这点，我要你在我面前提升自己，不是要你去贬抑自己。如果我无法再次在你体内辨认出那个存在，那个你因而才有可能被原谅的存在，我如何能原谅你呢？

不，我亲爱的路，我们离原谅依然有一段漫漫长路。在那种令人羞耻的行为，花了四个月的时间缓慢地打击了我之后，我无法挥一挥衣袖就表示宽恕。

再会了，我亲爱的路，我不会再见你。保护你的灵魂远离这样的行为举止，并且对他人履行你所不能对我履行的事情，尤其是我的朋友雷。

我不曾创造这个世界，但是，路，我真希望这个世界是我创造的，那么，对于事情在你我之间所结束的方式，我就能承担所有的罪过。

再会了，亲爱的路，我不曾把你的信读完过，但是我早已读得太多了……

F. N.

第十九章

"我们没有做到任何事情,弗里德里希,我变得更糟了。"

在他的书桌上奋笔疾书的尼采,没有听到布雷尔走了进来。现在他转过身,张开他的嘴巴要说话,但是保持着沉默。

"我吓到了你吗,弗里德里希。你的医生走进你的房间并抱怨他更糟了,这一定非常让人糊里糊涂!尤其是当他盛装而来并带着他专业保证的黑色医疗袋时!"

"相信我,我的外表全部是假象。在我的外表下,我的衣服湿了,我的衬衣黏在我的皮肤上。对贝莎的妄想,它是我心里面的一个旋涡,吸走了我每一个纯洁的念头!"

"我不怪你!"布雷尔在桌旁挨着他坐下,"我们之所以缺乏进展是我的错。是我去恳求你直接攻击那些妄想的。你是对的,我们进去得还不够深入。当我们应该彻底清除杂草时,我们仅仅修剪了枝叶。"

"是的,我们什么都没拔掉!"尼采回答道,"我们必须重新考虑我们的步骤。我也感到气馁。我们上一次的会面既虚伪又肤浅。看

第十九章

看我们试图去做的事情,调教你的思想,控制你的行为!思想训练与行为塑造!这不是施用于人类的方法!噢,我们不是驯兽师啊!"

"是的,是的!在上次会面后,我觉得我像是一只被训练来用后脚站立与跳舞的熊。"

"正是如此!一位教师应该是人的提升者。在过去几次会面中,我却代之以矮化你,同时也矮化了我自己。我们不能以对待动物的方法,来与人类的忧虑交手。"

尼采起身,并朝壁炉前虚位以待的椅子指一指。"我们是否……"在他坐下来的时候,布雷尔心里浮起了一个念头,尽管未来的"绝望医生"可能会抛开传统的医疗器材——听诊器、检耳镜、眼底镜,他们假以时日会发展他们本身的装备,作为起点的,是炉火旁的两张舒适座椅。

"所以,"布雷尔开口说道,"这场对我的妄想思虑欠周的直接战役,让我们回到在它之前的地方。你提出了一套理论,认为贝莎是声东击西的幌子,而不是一项原因,我忧惧的真正核心,是我对死亡与不信上帝的恐惧。也许就是这样!我觉得你可能是对的!我对贝莎的妄想,真的是把我黏在事情的表面上,让我没有时间留给更深层与更幽微的思想。"

"然而,弗里德里希,我不认为你的解释完全令人满意。第一,依然有个谜团是'为何选贝莎'呢?在所有可能让我自己对抗忧惧的方式当中,为什么要选这个特别愚蠢的妄想呢?为何不是其他的方式,某种其他的幻想?"

"再者,你说贝莎只是个幌子,用来误导我的注意力远离我忧惧的核心。然而,'幌子'是个模糊的字眼。它不足以解释我妄想的强度。对贝莎的想象具有不可思议的强制性,它含有某种隐藏又有力的意义。"

269

"意义！"尼采用他的手猛力拍击椅子的扶手。"完全正确！自你昨天离开以来，我就循同样的路线思考。你最后的那句'意义'，可能就是关键。或许，我们打从一开始的错误，就在于忽略了你妄想中的意义。你所主张的是，借由发现贝莎歇斯底里症每个症候的起源，你治愈了她，而同时又宣称，这个'起源'的方法跟你本身的案例无关。因为，你对贝莎妄想的起源是已经获知的事情，开始于你见到她的时候，在你停止见她后更加剧烈。"

"不过，"尼采继续说道，"或许你用错了字眼。或许，有关系的不在于起源——症状的首度出现，而在于症状的意义！或许你搞错了。或许，你之所以治愈了贝莎，并非通过发现了起源，而是发现了每一个症状的意义！或许，"说到此，尼采几乎是在耳语，好像他是在交付一项意义重大的秘密，"**或许症状是意义的信差，而且，只有在它们的意义获得理解后，症状才会消失**。如果是这样，我们的下一步就很明显了：如果我们要克服这些症状，我们必须决定妄想贝莎对你所意味的是什么！"

接下来该怎么办？布雷尔满腹狐疑。人要如何着手于发现一个妄想的意义？尼采的兴致勃勃也感染到布雷尔，他等待着尼采给他下一步指示。但是尼采坐回椅子，拿出他的小梳子，开始打理胡髭。布雷尔变得越来越紧张与不悦。

"怎么样，弗里德里希？我在等着啊！"他搓揉他的胸口并深深地呼吸着。"这里的压力，在我胸口，在我坐在这里的每一分钟都在增长。它很快就要爆炸了。我无法以理智劝它走开，告诉我怎么动手！我如何能发现一种对我自己所隐匿的意义呢？"

"不要试着去发现或解决任何事情！"尼采回应道，依然梳着他的胡髭。"那是我的工作，你的工作只是去清扫烟囱。谈谈贝莎对你意味着什么。"

"我不是已经谈过太多有关她的事情了吗?我是否要再次沉迷于我对贝莎的朝思暮想呢?你已经听过全部的事情了——触摸她、爱抚她,我的房子陷入烈火,每个人都死了,我们出走到美国。你真的想要再听一遍这些垃圾吗?"突兀地站了起来,布雷尔在尼采的椅子后面走来走去。

尼采继续以一种镇定又慎重的态度说着话,"勾起我好奇心的,是你妄想的顽强,像是一只北极雁紧紧抓着它的岩石。我们能不能,约瑟夫,把它撬起来,偷看一下底下是什么呢?我说的是,为我清扫烟囱!对这个问题清扫一下烟囱:没有贝莎的生活,你的生活会像什么样子?只要说出来就好了。不要尝试说得合理,甚至不要说成句子。说出任何浮现在你心头的事情!"

"我做不到,我动弹不得,我是被紧压的弹簧。"

"不要踱步了,闭上你的眼睛,并且试着描述在你眼皮后面,你所看到的是什么。就让思绪流动,不要控制它们。"

布雷尔在尼采的椅子后面停下,紧抓着椅背。他的眼睛合起,前前后后地摆动着,就像他的父亲在祈祷一般,并且,慢慢开始喃喃说出他的思潮:"没有贝莎的生活,是一种炭笔画的生活,没有色彩、圆规、比例尺、葬礼用的大理石,所有事情都被决定了,现在并直到永远,我会在这里,你会在这里找到我,永远是如此!就在这里,这个地点,带着这个医疗袋,在这些衣服里面,带着这张脸,日复一日的越来越阴郁,越来越憔悴。"

布雷尔深深地呼吸着,感到不那么激动了,并坐了下来。"没有贝莎的生活?还有什么呢?我是一个科学家,但是科学没有色彩。人只应该在科学里面工作,不是去尝试在它里面生活,我需要魔力还有热情,你不能在缺乏魔力下生活。那就是贝莎所意味的——热情与魔力。没有热情的生活,谁能够过这样一种生活呢?"他遽然张开他的双眼,"你能吗?有任何人能吗?"

"请清扫关于热情与生活的烟囱。"尼采激励他。

"我有一个病人是位接生婆,"布雷尔持续下去,"她年老、干瘪、孤独,她心脏的功能在逐渐地衰退中。但是,她依然对生命热情洋溢。有一次,我问她有关她热情的来源。她说,那是在举起一个静默的新生儿,与拍醒他的生命的那一刻。她说,通过沉浸在那奥妙的一刻,那跨越存在与毁灭的瞬间,她又恢复了活力。"

"而你呢,约瑟夫?"

"我就像那位产婆一样!我想要接近奥秘。我对贝莎的热情不是自然的,它是超自然的,我知道这点,但是我需要魔力,我无法生活在一片黑白之间。"

"我们全都需要热情,约瑟夫,"尼采说,"酒神狄奥尼索斯的热情是生命。但是,热情需要魔力或失去尊严吗?人不能找出一种方法来做热情的主宰吗?"

"让我告诉你,我去年在恩格丁碰见的一位佛教僧侣。他过着一种节俭的生活。他以一半清醒的时间来沉思冥想,而且几个星期不跟任何人交谈。他的日常饮食很简单,一日一餐,任何他能够化缘得来的东西,或许只是个苹果。但是他冥想着那个苹果,直到它变得鲜红、多汁与清脆为止。到了那天的末了,他热烈地期待着他的一餐。重点在于,约瑟夫,你没有必要对热情断念,**但是你必须改变你对热情所设下的条件**。"

布雷尔颔首以对。

"继续,"尼采催促说,"清扫更多有关贝莎的烟囱,她对你意味着什么。"

布雷尔闭上了他的眼睛。"我看见我自己与她一同奔跑,远走高飞。贝莎意味着逃离——危险的逃离。"

第十九章

"怎么说呢？"

"贝莎就是造成危险的力量。在她之前，我生活在规范之内。今天，我跟这些规范的极限在玩捉迷藏，或许，那才是接生婆所代表的意义。我考虑要推翻我的生活，牺牲我的事业，触犯通奸，摆脱我的家庭，移民，与贝莎再度重新开始生活。"布雷尔轻轻捆着自己的脸颊。"愚蠢！愚蠢！我知道我永远不会去这样做的！"

"但是，有通往这个危险边缘跷跷板的诱惑吗？"

"诱惑？我不知道，我无法回答这个问题。我不喜欢危险！如果有诱惑的话，它不可能是危险，我想那个诱惑是逃离！不是远离危险，而是远离安全。或许我过得太安逸了！"

"也许，约瑟夫，过得安逸就是危险，危险而且致命。"

"过得安逸就是危险，"布雷尔对自己喃喃自语地说了好几遍，"过得安逸就是危险，过得安逸就是危险。弗里德里希，这是一个有力的想法。所以，这就是贝莎的意义，去逃离致命的生活？贝莎是我自由的希望吗——让我从时间的泥淖中脱逃的希望？"

"或许是远离你的时间、你的历史时刻的泥淖。不过，约瑟夫，"他郑重地说，"不要误以为她会引导你跳脱时间！时间是无法中断的，那是我们最大的负担，而我们最大的挑战就是，尽管在这个负担之下，我们还是要生活。"

这是第一次，对尼采以他哲学家的口气所发表的主张，布雷尔没有表示抗议。这一项来自哲学立场的解释有所不同，他不知道要拿尼采的话怎么办，不过，他知道它们影响了他、打动了他。

"当然是如此，"他说，"我没有永生的梦想。我想要脱逃的生活，是1882年维也纳医界那种资产阶级的生活。其他的人，我知道，他们在羡慕我的生活，但是我惧怕它，惧怕于它的一成不变与了无新意。惧怕它到如此厉害的程度，有时候，我觉得我的生活是一项判决性的死刑。你知道我指的是什么吧,弗里德里希?"

尼采点点头:"你记得问过我吗,或许是在我们第一次谈话之中,你问说,偏头痛是否有任何好处?那是个好问题。它帮助我对我的生活有不同的思考。记得我的答案吗?偏头痛迫使我辞去了在大学的教职?每个人,家里、朋友甚至同僚,都痛惜这个不幸,因为历史会记载说,尼采的疾病悲剧性地终结了他的事业。但不是那样!倒过来才是对的!巴塞尔大学的教授职位才是我的死刑判定。它判给我空洞的学院生活,并且把我的余生耗费在从经济上供养我的母亲与妹妹。我是命中注定陷在那里。"

"然后,弗里德里希,偏头痛,那伟大的解放者,降临到你身上!"

"约瑟夫,我的偏头痛和你的妄想,并没有太大的不同吧?或许,我们比我们所以为的更为相似!"

布雷尔闭上了眼睛,跟尼采感觉如此亲近是多么美好啊。泪水涌了上来,他假装是为了突发的咳嗽以把头转开。

"让我们继续吧,"尼采冷漠地说,"我们有所进展了。我们了解到,贝莎代表了热情、奥秘与危险的脱逃。还有什么呢,约瑟夫?被包装到她身上的,还有什么其他的意义呢?"

"美丽!贝莎的美丽是那奥秘中一个重要的部分。这里,我带了这个来给你看。"

他打开他的袋子,拿出一张相片。戴上他厚重的眼镜,尼采走到窗边以在较佳的光线下打量它。从头到脚包在黑色之中的贝莎,一副骑马的装扮。她的外套紧紧包在身上:小巧的双排纽扣,从腰际延伸到下颌,费力地把她异常丰满的胸部包裹在里面。她的左手优雅地拎着裙子,还有一根骑马用的长鞭。从她另外一只手中,手套在摆荡着。她的鼻梁挺直,头发短而简洁,头上漫不经心地别着一顶黑色的软帽。她的眼睛又大又黑,自在地注视着照相机,但是目光固着在遥远的远方。

"一个令人畏惧的女人,约瑟夫,"尼采说,递还相片并再次坐下来,"是的,她非常美丽,但是我不喜欢拿着马鞭的女人。"

"美丽,"布雷尔说,"是贝莎的意义中一个重要的部分。我是如此轻易地就被这样的美丽所掳获。我觉得,比大多数男人要容易。美丽是一种神秘。我很难了解要如何去形容它,不过是一个女人拥有某些特定组合的血肉、乳房、耳朵、大而黑的眼睛、鼻子、嘴唇,尤其是嘴唇,简直是让我又敬又畏。这听起来很愚蠢,但是,我几乎相信这样的女人有超人的力量!"

"去做什么呢?"

"那太愚蠢了!"布雷尔把他的脸埋在他的双手里。

"只要清扫烟囱就好了,约瑟夫。抛开你的判断并且说话!我跟你保证,我不会评判你!"

"我无法用话来说。"

"试着完成这个语句:当贝莎的美丽出现在我的面前,我感到——"

"'当贝莎的美丽出现在我的面前,我感到——我感到——'我感到些什么呢?我觉得我在地球的深处,在存在的中心,我就在我所应该在的地方。我所在的,是一个没有攸关生命或目标的疑问的地方,中心,那个安全的地方。她的美丽提供了无尽的安全。"他抬起他的头来,"看吧,我跟你说过,这没有道理!"

"说下去。"尼采沉着地说。

"要我被掳获,那个女人必须要有特定的外表。要有令人爱慕的外表,我现在可以在我心中看到她,大大的、水汪汪的眼睛,嘴唇合起成一种柔和的似笑非笑。她似乎在说着,'噢,我不知道——'"

"继续下去，约瑟夫，拜托！继续去想象那个微笑！你依然能够看见它吗？"布雷尔闭上了他的眼睛，点点头。

"它对你诉说着什么？"

"它说，'你很迷人，任何你做的事都不会有问题的。噢，你这个可爱的人，你失去了控制，不过，人们都料到一个男孩会这样。'现在，我看到她转向她身边的另一个女人，她说，'他是不是很了不起呢？他是不是很贴心呢？我会拥他入怀来安慰他。'"

"关于那个微笑，你可以说更多。"

"它对我说，我可以玩乐，做任何我想要的事情。我可能会涉入麻烦，但是，她无论如何都会继续被我所取悦，会继续觉得我很迷人。"

"那个微笑对你来说，有件个人的往事吗，约瑟夫？"

"你指的是什么？"

"回到过去。你的记忆里有包含这样一个微笑吗？"

布雷尔摇着他的头，"不，不记得。"

"你回答得太快了"尼采坚持说，"在我说完我的问题之前，你就开始摇你的头了。去找！就继续以你的心灵之眼来观看，看看会有什么东西出来。"

布雷尔合上了眼睛，注视着他记忆的卷轴。"我曾经看过，玛蒂尔德对我们的儿子乔纳斯有过那样的笑容。同时，当我10岁或11岁的时候，我为一位名叫玛丽·葛培兹的女孩着迷，她给过我那样的微笑！那完全一样的微笑！我在她家搬走时感到凄然。我已经有30年没见到她了，然而，我依然会梦到玛丽。"

"还有谁？你遗忘了你母亲的笑容吗？"

"我没有告诉过你吗？我母亲在我三岁时就过世了。当时她只有28岁，而且，她在生出我弟弟之后就死了。人家告诉我说她很美

第十九章

丽，但是我对她毫无印象，一点都没有。"

"那你的太太呢？玛蒂尔德有那种充满魔力的笑靥吗？"

"没有，对这点我可以确定。玛蒂尔德很美丽，但是，她的微笑对我没有力量。我认为10岁的玛丽有力量，而玛蒂尔德却没有，我知道那很愚蠢。但，那就是我体验它的方式。在我们的婚姻之中，是我有凌驾于她的力量，而且是她渴望于我的呵护。不，玛蒂尔德没有魔力，我不知道为什么如此。"

"魔力需要黑暗与神秘，"尼采说，"或许，她的神秘被14年的婚姻歼灭了。你是否对她太过了解了呢？或许，你无法承受与一位美丽女子有亲密关系的真相。"

"我开始觉得，我需要美丽以外的另一个字眼。玛蒂尔德拥有美丽的所有因子。她有审美上的美丽，但不是权力上的美丽。或许你是对的，太熟悉了，我太常见到皮肤底下的血与肉。另一个要素是没有竞争，玛蒂尔德的生活没有其他竞争者。那是一场安排好的婚姻。"

"约瑟夫，你想要竞争的这点让我迷惑。就在几天以前，你提到惧怕它。"

"我想要竞争，而我又不想要。记住，是你说我不必讲道理的。我只不过是表达出那些浮现在我心头的字句。让我看看，让我收拢我的思绪，是的，如果她被其他男人所渴望，美丽的女子就会有较多的权力。但是这样的女人太过于危险，她会在我身上留下烙印。也许贝莎是完美的折中，她尚未完全成熟！她是美丽的胚胎期，依然不完全。"

"所以，"尼采问说，"她很安全，因为没有其他男人追逐她？"

"不完全是这样。她比较安全是因为我近水楼台，任何男人都会想要她，但是我可以轻易地击退竞争者。她是或者毋宁说曾经是完全地依赖我。好多个星期她拒绝吃饭,除非我每餐亲手喂她。"

"作为她的医生,我自然疼惜见到我病人的退化。乖喔,乖喔,我这样哄着她。乖喔,真是可怜!我对她的家庭表示我专业上的忧虑,但私底下作为一个男人,除了你之外我从未对任何人承认过这点,我享受着征服的喜悦。当她有一天对我说她梦到了我,我欣喜若狂。好一场胜利,进入了她内心深处的密室,一个没有其他男子曾经得其门而入的所在!而既然梦境不会死去,那就是我可以存在到永远的地方!"

"所以,约瑟夫,你在不必去竞争的情况下就赢了竞赛!"

"是的,这是贝莎的另一层意义,安全竞赛,一定获胜。但是,一个不具备安全的美丽女子,那是另一回事了。"布雷尔陷入了沉默。

"继续说,约瑟夫。你的思潮现在到了哪里?"

"我在想一个靠不住的女人,一个约略在贝莎的年纪却完全长成的美女,她在几个星期以前来我的办公室见我,一个许多男人会拜倒在她石榴裙下的女子。我为她所吸引并且恐惧!对抗她,我无能为力,我不管当时其他病人的顺序而先见了她,我没办法叫她等。当她对我做出一项不妥的医疗请求时,我唯一能做的是,不对她的希望让步。"

"哦,我知道那种两难,"尼采说,"最令人渴望的女人就是最让人恐惧的女人。而且,当然不是因为她是什么人,而是因为我们让她变成了什么人。非常可悲!"

"可悲,弗里德里希?"

"可悲于那个女人永远不会知道,而且也可悲于那个男人。我知道那种悲伤。"

"你也认识一个贝莎?"

"没有,不过,我认识的一个女人就像你描述的另一个病人,让

第十九章

人无法拒绝。"

路·莎乐美,布雷尔想到。毋庸置疑,一定是路·莎乐美!终于,他谈到了她!虽然不情愿把焦点从他自己身上转开,布雷尔依然施压地询问下去。

"所以,弗里德里希,那位你无法拒绝的女郎,她发生了什么事呢?"

尼采迟疑着,然后拿出他的表来。"我们今天发觉了一条丰富的脉络,谁知道呢,或许,对我们两个人都是一条丰富的脉络。但是我们没有时间了,而且,我确信你还有许多事情要说。请继续告诉我,贝莎对你意味的是什么。"

布雷尔知道,尼采比以往任何时间都更接近于揭露他本身的问题。在这个节骨眼上,一个温和的询问或许是有所必要的。然而,当他听到尼采再次敦促他的时候:"不要停下来,你的意念在流动着。"布雷尔只能说是非常乐意地继续进行下去。

"我深深懊悔于这种双重生活、秘密生活的复杂。然而我珍惜它。资产阶级生活的表面是一潭死水,太明显了,人可以太清楚地看到终点,而所有行动都直接导向那尽头处。这听起来很疯狂,我知道,但是,双重生活是一种额外的生活,它支撑着一个延长寿命的承诺。"

尼采点头,"你感到时间吞噬着表面生活的可能性,反之,秘密生活则用之不竭?"

"是的,那不完全是我所说的,不过是我的意思。还有一件事,或许是最重要的一件,当我跟贝莎在一起时,或者说,是当我现在想到她时,那所拥有的是一种难以用言语形容的感觉。极乐!那是最接近的形容词。"

"我一直相信,约瑟夫,我们对欲望,比对欲望的对象要爱得更多!"

"对欲望比对欲望的对象要爱得更多！"布雷尔复述着，"请给我张纸，我想要记下这句话。"

尼采从他笔记簿的后面撕了一张，并等候布雷尔写下这一句话，把纸折起来，放进他外套的口袋里。

"还有另外一件事，"布雷尔继续说，"贝莎缓和了我的孤寂感。就我记忆所及，我就被我心里虚无的空间所惊吓。而且，我的孤寂感与有没有人在场毫无关联。你了解我的意思吗？"

"哈，谁可以了解得更清楚呢？我偶尔会觉得，我是现存人类中最孤寂的一个。而且就跟你一样，这与他人的出现没有关联，事实上，我痛恨某些人夺去了我的独处，却不曾提供我陪伴。"

"你指的是什么，弗里德里希？他们如何不曾提供陪伴呢？"

"不把我视为珍贵的事情当成珍贵！有时候，当我凝视到生命的深处，遽然环顾四周，却看不到有人跟我做伴，而我唯一的伙伴是时间。"

"我不确定我的孤寂感是否像你的一般。或许，我从未胆敢像你一样地深入。"

"或许，"尼采建议说，"贝莎阻止了你如此深入生命。"

"我不认为我想要更为深入。事实上，我感谢贝莎消除了我的寂寞，那是另一层她对我的意义。在过去两年中，我从未孤单过，贝莎总是在她家里等待我的造访，或者是在医院。而现在，她一直在我心里，依然在等待着。"

"你归功于贝莎的是某些你本身所成就的东西。"

"你的意思是什么？"

"你依然如以往一般的孤寂，就像每一个被判决如此的人一样孤单。你制造了你自己的偶像，然后被它的陪伴所温暖。**或许，你比你所以为的还要虔诚！**"

"但是，"布雷尔回答说，"在某种意味上，她一直在那里。或者，在过去一年半以来是如此。这虽然不是好事，却是我生命中最棒、最有生气的时光。我每天都见到她，我不停地想到她，在晚上则梦到她。"

"你告诉过我，有一次她不在那里，约瑟夫，在那个不断返回的梦之中。它怎么发展的，你在寻找她——？"

"它以某种可怕的意外开场，地面在脚下开始液化，我在寻找贝莎但找不到她——"

"是的，我确信那个梦里面有某种重要的线索。所发生的可怕事件是什么——地面裂开来吗？"

布雷尔点头。

"为什么在那一刻，你会去找寻贝莎呢？去保护她？或者，要她来保护你？"

一段漫长的沉默。布雷尔两度迅速把他的头往后一甩，仿佛在下令自己专心一样。"我无法再继续下去了。这很令人惊讶，但是，我的心智一点都无法运作下去了。我从来没有如此疲惫过，现在不过是早上 10 点左右，但是，我感到好像日复一日劳动却不得休息似的。"

"我也感觉到了，今天的工作很艰苦。"

"不过，是正确的行动，我觉得。我现在一定要走了，明天见了，弗里德里希。"

节录布雷尔医生对艾克卡·穆勒一案的笔记

1882 年 12 月 15 日

我恳求尼采吐露他自己，这真的有可能只是几天之前的事情吗？今天，终于，他准备好了，无比地渴望。他想要告诉我，他感到被他的大学事业所牵绊，说他憎恶于资助他的母亲与妹妹，还有，他因为一个美丽女子而感到寂寞与受苦。

是的，他终于想对我吐露自己。然而，令人吃惊的是，我并没有鼓励他！并非我没有想要倾听的欲望。不，比那更糟！我憎恨他的自白！我憎恨他侵入了我的时间！

那只不过是两个星期以前的事吗？我试图巧妙地引导他来吐露一点点自我，我对麦克斯与贝克太太抱怨他的遮遮掩掩，我还弯下腰到他的唇边听到他说，"帮助我，帮助我，"我则对他承诺说，"相信我，"这真的是在两个星期以前发生的事吗？

那么，我为什么今天要置他于不顾呢？我是不是越来越贪婪了？这种咨询的过程，它进行得越久，我越无法了解它。但它的强制力是如此之强。我越来越频繁地想到我与尼采的谈话，有时，它们甚至打断了我对贝莎的幻想。这些会谈已经成为我一天生活的中心。我对我的讨论时间感到贪得无厌，而且常常等不及我们下一次的会面。这是不是今天我让尼采放我走的原因呢？

在未来，谁知道是什么时候，也许是从今以后的50年？这种谈话疗法会成为再平凡也不过的事情。"忧惧的医生"会成为一种标准的专科，而医学院，或者也许是哲学系，将会训练他们。

未来"忧惧医生"的课程应该要包含些什么呢？到目前为止，我可以确定一项基本课程："关系"！那是复杂性出现的所在。就像外科医生必须先修习解剖学一样，未来的"忧惧医生"必须先了解咨询者与被咨询者之间的关系。而且，如果我对这样一种咨询的科学有所贡献的话，我就必须如同鸽子的大脑一般，学会客观地去观察这种咨询关系。

当我自己是一种关系的一部分时，去观察它并不容易。然而，我察觉到令人印象深刻的趋势。

第十九章

我以往一向对尼采吹毛求疵,但是不再这样了。相反,我现在珍惜他的每一个字,并且在时光推移中,就他有能力帮助我的这点,越来越深信不疑。

我一向相信我能够帮助他。甭提了,我没有什么东西可以给他,他却有一切可以给我的东西。

我以往总在跟他竞争,设棋局来对付他。不再这样了!他的洞察力超人一等,他的智慧翱翔天际。我对他的凝视,就像一只母鸡之于鹰隼一般。我太过崇拜他了吗?我想要他在我的头上翱翔吗?或许,那就是我为什么不想听他的心声的理由?或许,我不想去知道他的痛苦,他也在所难免地会犯错。

我一向在考虑如何去"操纵"他,不会再发生了!我时常对他感到波涛汹涌般的热情。这是个改变。我一度将我们的状态比拟作罗伯特与他的小猫咪:退后,让它喝你的牛奶。稍后,他会让你抚摸它。今天在我们谈话进行到半途中,另一个意象飞快地闪过我的脑海:两只虎斑小猫,头并头舔同一个碗里的牛奶!

另外一件奇怪的事情。我为何会去提到,一个"完全长成的美女"近来造访过我的办公室呢?我想要他得知我跟路·莎乐美的会面吗?我是不是在玩火呢?试图在我们之间敲出一道裂痕?

而尼采为何会说,他不喜欢拿着皮鞭的女人呢?他一定指向路·莎乐美的那张照片,他不知道我看过的那一张。他一定知道他之于她的情感,跟我对贝莎的没有太大的差异。所以,他是在默默地戏弄我吗?一个小小的私人笑话?我们在这里,两个男人试着对彼此坦诚相待,然而,两个人都被口是心非的小恶魔所撩拨。

另一个新词儿!尼采之于我是什么,就是我之于贝莎是什么。她歌颂我的智慧,崇拜我的只字片语,珍惜我们的聚会,简直是等不及下一次,因此,说服我一天去见她两次!

而她越突出地把我理想化，我就越让她浸染着权力。她是我所有悲痛的镇静剂。她最微不足道的一瞥，就治好了我的寂寞。她将目标与意义，给了我的人生。她单纯的一笑就给我涂上了欲望的神油，赦免了我所有的兽性行动。一场奇特的恋情：我们每一个都沉浸在彼此魔力的光辉之下！

但是，我感到希望与日俱增。在我跟尼采的对话之中，有权力在里面，而且，我确信这个权力不是镜花水月而已。

奇怪的是，仅仅在几个钟头之后，我就遗忘了我们大部分的讨论。一种奇特的遗忘，不像是一般咖啡馆闲谈的那种蒸发。有可能会有这样一种叫作主动遗忘的东西吗——遗忘了某些东西，不是因为它的不重要，而是因为它太重要了？

我抄下了一个令人震撼的句子："我们对欲望比对欲望的对象要爱得更多。"

还有另一句："过得安逸就是危险。"尼采说我整个资产阶级的生活都在经历危险。我想他指的是我在失去真实自我的危险之中，或者，我在无法成为我的存在的危险之中。但是，我是谁呢？

节录弗里德里希·尼采对布雷尔医生所做的笔记

1882 年 12 月 15 日

终于，我们有了一项有价值的活动。深邃的水域，迅速地潜进浮出。冰凉的水，令人振奋的水。我喜爱一种活生生的哲学！我喜爱一种从原始的经验所雕塑出来的哲学。他的勇气增长了，他的意志与他痛苦的体验引导了方向。不过，是不是我分担风险的时候到了呢？

应用哲学的时机尚未成熟。什么时候呢？距今 50 年、100 年吗？当人们停止对知识的恐惧，不再把软弱掩饰为"道德规则"，能

第十九章

够找出勇气来打破"您必须"的束缚，时候就到了。那时，人们就会对我生动的智慧有所渴求。那时，人们就需要我，帮助他们做出真实生活的指引，一种不信宗教与发现的生活，一种克服的生活，对欲望的克服。又有哪一种欲望，会比渴望于顺从更为强大呢？

我有其他必须被吟唱的歌曲。我的心灵孕育了优美的曲调，而查拉图斯特拉比以往更为大声地呼唤着我。我的专长不在于作为技术人员。然而，我必须着手于这样的工作，并且记录所有隐蔽的巷弄以及所有似是而非的小径。

今天，我们工作的整个方向改变了。而关键呢？在于意义而非"起源"的概念！

两个星期以前，约瑟夫跟我说过，他通过发现它的起源，治愈了贝莎的每一个症状。举例来说，他经过帮助贝莎回忆她有一次看到她的女仆容许狗从她的杯子里舔水，这治愈了她对喝水的恐惧。我起初深表怀疑，现在甚至愈加强烈。狗从一个人的杯子里喝水的景象——不愉快？对某些人来说，是的！一场灾难？很勉强！歇斯底里症的原因？不可能！

不对，那不是"原因"，而是征候——某种固守在更为深层的忧惧！那才是约瑟夫的疗效为什么如此短暂的理由。

我们必须期望于意义。症状不过是一个信差，携带了忧惧正在内心最深处爆发的消息而已！关于有限、上帝之死、孤立、目标、自由的最深切忧虑（纠缠一生的深层忧虑）现在打破了禁锢，而在心灵的门窗上敲打着，它们要求被听到，而且不仅是被听到，还要被体验！

有关地下室的人的那本俄国书，持续迷惑着我。陀思妥耶夫斯基写道，某些事情是不可说的，除了跟朋友之外，其他的事情甚至连朋友也不可说，最后，有些事情，人甚至连自己都不可说！现在爆发在他心里的事情，肯定就是约瑟夫甚至不曾告诉过他自己的那些事。

考虑一下贝莎对约瑟夫所意味的是什么。她是脱逃，危险的脱逃，从安全生活的危险中脱逃。还有热情、奥秘与魔力。她是伟大的解放者，对他的死刑判决提供了缓刑。她拥有超人的力量，她是生命的摇篮、伟大的母性告白，她赦免了他体内所有的野蛮与兽性。她为他提供了凌驾所有竞争者之上的笃定胜利，在她的梦中，她为他提供了经久不变的爱、永恒的友谊，与直到永远的存在。她是抗拒时间利牙的一面盾牌，在地狱深渊内提供救援和安全感。

贝莎是神秘、保护与救赎的丰富象征！约瑟夫·布雷尔称呼这个为爱情。但是，它真正的名字是祈祷。

像我父亲一样的教区牧师，总是保护他们的羔羊远离撒旦。他们宣扬说，撒旦是信仰的敌人，为了破坏信仰，撒旦可能穿上任何伪装，而且不会比怀疑主义与反信仰的外衣更不安全、更阴险。

但是谁会保护我们呢，神圣的怀疑论吗？谁会警告我们对智慧之爱与奴役之恨的威胁呢？那是对我的召唤吗？我们怀疑论者有我们的敌人，拥有我们的撒旦，破坏我们的反信仰，并在最狡诈的所在植下信仰的种子。结果，我们杀掉了诸神，但是我们认可了它们的替代品——老师、艺术家、美丽的女人。而声誉卓著的科学家，约瑟夫·布雷尔，40年来因为一个名叫玛丽的小女孩的讨喜微笑而受到祝福。

我们反信仰的人必须提高警觉，而且要坚强。宗教信仰的驱动力是极端凶猛的。看看渴望坚守无神论的布雷尔，如何想要永远地受到注意、原谅、崇拜与保护。我的使命，是否就是作为怀疑者的传教士呢？我应该把我自己奉献给侦测并摧毁宗教信仰的希望吗？

不论它们的伪装是什么？这些敌人很难缠，信仰的火焰通过对死亡、受到遗忘与缺乏意义的恐惧而无穷尽地增添着燃料。

意义会带我们去哪儿呢？如果我揭开了妄想的意义，接下来怎么办呢？约瑟夫的症状会缓和吗？我的呢？什么时候？迅速潜进浮出"了解"就足够了吗？或者，必须要长期地潜在水面以下？

而且是哪一个意义呢？对同一个症状似乎有许多层意义，而且，约瑟夫还没有说完他那些贝莎妄想的意义。

或许，我们必须一层又一层地把意义剥除，直到贝莎停止代表贝莎自己以外的任何东西。一旦她被剥掉了多余的意义，他将会看出，她是令人惊骇而赤裸裸的"人性的，太人性的"，那个她与他以及所有人性的真面目。

第二十章

隔天早上布雷尔进入尼采房间的时候，依然穿着他皮毛衬里的大衣，并拿着一顶黑色高顶丝质礼帽。"弗里德里希，看看窗外！那个低垂在天际、害羞的橘色圆球——你认得出它吗？我们维也纳的太阳终于露脸了。我们今天是否以散步来庆祝一下呢？我们彼此都说过，我们在散步的时候思虑最清楚。"

从他的书桌旁边，尼采充满活力地弹起来，仿佛他的脚上有弹簧似的。布雷尔从未见过他移动得如此迅速。"没有让我更高兴的事情了，护士们已经有三天不允许我走出户外。我们可以在哪里散步呢？我们有足够时间跑到圆石车道以外吗？"

"我的计划是这样。每个月一次，在安息日时，我会去看看我父母的坟地。今天跟我一块儿去吧——那个公墓不到一个小时的车程就到。其间，我会稍微暂停一下，只要有足够的时间可以打理一把花束就好。从公墓那里，我们可以去瑟默铃格海德，花一个小时在森林与草地中散步，赶在用正餐前回来。在安息日，我在下午以前是不排定约会的。"

第二十章

布雷尔等候尼采更衣。尼采常说,虽然他喜欢清冷的气候,后者可不喜欢他,所以,为了保护他自己免于偏头痛,在挣扎着穿上他的大衣之前,他套上了两件厚实的毛衣,并且把一条羊毛围巾,在他的脖子上绕了好几道。绑上一个绿色的遮阳帽檐,以保护他的眼睛免于强光的照射,再加一顶绿色巴伐利亚式毛线帽。

在车行之中,尼采询问了塞在车门的置物袋与散布在空位上、堆积如山的病历、医学书籍与期刊。布雷尔解释说,他的马车是他的第二个办公室。

"有时候,我花在这里的时间,比在贝克街办公室还要多。前一阵子,一位年轻的医学院学生,西格蒙德·弗洛伊德,想要得到一位医生日常生活的第一手资料,他要求陪我整整一天。我花在这辆马车上的时间,真的把他给吓到了,他在当时就下定决心,他要追求的事业宁可是研究而不是诊疗。"

他们在马车上绕过了城里南端的瑞铃街,在史瓦森堡桥越过了维恩河,经过了夏宫,循着列维格街,然后是希梅林豪普街,很快就来到了维也纳市立中央公墓。进入第三道大门是犹太墓区,10年来都驾车带布雷尔到他父母墓地的费雪曼,正确无误地在迷宫般的小径上转折,某些小径的宽度仅容马车穿越。马车最后停在罗塞普尔德家族巨大的陵墓之前。当布雷尔与尼采下马车的时候,费雪曼把放在他座位下的一大束花给布雷尔。两位男士静静地走在一条泥土小径上,经过成排的墓碑。某些只简单地载有姓名与死亡日期,有些则有简短的陈述以作追忆,其他则装饰着六芒的大卫王之星,或者是手指展开的双手浮雕,用以指示最神圣的宗族,柯亨一脉的死亡。

布雷尔指着许多放有新鲜花束的坟,"在这块死者之地,这些是死者,而那些,"他指向墓地中古老的一段,未受照顾而一片荒芜,

"那些是真正的逝者。现在没有人会照顾他们的坟墓,因为没有任何活着的人认识他们,他们知道死亡真正的滋味。"

来到他的目的地,布雷尔站立在一大块家族用地的前面,周围还绕着浮雕石栏杆。里面有两座墓碑:小而直立的一个上面写着,"阿道夫·布雷尔 1844—1874";一块大而平的灰色大理石板上,雕刻着两行铭文:

利奥波德·布雷尔 1791—1872
挚爱的导师与父亲
永不为他的儿子们所遗忘
贝莎·布雷尔 1818—1845
挚爱的母亲与妻子
死于青春与美丽的绽放之中

布雷尔拿起了放置在大理石板上的小石瓶,清出上个月干枯的花朵,温柔地把他带来的花插进去,把它们抖开。在他父母的大理石板与他弟弟的墓碑上,各放了一个小而平的卵石之后,他头低垂着静静站在那里。

尼采尊重布雷尔对独处的需要,他便信步沿着一条排列花岗岩与大理石墓石的步道走去。他马上进入邻近区域内,富有的维也纳犹太人,高德史密特斯、葛柏斯、阿特曼、维瑟米斯,他们死后就如生前一般,在寻求维也纳基督教社会的认可。巨大的陵墓安放着整个家族,他们的大门上架设了厚重的熟铁格状浮雕,点缀以攀附的铁制葡萄藤,并且由精制的墓园雕像守护着。步道再往下走是许多墓碑,上面站立着各家宗派的天使,他们伸展的石头手臂是在祈求注意与追思,尼采如是想象着。

10分钟后,布雷尔赶上了他。"要发现你很容易,弗里德里希,我听到你在哼唱。"

"我在散步的时候,以对自己创作打油诗来自娱。听听看,"他说,在布雷尔的脚步落在他身旁时,"我最新的一首:

虽然没有石头能够聆听,也没有石头能够见证
每一个都柔声呜咽着,'记得我,记得我。'"

然后,在不等待布雷尔的反应之下,他问道,"谁是阿道夫,那在你父母旁边的第三位布雷尔?"

"阿道夫是我唯一的弟弟,他在八年前过世。据说我母亲的死,是他诞生的后果。我的祖母搬进我家来养育我们,不过,她在很久以前就去世了。现在,"布雷尔轻声说,"他们全都走了,我则是队伍中的下一个。"

"那些卵石呢?这里许多的墓石,我看到都有卵石在它们上面。"

"一个非常古老的犹太习俗——只是向死者致敬,表示追思。"

"向谁表示呢?请原谅我,约瑟夫,如果我在礼节上有所逾越的话。"

布雷尔伸手到外套内去松开衣领。"不会,没有关系的。事实上,你问了我对破除迷信的典型问题,弗里德里希。我曾经让别人这样局促不安,我现在却以类似的方式来忸怩真是奇怪啊!不过我没有答案。我留下那些卵石不为了任何人,不是为了社会仪式的缘故,不是为了让其他人见到,我没有其他家人,我是唯一会造访这座墓地的人。这么做也不是基于迷信或恐惧,当然不是希望在来世有所回报,打从孩提时代开始,我就相信生命是两个完全相等的虚空之间的火花,介于出生之前与死亡之后的黑暗当中。"

"生命——两个虚空之间的一个火花。一个优美的意念,约瑟夫,而且不是很奇怪吗,我们是如何被第二个虚空所迷住,从未想

到过那第一个?"

布雷尔大表欣赏地点着头,并且在片刻之后继续说道:"不过,那些卵石,你问我为谁留下那些卵石?或许,我的手受到了巴斯噶的打赌所怂恿。毕竟,有什么好失去的呢?那是块小卵石,举手之劳而已。"

"而且也是个小小的问题,约瑟夫。我之所以问它,仅仅是争取时间来思索一个更大的问题!"

"哪一个问题?"

"你为何从未跟我说过你母亲的名字叫贝莎!"

布雷尔根本就没有料想到会有这个问题,他转头看着尼采。"为什么应该要说呢?我从来没有想到过它。我从来没有告诉过你说,我最大的女儿同样名叫贝莎,这没有关联。就像我跟你说的,我母亲在我三岁时过世,而且我对她没有印象。"

"没有意识上的记忆,"尼采纠正他说,"但是,我们大部分的记忆存在于潜意识里。你无疑读过哈特曼的《无意识的哲学》?它在每一个书店里都能被找到。"

布雷尔点头,"我知道得很清楚,我们咖啡馆里的那群人,花过许多时间来讨论。"

"那本书的背后有一个真正的天才——是那位出版商,不是作者。哈特曼顶多是个匠气的哲学家,不过是盗用了歌德、叔本华与谢林的思想罢了。但是,对那位出版商邓克尔,我要说,'脱帽致最高敬礼!'"尼采把他的绿帽子在空中挥舞着,"那是个知道如何去把一本书,放在欧洲每位读者鼻子前面的人。已经第 9 版了!奥弗贝克跟我说,已经卖出了超过 10 万本了!你能想象吗!如果我的书能卖 200 本,我就很感激了!"

他叹口气,把他的帽子放回头上。

"回到哈特曼身上,他讨论了两打无意识的不同面相,并且,毋庸置疑地,确立了我们记忆与精神过程的最重要部分,是在意识之外。我同意这点,除了他走得不够远之外:我相信,很难把生活,真实的生活,高估到是由无意识体验的程度。意识只是覆盖着存在的一层半透明表皮而已,受过训练的眼睛可以看穿它——看到原始的力量、本能,看到那个通往权力的意志发动机。"

"事实上,约瑟夫,昨天在想象进入了贝莎的梦里面的时候,你提到了无意识。你是怎么说来着,你获得了进入她内心深处密室的蓬门,在那个庇护所里面,永远没有东西会毁灭?如果你的意象永恒地居住在她的心里面,那么,当她想到其他东西的时刻,这个意象会被安置在哪里呢?那里面显然必须有个无意识记忆的浩瀚储藏室。"

在这一刻,他们遇到了一小群送葬者,聚集在一顶覆盖着一块敞开坟墓的帐篷下。四个魁梧的公墓技工,以强固的绳索放下棺木,而送葬者现在排成一列,连最虚弱与老迈的亦不例外,把一小铲泥土丢进坟墓里。布雷尔与尼采一言不发地走了几分钟,吸着一块新土湿冷、甜酸的气味,他们来到一处岔路。布雷尔碰碰尼采的手臂,示意他们必须选择右边的步道。

"关于无意识记忆的部分,"当他们不再听到砂土击打木头棺椁的时刻,布雷尔继续说道,"我完全同意你。事实上,我对贝莎的催眠工作,展现了它们存在的大量证据。但是,弗里德里希,你所建议的是什么呢?肯定不是我之所以爱上贝莎,是因为她与我母亲有相同的名字吧?"

"你不觉得这很奇怪吗,约瑟夫,虽然我们对你那位叫贝莎的病人,谈论了这么多时间,直到今天早上之前,你都不曾告诉过我那是你母亲的名字?"

"我没有对你隐瞒这点。我只是从来不曾把我的母亲连到贝莎身上。即便是现在,它似乎依然是牵强附会八竿子打不到的,对我来说,贝莎是贝莎·帕朋罕,我从来没有想到过我母亲,她的意象从来不曾进入过我的心里。"

"然而,你却一直在她的墓前献花。"

"那是对我整个家庭的坟墓!"

布雷尔意识到自己在闹别扭,不过尽管如此,他还是决定继续说出他的真心话。他感到对尼采毅力的一阵仰慕,他坚忍不拔地贯彻在他对心理学的探究当中。

"昨天我们努力于贝莎每一层可能的意义上,你的清扫烟囱唤起了许多记忆,你母亲的名字怎么可能从未浮上心头呢?"

"我怎么可能回答这样的问题?无意识的记忆是在我的意识控制之外。我不知道它们在哪里,它们拥有一种它们自身的生命。我只能说我所经历到的事情,那些真实的事情。而贝莎之作为贝莎,是我生命中最为真实的事情。"

"但是,约瑟夫,那正是重点所在。我们昨天所得知的,不就是你跟贝莎的关系是不真实的,是一种与真正的贝莎无关的幻觉,糅合意念与渴望在里面?"

"昨天我们得知了你对贝莎的幻想,保护你免于面对未来,还有老化、死亡与被遗忘的恐惧。今天,我了解到你对贝莎的梦想,同样受到来自过去幽灵的玷污。约瑟夫,只有现在这一瞬间是真实的。到头来,我们只在现今这一刻体验到我们自己。贝莎不是真实的,她不过是来自未来与过去的一个幻影。"

布雷尔从未见过尼采如此自信——对每个字都斩钉截铁。

"让我换一种说法吧!"他继续说道,"你认为你跟贝莎是亲密的两人世界——是在可想象的范围里,最为亲近又私密的关系。不是这样吗?"

布雷尔点点头。

"然而,"尼采心有所感地说,"我确信**你跟贝莎不可能有一种私密的关系**。我相信,当你能够回答一个关键问题的时候,'**有多少人在这场亲密关系当中**?'你的妄想就会为之减轻。"

马车就在前头等候着,他们上了车,布雷尔指示费雪曼带他们去瑟默铃格海德。

坐进里面,布雷尔就专注在那个问题上,"我不了解你的言外之意,弗里德里希。"

"你理所当然可以看出来,你跟贝莎并没有私下的密谈,从来就不是你跟她独处。你的幻想注入了其他东西,具有救赎与保护能力的美丽女子,你为了要贝莎以身相许而击退的匿名男子们,贝莎·布雷尔,你的母亲,还有一个拥有讨人喜爱笑容的10岁小女孩。约瑟夫,如果我们终究学到了任何事情的话,那件事就是,你对贝莎的妄想与贝莎无关!"

布雷尔点点头并陷入沉思,尼采也陷入沉默,并且在接下来的车程中瞪着窗外。当他们下车时,布雷尔要费雪曼在一个小时之后来接他们。

太阳现在消逝在一块巨大的蓝灰色云层之后,两位男士则迎向昨天才横扫过俄罗斯大草原的刺骨寒风。他们把衣服扣到领口,并且踏着轻快的脚步出发,尼采是首先打破沉默的那一个。

"真是奇怪,约瑟夫,我总是会被墓地所抚慰。我告诉过你我的父亲是一位路德教派的牧师。但是,我跟你说过,我的后院与游乐场就是村里的墓园吗?附带提一下,你知道蒙田那篇论死亡的论文吧,他在里面劝告我们说,我们所住的房间要有一扇俯视墓地的窗户?他主张说,那会让一个人的头脑清楚,并且让生命中优先顺序得以均衡。对你而言，墓地能起这种作用吗？"

布雷尔点点头，"我喜爱那篇论文！有一段时间，造访墓地对我来说曾经是勇气恢复的良方。几年以前，当我为了我大学事业的终结而感到挫败时，我在死者之中寻找到慰藉。坟冢以某种方法抚慰了我，容许我让我生命中的琐事化为平庸。不过，之后它突然变了！"

"怎么说呢？"

"我不知道是为了什么，不过，墓地那种镇定、启发的效果，为了某种原因而消失了。那种肃穆的感觉消失了，我开始把墓园天使与有关沉睡在上帝手臂中的墓志铭视作愚昧、可悲、可怜。几年之前，我承受了另一项改变。有关墓地的一切事情，墓碑、雕像、死者的居所，开始让我恐惧。就像孩子一样，我觉得幽灵在墓地里徘徊不去，而且，当我在走向我父母的坟墓时，不停地左顾右盼、瞻前顾后。我开始拖延前来造访的时间，并且找人陪我一块来。现在，我的造访时间变得越来越短。我时常害怕我父母的坟墓，有时候，当我站在那里时，我害怕我会沉入土里面，并被吞噬掉。"

"就像在你的噩梦中，地面在你的脚底下液化。"

"多奇怪啊，你竟会提到那个梦！就在几分钟前，同一个梦掠过了我的心头。"

"或许，它是一个墓园的梦。在这个梦中，就我记忆所及，你下坠了40英尺，并且落在一块石板上，'石板'是不是你的用语？"

"一块大理石石板！一块墓碑！"布雷尔回答道，"上面写有我无法辨识的东西！还有其他一些事情，我不认为我告诉过你。这位年轻的学生兼朋友西格蒙德·弗洛伊德，我先前提到过他，在我出诊时跟了我一整天的那一个……"

"怎样？"

"嗯，释梦是他的嗜好。他常常询问朋友们的梦，他对梦境中明确的数字或措辞格外好奇，而当我叙述我的噩梦时，他对精确地下坠 40 英尺，提出了一项新颖的假设。由于我第一次梦到这个梦的时间，接近我 40 岁的生日，他建议说，40 英尺真正代表的是 40 年！"

"非常有创意！"尼采慢下了脚步并击掌赞赏，"不是英尺，而是年纪！这个梦的谜语开始投降了！在你到达 40 岁的关口，你想象下沉到土里，并以落在一块大理石板上作为结束。不过，这块石板是终点吗？它是死亡吗？或者它代表了沉沦的一项突破——一种救援？"

不待回答，尼采匆忙地继续下去，"而且，依然有另一个问题：你在地面开始液化时所寻找的那个贝莎，那是哪一个贝莎呢？那个年轻的贝莎，提供了保护幻觉的那一个？或者是母亲，一度真正提供过安全，而且她的名字就写在那石板上？或者是两个贝莎的融合？毕竟，在某种意义上，她们的年龄相近，你的母亲是在她不会比贝莎大上太多的时候过世的！"

"哪一个贝莎？"布雷尔摇着他的头。"我怎么有可能回答这样的问题呢？想想就在几个月之前，我想象这种谈话治疗，有可能在最后发展成一种精确的科学！但是如何对这样的问题，做出精确的回答呢？或许，正确性应该以纯粹的力量来评量，你的说法似乎很有力，它们打动了我，它们感觉起来没有错。然而，感觉如何能被信赖呢？宗教的狂热者到处感觉到神意的体现，我该把他们的感觉评判为比我的不可信吗？"

"我怀疑，"尼采深思地说道，"我们的梦是否比理性或情感更为接近我们的存在。"

"你对梦的兴趣让我惊讶，弗里德里希。你的两本书里很少提到它们，我只记得你对原始人的精神生活，仍会在梦境中运作的推测。"

"我认为，整个史前时代可以在梦境的教科书里找到。但是，梦只在一段距离之外蛊惑着我，不幸的是，我很少回想起我本身的梦——不过，近来有一个清晰异常。"

两位男士一言不发地走着，小树枝与枯叶在他们脚下发生碎裂的声音。尼采曾描述他的梦吗？布雷尔到现在已经知道，只要他越少发问，尼采就会把自己吐露出更多。所以，沉默是金。

几分钟之后，尼采又开始说道，"它很短，而且就像你的一样，牵涉到女人与死亡。我梦到我跟一个女人在床上，而且挣扎不休，或许我们两个都在用力拉扯被单。无论如何，在几分钟之后，我发现我自己被紧紧地裹在被单里，紧到让我无法移动分毫的地步，并且开始呼吸困难。我在一身冷汗中醒来，贪婪地吸着空气并大叫道，'活着，活着！'"

布雷尔试图帮助尼采记起更多梦境，但是没有效果。尼采对这个梦唯一的联结，是被单把他裹得像是埃及人在防腐尸体处理似的，他变成了一具木乃伊。

"这给我的印象是，"布雷尔说，"我们的梦是全然对立的。我梦到一个女人拯救我免于死亡，而在你的梦中，那个女人是死亡的媒介！"

"是的，那是我的梦所述说的。而且我想它正是如此！去爱女人就是去憎恨生命！"

"我不懂，弗里德里希，你又在说密语了。"

"我是指一个人无法在爱上一个女人的同时，不让自己对那层洁白皮肤之下的东西视而不见：血液、静脉、脂肪、黏液、排泄物——那种生理学上的恐怖之物。情人必须拿掉自身的眼睛，必须背弃真理。而对我来说，不真实的生活就是一具生不如死的行尸走肉！"

"所以在你的生命中，永远不可能给爱情一个位置？"布雷尔深

第二十章

深地欢喜着,"即便是爱情在毁灭我的生活,你的说法让我替你难过,我的朋友。"

"我所梦想的爱情,不只是两个人渴望于拥有彼此。不久之前,我一度以为我找到了爱情,但是我弄错了。"

"发生了什么事?"

考虑到尼采在微微地摇着他的头,布雷尔并没有压迫他。他们一道走着,直到尼采再次拾起话头:"我所梦想的一种爱情,是两个人共享一种共同追求某种更高层次真理的热情。或许我不应该称呼它为爱情,或许,它真正的名字是友谊。"

他们那天的讨论,如此不同于以往啊!布雷尔感到对尼采的亲近,甚至希望跟他把臂而行。然而他同样感到失望,他知道,这一天,他不会得到他所需要的帮助了。在这样一种散步的谈话中,没有足够强度的压力。在不自在的时刻太容易陷入沉默,让一个人的注意力被呼出的白烟所捕捉,还有光秃秃的树枝在风中战栗的呼啸声。

有一次,布雷尔落在后头。尼采转头去寻找他,惊讶地看到他的同伴手拿着帽子,弯腰站在一棵貌不惊人的小植物之前。

"毛地黄,"布雷尔解释说,"我至少有40位心脏衰弱的病人,他们的生命仰赖这种平庸植物的救援。"

对两位男士而言,这趟公墓之旅打开了古老的童年创伤,而在他们散步的时候,他们追忆着往事。尼采详述着一个他从六岁起就记得的梦,那是他父亲死去的一年之后。

"这个梦在今天仍旧栩栩如生,就像我昨晚才梦到它一样。一个坟墓打开,我那穿着寿衣的父亲站了起来,进入一间教堂,并且迅速抱着一个小孩回来。他带着那个孩子爬回他的坟墓里,泥土在他们头上合起,墓碑则滑过那个洞穴。"

"真正可怕的事情,是在我做了这个梦后不久,我的弟弟就生病了,并且痉挛致死。"

"多恐怖!"布雷尔说,"梦里的预言,真是令人毛骨悚然!你怎么解释它呢?"

"我没有办法。有一段长时间里,超自然的现象让我恐惧,而且我以极大的诚心来祷告。然而在过去几年以来,我开始怀疑那个梦与我的弟弟并没有关联,我怀疑我父亲前来是为了我,这个梦表达的是我对死亡的恐惧。"

他们对彼此相处自然的感觉在以往从未有过,两个人都继续怀旧着。布雷尔记起了在他老家曾发生的一桩不幸事件的梦,他的父亲裹在他祈祷式的蓝白色披肩里面,无助地站在那里祷告并摇晃着。尼采则叙述了一个噩梦,他在进入他的卧房时,看到一个老人垂死躺在他的床上,喉咙内发出濒死之前的咕噜声。

"我们两个人都非常早就遭遇了死亡,"布雷尔若有所思地说,"而且,我们两个人都受苦于一种早年丧失亲人的可怕痛楚。就我自己的情况来说,我相信我从来没有从中恢复过来。至于你,丧失亲人之于你是怎样的呢?没有父亲的保护,对你又是什么样子?"

"是保护我或者是压迫我?那是一种痛苦吗?我并不是如此确定。或者,它对一个孩子来说是一种痛苦,但是对成人来说则不然。"

"你的意思是?"布雷尔问道。

"我的意思是,我从未因为把父亲扛在背上而被压得抬不起头来,我从来没有被他对我的评判所窒息,我从来不会被教导生活的目标在于完成他受挫的抱负。他的死亡很可能是一种恩典,是一种解放。他的心血来潮从来不会成为我的金科玉律。我被独自留在那里,摸索我自己的道路,一条以往不曾被涉足过的道路。想想看吧!我的每项成就,会让一位牧师父亲痛苦;我对抗幻觉的战役,会被当作为了反对他而进行的人身攻击。果真如此,我这个反基督的人,还有可能驱除虚假的信仰,并寻找新的真理吗?"

"但是,"布雷尔反驳说,"如果你在你需要的时候,拥有了他的保护,你会有必要去做一个反基督者吗?"

尼采没有反应,布雷尔则进一步施压。他学会了去配合尼采的节奏:任何追求真理的探究是不碍事的,甚至受到欢迎,但是,附加了权力则会受到反抗。布雷尔掏出他的表——他父亲给他的那一块。是返回马车的时候了,费雪曼还在那里等着。顺着风向走,走路变得容易了些。

"你可能比我更为诚实,"布雷尔思索着说,"或许,我父亲的评断把我压得比我以为的更要严重。不过,在大部分的时间里,我非常思念他。"

"你怀念些什么?"

布雷尔思量着他的父亲,并且在掠过他脑海的记忆中采撷着。那个头戴小圆帽的老人,在品尝水煮马铃薯与鲱鱼的晚餐前吟诵着谢恩。他坐在犹太教徒的聚会中,微笑地看着他的儿子,把他祈祷时披肩的流苏缠在手指上。他对儿子在棋局中悔棋的训斥:"约瑟夫,我不能容许我自己惯你坏习惯。"当他为年轻学生准备着他们的受戒礼而吟唱着乐章时,他低沉的男中音回荡在房子里。

"最重要的是,我怀念他对我的关注。他永远是我的头号听众,即使在他生命的尽头,他当时受苦于相当大的混乱与记忆丧失。我明确地告诉他,我的成功、我诊断上的正确、我研究上的发现甚至我的慈善捐款。而且,即使在他死后,他依然是我的听众。多年来,我想象他从我背后凝视、观察并赞赏我的成就。他的影像越是消退,我就越得跟我的感受奋战,我会觉得我的行动与成功只是一场空,我觉得它们没有真正的意义。"

"你是说，约瑟夫，如果你的成功，当时能够被记录在你父亲来日无多的心智上，你的成功会更有意义吗？"

"我知道这是非理性的。这很像那个问题，一棵树在一片空旷森林中倒下的声音。未被注意到的事件有意义吗？"

"差别当然在于树木并没有耳朵，反之是你，你自己在赋予意义。"

"弗里德里希，你比我要自信——比我所认识的任何人都要自信！我记得在我们第一次会面中，你说从来没同行给你任何肯定，我惊讶于你从中茁壮成长的能力。"

"很久以前，约瑟夫，我就知道去应付恶名昭彰，要比去应付败坏的良心来得容易。再者，我并不负心，我不是为众人而写，而且我知道如何去有耐心。我的学生或许尚未出生，只有在不久之后的未来才属于我。有些哲学家是在死后才诞生的！"

"但是，弗里德里希，相信你会在死后才诞生，这与我渴望于我父亲的关注之间，有如此不同吗？你可以等待，甚至直到不久的未来，但是你也在呐喊着你要一位听众。"

一段漫长的停顿。尼采终于点点头，然后柔声说："或许，或许我口袋里还有尚待被净化的虚荣吧。"

布雷尔仅仅点了点头，没有逃离他注意的是，这是所有他下过的评论中，第一个被尼采认可的评论。这会是他们关系的一个转折点吗？

不行，还不到时候！过了一会儿，尼采加上一句："不过，觊觎父母的赞赏，为了提升将来会追随自己的那些人而奋斗，这两者之间有所不同。"

布雷尔没有反应，不过，对他来说明摆着的是，尼采的动机并不纯粹是自命不凡，他有他本身追求怀念的秘密方式。在布雷尔看来，仿佛他跟尼采所有的动机，今天都从同一个来源冒出来——逃

第二十章

离被死亡湮没的驱动力。他是否变得太过于不正常？也许是那座公墓的影响。也许，一个月拜访一次都甚至太过于频繁了。

不过，即便是病态，也无法夺去这次散步所产生的心绪。他想到尼采对友谊的定义：两个人结合在对某种更高层次真理的追求当中。这难道不正是他跟尼采今天在做着的事吗？是的，他们是朋友了。

这是一种让人安慰的想法，即便布雷尔知道，他们拓深的关系与他们令人神往的讨论，并没有带领他更接近于缓解痛苦。看在友情的份上，他试图忽略这个扰人的念头。

可是作为一个朋友，尼采一定读出了他的心意。"我喜欢这次的一起散步，约瑟夫，但是我们一定不能忘记，我们会面之所以存在的理由——为了你的心理状态。"

在他们从一个小丘上下来时，布雷尔滑了一下，抓住一株小树以寻求支撑。"当心，弗里德里希，这块泥岩很滑。"尼采把他的手递给布雷尔，继续下坡。

"我在想，"尼采再接口说道，"虽然我们的讨论似乎有点不集中，不过，我们稳步地接近一个解决之道。直接攻击你的贝莎妄想，在这点上，我们的确是徒劳无功。然而在过去的几天中，我们找出了原因，这些妄想所牵扯的并不是贝莎，或者说不仅是她，而是一系列赋予给贝莎的意义。我们在这点上有共识吗？"

布雷尔点点头，想要客气地建议说，帮助并不会通过这样知性的系统化陈述而来到。但是尼采匆促地继续下去，"现在很清楚的是，我们最初的错误来自将贝莎视为目标。**我们没有选对敌人。**"

"而那会是——？"

"你明知道，约瑟夫！为什么要迫使我说出口呢？正确的敌人是潜藏在你妄想之下的意义。想想我们今天的谈话吧——一次又一次，

303

我们回到你对空虚、遗忘与死亡的恐惧中。它在你的噩梦之中，在地面的液化之中，在你下陷到大理石板之中。它在你对墓地的畏惧里面，在你对缺乏意义的忧虑里面，在你对受到关注与被传承的希望里面。矛盾，你的矛盾在于，你把自己奉献给真理的追求，但是却无法忍受你所发现的景象。"

"但是，弗里德里希，你也一定被死亡与失去上帝所惊吓。从一开始的时候，我就问过，'你如何忍受它？'你如何坦然面对这样的恐惧？"

"可能是告诉你的时候了，"尼采回答道，他的态度变得傲慢起来，"先前，我不认为你已准备好来跟我学习。"

好奇于尼采所要说的话，布雷尔首次决定不去抗议他那先知的腔调。

"约瑟夫，我不会去教导说，人应该'忍受'死亡，或者'坦然面对'死亡。那种方式里面存在着对生命的背叛！我要给你上的一课是这样的：**死得其所！**"

"死得其所！"这句话震撼了布雷尔，下午宜人的散步气氛已经转变成无比的严肃。"死得其所？你的意思是什么？拜托，弗里德里希，就像我一再告诉你的，当你用这种谜样的方式来诉说重要的事情时，我无法了解它。你为什么要这样做呢？"

"你提出了两个问题。我该回答哪一个呢？"

"告诉我有关死得其所的事。"

"活着的时候就去追求人生！如果人在实现了他的生命之后死去，死亡就丧失了它的可怕！如果一个人生不逢时，那他就永远不会死得其所。"

"这是什么意思？"布雷尔再次问道，感到从未有过的挫折。

"问你自己，约瑟夫，你实现了你的生命吗？"

第二十章

"你用问题来回答问题,弗里德里希!"

"你问你知道答案的问题。"尼采还击说。

"如果我知道了答案,我为何还要问呢?"

"为了避免知道你自己的答案!"

布雷尔暂停下来,他知道尼采说得没错。他停止了抗拒,把他的注意力转向内心。"我实现了我的生命吗?我成就了许许多多,远远超出任何人对我所能有的期待。物质上的成功、科学上的发现、家庭、孩子,但是我们以前检查过它们每一个。"

"约瑟夫,你在规避我的问题。你经历过你的人生吗?或者被你的人生所经历?你选择了它?或者让它选择了你?喜爱它?或者悔不当初?当我问你是否已经实现了你的生命时,那就是我的意思。你让你的人生消耗殆尽了吗?还记得那个梦吗,在里面,当某种不幸的事件降临到你的家庭,你的父亲动也不动地站着,无助地祷告?你不正像他一样?你不是无助地站在那里动也不动,为你那从未经历过的人生感到悲痛?"

布雷尔感到压力上升。尼采的问题压迫着他,他没有对抗的防御措施。他简直无法呼吸,他的胸膛似乎就要爆炸了。他有一会儿停下不走,在回答之前深呼吸了三次。

"这些问题,你知道答案的!没有,我毫无选择!没有,我没有过我想要的生活!我过的是指派给我的生活。我,真正的我,被裹在我的生活里面。"

"而那部分,约瑟夫,我确信就是你忧惧的首要来源。那种胸口的压迫,那是因为你的胸口胀裂着未曾体验的人生,你的心脏则在时间流逝中怦然跳着。时间的贪婪是永恒的,时间吞食又吞食,而且不会吐出任何东西。听你说你过着指派给你的生活,这是多么骇人啊!而且,就算是冒着全部的危险却未宣称过自由,这样对死亡有多么可怕呀！"

尼采在他的讲坛上是如此坚定，他先知般的语调嗡嗡地回响着。一股失望的浪潮打过了布雷尔，他现在知道他得不到帮助了。

"弗里德里希，"他说，"这些是听起来很了不起的句子。我崇拜它们，它们激荡着我的灵魂。但是，它们离我的生活太过于遥远了。宣称自由对我的日常生活又意味着什么？我又要如何才能自由呢？我跟你不一样，一位年轻单身的男子放弃了一项令人窒息的大学事业。这对我而言太迟了！我有家庭、员工、病人、学生。太迟，太迟了！我们可以永远谈下去，但是我无法改变我的生活，它被人生的千丝万缕缠得太紧了。"

一段漫长的沉默，布雷尔疲倦的声音打破沉寂，"我难以成眠，而现在，我无法忍受我胸口这种压力的痛楚。"寒风穿透了他的大衣，他颤抖着把围巾裹得更紧。

尼采以罕见的姿势挽起了布雷尔的手臂。"我的朋友，"他轻声说，"我无法告诉你如何去过不一样的生活，因为我如果这样做了，你依然是在过着另一个人所设计的生活。不过，约瑟夫，有些事情是我可以做的。我可以给你一份礼物，我最伟大思想的礼物，我思想的精华。或许，你对它可能已经多少有所熟悉，因为我在《人性的，太人性的》之中大略地打了草稿。这项思想将会是我下一本书的指导力量，或许会是我未来所有书籍的指导力量。"

他放低了声音，采取一种郑重又庄严的声调，仿佛要去指出一切逝去事物的终极奥义一般。两位男士手挽着手走着，布雷尔在等待尼采开口的时候，直视着前方。

"约瑟夫，试着去清理你的思绪。想象这个思想实验！如果有个恶魔对你说，这个人生，你现在与过去所过的生活，你将必须再经历一次，而且是无限次数地再三反复，而且，里面不会有任何新的东西,一切痛苦与欢乐,你生命中一切难以言喻的大小事情,都会重新回到你身上,全部以相同的顺序与因果关系——这阵风与那些树,那块让你失足的泥岩,那墓地与恐惧,这温馨的一刻,你跟我把臂细语着这些话。如果这一切将再三反复,你会怎么样?"

由于布雷尔保持沉默,尼采继续说道,"想象永恒存在的沙漏一次又一次地倒转过来。而每一次同样被倒转过来的你跟我,我们只不过是沙粒而已。"

布雷尔费力地想要听懂,"这个有创意的幻想如何——"

"它不只是个幻想,"尼采坚持说,"它比一个思想实验还要真实。只要听我说的话就好了!排除其他一切东西!想想无限。看看你的背后——想象着看向无限遥远的过去,时间往后永无止境地延伸。而时间如果无限地往后延伸,一切可能发生的事物,不是必然已经发生过了吗?所有现在经历的事情,不是必然在以前以这种方式经历过吗?不论谁走在这里,以前不是必然有人走过这条通路吗?如果在时光的永恒中,一切事情都在过去发生过,那么,约瑟夫,你对这一刻的想法是什么,对我们一同在这道树荫的拱廊内低语作何感想?这在以往不是必然出现过吗?时间往回无限地延伸,那它不是同样必然地往前无限延伸吗?我们在这一刻,在每时每刻,不是注定在永劫回归(eternal recurrence)吗?"

尼采陷入了沉默,给布雷尔时间来吸收他的讯息。现在是正午,但是天空已经阴暗下来,薄雪开始降下,马车与费雪曼隐约出现在视线之内。

在回到医疗中心的车程中,两位男士重新开启了他们的讨论。尼采主张说,虽然他称它为一项思想实验,但是他对永劫回归的假设可以被科学所证明。布雷尔对尼采基于两项形而上学原则的证明有所怀疑,那两项原则是:时间无限,力(宇宙的基本材料)则是有限的。给予这个世界有限数量的潜在状态以及无限数量已经流逝的时间，尼采宣称说，其逻辑结果是，所有可能的状态必然已经出现过，现今的状态一定是在重复，而且，产生它的那一个与由它产生的那一个都同样类似，往后则回到过去，往前则进入未来。

布雷尔的困惑渐增，"你指的是，随着纯粹随机的出现，当下的这一刻在事前就已经发生过了？"

"想想时间一向是什么样子，时间往后永恒地延伸。在这样无限的时间当中，所有构成世界事件的重新组合，不是必定已经重复过它们自己无限次了吗？"

"就像一场超大型掷骰子游戏？"

"一点也没错！一场存在的掷骰子游戏！"

布雷尔继续追问着尼采对永劫回归的宇宙论证明。虽然尼采回答了每一个问题，但他终于变得不耐烦并摊开了他的双手。

"一次又一次，约瑟夫，你要求具体的帮助。有多少次你求我不要离题，而去提供某种可以改变你的东西？现在我把你所要求的东西给你了，你却借由对细节的吹毛求疵来忽视它。听我说，我的朋友，仔细听我说的话，这是我曾经对你说过最重要的事情：**让这个想法主宰你，我跟你保证，它将会永远地改变你！**"

布雷尔不为所动，"但是，如何才能在不经证明之下去相信呢？我不能去祈求信仰。我之所以放弃一种宗教，难道是为了拥抱另一种吗？"

"证明是极端复杂的。它还没有完成，并且会需要多年的努力。而现在，作为我们讨论的结果，我甚至不确定我应该去自找麻烦，把时间奉献给获得宇宙论的证明，或许，其他人也会把它当作一种分心的东西。或许他们跟你一样，对证明的错综复杂会挑三拣四，并且忽略了重点所在，重点是永劫回归在心理学上的逻辑后果。"

布雷尔没有说话,他看着马车的窗外,轻微地摇着他的头。

"让我换种说法,"尼采继续着,"你会不同意我说,永劫回归是必然的吗?不,等一等,我甚至不需要那样!让我们单单说它是**可能的**,或者说**仅仅是有可能而已**,那就够了。这显然比最后审判的神话要较为可能,并且较为容易证明!将它视为一种可能性,这对你来说有什么好怕的呢?那么,你能否把它想成是'尼采的赌注'吗?"

布雷尔点点头。

"那么,我恳求你去重新考虑永劫回归,去考虑它对你的生活所隐含的意义——不是抽象的意义,而是现在,今天,以最具体的意味!"

"你是在建议说,"布雷尔说道,"每一个我做的行动,每一种我经历的痛苦,将会在整个无限之中被经验到?"

"是的,永劫回归意味着每一次你选择一个行动,你必须是愿意为整个永恒选择了它。而且,这对每一个没有做出来的行动、每一个胎死腹中的想法、每一个被避免的选择来说,亦是如此。同时,所有不被体验的生活,会继续保持塞满在你的内心里面,在整个永恒之中都不被体验。而那来自你良心中被忽视的声音,会对你永远地呐喊。"

布雷尔感到晕眩,很难专心地听下去。他试图全神贯注于尼采巨大的胡髭,它随着每个字而上下起伏。既然他的嘴与唇被整个胡髭遮住了,就没有字句会跑出来的事前征兆。他的扫视偶尔会碰到尼采的目光,但是它们太锐利了,他把注意力下移到那多肉有力的鼻子上,或者是上到突出又茂盛的眉毛,它看起来类似于眼睛的胡髭。

布雷尔终于挤出一个问题来:"所以,就我对它的了解,永劫回归保证了一种永生的形态？"

"不对！"尼采很激动，"我所教导的是，生命永远不会受到更改或打击，因为有生命还在继续的确据。不灭的是这个生命，是这一刻。没有来世，没有这个生命所指向的目标，没有世界末日的法庭或审判。**这一瞬间永远存在**，而你，只有你才是你唯一的听众。"

布雷尔战栗着。在尼采的建议中，那种刺骨的含义变得更为清晰之下，他停止了抵抗，并代之以进入一种奇异的专注状态。

"所以，约瑟夫，我要再一次地说，让这个想法主宰你。现在，我有一个给你的问题，**你憎恨这个概念吗？或者你喜爱它吗？**"

"我恨它！"布雷尔几乎是在大吼，"以我没有实现人生、没有尝过自由的滋味来永远存在——这种念头让我充满了恐惧。"

"**那么，**"尼采勉励说，"**以你喜爱这个概念的方式来生活吧！**"

"我现在所喜爱的，弗里德里希，是我已经尽完了我对他人的责任的这种想法。"

"责任？责任可以取代你珍爱自己的优先性吗？责任可以取代你本身对不受限制的自由探索？如果你没有完成你自己，那'责任'不过是为了你的自我放大而利用他人的婉转说法罢了。"

布雷尔为了再做出一个反驳而振作自己的精神，"存在对他人的责任这样一种东西，而且我忠于那个责任。在那里，我至少对我的信念有勇气。"

"约瑟夫，最好要有勇气去改变你的信念，这要好得太多太多。责任与忠实是遮羞布，是用来躲在其后的帘幕。自我解放意味的是一个神圣的**不**字，甚至是对责任。"

布雷尔惊惧地瞪着尼采。

"你想要成为你自己，"尼采继续说着，"我有多么频繁地听你说到你自己呀？你有多么频繁哀伤地说，你从来就不知道你的自由？

你的善良、你的责任、你的忠实——这些是你监狱的栏杆，你会因这样微小的美德而变得麻木。你必须学会去认识你的邪恶，你无法是部分的自由，你的本能也渴望自由，你地窖中的野犬，它们在为自由而吠。再仔细地听一听，你听不到它们吗？"

"但是我无法自由，"布雷尔央求着说："我发下了神圣的婚姻誓言。我对我的孩子、我的学生、我的病人有责任。"

"要创造孩子，你必须先让你自己被创造。否则，你是出于动物需要，或寂寞，或者是去修补你自己的缺陷而谋求孩子。你作为父母的目标不是去产生另一个自我、另一个约瑟夫，而是某种更高层次的东西。那是为了生产一个造物者。"

"而你的太太呢？"尼采无情地说下去，"她不就像你一样，被禁锢在这场婚姻里面吗？婚姻不应该是牢狱，而是孕育某些更高层次东西的园地。**或许，唯一挽救你婚姻的方法是放弃它。**"

"我对婚姻生活发下了神圣的誓言。"

"婚姻是某种更重要的东西。永远是两个人，总是保持相爱，这是一件大事。是的，婚姻生活是神圣的。然而……"尼采的余音袅袅散去。

"然而什么？"布雷尔问说。

"婚姻生活是神圣的。然而"尼采的声音非常严厉，"**毁掉婚姻总好过被它所毁！**"

布雷尔闭上眼睛并陷入深思。在他们余下的旅程中，两位男士都不发一言。

弗里德里希·尼采对布雷尔医生所做的笔记

1882 年 12 月 16 日

一场在阳光普照中开始却在阴霾中结束的散步。或许，我们太过于深入墓地的幽暗了。我们应该早点返回吗？我给了他一个太过强大的思想吗？永劫回归是个非比寻常的大铁锤，它会击碎那些尚未为它准备好的人。

不会的！一个心理学家、一个灵魂的解谜者，他比任何人都更需要苛求。不然，他会充满自怜，而他的学生则会搁浅在浅滩里。

然而在我们散步的尽头，约瑟夫似乎极度困窘，简直无法交谈。某些人，生来就不够坚强。一个真正的心理学家就像艺术家一般，必须喜爱他的调色盘。或许需要更亲切、更有耐心。是否我在教导如何编织新衣服之前，就先剥光了被教导的对象呢？我是否教导了他"从哪里得自由"，却没有教导他"为何而自由"呢？

不对，一个向导必须是激流旁的扶手，但是他一定不能是一副拐杖。向导必须理清位于学生面前的小径，但是他不必选择道路。

"成为我的导师，"他要求说，"帮助我克服绝望。"我该隐藏我的智慧吗？和学生的义务？他必须让自己经得起寒流的考验，他的手必须抓紧扶手，他必须让自己迷失在错误的道路里许多次直到他找到正确的。

独自在山峦之中，我以最短的距离旅行——从顶峰到顶峰。但是，当我走得太远的时候，学生就迷失了他们的方向，我必须学会缩短我的步伐。今天，我们可能走得太快了。我解开了一个梦，从一个贝莎区分出另一个贝莎来，我重新埋葬了死者，并且教授了死得其所的道理。而所有这一切仅仅是强有力的重力主题曲的前奏。

我是否把他推到苦难的深渊里，推得太深了呢？他似乎常常太过于沮丧，而听不到我说话。然而，我挑战的是什么？是什么被摧毁了？是空虚的价值与摇摇欲坠的信念！凡是摇摇欲坠的东西，人都应该推上一把！

今天我所了解的是，最好的老师是从他的学生那里学习的人。

或许，他对我父亲所说的事情是对的。如果没有失去他，我的生命会有多么不同啊！这有可能是真的吗？我敲打得如此卖力，是因为我痛恨他的逝去？而我敲打得如此大声，是因为我仍旧渴望有个听众？

我为他在末了的缄默而担忧。他的眼睛是张开的，但是他似乎视而不见，他几乎没有在呼吸。

然而，我知道，当夜晚越是沉静时，雾霭降临得越是浓密。

第二十一章

　　放走鸽子，几乎就像告别家庭一样困难。在他打开铁丝网的门，并把鸽笼高举到打开的窗户时，布雷尔哭泣着。鸽子起初似乎并不了解，它们从食物盘中金黄色的谷粒抬起头来，不解地凝视着布雷尔，他手臂打着手势，指示它们为自由而飞翔。

　　当他推挤敲打它们的笼子时，这些鸽子翩然穿过它们牢笼张开的缺口，飞进破晓时分橘红色的天际，一次也不曾回头看看它们的饲主。布雷尔带着忧伤观看着它们飞翔，每一次银白色翅膀的舞动，都意味着他科学研究生涯的结束。

　　在天上空无一物了很久之后，他依然持续凝视着窗外。这是他有生以来最痛苦的一天，而他仍旧对当天稍早跟玛蒂尔德的冲突感到麻木。那个场景他在心中已演练多次，为的是用较为平和较不伤人的方式，让她知道他要离去的决定。

　　"玛蒂尔德，"他对她说，"我只能有话直说，我必须拥有我的自由。我感觉受到了羁绊，不是由于你，而是由于命运，而且是一种不是我所选择的命运。"

第二十一章

在惊愕与恐惧之中,玛蒂尔德只能瞪着他。

他继续说了下去,"我突然老了。我发现自己是一个老人,被埋葬在一种生活里头——一种职业、一种事业、一个家庭、一种文化。一切事情都是指定给我的,我自己没有选择任何事情。我一定要给我自己一个机会!我必须有机会去找到我自己!"

"一个机会?"玛蒂尔德回答说,"找到你自己?约瑟夫,你在说些什么啊?我不懂。你要的是什么?"

"我没有要你的任何东西,我要的是我自己的某种东西,我必须改变我的生活!否则,当我在面对我的死亡时,会不曾感到我曾经活过。"

"约瑟夫,这简直是疯了!"玛蒂尔德的音调上升了,她的眼睛因惊恐而圆睁着。"你是怎么回事?从什么时候开始,有一个你的生活,还有一个我的生活?我们分享一个生活,我们同意了一项誓约,要结合我们的生活。"

"但是,当这份同意不属于我的时候,我怎么给得出这份同意呢?"

"我再也无法了解你了。'自由''找到你自己''未曾活过',你的话对我来说毫无道理可言。在你身上到底发生了什么事,约瑟夫?在我们身上?"玛蒂尔德无法继续说下去了,她把两个拳头都按到她的嘴上,转过身来背对着他,并且开始啜泣。

约瑟夫看着她颤动的身体,他走近她。她奋力喘着气,她的头垂下来顶着沙发的扶手,她的泪水落在她的大腿上,她的胸部随着她的饮泣而起伏。他想安慰她,把他的手放在她的肩膀上,但感觉到的是她缩回身体。就是在那个时候,那一瞬间,他才了解到,他抵达了他生命路程上的十字路口。他已经走上了岔路,远离了人群。他做出了明确的改变。他太太的肩膀、她的背影、她的胸部,都不再是他的了，他舍弃了碰触她的权利，他现在必须在没有家人的屏障之下，去面对世界。

"我最好是马上离开，玛蒂尔德。我不能跟你说我要去哪里，如果我自己都不知道反倒好些。我会把所有业务上的说明留给麦克斯。我把一切东西留给你，并且，除了我身上的衣服、一个小手提箱与足够喂饱自己的钱之外，什么都不带走。"

玛蒂尔德继续泣不成声，她似乎无法做出反应，她到底有没有听到他说的话呢？

"当我知道我在哪里时，我会跟你联系。"

依然没有反应。

"我必须离开了，我必须做个改变并掌握我的生命。我想，当我能够选择我自己的命运时，我们两个都会改变想法的。或许，我会选择同样的生活，但都必须是一个选择——我的选择。"

悲泣中的玛蒂尔德，依然没有做出任何的反应，布雷尔在恍惚中离开了房间。

当他关上鸽笼并把它们带回楼上他诊疗室的置物架时，他想着，这整个谈话是场悲惨的错误。诊疗室里，四只无法飞走的鸽子逗留在一个笼子里，因为实验的外科手术，造成了它们平衡系统的受损。他知道他应该在离开前先解决它们，但是，他不想要更多对任何人或任何东西的责任。他添加了它们的饮水与食物，任它们留下来自生自灭。

错了，我永远不应该跟她提到自由、选择、受到牵绊、命运、找到我自己。她怎么可能了解我呢？我都几乎不了解我自己。当弗里德里希第一次以那种语言跟我说话时，我无法理解他。也许我该对她使用其他的用语，或许"短暂的休息""职业上的筋疲力尽""到北非温泉的长期访问"。用她可以理解的话，而且，她可以用来向家族、社区解释。

我的上帝，她会对大家怎么说呢？她被遗留在哪一种位置呢？不行，停下来！那是她的责任！不是我的。去侵占他人的责任，那种方式存在着牵绊，对我，也对他们。

布雷尔的沉思被上楼的脚步声所打断，玛蒂尔德把门猛然拉开，门用力撞到墙上。她看起来糟透了，她的脸色苍白，她的头发凌乱地垂下，她的目光怒火熊熊。

"我不要再哭了，约瑟夫。我现在要来反驳你，在你刚才对我说的话里面，有事情不对劲，有事情很邪恶，而且还很幼稚。自由！自由！你提到自由。对我来说，好一个残酷笑话！我希望我曾经拥有过你的自由——一种男人可以获得教育，可以去选择职业的自由。我以往从来不曾如此渴望于受过教育，我希望我拥有那种词汇、那种逻辑，去对你证明你刚才听起来有多愚蠢！"

玛蒂尔德打住，从桌旁拉出一张椅子。拒绝布雷尔的帮助，她默默坐下以缓过气来。

"你想要离开？你想要创造新的生命选择？你是不是忘掉了你早已做下的决定？你选择了娶我。而且，你真的不了解你选择了交付你自己给我、给我们吗？如果你抗拒去尊重它，那又何来选择呢？我不知道那是什么，也许是突发奇想或一时冲动，但那不是选择。"

看到玛蒂尔德这样子真可怕，但是，布雷尔知道他必须坚守立场。"在我变成一个'我们'之前，我应该先变成一个'我'。但是，当我做出那个选择时，我还没成熟自主到足以做出选择。"

"那么，那也是个选择，"玛蒂尔德吼出来，"谁是这个没有成为一个我的'我'呢？从现在起的一年之后，你会说今天这个'我'尚未养成，而且你今天做的选择不算数。这不过是自我欺骗而已，逃避你选择过的责任的一种方式。在我们的婚礼上，当我们对犹太牧师说'愿意'的时候,我们对其他的选择说了不。我可以嫁给其他人,轻而易举!有这么多想要我的人。说我是维也纳最美丽的女人的,不就是你吗?"

"我依然会这样说。"

玛蒂尔德犹豫了一会儿。然后,把他的话抛到一边,她继续说下去,"你不知道吗?你不能跟我进入一项誓约,然后突然说,'不,我把它收回,我始终无法确定。'那是不道德的,邪恶的。"

布雷尔没有反驳,他屏住气息,想象把他的耳朵贴平,就像罗伯特的小猫一样。他知道玛蒂尔德说得没错,但他也知道,玛蒂尔德同时是错的。

"你想要能够选择,并且在同一时间又保持所有的选项不受限制。你要我放弃了我的自由,我所拥有的那一丁点,至少是去选择一个丈夫的自由,然而,你却要保持你珍贵的选择不受到限制——不受限制地去满足你对一个 21 岁病人的情欲。"

约瑟夫脸色通红,"所以,这就是你所以为的?不是的,这与贝莎或任何其他女人无关。"

"你的话说的是一回事,你的脸则是另一回事。我没有受过教育,约瑟夫——不是由于我的选择,但我不是个傻瓜!"

"玛蒂尔德,不要小看了我的挣扎,我在挣扎的是我整个生命的意义。一个人对他人有责任,但是,他对他自己有更高层次的一种责任。他——"

"而一个女人呢?她的意义是什么,她的自由?"

"我不是指男人,我指的是人类,男人和女人,我们每一个都有权利选择。"

"我不像你。在我的选择奴役了他人时,我无法去选择自由。你有没有想过,你的自由对我意味的是什么?一个寡妇或者一个弃妇,

第二十一章

又有哪些种类的选择呢？"

"你是自由的，就像我一样。你年轻、富有、迷人又健康。"

"自由的？你的脑子今天到哪里去了，约瑟夫？想想看吧！一个女人的自由在哪里？我不被允许受教育。我从我父亲的房子到你的房子来。我甚至为了选择我的地毯与家具的自由而必须跟我母亲与祖母争吵。"

"玛蒂尔德，那不是实情，那只是你对你的文化的态度禁锢了你！在几个星期之前，我在诊疗时见了一个年轻的俄国女人。俄国女性不会比维也纳女性有更大的独立性，然而，这位年轻女子主张她的自由，她违抗她的家庭，她要求受教育，她运用她的权利去选择她所要的那种生活。你可以如此！你也可以自由地去做任何你想要做的事情。你有钱！你可以改名换姓搬到意大利！"

"空话，空话，空话！一个36岁的犹太女人自由地旅行。约瑟夫，你说得像是个傻瓜似的！醒醒吧！活在现实里，不是空话里！孩子们怎么办？改变我的名字！他们每一个是不是也要选个新名字呢？"

"记住，玛蒂尔德，在我们一结婚之后，你最想要的就是孩子，孩子与更多的孩子。我恳求你等一等。"

她控制住她愤怒的言语，并把视线从他身上转开。

"我无法告诉你如何去变得自由，玛蒂尔德。我不能为你设计你的道路，因为，那样子就不再是你的道路了。不过，如果你有这种勇气，我确信你可以找出那条路来。"

她站起来走到门边。转过来看着他，她思虑再三之后说："约瑟夫，听我说！你想要找到自由并做出抉择？那么，你就会知道这一刹那就是一个选择。你跟我说你需要去选择你的生活，而且假以时日，你可能会选择重新回到你在这里的生活。"

"不过，约瑟夫，**我也选择我的生活**。而且我选择要对你说，**那里没有回头路**。你**绝不可能**重新回到你的生活，我**绝不可能再做你的妻子**，因为，当你今天走出这个家的时候，这里就永远不是你的家了！"

约瑟夫合上了眼睛并低下了头，他接下来听到的是门被甩上的声音以及玛蒂尔德下楼的声响。他为了他所承受的风暴而感觉蹒跚欲倒，不过也感到奇特的快活。玛蒂尔德的话很吓人，但她是对的！这个决定必须是无法逆转的。

终于有个了断了，他觉得。终于有事情降临到我身上了，某种真实的事情，不只是念头而已，而是某种现实世界中的事情。一次又一次的，我想象着这个场景。现在，我感受到它了！现在，我知道掌握我的命运是像什么样子。它很可怕，又很美妙。

他完成了打包，然后亲吻了他每一个熟睡的孩子，柔声地对他们低语着再会。只有罗伯特有点骚动，喃喃地说，"你要去哪里，爸爸？"但是马上又陷入沉睡。这真是轻易到了奇怪的地步！对他让自己的感情麻木以保护自己的方式，布雷尔为之惊奇。他拿起了他的手提箱，走下楼到他的办公室去，他在那里度过了剩余的早上时光，撰写着冗长的说明给贝克太太，还有他把病人转诊的三位医生。

他应该写信给他的朋友解释一番吗？他举棋不定。这不是斩断他先前生活所有关联的时机吗？尼采说过，一个新的自我，必须建筑在他旧时生命的灰烬之上。不过，他接着回忆起尼采自己就持续跟一些老朋友鸿雁往返。如果连尼采都无法应付全然的孤立，他为什么应该对自己要求更多呢？

所以，他写了告别的信给他最亲近的友人：给弗洛伊德、恩斯特·佛莱契与布伦塔诺。对每一个人，他都叙述了他离开的动机，但在此同时，却意识到这些理由勾勒在一封短信之中，可能看起来

第二十一章

既不充分又难以理解。"相信我,"他对每个人恳求着,"这不是个无足轻重的行动。对我的行动,我有重要的基础,我将会对你们吐露一切。"对他的病理学家朋友佛莱契,布雷尔感到特别内疚,他在解剖一具尸体时让自己受到了严重的感染,多年来,他为他提供了医疗与心理上的支持,现在却要把它抹去了。他对弗洛伊德同样感到内疚,他不只是在友谊与专业忠告上依赖着他,而且还在财务上。即便西格站在玛蒂尔德一边,布雷尔希望假以时日,他会了解并原谅他的决定。在给他的信中,布雷尔加了一条说明,正式将弗洛伊德对布雷尔家的债务一笔勾销。

在最后一次走下贝克街 7 号的楼梯时,他噙着一把眼泪。当他在等费雪曼的同时,他在大门口的黄铜招牌旁沉思着,招牌上写着:约瑟夫·布雷尔医生,诊疗医师——二楼。当他下次造访维也纳的时候,这块招牌不会在那儿了,他的办公室也是如此。唉,那花岗石砖房与二楼还会在那里,但它们不再是他的砖房了,他的办公室很快就会失去了他存在的气味。他感到与以往相同的失落感,每当他探访他童年的家门时——那栋小庭,或许有另一个前程远大的男孩,在多年以后,可能会长大成为一个医生。

但是他,约瑟夫,不是不可或缺的,他会被遗忘,他的地位会被时间与他人的存在所吞噬。他会在接下来的 10 年或 20 年中死亡,而且他会孤独地死去:不论友谊是否长存,他想到,人总是孤独地死去。

他以这样的想法让自己开怀,如果人是孤独的,而且必然性是个幻觉,那么他就是自由的!然而当他登上他的马车时,他的开心让路给一种忧伤的感受。他看着街上其他的公寓,他在被注视着吗?他的邻居是否从每一扇窗户内往外凝视呢?无疑他们一定察觉到这个重大事件的上演!他们明天就会知道吗?玛蒂尔德会在她的姐妹、母亲的协助下，把他的衣服丢到街上吗？他听说过愤怒的妻子做过这样的事。

他的第一站是麦克斯的家。麦克斯正在等待着他，因为，前一天当他与尼采在墓地谈话一结束之后，布雷尔对麦克斯吐露了他将放弃他在维也纳生活的决定，并且请求他处理玛蒂尔德的财务事宜。

麦克斯再次卖力地尝试，劝阻他放弃这种冲动与毁灭性的行为。没有用，布雷尔心意已决。最后，麦克斯厌倦了，并且，看来像是听任他连襟的决定。一个小时里面，两位男士埋首于家庭财务记录的档案。然而当布雷尔准备离开时，麦克斯突然站起来用他巨大的身躯挡住门口。有一刹那，布雷尔惧怕麦克斯是要动手剥夺他的自由，尤其是当他大鹏展翅般地张开双臂时，不过麦克斯只是想要拥抱他而已。他的声音打破了沉默，嘀咕着，"所以今晚没有棋下了？我的生活永远不会一样了，约瑟夫。我会想你想得要命，你是我曾经有过最好的朋友。"

感动异常到难以言语的地步，布雷尔抱一抱麦克斯，就迅速地走出了房子。在马车上，他指示费雪曼带他去火车站，而就在他们要抵达之前，他告诉他说，他要离开进行一段长时间的旅行。他给了他两个月的工资，并且对他保证会在返回维也纳时联络他。

在等待上火车的时候，布雷尔责怪自己不曾告诉费雪曼说，他永远不会再回来了。"如此随便地对待他——你怎么能这样？在彼此在一起10年之后？"然后他宽恕了自己，他在一天之内所能承受的就只有这么多了。

他的目的地是瑞士的克罗伊茨林根，过去几个月来，贝莎住在那里的贝勒福疗养院。他被自己呆滞的精神状态所迷惑。是在什么时候，他如何做下了探访贝莎的决定呢？

火车隆隆地启动时，他把头靠在椅背的软垫上，合起了他的眼睛,并且默想着这一天所发生的事情。

弗里德里希是对的,长期以来,我的自由就在伸手可及的眼前!我可以在多年前就掌握住我的生命。维也纳依然挺立着,生活里没有我也会继续下去。我的缺席反正都会发生,从现在起10年或20年之后。从一种宏观的观点看,这又会造成什么差别呢?我已经40岁了,弟弟已经死了8年,父亲死了10年,母亲死了36年。现在,趁着我还能看能走的时候,我应该为了我自己,而把握我生命中的一小部分,这样的要求过分吗?我对服务是如此厌倦,对照顾他人是如此厌烦。没错,弗里德里希是对的。我应该永远忍耐着责任重担的奴役吗?我应该在永恒之中,从头到尾都过一种我会后悔的生活吗?

他试着入睡,但每次他一打起盹儿,孩子们的幻影就飘进他的心里,他痛苦畏缩地想到他们没有了一个父亲。"直到人准备好去作为一个创造者,并且去培育创造者之前,不要制造孩子",当弗里德里希这样声明的时候,他说得没错,布雷尔提醒着自己。出于需要而生产孩子是错的,错的是利用孩子来缓和寂寞,错的是借口复制另一个自我来提供生命的目的。同样错误的是,为了寻求永生,而把一个人的生殖细胞射向未来——仿佛精子含有你的意识似的!

然而,孩子们怎么办呢?他们是个错误,他们被迫跟着我,在我意识到我的抉择之前就产生了。但是他们就在这里,他们存在着!关于他们,尼采无言以对。而玛蒂尔德警告过我,我可能永远无法再见到他们。

布雷尔坠入了绝望的深渊,不过迅速地激励着自己。不!远离这样的想法!弗里德里希是对的,责任、礼节、忠实、无私、亲切,这些是哄人入睡的麻醉品,人睡得如此深沉,如果醒得过来的话,人只不过是到了生命的尽头而已。在那时,人不过是得知了,他永

323

远不会真正地活着过。

我仅有一个生命，一个可能永劫回归的生命。我不想要在整个永恒之中，在追求我对孩子们的责任时，悔恨于失去了我自己。

现在，是我从我过往生活的灰烬上，建立一个新自我的机会！然后当我做到了那一点的时候，我将寻找回到我的孩子们身边的出路。那时，我将不再被玛蒂尔德对什么是社会所允许的概念所欺压！谁可以阻挡一个父亲，挡住他前往他孩子们身边的道路呢？我将成为一把战斧。我将披荆斩棘，砍出我通往他们的道路！至于今天，愿上帝帮助他们。我什么都做不到，我快要溺死了，我必须先拯救我自己。

而玛蒂尔德呢？弗里德里希说，唯一挽救这场婚姻的方式是去放弃它！而且，"毁掉婚姻总好过被它所毁"。或许玛蒂尔德也被婚姻枷锁所毁，或许，她没有了我会比较好，或许她跟我一样受到了禁锢。路·莎乐美会这么说的，她怎么形容它的：她永远不会被他人的脆弱所奴役？或许，我的缺席会解放了玛蒂尔德！

火车抵达康斯坦的时候已经是深夜。布雷尔下了车，并在一个朴素的火车站旅社住了一晚，是时候了，他跟自己说，去适应第二与第三流的住宿。在早上，他雇了一辆四轮马车去克罗伊茨林根的贝勒福疗养院。到达时，他通知了院长罗伯特·宾斯瓦格纳说，一项出乎意料的诊疗要求把他带到了日内瓦，近到足以来贝勒福探访他前任的病人帕朋罕小姐。

布雷尔的要求没有任何不寻常的地方：在贝勒福人尽皆知，他是前任院长路德维克·宾斯瓦格纳爵士的多年老友，后者最近才过世。宾斯瓦格纳医生立即派人去宴请帕朋罕小姐。"她正在散步，并且跟她的新医师杜尔肯医生，讨论她的病情。"宾斯瓦格纳站起来走到窗边，"那里，在花园里面，你可以看到他们。"

第二十一章

"不,不,宾斯瓦格纳医生,不要打扰他们。我强烈地认为,没有事情比病人与医生的会谈更优先。此外,今天的太阳很好,我近来在维也纳实在太少见到它了。如果你不反对,我会在你的花园里等候她。再者,从不太唐突的位置观察帕朋罕小姐的状况,尤其是她的步伐,这对我来说也很有意思。"

从贝勒福广大花园内的一个平台上,布雷尔看到贝莎与她的医师沿着一条步道来回漫步,两旁是高大又仔细修剪过的黄杨木。他非常当心地挑选他的观察地点:一个高处平台的一张白色长凳,几乎整个藏在环绕的丁香花枝叶的树荫之中。从那里,他可以俯视并清楚地看到贝莎,或许在她走过来时,他可以听到她的谈话。

贝莎与杜尔肯刚刚通过了他的长凳之下,并且沿着步道远离了他。她身上薰衣草的香味飘浮上来,他贪婪地吸着,并且感到深沉渴望的思念像潮水般卷过他的身体。她看起来是多么的脆弱啊!突然她停下来,她的右腿在痉挛,他记得这在他与她散步时,发生得有多么频繁啊。她依偎在杜尔肯身上以求支撑,她抓他可抓得真紧啊,完全就跟她一度抓住布雷尔时一样。现在,她的两只手臂都紧握着杜尔肯的,而且她紧紧地抱住他!布雷尔记得她把她的身体压在他身上。噢,他是多么喜爱她身体的触感啊!就像公主透过层层的床垫感受到那颗豌豆一样,他可以穿过重重阻碍感受到她——她的波斯小羊皮短斗篷与他皮毛衫里的大衣,对他的乐趣而言只不过是层薄纱。

啊,贝莎的肱四头肌现在陷入严重的痉挛!她抓住她的大腿。布雷尔知道那是接下来会发生的事。杜尔肯迅速抱起她,把她带到前面的长凳并放下她来。现在要做的是按摩了,没错,杜尔肯正在脱掉他的手套,小心的让他的手滑进她的外套底下,开始按摩着她的大腿。贝莎现在会痛苦地呻吟吗?是的,柔弱的!布雷尔可以听

325

到她的呻吟！现在，她会不会闭上她的眼睛，仿佛隐入了恍惚，伸展双臂超过她的头部，拱起她的背部？是了，是了，她现在照着做了！现在，她的外套会敞开、会垂下来，没错，他看到她的手自然而然地滑下去解开它。他知道她的衣裳会逐渐撩起，一直都是这样。咦！她弯曲着膝盖——布雷尔以前从来没有看她这样做过——她的洋装往上提，几乎到了她的腰部。

从他遥远的长椅上，布雷尔越过杜尔肯的头上凝视着，同样呆若木鸡。把她盖起来，你这个可怜的白痴！杜尔肯试图拉下她的衣裙并扣上她的外套。贝莎的双手干扰着，她的双眼紧闭。她在恍惚之中吗？杜尔肯露出非常兴奋的神情——他也可能半斤八两，布雷尔想着，并且紧张地看着他。没有人在那里，谢天谢地！大腿变形的抽搐已经和缓。他帮助贝莎起来，她则尝试着走路。

布雷尔感到晕眩，好像他不再位于他本身的肉体之内。他眼前的场景有某种不真实的东西，好像他从一个庞大剧院的最后一排包厢观赏着一出戏剧一般。他的感觉是什么？或许是对杜尔肯医生的嫉妒吧？他既年轻又英俊又是单身，而且，贝莎比曾经对他所做的，更加亲密地纠缠着这小伙子。但是不对！他没有感到嫉妒，没有敌意——一点都没有。相反，他感到对杜尔肯的热情与亲近。贝莎没有分化他们，而是把他们拉在一起进入一种激动的兄弟之情。

年轻的一对继续他们的散步。布雷尔微笑地看着，现在是医生而非病人，以一种笨拙、拖着脚的步伐在走动。他对他的继任者感到巨大的移情作用：多少次，他必须在跟贝莎散步的同时，面临跃跃欲试的勃起所带来的不便！"你真是运气，杜尔肯医生，现在是冬天，"布雷尔对自己说着，"在夏天没有外套遮住你自己时，要糟得太多。那时，你必须把它塞在你的皮带下面！"

那一对走到了步道的尽头，现在往他的方向折回。贝莎把手放在她的脸颊上。布雷尔可以看出她的眼窝肌肉在抽搐着,而且她的情绪极为激动,她的面部疼痛,她的三叉神经痛是每天的家常便饭,而且是如此严重到只有吗啡可以缓和它。贝莎停了下来,他精确地知道接下来要发生的是什么,这很诡异。他再一次地感觉像是在剧院里,他是导演或提词的人,在跟演员提示他们下一句台词。把你的手放在她的脸上,手掌在她的脸颊,拇指碰触她的鼻梁,这样就对了。现在轻轻压下去,并且抚摸她的眉骨,一次又一次地来回。很好!他可以看出贝莎的脸在放松。她把手伸上去,抓住杜尔肯的手腕,并且把每只手按在她的双唇上。现在,布雷尔感到一阵突如其来的刺痛。她只有一次这样亲过他的手,那是他们最亲密的一刻。她来得更近了,他可以听到她的声音。"小爸爸,我亲爱的小爸爸。"那引发了强烈的痛楚,那是她以前对他的称呼。

这是他所听到的全部。够了,他起身,不曾对迷惑的护士交代只字片语就走出了贝勒福,并且登上了等候他的马车。在茫然若失中,他回到了康斯坦,他在那里以某种方法安排搭上了火车。火车头的汽笛,把他的心思带回到自己身上。他的心跳砰然,他把头沉在坐垫上,并开始回忆他所见到的事情。

那黄铜招牌、我在维也纳的办公室、我孩提时代的家园,现在贝莎也一样——全部继续做它们自己,它们没有一个为了它们的存在而需要我。我是偶然的,可以随时替换。我对贝莎的戏剧不具必要性,我们没有一个具有必要性,甚至连主角也不例外。我不是,杜尔肯也不是,那些将在未来出现的也都不是。

他感到彻底的挫败,或许,他需要更多的时间来承担这一切。他很疲倦,他靠回去,闭上他的眼睛,并寻找一个贝莎的幻梦来作为避风港。但什么都没有发生!他进行了他一贯的步骤,集中心志在他心灵的舞台上,他为那幻梦设立了最初的场景,敞开心神于即将发展的事情,那一直是由贝莎来决定,不是他,他退让以等待情节的开始。不过并没有任何情节,所有东西一动不动,舞台保持成等待他下指令的静物画。

通过实验,布雷尔发现他现在可以通过意志来召唤或摒除贝莎的意象。当他呼唤她的时候,她整装以待地以任何他所希望的形象或姿态出现。但是她不再有自主权,她的形象冻结到他决心要她移动为止。衣服配置也变得不确实,他的领带系在她身上,她的支配力变成他!

布雷尔惊讶于这种转变,他以往从未以这样的不同寻常的方式来想象贝莎。不对,不是漠不关心——是这样的镇定,这样的泰然自若。没有狂热的激情或渴望,也不曾有怨恨。有史以来的第一次,他了解到他跟贝莎是受到折磨的同伴,她跟他一样地深陷其中。她也不曾成为她的存在,她没有挑选她的生命,她只是目睹着相同的事件永无止境地自行上演。

事实上,当他想到这点时,布雷尔了解了贝莎生命的悲剧。或许她不知道这些事情,或许她不只是遗忘了选择,还有对选择的意识。她是如此频繁地在"缺席"当中,在一阵恍惚当中,甚至没有去体验她的生活。他知道在这点上,尼采是错的!他不是贝莎的受害者,他们两个都是受害者。

他学到了多少啊!只要他能重新来过,并且现在成为她的医生。在贝勒福的这一天,向他证明了他的治疗效果是多么短暂。经年累月地把时间花费在攻击症状上是多么的愚蠢,那些无聊又微不足道的小战役,使他忽略了真正的战场,那些在症状底下的人性挣扎。

震天叫响之中,火车穿出了一条漫长的隧道。耀眼的阳光迎面而来,把布雷尔的注意力拉回到他现今的困境当中。他正返回维也纳,去见他以前的护士伊娃·伯格。他目光呆滞地环顾着火车的小隔间,想到:"我坐在火车上,把自己掷向伊娃,然而混淆不清的是,我在何时与如何做了去见她的决定。"

当他抵达维也纳时,他搭乘一辆出租马车前往伊娃的家,并且接近了她的门口。

下午4点钟,他几乎要转身而去,但仍希望她还在上班。但是她在家里,她似乎震惊于看到他,并且站在那里瞪着他,一言不发。当他问道他是否可以进去的时候,她不安地瞄过左邻右舍的大门之后,把他请了进去。他立刻为她的风采所放松。自从他上次见到她已经过了六个月,但是对他来说,向她吐露自己的心事就像以往一样容易。他告诉她所有在他解雇她之后所发生的事情:他与尼采的会面,他逐渐地转变,他对要求他的自由并离开玛蒂尔德与孩子们的决定,他与贝莎无言的最后一面。

"而现在,伊娃,我自由了。我有生以来的第一次,我可以做任何事情,去任何我想去的地方。很快我就会去火车站,或许就在我们谈话之后,去选择一个目的地。即使是现在,我也不知道我要迈向何处,或许是南边,迈向阳光或许是意大利。"

正常说来,伊娃是个热情洋溢的女子,往往滔滔不绝地回应他的每个句子,现在却是出奇的沉默。

"当然,"布雷尔说下去,"我会寂寞,你知道我是什么样的人。不过,我将会自由自在地去见任何我所选择的人。"

依然没有来自伊娃的反应。

"或者,邀请一位老友跟我一同到意大利旅行。"

布雷尔难以置信自己亲口说出的话。鸽子的影像突兀地出现在脑海之中,鸽子们遮天蔽日地从诊疗室的窗子蜂拥而入,回到它们的铁丝笼之内。

在他的沮丧与放松之中，伊娃并没有回应他的影射，她代之以开始质问他。

"你所指的是哪一种自由？你的'未曾活过的生命'所指的是什么？"她怀疑地摇着头，"约瑟夫，这里面对我来说，没有一点道理可言。我一直希望我能拥有你的自由，但是，我又拥有了哪一种自由呢？当你必须为了房租与肉店的账单担忧时，你不会为自由忧心忡忡。你想要从你的职业中获取自由？看看我的职业吧！当你开除我的时候，我必须接受任何我可以找到的工作，而此刻，我唯一希望拥有的自由，是不用在维也纳综合医院上夜班。"

夜班！那就是她为何这种时候会在家的原因，布雷尔想到。

"我提议过要帮你找到另一个职位，你没有任何回应。"

"当时我还处于震惊之中，"伊娃回答说，"我上了无情的一课——你除了自己之外无可依靠。"此处，她第一次扬起了她的目光，直视着布雷尔的眼睛。

为了不曾保护她的羞愧而满脸通红，他开始请求她的原谅——但是伊娃迅速地说了下去，关于她的新工作、她妹妹的婚礼、她母亲的健康，然后是跟吉哈德的恋人关系，在她第一次于医院遇到他时，这位年轻的律师是位患者。

布雷尔知道，他的造访是在连累她，并且起身准备离开，在他靠近门口时，他笨拙地碰触到她的手，并打算问一个问题，但是踌躇不前，他依然有权利对她说任何亲密的话吗？他决定去冒冒险。虽然那种亲密的凝聚力在他们之间已然明显地磨损了，然而，15年的友谊并不是如此容易被淡忘的。

"伊娃，我现在要走了。但是，拜托，最后一个问题。"

"问你的问题吧，约瑟夫。"

"我无法忘记我们的亲密时光。你记得吗，有一天晚上，我们

第二十一章

坐在我办公室里讲了一个小时的话？我告诉你，我是如何地绝望又难以抗拒地感觉到贝莎的吸引。你说你为我感到害怕，你说你是我的朋友，你说你不想要我毁灭我自己。然后，你就像我现在握着你的手一样地拉起我的手，你说，如果可以挽救我的话，你会做任何事情，任何我要求的事情。伊娃，我无法告诉你我有多么频繁地回味着那段谈话，或许有几百次吧，它对我有多么的重要，有许多次，我后悔我对贝莎的过分着迷，而因此没有更正面地回答你。所以，我的问题是，或许它只不过是，你是诚心诚意地说那段话的吗？我当初是不是应该正面回应你呢？"

伊娃抽回了她的手，把它轻轻地放在他的肩头，并且有点语无伦次地说："约瑟夫，我不知道该怎么说。我应该要诚实，我很抱歉以这种方式回答你的问题，但是为了我们长久的友谊，我必须诚实。约瑟夫，我不记得那段谈话了！"

两个小时之后，布雷尔发现自己瘫在一个二等座位上，开往意大利的班车。

他明白了这对他来说有多么重要，在过去的一年里有伊娃来作为屏障，他依赖着她。他总是确信当他需要她的时候，她就会在那里。她怎么能忘掉呢？

"但是，约瑟夫，你又期望些什么呢？"他问自己说，"期望她被冻结在一个衣柜中，等待着你去打开门并让她复活吗？你40岁了，该是去了解你的女人不是依附于你而存在的时候了：她们有她们本身的生活，她们成长，她们继续她们的生活，她们老去，她们会获得新的亲密关系。只有死者无法改变，只有你的母亲，贝莎，飘浮在半空中等待着你。"

可怕的念头遽然乍现，不仅是贝莎与伊娃的生活会继续下去，而且玛蒂尔德的亦是如此，她会在没有他的情况下存在着，而且，她对另一个人付出关心的时间终将到来。玛蒂尔德，他的玛蒂尔德，跟另一个男人在一起，这种痛苦难以承受。他的泪水现在夺眶而出，他抬头看行李架，找寻他的小手提箱，它就在那里，唾手可得，那黄铜的握把饥渴地向他伸展着。是的，他明确地知道他应该要做的事：抓住把手，把箱子提起来越过行李架的金属横杆，把它拿下来，在下一站下车，不论那是何处，搭上第一班回维也纳的火车，让自己匍匐于玛蒂尔德的宽恕之下，还不算太迟，她肯定会认领他的。

但是，他想象着尼采阻止他的有力神态。

"弗里德里希，我怎么可能放弃一切事情呢？我真是个傻瓜才去遵从你的劝告！"

"你在遇到我之前就已经放弃了一切重要的事情，约瑟夫，那就是你为何处于绝望之中。你记得对于失去了那前途无量的家伙，你感到如何的悲痛吗？"

"但是现在，我一无所有。"

"一无所有就是最重要的事情！为了茁壮的成长，你必须先把你的根部深深地穿进虚无之中，并且学会去面对你最寂寥的孤独。"

"我的妻子、我的家庭！我爱他们。我怎么能离开他们呢？我应该在下一站就下车。"

"你只是在逃避你自己。要记住，每一刻都是永劫回归。考虑一下这点，想想在整个永恒之中逃离你的自由！"

"我有责任要——"

"只有一种责任，成为你的存在的责任。要坚强，不然，你将永远利用他人来作为你本身的放大。"

"但是玛蒂尔德。我的誓言！我的责任去——"

"责任，责任！你会从这些小小的美德上腐败。学习去变得缺德吧，从你旧生命的灰烬上，建立起一个新的自我。"

第二十一章

前往意大利的一路上，尼采的话语跟随着他。

"永劫回归。"

"永恒存在的沙漏上下倒转，周而复始。"

"让这个想法主宰你，我向你保证，它将会永远地改变你。"

"你喜爱这个想法或憎恨它？"

"以你喜爱这个概念的方式来生活吧。"

"尼采的赌注。"

"实现你的生命。"

"死得其所。"

"有勇气去改变你的信念！"

"这一生就是你永恒的生命。"

两个月之前在威尼斯，一切就已经开始了。现在，他正迈向的是回到平底轻舟之城。火车越过瑞士意大利边界，意大利语传入了他的耳朵，他的思绪从永恒的可能转向了明天的现实。

当他在威尼斯步下火车时，他可以去哪里呢？他今晚要睡在何处？他明天要做什么？明天之后呢？他要拿他的时间怎么办？尼采会做些什么？当他没有病痛时，他散步、思考并写作，但那是他的方式。怎么办呢？

首先，布雷尔很清楚，他必须去赚取生活费。他钱袋里的现金只能维持几个星期，之后，银行会在麦克斯的指示之下，每个月仅仅寄给他一张为数不大的汇票。他当然可以继续当个医生。至少有三个他以前的学生在威尼斯挂牌行医，他应该不会有建立业务的困难。语言也不会构成问题：他有敏锐的听觉与会一些英语、法语及西班牙语，他可以对意大利语上手得很快。但是他牺牲如此之大，只为了在威尼斯重拾他在维也纳的生活吗？不，那种生活已成往事！

或许试试餐厅的工作。由于他母亲的过世与他祖母的虚弱，布雷尔学会了烹饪，时常协助准备家里的三餐。虽然玛蒂尔德取笑他，并把他赶出厨房，当她不在附近时，他常常晃进去评头论足一番，并指挥厨子做事情。是的，他考虑得越多，他越强烈地感觉去餐厅工作可能是个方法。不止做管理或出纳，他想要接触食物——去准备，去料理。

他很晚才抵达威尼斯，并且再次把夜晚花在一间火车站旅店之内。到了早上，他搭一艘平底船进入市中心区，并边走边想了几个小时。许多威尼斯当地人转头看着他。当他在一间商店橱窗的反射光里捕捉到他自己的形象时，他终于了解到原因所在：长须、帽子、大衣、西装、领带——全部是不讨人喜欢的黑色。他看起来像外国人，完全就像一个老去的富有维也纳犹太医生！昨晚在火车站，他注意到成群结队的意大利妓女在拉客。没有一个接近他，毋庸置疑！胡子与葬礼般的衣服必须舍弃。

他的计划缓慢成型：首先，先造访一个理发师与劳工阶级的服装店。然后他会开始上密集的意大利语课程。或许在两三个星期之后，他可以着手钻研餐饮业：威尼斯可能需要一家优秀的奥地利餐厅，或甚至是奥地利犹太式的餐厅——他在散步时，看到了几个犹太教会。

当理发师鲁钝的剃刀，攻击着他留了超过21年的胡子时，那剃刀把他的头扯得前后晃动。有时候，它干净利落地割断了一片片胡须，但更常见的是，它把金属丝般的赭红色毛发连根拔起。理发师既冷峻又不耐烦。布雷尔认为，他的态度是可以理解的。对打理这种程度的胡子来说，60里拉实在是太少了。向理发师示意要他慢下来，布雷尔伸手到口袋里，出价200里拉来换取一次较为温柔的刮脸。

20分钟之后，当他瞪着理发师裂掉的镜子时，一阵对他自身面貌的怜悯席卷过他。自从他见过那副容貌以来的数十年，他已经遗忘了它在胡须的阴影下与岁月的战斗。现在一片光秃了，他看到它是如此倦怠，且磨损得厉害。只有额头与眉骨依然保持坚定，并且毅然决然地支撑着他松弛与下垂的脸面肌肉。从两个鼻孔往两边，各有一道巨大的凹陷延伸，把他的脸颊与嘴唇隔开，细微的皱纹从两个眼睛往下蔓延。火鸡咽喉般的皱褶，从他的颚骨垂下。还有他的下巴——他已经忘掉他的胡子隐藏了他软弱下巴的羞赧，它现在甚至更为脆弱、胆怯地闪躲着，竭尽所能地挂在他下唇的湿润之下。

在他前往一家服装店的途中，布雷尔看着路人的衣着，决定去买一件厚实的深蓝色短大衣、一两双坚固的皮靴以及一件条纹的厚毛衣。然而，每个擦肩而过的人都比他年轻。年龄较长的人穿些什么呢？他们到底又在哪里呢？每个人看起来都这么年轻。他怎么结交朋友？他如何认识女人呢？或许是餐厅的女侍，或者一位教意大利语的教师。不过，他想到，我不想要另一个女人！我永远不会找到一个像玛蒂尔德的女人。我爱她，这真是愚不可及。我为何要离开她呢？我老到难以重新来过。我是街上最老的人，或许那边那个拿着拐杖的老女人要比我年长一些或者是那个弯腰在卖菜的男人也比我年长，他突然感到一阵晕眩。他简直站不住。在他身后他听到了一个声音。

"约瑟夫，约瑟夫！"

那是谁的声音啊？听起来很耳熟！

"布雷尔医生！约瑟夫·布雷尔！"

谁知道我在这里呢？

"约瑟夫，听我说！我要从 10 往回数到 1。当我数到 5 的时候，你的眼睛会张开。当我数到 1 的时候，你会完全醒过来。10，9，8……"

我认识那个声音!

"7,6,5……"

他睁开了眼睛。他抬头看到弗洛伊德微笑的脸孔。

"4,3,2,1!你完全清醒了!好啦!"

布雷尔很震惊,"发生了什么事?我在哪里,西格?"

"一切都没事了,约瑟夫。醒醒吧!"弗洛伊德的声音坚定但和缓。

"怎么回事?"

"给你自己几分钟,约瑟夫,你会想起一切事情的。"

他发现他躺在诊疗室的沙发上。他坐起来,他又一次问说,"怎么回事?"

"你来告诉我怎么回事吧,约瑟夫。我完全是照你指示做的。"

当布雷尔看来依然恍恍惚惚的时候,弗洛伊德解释说:"你不记得了吗?你昨晚来找我,并要我今天上午11点来这里,协助你做一项心理学实验。当我到达时,你要我催眠你,用你的表来作为摆锤。"

布雷尔伸手到他背心的口袋里。

"在这儿,约瑟夫,在咖啡桌上。记得了吗?你要我指示你陷入深沉的睡眠,并且设想一连串的经验,你跟我说,实验的第一部分是专注于告别——离开你的家庭、朋友甚至患者,而且在看来有必要时,我应该给你一些暗示,像是'辞行'或者'你无法再回家里。'接下来的部分,是致力于建立一种新生活,而且我要做的暗示是像'继续下去',或者'你下一步要做什么?'"

"是的,是的,西格,我清醒了,都回到我心里来了。现在是几点?"

"星期天下午1点钟。你被催眠了两个小时,就如同我们所计划的。大家很快就会来用正餐了。"

"详细地告诉我发生了什么事。你观察到些什么?"

第二十一章

"你迅速进入一种恍惚状态,约瑟夫,而且,在大部分时间中是保持受到催眠。我只能说有某种生动的戏剧在上演——不过是无声地在你本身的内在剧院里。有两三次,你似乎要脱离那恍惚状态,我则建议说,你在旅行并感到火车的震动,而且你是把头靠在坐垫上陷入沉睡,借此来加强它。每一次,这似乎都很有效。我无法告诉你更多的事情,你看起来非常不快乐,有好几次你在悲泣,而且有一两次看起来很害怕。我问你是否想要停止,但是你摇着你的头,所以我鼓励你继续往下走。"

"我说得很大声吗?"布雷尔按摩着他的眼睛,依然试图要让自己清醒些。

"很少。你的嘴唇动个不停,所以我猜你在想象着对话。我只能辨识出几个字,好几次你叫着玛蒂尔德,而且我同样听到贝莎的名字,你是在说到你的女儿吗?"

布雷尔迟疑着。怎么回答呢?他想要冒险告诉西格一切,然而,他的直觉却警告他不要轻举妄动。西格毕竟只有 26 岁,并且视他为一个父辈或一个兄长。两个人都习惯于这种关系,布雷尔不准备要遽然改变它所带来的不自在。

此外,布雷尔知道在牵扯到爱情或肉欲上,他的年轻朋友是如此生涩与气量狭小。他记起他近来如何借口宣称所有的神经官能症都起源于性生活,让他受窘又困惑!而就在不久之前,西格是如何义愤填膺地为了施尼茨勒沉溺肉欲,而谴责了年轻的他。由此,对于一个 41 岁的丈夫着迷于一个 21 岁的病人,又能期望西格会谅解多少呢?尤其当西格是绝对站在玛蒂尔德的战线上的时候!不行,对他吐露秘密会是个错误。最好是跟麦克斯或尼采去说!

"我女儿?我不确定,西格。我记不得了,我母亲的名字也是贝莎,你知道这点吗?"

"喔，对啊，我忘掉了！不过，她在你很小的时候就过世了，约瑟夫。为什么你会在现在跟她道别呢？"

"或许，我从来不曾让她真正地离去吧。也许，人在能够成为他本身思想的主人之前，必须先把这些事给逼出来！"

"嗯——有意思。让我们看看，你还说了些什么其他的事情？我听到，'不再行医'，然后就在我叫醒你之前，你说：'老到难以重新来过！'约瑟夫，我的好奇心快要爆炸了。这一切是什么意思？"

布雷尔小心地斟酌着字句，"我所能告诉你的是这样子，西格，这全部都与那位穆勒教授有关，西格。他迫使我去考虑我的人生，而我了解到，我达到一个关卡，我大部分的选择都已成为过去。然而我想要知道，去做了不同的抉择会像什么样子，去经历另一种没有医学、家庭、维也纳文化的生活。所以我尝试了一个思想实验，去拥有让我自己解放于这些任意模型的经验，去面对混沌，甚至进入某种相反的生活。"

"那你所学到的是什么？"

"我依然感到昏沉，我需要时间去理清一切。我清楚地感觉到的一件事情是，不要让你的生活控制你。否则，到头来，你在40岁的时候，会感到你不会真正地活过。我学到了什么？或许是去体验现在，以致我在50岁时不会带着悔恨来回顾四十几岁。这对你也很重要。每个熟知你的人，西格，都了解你有非比寻常的天赋。但是，你有一种负担：土壤越丰富，耕耘的失败就越不可原谅。"

"你是有所不同了，约瑟夫。也许那催眠改变了你，你以前从来没有像这样跟我说过话。谢谢你，你的信心激励了我，不过，它或许也加重了我的负担。"

"我同时还学到了，"布雷尔说，"或者它也许是同一回事，我不确定，我们必须以仿佛我们是自由的方式来生活。即使我们无法逃

第二十一章

离命运,我们依然必须迎头抵住它,我们必须运用意志力来让我们的宿命发生,我们必须爱我们的命运,就如同——"

门上响起了叩门声。

"你们两个还在不在里面啊?"玛蒂尔德问道,"我可以进来吗?"

布雷尔连忙打开了门,玛蒂尔德则带着一盘热腾腾的小红腊肠进来,每一条都裹着松软的面衣。"这是你的最爱,约瑟夫。我今天早上想起来,我有一段很长的时间没为你做这道小菜了。正餐好了。麦克斯与瑞秋在这里,其他人则在路上。而西格,你给我留下来,我已经准备好你的座位了,你的病人要再多等上一个钟头。"

收到了布雷尔对他点头示意的暗示,弗洛伊德离开了房间。布雷尔以他的手臂搂住了玛蒂尔德:"你知道吗,亲爱的,你问我们是不是还在房里真是奇怪啊。我待会儿会告诉你我们的谈话,不过,它就像经历了一趟命运之旅一般。我觉得我离开了一段很长的时间,而现在我回来了。"

"那很好,约瑟夫。"她把的手放在他的脸颊上,深情地搓揉着他的胡须,"很高兴能欢迎你回来,我很想念你。"

依据布雷尔家的标准,桌旁只有九个大人的正餐是个小聚会:玛蒂尔德的父母,玛蒂尔德另一个妹妹露丝与她的先生迈尔,瑞秋与麦克斯,还有弗洛伊德。八个孩子坐在休息室内的另一桌。

"你为什么盯着我看?"在她端出一大锅马铃薯胡萝卜汤时,玛蒂尔德对布雷尔低语说,"你让我不好意思,约瑟夫,"她在稍后放下一大盘煨小牛舌与葡萄干时说,"不要这样,约瑟夫,不要再盯着看!"在她帮忙清理桌子,准备上甜点时,她又说了一次。

但是约瑟夫没有停止,好像是有史以来的第一次,他仔细端详他太太的脸庞。他悲伤地发觉,她也是一名对抗时间战役的斗士。她的脸颊并没有凹陷,她拒绝去纵容这点,但是她无法防卫所有的前线阵地，微细的皱纹从她的眼角与嘴角往外扩张。她来回盘绕并挽在一个闪烁发髻中的头发，已经严重地被丝丝灰色所渗透。这是在什么时候发生的？有部分要归咎于他吗？如果两人能够联合起来，或许可能会少受到一些损失。

"我为什么要停下来呢？"在她伸手来收盘子时，约瑟夫轻轻地环在她的腰际，他随着她进了厨房。"我为什么不应该看着你呢？我——啊，玛蒂尔德，我让你哭了！"

"喜极而泣，约瑟夫。不过也很难过，当我想到这历经了多少时间，这一整天都很奇怪。不管怎样，你跟西格到底在说些什么？你知道他在用餐时跟我说了什么吗？他准备要以他第一个女儿的名字来纪念我！他说，想要在他的生命中有两个玛蒂尔德。"

"我们一直怀疑西格很聪明，现在我们确定他真是如此。这是奇怪的一天，不过也是一个重要的日子——我决定要娶你。"

玛蒂尔德在她的托盘上安排好咖啡杯，把她的双手放在他的头上，并且把他拉向她，亲吻着他的前额，"你是不是喝酒了，约瑟夫？你在胡言乱语。"她再度拿起托盘，"不过我喜欢它。"就在推开通往餐厅的回旋门之前，她转过身来，"我以为你在14年前就决定娶我的。"

"重要的是，我选择在今天说出来，玛蒂尔德，还有每一天。"

在咖啡与玛蒂尔德的甜点之后，弗洛伊德赶忙离开去医院。布雷尔与麦克斯则一个人拿了杯梅子白兰地进到书房，坐下来下棋。在顺畅的简短棋局之后，麦克斯迅速地以令人畏缩的王后侧面攻击，粉碎了法式防御，在麦克斯开始重设下一局时，布雷尔拉住了他的手，"我需要谈谈，"他跟他的连襟这么说。麦克斯很快地克服了他的失望，把棋子推开，点燃雪茄，喷出一大口烟，等待着。

自从几个星期以前那场令人尴尬的意外，那时，布雷尔第一次

第二十一章

告诉麦克斯有关尼采的事，两个人就从此变得亲近了许多。现在作为一个有耐心又产生共鸣的听众，随着布雷尔对他与艾克卡·穆勒会面的说明，麦克斯以极大的兴趣经历了过去两个星期的事情。今天，在布雷尔详细描述了昨天在墓园的讨论以及这个早上不寻常的催眠事件之后，他似乎被弄得瞠目结舌。

"所以，在你的催眠状态之中，你先想到的是我会试图挡住门以阻止你离开？我说不定会这样做。还有谁在棋盘上能被我杀得丢盔弃甲而逃呢？不过老实说，约瑟夫，你看起来不一样了，你真的认为你把贝莎赶出了你的心思吗？"

"真令人惊讶，麦克斯。现在，我可以用我想任何其他人的方式去想她。好像我动了一场外科手术，把贝莎的意象，与以往附着在它上面的一切情绪区分开来！而且，我确信这个手术绝对是发生在那一刻，当我在花园中看到她跟她的新医生的那个瞬间！"

"我不懂。"麦克斯摇着他的头，"或者，最好还是不要懂呢？"

"我们必须尝试。说到在我看到她跟杜尔肯医生的那一瞬间，我是指我对她跟杜尔肯医生的幻想，它逼真到我依然将它视为一个真实的事件，我对贝莎的迷恋在那一刻逝去了，这样说也许是不对的。我确信那份迷恋早已为穆勒所削弱，尤其在他让我了解到，我是如何地赋予了她巨大的力量。对贝莎与杜尔肯医生的恍惚幻想，出现在适当的时机，一举驱逐了它。当我看到她对他重复着那些熟悉的场景时，我仿佛是一板一眼地背诵着剧本一样，她所有的力量就消失了。我突然理解到，她并没有任何力量。她无法控制她本身的行动，事实上，她就像我一样地无助与受驱使。我们两个，不过是彼此妄想剧情中的替身演员而已，麦克斯。"

布雷尔露齿微笑，"不过你知道，某种甚至更为重要的事，发生在我身上，那是我对玛蒂尔德感觉的转变。我在恍惚之中感觉到一点,但是,它现在甚至更加强烈地凝聚起来。我在整个用餐时间都注视着她,并且一直感到那股对她波涛汹涌的热情。"

"是啊,"麦克斯微笑着,"我看到你注视着她,看见玛蒂尔德紧张很好玩,就像以往看着你们两个之间在闹着玩一样。也许这非常简单,你现在珍惜她,是因为你有过失去她会是什么样子的亲身体验。"

"是的,那是一部分,不过还有其他的部分。你知道,多年来一直束缚我的马嚼子,我以为是玛蒂尔德放进我嘴里的。我感到被她所监禁,并且渴望我的自由,体验其余的女人,去拥有另一个全然不同的生活。"

"然而,当我去做穆勒要我去做的事情,当我抓住了我的自由的时候,我惊慌失措。在恍惚之中,我试图背叛自由。我把马嚼子提供出来,先是给贝莎,然后是伊娃。我张开我的嘴跟她们说,'拜托,拜托,用缰绳来控制我吧,把这个塞进我的嘴巴,我不想要自由自在。'事实是,我被自由给吓坏了。"

麦克斯严肃地点头。

"记得吗,"布雷尔继续说着,"我跟你说我在催眠中到威尼斯一游——在那家理发店里,我发现了我老去的面孔?在那条有很多服饰店的街上,我发觉自己是最老的人?某些穆勒说过的话,当下回到脑海里,'选择正确的敌人。'我想那就是关键!这些年来,我一直与错误的敌人在战斗。真正的敌人一直就不是玛蒂尔德,而是宿命。真正的敌人是衰老、死亡以及我本身对自由的恐惧。我责怪玛蒂尔德不让我去面对我实际上不愿去面对的事!我怀疑,有多少个丈夫对他们的妻子做相同的事情?"

"我想我是他们其中之一,"麦克斯说,"你知道,我时常做些关于我们童年时光的白日梦,还有我们在大学的日子。'噢,真难过!'

我对自己说。'我怎么居然会让那些时光给溜走了呢？'然后我暗自责难着瑞秋——好像童年的结束是她的错！我变老是她的错！"

"是的，穆勒说，真正的敌人是'时间那吞噬人的巨浪'。但是为了某种理由，我现在不会在这些巨浪之前感到如此无助。今天，或许是有生以来的第一次，我感觉我好像决心要我的生活。我接受了我所选择的生活。现在，麦克斯，我不希望我曾经选择任何不同的事情。"

"你就像你的教授一样聪明，约瑟夫，在我看来，你以设计这个催眠的实验来智取了他。你在未曾让真实的事情发展到无可挽回的情况下，去实验一种无可挽回的决定。不过，仍旧有些我无法了解的事情。你设计这个催眠实验的那部分恍惚期间在哪里呢？当你在那种催眠之中的同时，必然有部分的你意识到真正发生的是些什么。"

"你说得没错，麦克斯。目击者在什么地方呢，那个欺骗剩余的'我'的'我'？我想到他就头昏脑涨。有一天，一个远比我聪明的人会出现，这个人会揭晓谜底。不过，不是的，我不认为我智取了穆勒。事实上，我感到相当不同了：我觉得我让他失望了，我拒绝去遵照他的处方。或者，我也许只不过是认知到我的极限。他经常说，'每个人都必须决定，他可以承受多少真理。'我猜我做出了决定。而且，麦克斯，作为一个医生，我同样让他失望，我什么都没有给他。事实上，我甚至不再想要帮助他。"

"不要对自己太挑剔了，约瑟夫。你一直对自己如此严厉，你跟他有所不同。你记得我们一起上的那堂宗教思想家的课——裴德教授，对不对？还有他用在他们身上的那个术语——'预言家'。那就是你的穆勒——一位预言家！我长久以来就丧失了谁是医生、谁是病人的眼光，不过，如果你是他的医生，而且就算你能够改变他，而你实际上没有办法,你会想要改变他吗?你曾经听说过半个结了婚或顾家的预言家吗?不行的,那会毁掉他。我想,他的宿命就是去做一个寂寞的探索者。"

"你知道我怎么想的吗?"麦克斯打开了棋盒,"我觉得已经有足够的治疗了,也许结束了。也许再多一点这种治疗,会害死病人与医生两个人!"

第二十二章

麦克斯是对的,是停下来的时间了。即使如此,星期一一早上走进13号房宣布自己痊愈时,约瑟夫把自己吓了一跳。

尼采坐在他的床上梳理着他的胡髭,看起来甚至更为惊讶。

"痊愈?"他惊呼道,把玳瑁胡梳掉在床上,"这是真的吗?这有可能吗?星期六我们分手的时候,你看起来是如此忧郁,我替你担足了心。我是不是太严厉了?太过苛求?我怀疑你是否会中断我们的治疗计划。我怀疑许多事情,但从来没有一次,我会料想你已经彻底痊愈!"

"是的,弗里德里希,我也很惊讶。发生得很突然——它是我们昨天会面的结果。"

"昨天?但昨天是星期天,我们没有会面。"

"我们有一段会面,弗里德里希。只是你不在那里而已!这是一个漫长的故事。"

"跟我说那个故事,"尼采说,从床上坐起来,"告诉我一切细节！我想要了解痊愈。"

"来这里，到我们谈话的椅子这边。"布雷尔说，选了他惯常的位置。

"有好多事情要说……"他开始说道，此时，他旁边的尼采渴望地向前倾身，挨着坐在椅子的边缘。

"从星期六下午开始，"尼采飞快地说，"在我们瑟默铃格海德的散步之后。"

"是啊，放纵地走在那寒风之中！那个散步真不错，而且还糟透了！你说得没错，当我们回到马车时，我是处于巨大的忧郁之中。我感觉像是个铁砧；你的字句则是敲打的铁锤。很久之后，它们依然回荡着，尤其是一个句子。"

"那是——"

"**唯一挽救我婚姻的方法是放弃它**。你令人满头雾水的声明之一，我越是考虑它，就越感到晕头转向！"

"那我应该要更清楚一些，约瑟夫。我只是想，一种理想的婚姻、亲密关系，仅存在于当它对某人的生存不是必要的时候。"

在布雷尔的脸上看不到任何领悟的样子，尼采补充说，"我只是打算说，要完全与另一个人发生关联，人必须先跟自己发生关联。如果我们不能拥抱我们自身的孤独，我们只是利用他人作为对抗孤立的一面挡箭牌而已。只有当人可以活得像只老鹰——不需要任何观众——才可能爱慕地转向另一个人；只有在那个时候，一个人才能够去关心另一个存在的增长。因此，如果人不能放弃一桩婚姻，那么这桩婚姻就注定要失败。"

"所以你指的是，弗里德里希，唯一去保全一桩婚姻的方式，是有能力去放弃它？这比较明白了。"布雷尔想了一下，"这种敕令对单身汉来说是绝妙的教育，但是，它给结了婚的男人带来了进退维

第二十二章

谷的窘境。我能拿它做什么用呢？这就像企图在海上重新建造一艘船似的。星期六有一段很长的时间，让我彷徨而矛盾，就在于我必须无可避免地放弃我的婚姻以求挽救它。然后突如其来的，我有了一个灵感。"

他的好奇心被调动了，尼采拿下眼镜并前倾到几乎危险的地步。再多个一两寸，布雷尔想道，他就会直接摔下椅子了。"你对催眠了解多少？"

"动物的磁器说？麦斯麦术？非常少，"尼采回答说，"我知道麦斯麦本人是个无赖，不过在不久之前，我读到几位知名的法国医生，现在利用麦斯麦术来治疗许多不同的病症。而且，当然，你在你对贝莎的治疗中运用到它。我只知道它是一种类似睡眠的状态，人在其中会变得高度容易受到暗示的影响。"

"不只如此，弗里德里希。在那种状态之中，人能够经验到栩栩如生的幻觉现象。我当时的灵感是，在一种催眠的恍惚当中，我可以模拟放弃我婚姻的经验，而在此外的真实生活中保存着它。"

布雷尔开始跟尼采说，发生在他身上的一切事情。几乎所有的事情！他准备要叙述，他在贝勒福的花园中对贝莎与杜尔肯医生的观察，但是突然决定要保存这个秘密。

他仅仅描述了去贝勒福疗养院的旅程，还有他冲动地离去。

尼采聆听着，他的头越点越快，他专注到两眼越发突出。当布雷尔的故事结束时，他静静地坐着，仿佛很失望的样子。

"弗里德里希，你是不是说不出话来？这是有史以来的第一次。我也感到困惑，不过，我的确知道我今天感觉很好，生气蓬勃，比我多年来的感觉要好上许多！我感到存在——在这里跟你一起，而不是假装在这里，同时又在偷偷想着贝莎。"

尼采依然热烈地倾听着，但是不置一词。

布雷尔继续下去："弗里德里希，我也感到悲伤。我痛恨去想到我们的谈话将要终止，你比世界上任何人更了解我，我珍惜我们之间的约定。而且，我有另外一种感觉——羞耻！除了我的痊愈之外，我很羞愧。我觉得我在借口催眠术欺骗你，我在冒没有风险的风险！你一定对我很失望。"

尼采剧烈地摇着他的头，"没有，一点都没有。"

"我知道你的标准，"布雷尔抗议说，"你必然觉得我不够格！我不止一次听你说过，'你可以承受多少真理？'我知道那是你对一个人的评价。我害怕对我的答复会是，'不怎么样！'即使是在我的恍惚当中，我感到不足。我想象尝试追随你到意大利去，走得跟你一样遥远，远到你所希望我走到的地步，但是我的勇气衰退了。"

继续摇着他的头，尼采往前倾，把他的手放在布雷尔椅子的扶手上说道："不对，约瑟夫，你走了很远，比大多数人都要遥远。"

"或许，在我有限的能力范围内，我走到了极致。"布雷尔回应道，"你总是说我必须找出我本身的道路，而不要去寻找那种特别的道路或是你的道路。或许工作、社群、家庭是我通往一种有意义生活的道路。然而，我觉得犹有不足，我为了慰藉而妥协，我无法像你那般凝视着真理之光。"

"但有时候，我希望我能够发现阴影。"

尼采的声音既哀伤又阴郁。他深沉的叹息提醒了布雷尔，在他们治疗的约定中牵涉到了两位病人，而只有一个获得了帮助。或许，布雷尔想到，还不算太迟。

"虽然我宣布我自己在精神上恢复了健全，弗里德里希，我不想停止见你。"

尼采缓慢但毅然地摇着头，"不，课程已然历经了它的路线，是时候了。"

"停止就太自私了,"布雷尔说,"我拿了如此之多,却给你很少的回报。尽管我也知道我给予帮助的机会不大——你太过不合作到连一次偏头痛都没有。"

"最佳的礼物,就是帮助我去了解痊愈。"

"我相信,"布雷尔回答说,"最有力的因素在于我确认了正确的敌人。一旦我了解到我必须与真正的敌人搏斗——时间、衰老与死亡,我接着发觉,玛蒂尔德既不是对手也不是救星,而仅仅是跋涉、穿过生命的旅伴而已。这简单的一步,以某种理由释放了我全部对她所压抑的爱。今天,弗里德里希,我热爱永恒重复我生命的那个观念。终于,我觉得我可以说出,'是的,我已经选择了我的生活,而且选得很好。'"

"是的,是的,"尼采说,催着布雷尔往下说,"我知道你已经改变了。但是,我想要知道那种机制——它如何发生的!"

"我只能说,在过去两年中,我被自身的老去惊吓得非常厉害,或者是像你所形容的,对'时间的欲求'。我反击,不过是盲目的。我攻击的是我的妻子,而不是真正的敌人,最后在绝望中,在一个给不了任何援助的人的臂弯中寻求拯救。"

布雷尔暂停一下,抓抓他的头。"我不知道还有什么好说的,除了要感谢你之外,**让我知道了生活愉快的关键,在于先去选择必要的东西,然后去热爱所选择的东西。**"

压抑着他的兴奋,尼采被布雷尔的言语所深深打动。

"命运之爱[一]——爱你的命运。多奇怪啊,约瑟夫,我们的心智多像孪生子啊!我计划以命运之爱作为你接下来的最后一课。我准备借由'它因而如此这般'转变为'我因而如此这般地选择它',来

[一] 拉丁文为:Amor fati。——译者注

教你克服你的绝望,但是你已经先发制人了。你已经成长茁壮,或许甚至是成熟,不过,"他暂停下来,突然很激动,"这个侵入并把持你心灵的贝莎,让你无法平静的这个人,你还没有跟我说你是如何驱逐她的。"

"那不重要,弗里德里希。对我而言,重要的是停止为过去悲痛,并——"

"你说你想要给我什么的,记得吗?"尼采大叫着,他绝望的语调让布雷尔伤心。"那么给我一些具体的东西。跟我说你如何把她丢出去的!我要所有的细节!"

仅仅在两个星期前,布雷尔回想起,是我在哀求尼采,给我可供依循的明确步骤,而尼采一再坚持没有那种方法,他当时坚持说每个人必须去找到他本身的真理。尼采所受的苦一定非常可怕,因为,他现在否认他自身的教诲,并且期望在我的痊愈中找到他本身的明确道路。这样一种要求,布雷尔打定主意,一定不能答应。

"对我来说,弗里德里希,"他说,"没有事情比给予你什么更为重要,不过,它必须是一项真实内容的赠与。你的声音急切,但是,你却隐瞒了你真实的希望。相信我,就这一次!老实告诉我你想要的是什么。如果它在我的能力所及的范围内,它就会是你的。"

从椅子上弹起来,尼采来回踱步了几分钟,然后走到窗边往外看,背对布雷尔。

"一个深沉的人也需要朋友,"他开口说,比较像是在对他自己而不是对布雷尔说话,"就算每个人都辜负了他,他依然有他的神。但是我既没有朋友也没有神,我就像你一样有欲望,而且,不曾有比完美的友谊更大的欲望,一种为同辈所环绕的友谊。令人陶醉的字眼,'为同辈所环绕'!对像我这样一直在孤寂之中的人,它代表慰藉与希望,我总是在寻找,但从未遇到一个恰巧属于我的人。"

"有时候，我在书信中卸下自己的负担，对我妹妹、对朋友。但是，当我面对面地遇到其他人的时候，我感到羞愧并逃避。"

"就像你现在逃避我一样？"布雷尔打断说。

"是的。"尼采陷入了沉默。

"你现在有什么心事要吐露吗，弗里德里希？"

依然凝视着窗外，尼采摇摇头。"在很罕见的情况下，当我为寂寞击倒，并让苦恼有公然爆发的缝隙时，我在那之后的一个小时就会厌恶自己，并对自己感到陌生，仿佛我脱离了我本身的陪伴。"

"我也不曾容许他人向我卸下他们的负担——我不愿意招惹礼尚往来的人情债。我避免这一切事情——直到那天，当然。"他转身面对布雷尔，"我握着你的手，同意了我们奇特的约定。你是第一个跟我待在这种模式里面的人，而甚至跟你在一起时，我起初预期着背叛。"

"然后呢？"

"一开头，"尼采回答，"我为你感到困窘，我从来不曾听过这样坦白地泄露心事。接着我日益不耐烦，然后是吹毛求疵并多方批评。后来，我再次做了转变，我开始仰慕你的勇气与诚实，不断地改变更多，我为你对我的信任而感动。而现在，今天，为了即将离开你的想法，我排遣不去无比的哀伤。我昨天晚上梦到你——一个悲伤的梦。"

"你的梦是什么，弗里德里希？"

从窗边回来，尼采坐下来面对布雷尔。"在梦中，我在医疗中心醒来，既黑又冷，所有人都走了。我想要找你，我点了一盏灯，徒劳地穿过一间又一间空无一人的房间。然后我走下楼梯到交谊厅，我在那里看到奇特的景象：一堆火，不是在壁炉里，而是房间中央一堆清晰的营火，环绕着那营火是八块高大的石头，坐落在那里宛如它们在烤火一般。我突然感到无比的悲伤,并开始哭泣,那就是我真正醒过来的时候。"

"一个奇怪的梦,"布雷尔说,"你对它怎么解释?"

"我只是有一种极度忧伤的感觉,一种深沉的渴望。我以前从来不曾在梦中哭泣过,你能帮得上忙吗?"

布雷尔默默地重复尼采那句简单的话,"你能帮得上忙吗?"那是他所一直渴望听到的句子。三个星期以前,他有可能去想象,这样的话居然会出自尼采的口中吗?他一定不要浪费了这个机会。

"八块石头在烤火,"他回应道,"一个有趣的画面,让我跟你说浮现在我心里的是什么。你是否记得那次严重的偏头痛,在席雷格尔先生的客栈里?"

尼采点点头,"大部分。就它的某些部分,我不在场!"

"有些事情我没有跟你说,"布雷尔说。"当你在昏迷的时候,你说了一些很悲伤的句子,其中一句是,'没有位置,没有位置'。"

尼采看起来很困惑,"'没有位置'?我指的可能是什么呢?"

"我想,'没有位置'意味着你在任何友谊或任何社群之中没有位置。我想,弗里德里希,你渴望被认同,但是你又惧怕你的渴望!"

布雷尔放缓他的声音,"对你来说,这一定是一年中最寂寞的时刻。其他大部分的病人早已离开,为了圣诞假期去跟他们的家人重聚。或许,这就是房间在你的梦中都是空空如也的原因。当你在寻找我的时候,你发现一堆火在温暖着八块石头。我想我知道那意味着什么:在我的家庭生活中,我的家是七个人——我的五个孩子、我太太和我。你是否有可能是那第八块石头呢?或许,这个梦是对我的友情与我的家庭生活的希望。如果是这样,我欢迎你。"

布雷尔前倾去紧紧握着尼采的手臂。"跟我一起回家吧,弗里德

第二十二章

里希。即使我的绝望缓解了,我们没有必要分离。在这节庆时节做我的客人,或者更好,待上整个冬天吧,这会给我无比的欢乐。"

尼采把他的手放在布雷尔的手上一会儿——只有一会儿。然后,他站起来并再次走到窗边。东北风带来的雨水,猛烈地敲打着玻璃,他转过身来。

"谢谢你,我的朋友,谢谢你邀请我到家里,但是我不能接受。"

"为什么呢?我确信这对你会有好处,弗里德里希,对我也会如此。我有一个跟这间差不多大小的空房间,还有一间书房可以让你在其中写作。"

尼采缓慢但坚定地摇着头,"几分钟之前,当你说到你已经前往你有限能力的极限时,你所指的是面对孤立。我也面对着我的限制——关系的限制。在这里跟你一道,甚至现在我们面对面、交谈交心的时候,我都紧挨着这些限制。"

"限制可以被放松,弗里德里希,让我们试试看!"

尼采来回地踱着步。"我说出'我无法再忍受寂寞了'的那一刻,在我自身的评量之中,我下跌了无法形容的深度,因为,我舍弃了我心智的最高点。我所选择的道路,要求我去抗拒可能诱惑我离去的危险。"

"但是,弗里德里希,跟另一个人结交与放弃你自己并不相同啊!你一度说过,有许多关于亲密关系的部分,你可以从我这里学习。那么,就容许我来教你吧!怀疑与警戒有时候是正确的,不过,人在其他时间必须能够放松他的防卫,并且允许自己有所接触。"他把手伸向他,"来,弗里德里希,坐下来。"

尼采顺从地回到了他的椅子上,并且闭上眼睛做了几次深呼吸。然后,他张开了眼睛并猛然开口说话,"问题是,约瑟夫,不在于你可能背叛了我,是在于我背叛了你。我不曾以诚信待你,而现在,当你邀请我进入你的家门时,在我们变得亲近时,我的欺蒙在侵蚀着我,是改变这点的时候了!在我们之间不再有所隐瞒!容许我来吐露我自己的秘密。听听我的忏悔,我的朋友。"

把他的头转开,尼采把目光凝聚在那张地毯的一小丛花木上,并且以颤抖的声音开口,"几个月之前,我强烈地爱慕一位美丽绝伦的年轻俄国女子,路·莎乐美。在那之前,我从未容许我自己去爱一个女人,或许是因为我早年生活中充斥着女人。在我父亲死后,我被无情又冷淡的女性所环绕——我的母亲、我的妹妹、我的外祖母与姨妈们。某些不健全的态度一定烙印在我身上,因为从那时起,我就视与女人的亲密关系为畏途。肉欲——女人的肉体,对我来说似乎是终极的狂乱,是我与我的使命间的一道藩篱。但是路·莎乐美不一样,至少我是如此认为。她很美丽,但她更像是一个真正的红粉知己、我孪生的心智。她了解我,为我指出新的方向——迈向令人昏眩的高度,以往我从未有过勇气前往探索。我认为她会是我的学生、我的门徒、我的弟子。"

"但接下来,大灾难!我的情欲出现了。她利用它来让我与保罗·雷互斗,他是我亲密的朋友,最初介绍我们认识的就是他。她诱使我相信,我是她命中注定的那个男人,但是当我奉献自己的时候,她却对我不屑一顾。我被每一个人所背叛——被她,被雷,还有被我妹妹:我妹妹企图摧毁我们的关系。现在,一切事情都转为灰烬,而我生活在放逐之中,远离所有一度被我视为亲爱的人。"

"当你跟我第一次谈话时,"布雷尔插嘴说,"你提到了三个背叛。"

"第一个是理查德·瓦格纳,他在很久以前就背叛了我,那个刺痛现在已经淡去。另外两个是路·莎乐美与保罗·雷。是的,我的确提到过他们。但是我假装我化解了那个危机,那就是我的欺蒙。

事实是，甚至直到此刻，我从来没有解开它。这个女人，路·莎乐美，侵入了我的心灵，并且在那里驻扎生根，我依然无法驱逐她。过去没有一天我没想过她的，有时我甚至是每个小时都会想她。大部分的时间我恨她。我想象对她采取行动，公开羞辱她。我想要看到她卑躬屈膝哀求我让她回来！有时候相反——我渴望着她，我想到我们在奥尔塔湖的船上，我牵她的手，向亚得里亚海的曙光致敬——"

"她是你的贝莎！"

"是的，她是我的贝莎！每当你描述你的妄想，每当你试图把它从你的心灵给连根拔掉，每当你尝试去了解它的意义，你同样在替我说话！你在做着双重的工作，我的和你的！我藏匿我自己，像个女人似的——然后在你离去之后爬出来，把我的脚放在你的脚印上蹑足尾随。我是如此一个懦夫，我蹲伏在你的身后，让你独自去面对一路上的危险与屈辱。"

眼泪流下了尼采的面颊，他以一条手帕拭干。

现在，他抬起头来直接面对着布雷尔。"那是我的忏悔与我的耻辱。你现在了解我对你的解放的强烈兴趣了。你的解放可以是我的解放。现在你知道，为何对我来说，知道你如何把贝莎从你的心里洗掉是如此重要！你现在会跟我说了吗？"

布雷尔摇着他的头。"我的催眠体验现在模糊不清。不过，就算我能够回想起明确的细节，它们对你又有什么价值呢，弗里德里希？你，你自己跟我说的，没有那种特别的道路，唯一伟大的真理是我们为自己所发现的真理。"

低下他的头，尼采嗫嚅道，"是的，是的，你说得对。"

布雷尔清清嗓子，深呼吸了一口气。"我无法跟你说你希望听的东西，不过，弗里德里希，"他暂停下来，他的心剧烈地冲刺着。现在轮到他冒险了,"有些事情我必须要告诉你,我也不诚实,现在是我来忏悔的时候。"

布雷尔有一种突如其来的可怕预感,不论他说了或做了什么,尼采会把这当作他生命中的第四个大背叛。然而,要回头已经太晚了。

"我只怕,弗里德里希,这个忏悔会耗掉你给我的友谊,我祈求事情将不会如此发展。请相信我是出于挚爱而来告白,因为我无法忍受这种念头,想到你从他人那儿得知我将要告诉你的事情,也无法忍受你感到再一次——第四次——的背叛。"

尼采的脸冻结成死人面具般的木然,他在布雷尔开口时吸着气。"在10月,你跟我首次碰面的几个星期以前,我跟玛蒂尔德到威尼斯度了一个短暂的假期,一张奇怪的短笺在那儿的旅馆里等着我。"

伸手到他外套的口袋里,布雷尔把路·莎乐美的字条递给尼采。他看到尼采的眼睛在他阅读时不可置信地睁大着。

1882年10月21日

布雷尔医生:

我有紧急的事情必须见你。这攸关德国哲学的未来。

明天早上9点在索伦多咖啡馆跟我碰面。

路·莎乐美

在他颤抖的手中紧握着那张纸笺,尼采结结巴巴说着,"我不懂,为——为什么?"

"坐回来,弗里德里希,这是个漫长的故事,而且我必须从头说起。"

在接下来的20分钟之内,布雷尔叙述了一切事情——与路·莎乐美的会面,她从她弟弟耶拿那儿得知了安娜·欧的治疗,她代表尼采所提出的请求,还有他本人同意她的要求而伸出援手。

第二十二章

"你一定在疑惑,弗里德里希,是否有哪个医生曾经同意过一种更为古怪的诊疗。实际上,当我回顾我跟路·莎乐美的谈话,我发觉难以置信,我居然会同意她的要求。想想吧!她是在要求我去为非医学性的烦恼发明一种疗法,并且偷偷摸摸地应用在一个不情愿的病人身上。但是由于某种原因,她说服了我。事实上,她把自己在这场努力之中,视为一个彻头彻尾的合伙人,并且在我们上一次的会面中,要求一份'我们'的病人的进度报告。"

"什么!"尼采惊呼出声,"你最近还见到她?"

"前一阵子,她未曾知会地就出现在我的办公室,并且坚持要我提供她有关治疗进展的资讯。当然,我什么都没有给她,她则怒不可遏地离开了。"

布雷尔继续着,揭露他对他们一同工作的进展的所有感受:他帮助尼采的企图受到挫折,他知道尼采隐瞒了他对失去路·莎乐美的绝望。他甚至分享了他主要的计划——他如何假装为了他自身的绝望而寻求治疗,以求把尼采留在维也纳。

尼采为这项吐露跳了起来:"所以,这全部都是伪装?"

"起初,"布雷尔承认道,"我的计划是去'操纵'你,由我去扮演合作的病人,与此同时,我逐渐地调换角色,并且缓慢又小心地把你转变成病人。但是,接下来,真正的讽刺发生了,当我变成我的角色,我伪装的病人角色变成了真实。"

还有什么要说呢?在他的心中找寻着其他细节,布雷尔没有找到任何东西,他告白了一切。

合着眼睛,尼采弯下头并用双手紧紧按着它。

"弗里德里希,你还好吗?"布雷尔关切地问道。

"我的头,我看到了闪光,两个眼睛!我视觉上的前兆——"

布雷尔立刻进入了他的专业角色。"偏头痛出现的前兆。在这个阶段，我们可以阻止它，最好的东西是咖啡因与麦角胺。不要动！我马上就回来。"

从房里跑出来，他猛然冲下楼梯去中央护理柜台，然后去厨房。他在几分钟之内回来时，带着一个托盘，上面有一个杯子、一壶浓咖啡、水以及一些药片。"首先，吞下这些药丸——麦角胺与镁盐，然后我要你喝掉这整壶咖啡。"

尼采吞下了药丸，布雷尔问，"你想要躺下吗？"

"不，不要，我们必须把这个彻底讲清楚！"

"把你的头往后靠在椅背上。我会让房间暗下来。越少的视觉刺激越好。"布雷尔把三个窗子的遮阳帘放低，然后准备了一条湿冷的纱布，把它覆盖在尼采的眼睛上。他们在昏暗中静静坐了几分钟。然后尼采开口说话，他的声音和缓。

"如此的错综复杂，约瑟夫，我们之间的一切，全部都如此的错综复杂，如此不诚实，如此加倍不诚实！"

"我还能怎么做？"布雷尔柔声并缓慢地说，为了不要引发偏头痛。"或许，我应该在一开始就不要同意。我应该更早一点告诉你吗？你会转过身去永远地走开！"

没有反应。

"不是这样吗？"布雷尔问说。

"是的，我会赶下一班离开维也纳的火车。但是你对我撒谎，你对我做过承诺——"

"而且我尊重每一个承诺，弗里德里希。我承诺隐匿你的姓名，而且我履行了我的诺言。况且当路·莎乐美询问你的状况时——**要求知道是比较精确的字眼**——我拒绝谈论你。我甚至拒绝让她知道我们在会面，还有另一个我履行的承诺，弗里德里希。记得我说过，当你昏迷时你说了几句话吗？"

第二十二章

尼采点头。

"另一句是'帮助我!'你不停地重复它。"

"'帮助我!'我这样说?"

"一次又一次!继续喝,弗里德里希。"

尼采喝干了他的杯子,布雷尔再次倒满黑咖啡。

"我什么都不记得,既没有'帮助我',也没有另一句'没有位子',那不是我在说话。"

"但那是你的声音,弗里德里希。你的某一部分在对我说话,而且我给了那个'你'我会帮忙的承诺,**我从来没有背叛那项诺言**。再多喝一点咖啡,四大杯是我的处方。"

在尼采喝下苦口的咖啡时,布雷尔重新处理了放在他眉骨上的冷敷,"你的头感觉如何?闪光呢?你想要停止说话并休息一下吗?"

"我比较好了,好很多,"尼采以虚弱的声音说,"不要,我不想停下来,停止会比说话让我更激动。我习惯了在工作时,同时感觉到这个。不过,先让我试着放松太阳穴与头皮的肌肉。"有三四分钟,他在轻声数着的同时,缓慢又深长地呼吸着,然后说,"嗯,这样好多了。我经常数着我的呼吸,并且想象我的肌肉在每数一次时放松着,有时候,我专注于把注意力集中在呼吸上。你曾经注意到,你吸进去的空气总是比你呼出来的要冷一些吗?"

布雷尔看着并等待着,真要为了这次偏头痛而感谢上帝!他想着。它强迫尼采留在这里,即使是一段短时间。在冷敷之下,只有他的嘴巴可见。胡须颤动着,仿佛他在说出什么东西的边缘,然后,显然又三思了一会儿。

终于,尼采微笑着,"你试着操控我,而全部期间我以为我在操纵你。"

"但是,弗里德里希,孕育在操控中的东西,现在被诚实地分娩出来。"

"而且——哈！——在一切之后还有路·莎乐美，以她最喜欢的姿态，握着缰绳，拿着皮鞭，控制着我们两个人。你跟我说了一大堆，约瑟夫，但唯独一件事情你漏掉了。"

布雷尔双手一伸，手掌向上，"我没有更多的东西好藏的了。"

"你的动机！这一切——这样图谋，这样迂回，消耗的时间、精力。你是个忙碌的医生，你为什么要这样做呢？你为什么居然会同意牵扯进来？"

"那是个我常常扪心自问的问题，"布雷尔说，"为了取悦路·莎乐美，我说不出除此之外的答案。她以某种方式让我神魂颠倒，我无法拒绝她。"

"然而，在上一次她出现在你办公室的时候，你却拒绝了她。"

"是的，不过，在那个时候我已经遇见你了，对你做出了承诺。相信我，弗里德里希，她可不高兴。"

"我为了你对她的英勇抵抗而向你致敬，你做了我永远做不到的事情。不过告诉我，在一开始的时候，在威尼斯，她如何让你神魂颠倒？"

"我不确定我能够回答这点。我只知道跟她待在一起半个钟头之后，我觉得我什么都拒绝不了她。"

"是的，她在我身上有相同的影响。"

"你真应该看看，她在咖啡馆里大步迈向我桌子的那种大胆。"

"我知道那种走法，"尼采说，"她那种罗马帝王般的步伐。她不会被阻碍所困扰，仿佛没有东西会有胆子去挡她的路似的。"

"是啊，还有那种不会认错的自信态度！还有，某些关于她的事情是如此不受拘束——她的衣服、她的头发、她的打扮，她完全自传统中解放出来。"

第二十二章

尼采点点头,"是的,她的自由令人印象深刻并且令人赞赏!这是一件我们都可以从她那儿学习的事。"他缓慢地转动着头部,表现得很高兴好像疼痛消失了。"我有时候觉得,路·莎乐美像一座山一样,特别是当人想到,她的自由是绽放在一片浓密的资产阶级丛林之中。他的父亲是一个俄国将军,你知道。"他目光炯炯地看着布雷尔,"我猜想她立刻就跟你不拘形式地对话?建议你用她的名而非姓来称呼她?"

"正是如此,而且她直视着我的眼睛,并在我们说话时碰触我的手。"

"哦,是啊,那听起来很耳熟。我们第一次碰面时,约瑟夫,在我要离开时,她让我完全缴械了,她抓住我的手臂,并提议要陪我走回旅馆。"

"她对我做了完全一样的事!"

尼采变得僵硬,不过继续说了下去,"她跟我说,她不想那么快地离开我,说她必须有更多时间跟我在一起。"

"丝毫不差,这就是她对我说的话,弗里德里希。然后当我暗示说,我的太太看到我跟一位年轻女子走在一起会不安的时候,她突然满腔怒火。"

尼采咯咯地笑着,"我知道她如何在这点上反应。她对传统婚姻显得并不宽容,她认为它是女性卖身契的一种委婉说法。"

"就是她跟我说的话!"

尼采瘫在椅子上。"她藐视所有的传统,除了一项,当事情来到了男人与性,她就跟一个加尔默罗圣母会修女一样!"

布雷尔点头,"是的,不过,我觉得我们或许曲解了她所送出的讯息。她是个年轻的女孩,一个孩子,没有察觉到她的美丽会对男性产生的冲击。"

"在此我们意见不同,约瑟夫。她完全清楚她的美丽,她利用它来宰制,来把男人榨干,然后往下个男人继续迈进。"

布雷尔继续说,"另一码事——她以如此迷人的方式来蔑视传统,使得其他人会情不自禁地成为共犯。我很惊讶,自己在当时竟会同意阅读一封瓦格纳写给你的信,即便我疑心她没有持有它的权利!"

"什么!一封瓦格纳的信?我从来没有注意到有一封不见了。她一定是在我到妥腾堡探访的时候动的手脚,没有比她更不要脸的东西!"

"她甚至对我出示一些你的信,弗里德里希。我立刻感觉受到她强烈自信的吸引。"在此,布雷尔觉得,他或许是在冒一切之中最大的风险。

尼采蹒跚地坐直起来,冷敷从他的眼睛上掉落。"她拿我的信给你看?那个泼妇!"

"拜托,弗里德里希,不要让我们激起偏头痛。来,喝下最后一杯,然后躺回去,让我把冷敷重新放上。"

"好吧,医生,在这些事情上我遵从你的劝告。不过我认为危险已经过去了——视觉的闪烁已经消失,你的药一定是发挥了作用。"

尼采一口喝下微温的剩余咖啡。"喝完了,够了,那比我六个月来所喝的咖啡还多!"在缓慢地把头晃动一下之后,他把冷敷递给布雷尔。"我现在不需要这个,这次发病似乎过去了。真是惊人!没有你的帮助的话,它会发展成为期几天的折磨。真可惜,"他冒昧地瞄了布雷尔一眼,"我无法把你带在我身边!"

布雷尔点了点头。

"但是,她好大的胆子,竟然把我的信给你看,约瑟夫!你怎么可以看呢?"

第二十二章

布雷尔张开了嘴巴,但是尼采举手要他安静。"没有必要回答。我了解你的立场,即使是被她选为她的知己,这也会让你笑逐颜开。我有完全相同的反应,当她让我看雷与吉拉特写给她的情书时,后者是她的俄国老师,同样爱上了她。"

"然而,"布雷尔说,"这一定让你很痛苦,我知道。如果得知贝莎把我们最亲密的时光与另一个男人分享,我会不知所措。"

"那是很痛苦,不过,它也是良药。跟我说关于你与路会面的其他一切事情,不要对我隐瞒任何东西!"

布雷尔现在知道他为何不曾告诉尼采,有关他对贝莎与杜尔肯医生散步的恍惚幻觉。那是一种强大的情绪体验,强大到将他从她身上解放出来。而那正是尼采所需要的,不是去描述第三者的经历,不是一种知性上的了解,而是他自身的情绪体验,要强到足以将他堆积在这个 21 岁俄国女子身上的虚幻意义给扯掉。

当她以曾经施展在他身上的同样伎俩,来让另一个男人神魂颠倒的时候,还有什么会比尼采"窃听"路·莎乐美,要来得更为强烈的情绪体验呢?于是,布雷尔遍寻记忆之中,他与她邂逅的一切细枝末节。他以对尼采重新叙述她的话来开场:她想要成为他的学生与门徒,她的恭维,还有她渴望于把布雷尔纳入她对伟大心灵的收藏。他描述着她的行动:她的自鸣得意,她把脸先转向一边再转到另一边,她的微笑,她倨傲地扬着头,她露骨又崇拜的凝视,在她湿润嘴唇时玩弄着她的舌尖,她把手放在他的手上时的触感。

聆听时,他巨大的头部往后仰,他深邃的目光合起,尼采看起来被情绪所困扰着。

"弗里德里希,在我说话时,你感觉到了什么?"

"这么多事情,约瑟夫。"

"把它们说给我听。"

"多得理不出头绪。"

"不要尝试,就清扫一下烟囱。"

尼采张开眼睛看着布雷尔,仿佛是去对自己保证,不会再有更多的口是心非。

"做吧,"布雷尔鼓励着,"就把它当成是医生的指示,我跟某一个受到类似折磨,并认为它有效的人很熟。"

犹豫着,尼采开口:"在你谈到路的时候,我记起了我本身跟她在一起的经验,我自身的印象,极度相似,不可思议的相似。她跟你在一起时就像她跟我时一样,我感到被剥除了所有那些刺激的时刻,那些神圣的记忆。"

他睁开双眼:"让你回想这些,让我觉得很惭愧,很尴尬!"

"相信我,我可以亲口保证,困窘很少会置人死地!说下去!借着疼痛来坚强!"

"我相信你,我知道你说得很有说服力。我感到——"尼采住口,脸涨得通红。

布雷尔催促他说下去,"再把你的眼睛闭上。或许,没有看到我会比较容易说,或者躺到床上去。"

"不,我要待在这里。我想要说的是,我很高兴你遇见了路。现在你认识了我,而且我感到跟你的亲近。不过在同一时间里,我感到愤慨与憎恨。"尼采张开了他的眼睛,好像是要确定他没有冒犯到布雷尔,然后他以一种柔和的声音继续说着,"我憎恨你的污辱,你践踏着我的爱情,弃它若敝屣,这很痛苦,就在这里。"他用拳头轻轻敲着他的胸膛。

"我知道那个地方,弗里德里希。我也感到过那种痛苦,还记得你每次叫贝莎瘸子时,我有多生气吗?记得——"

"今天,我是那个铁砧,"尼采打断说,"而你的字句是敲打的铁锤——瓦解了我爱情的最后堡垒。"

"继续下去，弗里德里希。"

"那就是我全部的感受——除了哀伤之外。还有失去，失去了好多。"

"你今天失去了什么？"

"所有那些跟路在一起的赏心乐事，那些珍贵的亲密时光——消逝了。那份我们共享的爱情在哪里呢？失落！一切东西都化为尘土。现在，我知道我永远地失去了她！"

"不过，弗里德里希，占有一定在失去之前。"

"靠近奥尔塔，"尼采的语气变得更加温柔，宛若在避免布雷尔的话语蹂躏了他细致的思维，"她跟我一度爬上萨克罗山的山顶，去观赏那柔和的落日。两朵闪耀着珊瑚色的云掠过，看起来就像是融合的脸孔似的。我们轻柔地触摸着，我们亲吻。我们分享了神圣的一刻——我所曾经知道的唯一神圣时刻。"

"你跟她曾经再度谈到那一刻吗？"

"她知道那一刻！我常常从远地写卡片给她，提到奥尔塔的落日、奥尔塔的和风、奥尔塔的云彩。"

"但是，"布雷尔坚持说，"她有没有再提到过奥尔塔？对她而言也是神圣的一刻吗？"

"她知道奥尔塔是什么！"

"路·莎乐美相信，我应该知道她跟你的关系的一切，因此，费尽千辛万苦、巨细靡遗地叙述了你们每一次的会面。她没有省略任何事情，她是这么跟我说的。她花时间谈论路塞纳、莱比锡、罗马、妥腾堡。但是奥尔塔——我跟你发誓！她只是轻描淡写地提了一下，奥尔塔对她没有造成特殊的印象。还有另外一件事，弗里德里希。她试着去回想，但是，她说她不记得曾经是否亲过你！"

尼采沉默不语,他的眼眶里泛滥着泪水,他的头低垂。

布雷尔知道他做得很残酷。但是他知道现在不残酷的话,以后会更为残酷。这是唯一的机会,一个永远不会再来的机会。

"请原谅我冷酷的话,弗里德里希,不过,我遵从着一位伟大导师的忠告。'提供一个安歇之处给一位受苦的朋友,'他这么说,'不过要注意,这个安歇之处只能是一张硬床或简陋的吊床。'"

"你听得很仔细,"尼采回答说,"而且这张床很硬,让我跟你说它有多硬。我能够让你了解我失去的有多少吗?15年来,你跟玛蒂尔德共享一张床,你是她生命中那个必要的人。她关心你、触摸你,知道你喜欢吃什么,如果你回家晚了,她就会忧虑。当我从我的心中逐出路·莎乐美的时候,而且,我明了比这更为严酷的事情现在正在发生,你知道我剩下些什么吗?"

尼采的眼睛不是聚集在布雷尔身上,而是看进内心之中,宛如他在阅读某种内心的文本。

"你知道,没有其他的女人曾经感动过我吗?我不被爱慕与感动——从来就是如此?去过一种绝对不受关注的生活,你知道那像什么样子吗?时常,我会好多天不跟任何人说上一句话,除了曾对我住的客栈的主人说'早安'与'晚安'之外。是的,约瑟夫,你在对'没有位子'的诠释上是正确的,我没有归属感。我没有家,没有我可以终日谈话的朋友圈子,没有装满财产的橱柜,没有家庭生活。我甚至没有一个国家,因为我已经放弃了我的德国公民资格,并且从未在一个地方待到长得足以弄来一本瑞士护照。"

尼采挑衅似地盯着布雷尔,仿佛他希望被制止似的,不过布雷尔不置一词。

"噢,我有我的伪装,约瑟夫,我容忍孤独的秘密方法甚至是去美化它。我说,我必须与他人隔离以思考我本身的思想,我说,过往的伟大心灵是我的同伴，说他们爬出他们躲藏的所在，来进入我的光照之下。我嘲笑着对遗世独立的恐惧，我宣称卓越的人必须忍受卓越的痛苦，宣称我已经飞进太过遥远的未来，并且没有人能够跟得上我。我自鸣得意地说，如果我受到了误解或惧怕或排斥，那么就越多越好——那意味着我就是目标！我说到我的勇气，面对不在羊群之中的孤独，面对没有上帝的世界，它是我之所以卓越的证明。"

"但是，我一直萦绕不去的是一种恐惧——"他迟疑了一会儿，然后猛然挺进，"不管我对作为身后成名的哲学家的虚张声势，不管我对我的时代终将到来的确信，甚至不管我对永劫回归的理解，我被孤单死去的想法所纠缠。你知道那像什么样子吗？去想象当你死去的时候，你的尸体可能要几天或几个星期才被发现？直到尸臭招来一些陌生人时才被发现？我尝试去安抚自己。在我最强烈的孤独之中，我时常对自己说话。不过我不会说得太大声，因为我害怕我自身空洞的回音。那个唯一一个填补了这个空虚的人是路·莎乐美。"

布雷尔静静地听着，也许是发现难以表达心中的悲伤，也许是他对尼采选择他来吐露这些大秘密的感激。在他心里，某种希望的强度一直在增加，他终究可能曾成功地作为尼采的绝望医生。

"而现在要感谢你，"尼采总结说，"我知道了路只不过是个幻影。"他摇着头，瞪着窗外。"良药苦口啊，医生。"

"不过，弗里德里希，为了追求真理，我们科学家不是必须去拒斥所有的幻觉吗？"

"黑体字的真理！"尼采大声叫道，"我忘了，约瑟夫，科学家依然必须去发现，真理也是一个幻觉——不过，是一个我们的生存，无法须臾或缺的幻觉。所以，我应该为了某个尚未得知的幻觉来拒斥路·莎乐美。很难了解到她已经是往事，没有东西遗留下来。"

"没有关于路·莎乐美的事情留下？"

"没有好的事情。"尼采的脸在厌恶中扭曲着。

"想想她吧，"布雷尔鼓励说，"让意象出现在你眼前，你看到了什么吗？"

"一双掠食的鸟——爪子鲜血淋漓的老鹰。一群狼，由路、我的妹妹、我的母亲所率领。"

"鲜血淋漓的爪子？但是，她为了你而寻求帮助。费了这么大的事，弗里德里希——去威尼斯一趟，另一趟来维也纳。"

"不是为了我！"尼采回答道，"也许是为了她自己，为了赎罪，为了她的罪恶感。"

"她给我的印象，不像是一个为罪恶感所压迫的人。"

"那么，或许是为了艺术的缘故。她重视艺术，而且她重视我的作品，已经完成与尚未到来的作品。她的眼光很好，我会赋予她这项荣耀。"

"很奇怪，"尼采深思地说着，"我在4月遇到她，差不多刚好九个月之前，而现在，我感到一本伟大的作品在蠕动。我的儿子查拉图斯特拉，吵着要诞生。或许在九个月之前，她在我脑中的田畦上，播下了查拉图斯特拉的种子。或许那是她的宿命——让丰盈的心灵孕育伟大的书籍。"

"所以，"布雷尔甘冒大不韪地说，"在为了你的利益而来恳求我的这码事上，路·莎乐美毕竟不是敌人。"

"不对！"尼采摇着他椅子的扶手，"那是你说的，我没说。你错了！我永远不会同意她关心过我。她来求你是为了她本身的利益，去实践她的宿命。她从来不曾了解我，她利用我，你今天告诉我的事情证实了这点。"

"怎么说呢？"布雷尔问道，虽然他明知那个答案。

"怎么说？太明显了。你自己告诉我说，路就像是你的贝莎——她是个自动机器，扮演她的角色，对我、对你、对一个又一个的男人扮演相同的角色。那个特定的男人是偶然的。她以同样的方式引诱我们两个，以女性相同的不诚实、相同的狡猾、相同的姿态、相同的诺言！"

"而且，这个自动机器还控制着你。她主宰了你的心智，你担忧她的意见，你欲求她的碰触。"

"不，不是欲求，不再是了。现在，我感觉到的是狂怒。"

"对路·莎乐美？"

"不！她不值得我的愤怒。我感到厌恶自己，愤怒于自己产生渴望得到这样一个女人的情欲。"

这种悲痛，布雷尔怀疑着，会比妄想或寂寞要好些吗？把路·莎乐美逐出尼采的心里，只是这项程序的一部分，我同样需要去烧灼留尼采此时裸露的伤口。

"为何对你自己这样的生气呢？"他问道，"我记得你说过，我们都有我们在地窖中狂吠的野犬。我多么希望你对你本身的人性，能够更宽容些、更有雅量！"

"记得我那个笃信的句子吗？我对你引用了许多次，约瑟夫，'成为自己的存在'，那不只是意味着要去让你自己完美，还同时不要被他人的阴谋所害。不过，即便是与他人的权力陷入争战，也好过染上这个甚至从来没看见你的女人——自动机器的荼毒！那是无可饶恕的！"

"而你呢，弗里德里希，你曾经真正地看见了路·莎乐美吗？"

尼采的头抽搐着。

"你的意思是什么？"他问说。

"她可能扮演了她的角色，但你呢，你所扮演的是什么角色？你和我，跟她有这么大的差别吗？你看到了她吗？或者，你是否仅仅看到了一个猎物——一个弟子、一块你思想的园地、一个接班人？或者，也许像我一样，你看到的是美丽、青春、光滑如缎的枕边人、一具发泄情欲的化身。况且，你跟保罗·雷像猪一般的竞争，她不是那赢家的战利品吗？当你第一次见到她之后，你要求他代表你去向她求婚时，你有真正看到她或保罗·雷吗？我想，你要的不是路·莎乐美，而是某个像她这样的人。"

尼采一言不发，布雷尔继续下去，"我将永远不会忘记我们在瑟默铃格海德的散步。那次散步，在如此丰富的面相上改变了我的生命。就我在那天学到的一切东西之中，或许，最有力的洞见就是，我与贝莎没有关联，我只是将一些私人意义，替代地联结、附着到她身上——这些意义，跟她完全没有丝毫关联。你让我明白，我从来没有以她真正的面貌看待她，我与贝莎都没有真正地看到对方。弗里德里希，这对你来说，是否同样是真的呢？或许没有人真的犯了错。或许，路·莎乐美被利用的，就像你被利用的一样多。或许，我们这群受苦的同伴，全都无法看到彼此的真相。"

"我的渴望，不是去了解女人所希望的是什么。"尼采的音调尖锐并冷淡。"我的希望是避开她们。或许，单单说我配不上她们就够了，并把事情留在那一点上，那终究只可能是我的损失。有时候，一个男人需要一个女人，就像他需要家常三餐一样。"

尼采别扭又愤恨难消的答案，让布雷尔陷入沉思。他想到他从玛蒂尔德与他的家庭所获得的欢乐，甚至，他从他对贝莎的全新感受中所获取的满足感。想到他的朋友们将永远拒绝这样的经验，多么让人伤心啊！然而，他无法想到任何方法，去改变尼采对女人的扭曲观点。或许那期望过高了。或许尼采是对的，当他说，他对女人的态度来自他早年生活的烙印。或许,这些态度根深蒂固,永远超出了任何谈话治疗所能影响的地步。想到了这点,他明白了,他已是黔驴技穷。尤有甚者,时间所剩无几。尼采的亲密状态,不会保持太久了。

突然,在他旁边的椅子上,尼采拿掉了他的眼镜,把脸埋在手帕里,爆发出啜泣声。

布雷尔大吃一惊,他必须说点什么。

"当我知道了我必须舍弃贝莎时,我也为之悲泣。放弃那个幻影、那种魔力,是如此艰难,你在为了路·莎乐美而哭泣吗?"

脸孔依然埋在手帕之中,尼采的鼻子喷着气,并且剧烈地摇着头。

"那么,是为了你的孤寂?"

再一次,尼采摇摇头。

"你知道你为何悲泣吗,弗里德里希?"

"不确定。"传出了模糊不清的回答。

一个奇异的构想浮现在布雷尔的心头,"弗里德里希,请跟我一起尝试一个实验,你可以想象你的眼泪有声音吗?"

放下了他的手帕,尼采看着他,眼睛通红并困惑着。

"试试一两分钟,"布雷尔温和地打气,"给你的泪水一个声音,它们在说些什么?"

"我觉得太可笑了。"

"我也觉得尝试你所建议的那些实验很可笑,就纵容我一下,试试看。"

不看着他,尼采开始说,"如果我的泪珠之一是有意识的,它会说——它会说,"在此,他以嘶嘶作响的声音大声说,"'终于自由了!压抑了这么多年!这个人,这个吝啬的无泪男子,以往从未让我流过泪。'这就是你的意思吗？"尼采问，恢复了他本身的声音。

"是的，很好，非常好。继续下去，还有什么？"

"还有什么？那些泪滴会说，再次响起了那嘶嘶的声音，'解放真好！40年困在一潭死水当中。终于，终于，这个老家伙出清了存货！噢，我以前是多么想要逃出来啊！但是无路可逃——直到这位维也纳医生打开了腐朽的大门为止。'"尼采住口不言，并以他的手帕擦拭着眼睛。

"谢谢你，"布雷尔说，"打开腐朽大门的人——一个极佳的恭维。现在，以你本身的声音，告诉我更多有关这些泪水之后的悲伤。"

"不，不是悲伤！刚好相反，当我在几分钟前跟你说到独自死去之时，我感到一种奔放的松弛感。不全是为了我所说的是什么，而是我把它说出来的这码事，我终于、终于分享了我所感觉到的事情。"

"多跟我说一些那种感觉。"

"有力，感动。一种神圣的时刻！那才是我哭泣的原因，那才是我现在为什么哭泣，我以前从来没有这样做过。看看我吧！我无法让眼泪停下来。"

"那很好，弗里德里希，大哭是在洗涤。"

脸埋在双手中的尼采点点头。"这很奇怪，不过就在那同一刻，当我有生以来第一次，以全副的深度，以所有的绝望，将我的寂寞吐露出来——就在那分毫不差的瞬间，寂寞逐渐逝去了！我跟你说我从未被感动的那一刹那，就是我首次容许自己被感动的同一时刻。非比寻常的一刻，仿佛某一个庞大的内心冰山，突然崩溃并爆裂了。"

"一个矛盾！"布雷尔说，"孤独只存在于孤独之中，一旦分担，它就蒸发了。"

尼采扬起了他的头，缓慢地把他脸上的泪痕抹去。他用他的胡梳梳了他的胡髭五六次，并且再次戴上了他厚重的眼镜。在短暂的

第二十二章

停顿之后,他说,"我仍然有另一个告白。或许,"他看看他的表,"是我的最后一个。当你今天来到我房间,并宣布你已痊愈的时候,约瑟夫,我茫然若失!我是如此可鄙的自私自利,失去了我跟你在一起的理由让我觉得无比地失望,我无法让我自己为了你的好消息而欢喜,那样一种自私是不可原谅的。"

"不可原谅,"布雷尔说,"你——你自己教导我说,我们每一个人都由许多部分所组成,每一部分都在叫嚣地表达着。我们无法为每一部分乖张的冲动负责,我们只能为最终的妥协负责。你所谓的自私可以被原谅,正因为你对我足够关心到现在来跟我分享它的程度。我亲爱的朋友,在离别时,我对你的希望是,'不可原谅'这个用语会消失在你的词汇之中。"

尼采的眼睛再次热泪盈眶,并且再度拉出了他的手帕。

"这些眼泪呢,弗里德里希?"

"为了你说'我亲爱的朋友'的那种方式。我以前经常使用'朋友'这个字,但是直到此刻以前,这个字从来不是完全地属于我。我一直梦想着一种友情,其中的两个人结合起来,去达到某种更高层次的理想。而此地、此时,它来临了!你跟我完全就是以这样一种方式来结合!我们参与了彼此的自我超越。我是你的朋友,你是我的,我们是朋友,我们——是——朋友。"有一刹那,尼采看起来简直是兴高采烈。"我喜爱那句话的语音,约瑟夫,我想要一遍又一遍地说它。"

"那么,弗里德里希。接受我的邀请,到我家中住。记得那个梦吗:你的位子是在我的家里。"

对于布雷尔的邀约,尼采转趋僵硬。他在回答之前,坐在那里慢慢地摇着头。"那个梦既诱惑着我,又折磨着我。我就像你一样,我想要被一种家庭生活所温暖。但是我害怕向慰藉投降,那会是去舍弃我自己与我的使命。对我来说，那会是一种死亡。或许，那解释了一个无法移动的石头在温暖自己的象征。"

尼采起身，踱了一会儿步，然后停在他的椅子后面。"不了，我的朋友，我的宿命是在孤寂遥远的彼端去追寻真理。我的儿子，我的查拉图斯特拉，将会充满智慧地长大成熟，但是，他唯一的同伴将会是老鹰，他将会是这个世界上最寂寞的人。"

尼采再次看了看他的表，"约瑟夫，我现在对你的行程表非常熟悉，我知道有其他的病人正在等着你，我不能再耽搁你了，我们每个人都必须去走我们自己的道路。"

布雷尔摇着他的头，"我们必须分开的事实，会把我捣成粉碎。这不公平！你为我做了如此之多，却只收到如此少的回馈。或许路的意象失去了凌驾于你的力量。或许没有，时间会说明一切。但是，我们似乎有更多的事情可以做。"

"不要低估了你所给予我的东西，约瑟夫。不要低估了友情的价值，还有，你让我知道了我不是个怪物，以及我有能力感动人并被感动。以前，我只信奉了一半我对命运之爱的概念，我训练了我自己，听任我自己是比较好的用语，去爱我的命运。但是现在要感谢你，感谢你敞开双手的家园，我了解到我有选择权。我将一直保持孤独，但这真是一个差别，一个美妙的差别，去选择我所做的事情。命运之爱——选择你的命运，热爱你的命运。"

布雷尔站起来面对着尼采，椅子在他们中间。布雷尔绕过椅子，有一会儿，尼采看来很害怕、很担心。不过，在布雷尔接近当中，当布雷尔伸出双臂之后，尼采也张开了他的手臂。

1882年12月18日中午，约瑟夫·布雷尔回到了他的办公室，回到了贝克太太与等候他的病人身边。稍后，他与他的太太、他的孩子、他的岳父与岳母、年轻的弗洛伊德还有麦克斯跟他的家人一道用餐。餐后，他小睡一番，梦见了下棋，并让一个小兵变成王后。他继续愉快地行医 30 多年，但是从未再次使用谈话疗法。

同一个下午，劳森医疗中心 13 号房的病人艾克卡·穆勒登上一部马车前往火车站，他从那里独自一人往南旅行到意大利，前往温暖的阳光，前往温和的气候，并且前往一个会合点，一个真正的会合地点，与一位名叫查拉图斯特拉的波斯预言家碰头。

后记

弗里德里希·尼采与约瑟夫·布雷尔未曾碰过面。因此，心理治疗（psychotherapy）当然不是两人邂逅下的产物。尽管如此，本书主要角色的生活状态系以事实为本，这部小说的基本组成要素——布雷尔精神上的痛苦，尼采的绝望，安娜·欧、路·莎乐美、弗洛伊德与布雷尔的关系，处于酝酿阶段的心理治疗——都发生在1882年。

弗里德里希·尼采在1882年春天，由保罗·雷介绍给年轻的路·莎乐美，并在接下来的几个月，跟她发展出一段短暂但深刻、雅致的爱情。路·莎乐美既是一位才华洋溢的文学女性，也是一名职业的精神分析学家；她同样为人所知的，是她与弗洛伊德亲密的友谊以及她的浪漫韵事，特别是跟德国诗人里尔克（Rainer Maria Rilke）的一段感情。

尼采与路·莎乐美的关系因保罗·雷的存在而复杂，因为尼采妹妹伊丽莎白的从中作梗而悲惨收尾，多年以来，尼采为失去爱情而悲痛，为遭人背叛而耿耿于怀。本书所架设的舞台是在1882年的

后记

最后几个月，尼采此时深陷于抑郁的泥淖之中，甚至出现了自杀的倾向。本书引述了部分尼采写给路·莎乐美的绝望信函，都是尼采亲笔所撰，只是有些仅是草稿，有些在当时已被寄出。出现在第一章中，瓦格纳写给尼采的那封信，同样是真人实事。

1882年，约瑟夫·布雷尔投注心力在化名安娜·欧的贝莎·帕朋罕的治疗上。该年11月，他开始与他年轻的门徒兼朋友西格蒙德·弗洛伊德讨论这个病例。如本书所述，弗洛伊德是布雷尔家中的常客。12年之后，弗洛伊德与布雷尔的书《歇斯底里症研究》(Studies on Hysteria)出版，书中第一个讨论的案例就是安娜·欧，这本书掀起了精神分析的革命。

贝莎·帕朋罕就像路·莎乐美一样，是个杰出的女性。在她被布雷尔治疗多年之后，她成为一个具有开创性的社会工作者，她身后，原西德政府在1954年发行纪念邮票向其致敬，以表彰其贡献。然而，她就是安娜·欧的身份，却一直没被公开，直到1953年，欧内斯特·琼斯(Ernest Jones)在他所撰写的传记《西格蒙德·弗洛伊德传》(The Life and Work of Sigmund Freud)中，首次将安娜·欧的真实身份公之于世。

真实历史上的约瑟夫·布雷尔，是否沉迷于对贝莎·帕朋罕的情欲之中呢？布雷尔的内心生活鲜为人知，不过，相关的学术研究并不排除这项可能。相互抵触的历史记录间仅有的共识是，布雷尔对贝莎·帕朋罕的治疗，对两者都引出了复杂、强烈的情感。布雷尔对这位年轻的病人全神贯注，并抽出了相当多的时间去探访她，以至于他的太太玛蒂尔德的确变得愤慨嫉妒。弗洛伊德曾对其传记作者琼斯直言不讳地谈到过，布雷尔在情感上对他年轻病人的牵扯过深，在他当时写给未婚妻玛莎·伯奈斯的一封信中，弗洛伊德曾再三保证，绝不会有相同的事情发生在他身上。精神分析学家乔治·波洛克（George Pollock）曾指出，布雷尔之所以对贝莎有如此强烈的情感，根植于他早年失去了他同样名为贝莎的母亲。

安娜·欧戏剧性的怀孕幻觉、布雷尔的惊慌失措以及其后治疗的突然终止，这是长期流传在精神分析学界的传说。弗洛伊德首度对这个意外的叙述，出现在1932年一封写给奥地利小说家斯蒂芬·茨威格（Stefan Zweig）的信中。琼斯在弗洛伊德传记中提及此事，直到近年，这个故事才受到质疑。艾尔拜罗伊特·希尔施穆勒（Albrecht Hirschmuller）在1990年的弗洛伊德传记中，所提出的说法是，这整个意外事件是弗洛伊德的虚构。布雷尔从未对此事做出澄清，他在1895年出版的个案记录中，极尽所能地吹嘘他的治疗功效，再一次加深了环绕在安娜·欧一案上莫衷一是的迷思。

布雷尔在心理治疗的发展上，有着深远重大的影响，然而，值得注意的是，他在他的职业生涯中，将注意力放在心理学上仅有一段非常短暂的时间。医学上对约瑟夫·布雷尔的记述，不仅称他是呼吸作用与平衡作用的一位重要研究者，同时是一位出色的诊断专家。19世纪末的维也纳，整个时代杰出人物的医生，就是布雷尔。

终其一生的绝大部分时间，尼采都为健康所苦。虽然在1889年时，他崩溃并陷入严重局部麻痹痴呆（末期梅毒的一种形态，他于1900年死于这种疾病），然而一般都同意，早年的尼采（我根据茨威格1939年生动的传记概要，来刻画他就医的情境）受苦于严重的偏头痛。为了治病，尼采的求诊记录涵盖了遍布欧洲的多位医生，以此来看，他极可能轻易地就被说服，求治于当时声名显赫的约瑟夫·布雷尔。

依照路·莎乐美的真实性格来看，她不会苦恼地去拜托布雷尔帮助尼采。根据她的传记作者所述，她不是个会为罪恶感所严重烦扰的女性，并且，以她结束绯闻时罕有悔恨而闻名。在大多数事情上，她捍卫着自己的隐私，我所能确定的是，她未曾公开提过与尼采的个人关系。路·莎乐美给尼采的信无一幸存，极可能全数毁于尼采的妹妹——伊丽莎白之手，她与路·莎乐美的反目，持续了一辈子。路·莎乐美的确有个弟弟耶拿，于1882年在维也纳读医科。然而，布雷尔极不可能在当年的学生讨论会中，发表安娜·欧的案例。尼采给友人兼编辑彼得·嘉斯特（Peter Gast）的信（列在第十二章末)，伊丽莎白给尼采的信（列在第七章末），劳森医疗中心、费雪曼以及布雷尔的连襟麦克斯，以上皆为虚构。(不过，真实世界的布雷尔的确热衷于西洋棋。)除了两个尼采的梦之外：他的父亲从坟墓中起来以及老人濒临死亡时的咕噜声，其他在本书中出现的梦，皆为虚构。

1882年，心理治疗尚未诞生，尼采当然不曾正式把他的注意力转到那个方向。然而，我在阅读尼采的过程中发现，他深切并大量地关注于自我认知与个人变迁。为了年代先后的一致性起见，我约束自己只撷取尼采在1882年之前的作品，主要是《人性的，太人性的》、《不合时宜的沉思》（*Untimely Medilations*）、《曙光》（*Dawn*）与《快乐的科学》（*The Gay Science*）。1882年告终之后的数个月，尼采完成了《查拉图斯特拉如是说》，然而，我在小说里假设，该书的伟大思想，在小说背景的1882年，已经在尼采的心智中酝酿。

斯坦福大学宗教研究教授冯·哈维（Van Harvey)，允许我旁听他卓越的尼采课程，并且接纳我参加长时间的学院讨论会，同时对我的手稿有着批判性的阅读，我从哈维教授处受惠甚深。我的哲学系同仁们，尤其是Eckart Forster及Dagfinn Follesdal，容许我出席德国哲学与现象学的相关课程，为此，我深切感激。许多人对这份原稿给予了建议，我在此致上谢忱：Morton Rose、Herbert Kotz、David Spiegel、Gertrud and George Blau、Kurt Steiner、Isabel Davis、

Ben Yalom、Joseph Frank 以及 Barbara Babcock 与 Diane Middlebrook 指导的斯坦福传记文学讲座。斯坦福大学医学史图书馆馆员 Betty Vadeboncoeur，对于我的研究提供了无价的帮助。书中所引用的尼采写给路·莎乐美的信，是由 Timothy K. Donahue-Bombosch 翻译的。在著书过程中，许多人提供了编辑上的指导与协助：Alan Rinzler、Sara Blackburn、Richard Ellman 以及 Leslie Becker。Basic Books 的工作人员，尤其是 Jo Ann Miller，提供了无比的支持；如同他对先前书籍的帮助，Phobe Hoss 对此书也做出了许多化腐朽为神奇的指点。内人玛丽琳一直是我第一个也是最彻底无情的书评家，对本书从初稿到最终定稿，她同样表现得淋漓尽致，不但提供了大量的批评，而且就本书的书名提供了建议。